Sur l'auteur

Viet Thanh Nguyen est né au Viêtnam en 1971. Après la chute de Saigon, il fuit le pays avec toute sa famille et rejoint les États-Unis en cargo. D'abord réfugiés dans un camp en Pennsylvanie, les Nguyen s'établissent en Californie.

Étudiant diplômé de Berkeley, Viet Thanh Nguyen devient professeur à l'université de Californie du Sud et entame en parallèle l'écriture de son premier roman, *Le Sympathisant* (Belfond, 2017), qui s'impose dès sa sortie comme un immense succès critique et commercial. Finaliste des plus grands prix littéraires, dont le PEN/Faulkner, et consacré par le prix Pulitzer, le Translation Prize et le prix du Meilleur Livre étranger, traduit dans vingt-cinq langues, ce roman lui vaut d'être comparé aussi bien à John Le Carré qu'à Saul Bellow.

Viet Thanh Nguyen est également l'auteur d'un essai, finaliste du National Book Award, *Jamais rien ne meurt* (Belfond, 2019), sur la guerre du Viêtnam dans la mémoire collective américaine et asiatique, et d'un recueil de nouvelles, *Les Réfugiés* (Belfond, 2019). Viet Thanh Nguyen vit à Los Angeles avec son épouse et son fils.

Du même auteur
aux Éditions 10/18

LE SYMPATHISANT, n° 5373
LES RÉFUGIÉS, n° 5571
JAMAIS RIEN NE MEURT, n° 5572
LE DÉVOUÉ, n° 5812

VIET THANH NGUYEN

LE DÉVOUÉ

Traduit de l'anglais (États-Unis)
par Clément Baude

10/18

BELFOND

Titre original :
The Committed
publié par Grove Press,
une marque de Grove Atlantic, New York.

ISBN 978-2-264-08005-9
Dépôt légal : octobre 2022

À Simone

« Rien n'est plus réel que le rien. »

Rithy Panh avec Christophe Bataille,
L'Élimination

PROLOGUE
Nous

Nous étions les indésirables, les inutiles, et les ignorés, invisibles à tous sauf à nous-mêmes. Moins que rien, nous ne voyions rien, cent cinquante aveugles entassés dans le ventre sans lumière de notre arche, destinée non pas à nous autres mammifères, mais aux poissons de la mer. Pendant que les vagues nous ballottaient de tous côtés, nous parlions dans nos langues natales. Pour les uns, cela voulait dire des prières ; pour les autres, des insultes. Quand un changement dans le mouvement des vagues a secoué notre esquif avec un peu plus de force, un des rares marins parmi nous a murmuré, *Maintenant on est sur l'océan*. Après des heures passées à louvoyer sur la rivière, l'estuaire et le canal, nous avions quitté notre patrie.

Le navigateur a soulevé la trappe et nous a demandé de monter sur le pont de notre arche, que le monde indifférent dénigrait du nom de bateau. Sous le croissant de lune au sourire oblique, nous nous sommes vus seuls à la surface de ce monde aquatique. Pendant quelque temps, nous sommes restés étourdis de bonheur, jusqu'à ce que l'océan ondulant nous étourdisse d'une tout autre manière. Partout sur le pont, et les uns sur les autres, nous nous sommes vidés, et même quand

il ne restait plus rien, nous avons continué de hoqueter et de haleter, pitoyables jusque dans nos vomissements. Ainsi avons-nous passé notre première nuit en mer, frissonnant sous les vents océaniques.

L'aurore est venue, et dans toutes les directions nous ne voyions que l'horizon reculant infiniment. La journée était torride, sans ombre ni répit, sans rien à manger qu'une bouchée et à boire qu'une cuillerée. La durée de notre voyage était inconnue et nos rations limitées. Mais même en mangeant si peu, nous laissions nos traces humaines partout sur le pont et dans la cale. Le soir, nous baignions dans notre saleté. Quand au crépuscule nous avons repéré un bateau à l'horizon, nous avons hurlé à nous érailler la voix. Mais le bateau a gardé ses distances.

Au troisième jour, nous avons croisé un cargo qui fendait le vaste désert de l'océan, un dromadaire dont la passerelle dominait la poupe, ses marins sur le pont. Nous avons crié, salué, sautillé. Mais le cargo a poursuivi sa route, ne nous touchant que de son sillage. Aux quatrième et cinquième jours, deux autres cargos ont paru, chacun plus proche que le précédent, chacun battant pavillon différent. Les marins nous montraient du doigt, mais nous avions beau supplier, implorer et brandir nos enfants, les navires ne se sont pas déroutés et n'ont pas ralenti.

Au cinquième jour, un premier enfant est mort. Avant que nous rendions le corps de cette petite fille à la mer, le prêtre a dit une prière. Au sixième jour, ç'a été un garçon. Les uns priaient Dieu avec une ferveur redoublée ; d'autres se sont mis à douter de Son existence ; certains qui ne croyaient pas en Lui changeaient d'avis ; et certains qui ne croyaient pas croyaient encore moins. Le père d'un des enfants morts pleurait, Mon Dieu, pourquoi nous fais-Tu ça ?

Et à cet instant elle nous est tous tombée dessus, la réponse à l'éternelle question des hommes, *Pourquoi ?*

C'était, et c'est, simplement ceci : *Pourquoi pas ?*

Inconnus les uns des autres avant de grimper sur notre arche, nous étions maintenant plus intimes que des amants, à nous vautrer dans nos déjections, avec nos visages verdâtres, notre peau cloquée par le sel et blanchie par le soleil. La plupart d'entre nous avaient fui leur patrie parce que les communistes au pouvoir les avaient qualifiés de marionnettes, ou de pseudo-pacifistes, ou de nationalistes bourgeois, ou de réactionnaires décadents, ou d'intellectuels de la fausse conscience, ou parce qu'ils avaient un lien avec une de ces catégories. Il y avait aussi une diseuse de bonne aventure, un géomancien, un moine, le prêtre, et au moins une prostituée, sur laquelle son voisin chinois a craché et dit, Qu'est-ce que cette pute fait avec nous ?

Même parmi les indésirables, il y avait des indésirables. De cela, certains d'entre nous ne pouvaient que rire.

La prostituée nous a jeté un regard noir et a dit, Qu'est-ce que vous voulez, *vous* ?

Nous, ceux dont personne ne voulait, nous voulions tant de choses. Nous voulions de la nourriture, de l'eau, et des ombrelles, même si des parapluies pouvaient faire l'affaire. Nous voulions des vêtements propres, des bains, et des toilettes, même à la turque, puisque s'accroupir sur la terre ferme était plus sûr et moins gênant que de s'accrocher au bastingage d'un bateau qui tanguait avec le derrière par-dessus bord. Nous voulions la pluie, les nuages, les dauphins. Nous voulions qu'il fasse plus frais dans la journée brûlante et plus chaud dans la nuit glacée. Nous voulions un horaire d'arrivée

prévue. Nous voulions ne pas être morts à notre arrivée. Nous voulions éviter d'être rôtis par le soleil implacable. Nous voulions la télévision, des films, de la musique, n'importe quoi pour passer le temps. Nous voulions l'amour, la paix et la justice, sauf pour nos ennemis, que nous voulions voir brûler en Enfer, de préférence jusqu'à la fin des temps. Nous voulions l'indépendance et la liberté, sauf pour les communistes, qui devraient tous être envoyés en camp de rééducation, de préférence jusqu'à la fin de leurs jours. Nous voulions des dirigeants bienveillants qui représenteraient le peuple, ce par quoi nous entendions nous et pas eux, quels qu'ils soient. Nous voulions vivre dans une société d'égalité, même si posséder plus que notre voisin ne nous posait pas un problème insurmontable. Nous voulions une révolution qui renverserait la révolution que nous venions de connaître. En somme, nous voulions ne plus rien vouloir !

Ce que nous ne voulions certainement pas, c'était une tempête, et pourtant c'est ce que nous avons eu le septième jour. Les croyants ont crié, une fois de plus, *Dieu, viens-nous en aide !* Les incroyants ont crié, *Dieu, espèce de bâtard !* Croyants ou incroyants, la tempête était inévitable, qui dominait l'horizon et s'approchait de plus en plus. Soudain frénétique, le vent a forci et, à mesure que les vagues grossissaient, notre arche a gagné en vitesse et en altitude. La foudre illuminait les plis sombres des nuages noirs, le tonnerre couvrait notre gémissement collectif. Un torrent de pluie a explosé sur nos têtes, et tandis que les vagues poussaient notre navire encore plus haut, les croyants priaient, les incroyants juraient, mais tous pleuraient. Enfin notre arche a atteint son pic et, l'espace d'un instant éternel, s'est juchée sur la crête enneigée

d'un précipice marin. En regardant cette profonde vallée couleur de vin qui nous attendait, nous étions certains de deux choses. La première était que nous allions évidemment mourir ! Et la seconde était que nous allions très certainement vivre !

Oui, nous en étions sûrs. *Nous – allons – vivre !*

Et nous avons plongé, en hurlant, dans l'abîme.

PREMIÈRE PARTIE

Moi

1

Je ne suis peut-être plus un espion ou une taupe. Mais un fantôme, je le suis assurément. Comment pourrais-je ne pas l'être, avec dans ma tête ces deux trous par où coule l'encre noire qui me sert à écrire ces mots ? Quelle étrange situation, d'être mort tout en rédigeant ces lignes dans ma petite chambre du Paradis. Cela doit faire de moi un écrivain fantôme, et en tant que tel il est pour moi facile, quoique effrayant, de tremper ma plume dans l'encre qui coule de mes trous jumeaux, l'un fait par moi-même et l'autre par Bon, mon meilleur ami et frère de sang. Baisse ton pistolet, Bon. Tu ne peux me tuer qu'une seule fois.

Ou peut-être pas. Je suis aussi encore un homme aux deux visages et aux deux esprits, dont il se peut que l'un soit toujours intact. Avec mes deux esprits, je peux voir n'importe quel sujet des deux côtés, et si je me flattais jadis d'y percevoir un talent, je sais aujourd'hui que c'est une malédiction. Qu'est-ce qu'un homme aux deux esprits, sinon un mutant ? Voire un monstre, peut-être. Oui, je le reconnais ! Je ne suis pas simplement un, mais deux. Pas simplement je, mais tu. Pas simplement moi, mais nous.

Vous me demandez comment nous devrions être

appelés, nous qui pendant si longtemps n'avons pas eu de nom. J'hésite à vous donner une réponse claire, car ça n'a jamais été mon habitude. Je suis un homme de mauvaises habitudes, et chaque fois que l'on m'a privé de l'une d'elles – je n'ai jamais renoncé de mon plein gré à une chose pareille –, j'y suis toujours revenu, pleurnichant et l'œil humide.

Prenez ces mots, par exemple. Je suis en train de les écrire, or écrire est la pire des habitudes. Quand la plupart des gens arrachent ce qu'ils peuvent à leur existence, souffrent pour gagner leur salaire, absorbent de la vitamine D en profitant du soleil, traquent un autre membre de leur espèce avec lequel procréer ou simplement être en rut, et refusent de penser à la mort, moi je passe le temps avec mon stylo et mon papier dans un coin du Paradis. Toujours plus blanc, toujours plus maigre, j'ai la tête qui fume de frustration, et la sueur du chagrin colle à ma peau.

Je pourrais vous indiquer le nom qui figure sur mon passeport, VO DANH. Je l'ai adopté quand j'ai su que je viendrais ici, à Paris, ou la Ville Lumière, comme nos maîtres français nous avaient appris à l'appeler. Bon et moi arrivâmes à l'aéroport en pleine nuit, en provenance de Jakarta. À notre descente de l'avion, nous fûmes saisis d'un sentiment de soulagement, car nous avions trouvé enfin asile, le rêve fiévreux de tous les réfugiés, surtout ceux qui l'avaient été non pas seulement une ou deux fois, mais trois fois : en 1954, neuf ans après ma naissance ; en 1975, à l'époque où j'étais jeune et raisonnablement beau ; et en 1979, il y a seulement deux ans. Jamais deux sans trois, comme disait l'autre ? Bon soupira avant d'enfiler le masque de sommeil fourni par la compagnie aérienne. Espérons simplement que la France vaut mieux que l'Amérique.

Cet espoir était mal fondé, si on devait juger un pays à ses douaniers. Celui qui vérifia mon passeport portait sur sa figure le masque blanc de tous les agents de sécurité du monde lorsqu'il regarda ma photo, puis ma tête. Son visage pâle semblait mécontent que quelqu'un m'ait laissé entrer dans son cher pays, lui à qui manquait une lèvre supérieure, ainsi qu'une moustache pour dissimuler ce manque. Vous êtes vietnamien, dit ce Blanc, et ce furent les premiers mots que l'on m'adressa alors que je visitais le pays de mon père pour la première fois.

Oui ! Je suis Vo Danh ! Outre mon plus bel accent français, je gratifiai ce douanier d'un sourire parfaitement flagorneur, engageant au point d'en être agaçant. Mais mon père est français. Je suis peut-être aussi français ?

Son cerveau de bureaucrate analysa ma phrase et, lorsqu'il finit par sourire, je me dis, *Ah ! J'ai fait ma première blague en français !* Pourtant il répondit : Non… vous… n'êtes… clairement… pas… français. Pas… avec… un… nom… pareil. Il tamponna ma date d'arrivée, 18/07/81, sur mon passeport et me jeta celui-ci sur le guichet. Il regardait déjà le quémandeur suivant, derrière moi.

Je retrouvai Bon après le contrôle des passeports. Nous avions enfin posé le pied en *Gaule*, comme mon père m'avait enseigné à nommer la France, dans l'école de sa paroisse. Il était donc normal que l'aéroport portât le nom de Charles de Gaulle, le plus grand des grands Français de l'histoire récente. Le héros qui avait libéré la France des nazis tout en continuant de nous asservir, nous autres Vietnamiens. Ô contradiction ! Cette perpétuelle odeur corporelle de l'humanité ! Personne n'y échappait, pas même les Américains ou les Vietnamiens,

qui se lavaient tous les jours, ni les Français, qui ne se lavaient pas tous les jours. Peu importe notre nationalité, nous nous habituons tous au fumet de nos propres contradictions.

Qu'est-ce qui se passe ? dit-il. Tu pleures encore ?

Je ne pleure pas, sanglotai-je. Je suis simplement ému d'être enfin chez moi.

Bon avait maintenant l'habitude de mes larmes imprévisibles. Il soupira et me prit par la main. De l'autre, il tenait un unique bagage, un sac de toile médiocre, cadeau des Nations unies, beaucoup moins chic que le mien, en cuir, donné par mon vieux mentor Claude quand j'étais sorti diplômé de l'Occidental College, en Californie du Sud. Mon père m'en a offert un exactement pareil le jour où j'ai quitté Phillips Exeter pour Yale, m'avait alors expliqué Claude, les larmes aux yeux. Il avait beau être un agent de la CIA dont le métier était d'interroger et d'assassiner, il pouvait se montrer sentimental pour certaines choses, par exemple notre amitié ou les accessoires masculins de luxe. Je m'accrochais à ce sac en cuir pour les mêmes raisons nostalgiques. Malgré sa petite taille, ce sac, comme celui de Bon, n'était pas rempli. À l'instar de la plupart des réfugiés, nous ne possédions presque rien, même si nos sacs étaient bourrés de rêves et de fantasmes, de traumatismes et de souffrances, de malheurs et de peines, et, bien sûr, de fantômes. Les fantômes étant très légers, nous pouvions en emporter une quantité infinie.

Devant les tapis à bagages, nous étions les seuls passagers à ne pas traîner des valises ou pousser des chariots lestés de sacs et d'envies touristiques. Nous n'étions pas des touristes, ni des expatriés, ni des migrants de retour, ni des diplomates, ni des hommes d'affaires,

ni de quelconques voyageurs pleins de dignité. Non, nous étions des réfugiés, et notre expérience dans cette machine à explorer le temps qu'on appelle un avion de ligne international ne suffisait pas à effacer l'année où nous avions croupi dans un camp de rééducation, et les deux autres passées dans un camp de réfugiés sur l'île indonésienne de Galang. Après le bambou, le chaume, la boue et les bougies des camps, nous étions déboussolés par l'Inox, le verre, le carrelage et les lumières vives de l'aéroport, et nous marchions d'un pas lent et erratique, bousculant les autres passagers pendant que nous cherchions la sortie. Nous finîmes par la trouver. Les portes automatiques s'ouvrirent. Sous l'immense plafond des arrivées internationales, une foule de visages impatients nous scrutait.

Une femme cria mon nom. C'était ma tante, ou, pour être plus exact, la femme que je disais être ma tante. Lors de mon séjour aux États-Unis en tant qu'espion communiste infiltré dans les rangs dépenaillés de l'armée sud-vietnamienne en exil, je lui avais régulièrement envoyé des lettres qui en apparence relataient mes tribulations de réfugié, mais en réalité étaient truffées de messages codés, rédigés à l'encre invisible, touchant les menées de certains éléments de cette armée qui espérait délivrer notre patrie de la férule communiste. Nous nous étions servis du livre de Richard Hedd, *Le Communisme asiatique et le mode oriental de destruction*, comme de notre chiffre commun, et il revenait à ma prétendue tante de transmettre mes messages à Man, notre frère de sang, à Bon et moi. Je la saluai avec soulagement et appréhension, car elle était au courant de ce que Bon ignorait et ignorerait toujours, à savoir que Man était un espion, comme je l'avais été. Il était mon superviseur, et s'il avait fini par devenir

aussi mon bourreau, au camp de rééducation, cela ne me convenait-il pas, à moi l'homme aux deux esprits ? Et si ma tante n'était pas vraiment ma tante, n'était-ce pas l'idéal pour un homme aux deux visages ?

Elle était en réalité la tante de Man, et elle correspondait fidèlement à la description qu'elle avait donnée d'elle-même dans sa dernière lettre : grande, mince, des cheveux noir de jais. Là s'arrêtait la ressemblance avec ce que je m'étais imaginé d'elle : une femme d'un certain âge, le dos constamment voûté à force de travailler comme couturière, rapetissée par sa soumission à la révolution. Non, le plus proche parent de cette femme était une cigarette, à en juger par la forme de son corps et par ce qu'elle tenait entre ses doigts. Elle exsudait la fumée et la confiance en soi. Avec ses hauts talons agressifs, elle faisait la même taille que moi, bien qu'elle parût plus grande en raison de sa minceur, de sa robe en tricot gris ajustée et de ses cheveux relevés, sa mise de tous les jours. Je savais qu'elle avait probablement la cinquantaine bien tassée. Mais elle aurait pu passer pour à peine quadragénaire, grâce à ce mélange d'élégance française et d'une moitié de gènes asiatiques qui en faisait une femme sans âge.

Mon Dieu ! Elle me saisit par les épaules et fit des bruits de baiser en touchant d'abord une joue, puis l'autre, selon cette charmante manière française de se saluer, à laquelle je n'avais jamais eu droit dans mon pays de la part des Français, y compris mon père. Vous deux, vous avez besoin d'habits neufs. Et d'un petit tour chez le coiffeur !

Oui, elle était définitivement française.

Je la présentai à Bon en français ; il répondit en vietnamien. Comme moi, il avait fréquenté le lycée français, mais il détestait les Français et n'était là que

pour m'accompagner. Certes, les Français lui avaient accordé une bourse, mais à part ça il n'avait jamais profité d'eux d'aucune façon, sinon en voyageant sur les routes qu'ils avaient conçues, et dont il était difficile de leur savoir gré puisqu'elles avaient été construites à la sueur de paysans comme les parents de Bon. Pendant qu'elle nous emmenait vers la file des taxis, ma tante passa au vietnamien. Elle nous interrogea sur nos voyages et nos péripéties dans la version la plus pure et la plus classique de notre langue, celle parlée par les intellectuels de Hanoi. Bon restait silencieux. Son propre dialecte mêlait le rural du Nord, d'où étaient originaires nos familles, et le rural des environs de Saigon, au sud. Ses parents s'étaient installés là-bas après notre exode catholique du Nord, en 1954 – la première de nos trois expériences de réfugiés. Il se taisait soit parce qu'il avait honte de son dialecte, soit, plus vraisemblablement, parce qu'il était furieux. Tout ce qui venait de Hanoi pouvait être communiste, et tout ce qui *pouvait* être communiste était *indubitablement* communiste, du moins aux yeux d'un anticommuniste primaire comme Bon. Il n'était pas même reconnaissant du seul cadeau que nos geôliers communistes lui avaient fait, cette leçon qui veut que ce qui ne nous tue pas nous rende plus fort. Moyennant quoi, Bon et moi étions désormais des surhommes.

Qu'est-ce que vous faites ? finit-il par demander après que nous nous fûmes assis sur la banquette arrière du taxi, encadrant ma tante.

Elle me regarda avec un air de reproche et répondit, Je vois que mon neveu ne t'a rien dit de moi. Je suis éditrice.

Éditrice ? Je faillis le dire à voix haute mais me ravisai juste à temps, car enfin j'étais censé bien

connaître ma tante. Cherchant de l'aide pour quitter le camp de réfugiés, je lui avais écrit – et pas en langage codé cette fois – car elle était la seule personne de ma connaissance qui ne fût pas américaine. Elle informerait sans doute Man de mon arrivée, néanmoins je préférais encore cette fatalité à un retour en Amérique, où j'avais commis des crimes pour lesquels je n'avais jamais été condamné, mais dont je n'étais pas fier.

Elle cita le nom d'une maison d'édition que je ne connaissais pas. Je gagne ma vie dans les livres, dit-elle. Surtout la fiction et la philosophie.

Le bruit émis par la gorge de Bon indiquait qu'il ne lisait jamais rien, hormis le manuel d'exercice de l'armée, la presse de caniveau et les messages que je collais à la porte du frigo. Il se serait senti plus à l'aise avec ma tante si elle avait vraiment été couturière, et j'étais bien content de ne lui avoir rien révélé d'elle.

Je veux que vous me racontiez tout ce que vous avez vécu, dit ma tante. La rééducation et le camp de réfugiés. Vous êtes les premières personnes que je rencontre à avoir subi une rééducation !

Peut-être pas ce soir, chère tante, répondis-je. Je ne lui parlai pas de la confession que j'avais écrite sous la contrainte en rééducation, dissimulée dans le double fond de mon sac en cuir, aux côtés d'un exemplaire décati du livre de Hedd, aux pages jaunies. Je ne savais même pas pourquoi je m'embêtais à cacher cette confession, car la dernière personne qui aurait dû la lire, Bon, ne s'intéressait aucunement à son existence. Comme moi, au camp de rééducation, il avait dû écrire de nombreuses fois, et sous la torture, sa propre confession ; contrairement à moi, il ne savait pas que le commissaire dudit camp n'était autre que

Man, son frère de sang. Comment aurait-il pu le savoir puisque le commissaire n'avait pas de visage ? Ce que Bon savait, disait-il, c'était que des aveux arrachés sous la torture n'étaient que mensonges. Comme la plupart des gens, il croyait que les mensonges, aussi souvent qu'on puisse les dire, ne devenaient jamais la vérité. Comme mon père, le prêtre, j'étais de ceux qui pensaient précisément le contraire.

L'appartement de ma tante était situé dans le 11e arrondissement, tout près de la Bastille, là où la Révolution française avait commencé. Une colonne que nous longeâmes entre chien et loup rappelait le rôle de la Bastille dans l'histoire. Si j'avais été autrefois communiste et révolutionnaire, alors j'étais, moi aussi, l'héritier de cet événement qui avait décapité l'aristocratie avec l'irrévocabilité d'une guillotine. Maintenant que nous avions quitté l'autoroute et étions au cœur de la ville, je me sentais véritablement en France, ou, mieux encore, à Paris, ses rues étroites, ses immeubles de hauteur et d'apparence identiques, sans parler des inscriptions charmantes aux devantures des magasins, exactement comme sur les cartes postales ou dans des films tels qu'*Irma la Douce*, que j'avais vu au cinéma, en Amérique, juste après mon arrivée à Los Angeles en tant qu'étudiant étranger. Tout était charmant à Paris, comme je finirais par le découvrir, même les prostituées, et même les dimanches matin, après le déjeuner, et en août, quand tout était fermé.

Les semaines qui suivraient, je ne me lasserais jamais de ce mot : « charmant » ! Ni ma terre natale ni l'Amérique ne pouvaient être qualifiées de charmantes. Le mot était trop modéré pour un pays et un peuple aussi chauds, aussi bouillants que les miens. On nous

trouvait répugnants ou séduisants, mais jamais charmants. Quant à l'Amérique, qu'il suffise de songer au Coca-Cola. Voilà un élixir véritablement *incroyable*, en ce qu'il incarne la douceur addictive, et ravageuse pour les dents, d'un capitalisme nuisible à la santé malgré son pétillement sur la langue. Mais il n'est pas charmant, contrairement au café tout chaud servi dans une tasse minuscule, sur une soucoupe miniature, avec une cuiller de dînette, par un garçon aussi sûr de la valeur de son métier qu'un banquier ou un collectionneur d'art.

Les Américains avaient Hollywood, son tapage et son clinquant, ses soutiens-gorge généreux et ses chapeaux de cow-boy, mais les Français maniaient l'arme du charme. C'était manifeste dans les détails, comme si Yves Saint Laurent avait dessiné toute la France, depuis notre chauffeur de taxi qui portait bel et bien un béret jusqu'au nom de la rue de ma tante, Richard-Lenoir, en passant par la peinture bleue écaillée de la porte en acier de son immeuble, au n° 37, le couloir sombre et plein d'écho où la lumière fonctionnait mal, et l'étroit escalier en bois qui menait, quatre étages plus haut, à son appartement.

Le fait que rien de tout cela, hormis le béret, ne soit en soi charmant montre combien les Français jouissent d'un avantage profondément injuste dans leur offensive de charme, du moins pour ceux qui, comme moi, malgré tous leurs efforts, ont été presque entièrement colonisés. Je dis presque car, en même temps que j'étais charmé en montant péniblement ces marches, une petite partie reptilienne de mon cerveau – l'indigène sauvage en moi – résista à ce charme assez longtemps pour le voir pour ce qu'il était : l'attrait de l'assujettissement. C'est ce sentiment qui me fit presque tomber

en pâmoison devant la jolie baguette posée sur la table à manger de ma tante. Oh, la baguette ! Symbole de la France, et donc symbole de la colonisation française ! Ainsi s'exprimait une part de moi. Mais l'autre part disait en même temps, Ah, la baguette ! Symbole de la manière dont nous, Vietnamiens, nous sommes approprié la culture française ! Car nous faisions de très bonnes baguettes, et le *banh mi* que nous préparions avec la baguette était bien plus savoureux et imaginatif que les sandwichs des Français. Cette baguette dialectique, en plus d'une salade de concombre et sa vinaigrette à l'alcool de riz, d'une casserole de curry de poulet avec pommes de terre et carottes, d'une bouteille de vin rouge et, pour finir, d'un flan au caramel baignant dans une flaque marron de sucre caramélisé, fut le repas préparé par ma tante. Comme je m'étais langui de ces plats ou de toute autre chose s'en approchant ! Les fantasmes culinaires m'avaient fait de l'œil au cours de ces interminables mois en camp de rééducation, quelque part dans le cercle intérieur de l'Enfer, puis au camp de réfugiés, aux marges de l'Enfer, où l'on peut dire de notre régime alimentaire qu'il était au mieux insuffisant, et au pire, immonde.

C'est mon père qui m'a enseigné la cuisine vietnamienne, dit ma tante en servant à la cuiller le curry dans nos bols. C'était un soldat, comme vous deux, mais un soldat oublié.

La seule mention d'un père me fit un coup au cœur. J'étais sur la terre de mon père, de ce patriarche qui m'avait renié. Ma vie eût-elle été différente s'il m'avait reconnu comme son fils et avait pris ma mère pour maîtresse, sinon pour femme ? D'un côté je désirais son amour, de l'autre je me détestais d'éprouver pour lui autre chose que du mépris.

Les Français ont enrôlé mon père pour qu'il aille se battre pendant la Grande Guerre, poursuivit ma tante. Bon et moi, assis au bord de nos chaises, attendions qu'elle prenne sa cuiller ou rompe la baguette, qu'elle lance le signal d'attaque contre ce repas qui nous provoquait par sa seule présence. Dix-huit ans, il avait. Arraché à l'Indochine tropicale pour être envoyé en métropole avec des dizaines de milliers d'autres. Même s'il n'a vu Paris qu'après la guerre. Et il n'est jamais rentré au pays. Ses cendres sont dans ma chambre, sur mon bureau.

Il n'y a rien de plus triste que l'exil, dit le pauvre Bon, dont les doigts tremblaient sur la nappe. Alors que, de toute sa vie, il n'avait jamais prononcé le moindre propos vaguement philosophique, son exil et la perte tragique de sa femme et de son fils le rendaient de plus en plus méditatif. Rapportez les cendres à la maison, reprit-il. Après ça seulement, l'esprit de votre père connaîtra vraiment la paix.

On pourrait penser que ce genre de propos avaient émoussé notre appétit, mais Bon et moi mourions d'envie de manger autre chose que les rations de survie d'une ONG chargée de maintenir les réfugiés tout juste en vie. De surcroît, Français et Vietnamiens partageaient un amour de la mélancolie et de la philosophie que ces optimistes invétérés d'Américains ne pouvaient pas comprendre. L'Américain standard préférait la version toute prête de la philosophie qu'on trouvait dans les guides pratiques, mais même le Français et le Vietnamien moyens avaient l'amour du savoir.

Nous discutâmes, nous mangeâmes. Tout aussi important, nous bûmes, fumâmes et pensâmes librement, trois de mes mauvaises habitudes que la rééducation m'avait interdites. Pour y pourvoir, ma tante

ne se contenta pas de déboucher bouteille de vin rouge sur bouteille de vin rouge. Elle ouvrit une boîte marocaine posée sur sa table à manger et qui contenait deux genres de cigarettes, avec haschich ou sans haschich. Même le mot « haschich » paraît charmant, ou du moins exotique, comparé à « marijuana », la drogue favorite de l'Amérique, bien que les deux proviennent de la même plante. La marijuana était ce que fumaient les hippies et les adolescents, et son symbole était un groupe terriblement ringard nommé Grateful Dead, qu'Yves Saint Laurent aurait fait passer par les armes pour avoir popularisé les tee-shirts *tie and dye*. Le haschich, lui, évoquait le Levant et les souks, le bizarre et l'excitant, le décadent et l'aristocratique. On pouvait goûter la marijuana en Asie, mais en Orient on fumait du haschich.

Même Bon partagea une des puissantes cigarettes, et c'est à ce moment-là, notre faim rassasiée, nos corps et nos esprits détendus, nous sentant un peu plus français dans notre arrogante extase postprandiale qui, pour des réfugiés, était presque aussi agréable que l'extase postcoïtale, que l'œil de Bon fut attiré par une des photos encadrées sur la cheminée.

Est-ce que c'est – il se leva brusquement, tituba, retrouva l'équilibre, puis marcha sur les franges d'un tapis persan jusqu'à la cheminée. C'est – il pointa un doigt vers le visage – c'est *lui*.

Lorsque je dis à ma tante qu'apparemment ils connaissaient la même personne, elle répondit, Je ne vois pas qui.

Bon se retourna, rouge de colère. Je vais te dire qui, moi. Le *diable*.

Je me levai d'un bond. Si le diable était là, j'avais envie de le rencontrer ! Mais en y regardant de plus

près… Ce n'est pas le diable, dis-je en avisant la photo colorisée d'un homme dans la fleur de l'âge, avec un bouc et des cheveux blancs, la tête nimbée d'un halo de lumière. C'est Hô Chi Minh.

J'avais été autrefois un communiste fervent comme lui. Ma mission s'était même poursuivie en Amérique, où j'avais contribué à soutenir la révolution dans mon pays en faisant de mon mieux pour saborder la contre-révolution à l'étranger. Je n'avais partagé ce secret avec à peu près personne, et surtout pas avec Bon. Les seuls qui fussent au courant de mes sympathies communistes étaient ma tante et son neveu, Man. Lui, Bon et moi étions frères de sang, les Trois Mousquetaires, ou plutôt, tels que l'Histoire nous jugerait peut-être, les Trois Stooges. Man et moi étions des espions. Nous luttions en secret contre la cause anticommuniste à laquelle Bon était si attaché, et ce subterfuge nous mettait dans toutes sortes de situations compliquées, dont nous nous tirions généralement par la mort de quelqu'un. Aujourd'hui encore, Bon croyait que Man était mort, et que j'étais aussi anticommuniste que lui, car il avait vu comment les communistes m'avaient abîmé en rééducation, ce que, de son point de vue, ils ne pouvaient infliger qu'à leurs ennemis. Or je n'étais pas l'ennemi du communisme. Simplement j'avais la faiblesse, presque mortelle, de pouvoir sympathiser avec les vrais ennemis du communisme, dont les Américains. Ce que m'avait appris la rééducation, c'est que les communistes convaincus étaient comme les capitalistes convaincus : incapables de nuance. Sympathiser avec l'ennemi équivalait à sympathiser avec le diable, à trahir. Bon, catholique fervent, anticommuniste ardent, le pensait très certainement. Il avait tué plus de communistes que quiconque de ma connaissance, et

s'il avait conscience que quelques-unes des personnes qu'il avait tuées avaient peut-être été simplement confondues avec des communistes, il était persuadé que l'Histoire et Dieu le lui pardonneraient.

Voilà qu'il pointait l'index vers ma tante et disait, Vous êtes communiste, n'est-ce pas ? Par réflexe, j'attrapai sa main, conscient que si son doigt avait été posé sur une détente, ma tante aurait risqué la mort sur-le-champ. Bon gifla ma main, et ma tante haussa un sourcil avant d'allumer une cigarette sans drogue.

Je suis une compagne de route plutôt qu'une communiste, dit-elle. Je suis assez modeste pour savoir que je ne suis pas une vraie révolutionnaire. Une sympathisante, rien de plus. Elle avait à l'égard de ses idées politiques ce détachement dont seuls les Français sont capables, peuple si froid qu'il n'utilise presque jamais la climatisation réclamée par les Américains. Comme mon père, je suis plus trotskiste que stalinienne. Je crois au pouvoir au peuple et à la révolution internationale, pas à un parti qui dirige les affaires au service de son pays. Je crois aux droits de l'homme et à l'égalité pour tous, pas au collectivisme et à la révolution prolétarienne.

Alors pourquoi avoir une photo du diable chez vous ?

Parce qu'il n'est pas le diable, mais le plus grand des patriotes. Quand il vivait à Paris, il se faisait même appeler Nguyen le Patriote. Il croyait en l'indépendance de notre patrie, comme toi et moi, comme mon père. Est-ce qu'on ne devrait pas célébrer ce que nous avons en commun ?

Elle s'exprimait avec calme et raison. Aux oreilles de Bon, elle aurait tout aussi bien pu parler une langue inconnue. Vous êtes une communiste, dit-il sur un ton définitif. Lorsqu'il se tourna vers moi, il avait le regard

farouche et furieux d'un chat de gouttière blessé, acculé. Je ne peux pas rester ici.

Je compris alors que ma tante aurait la vie sauve. Selon le code d'honneur rigide de Bon, remercier de l'hospitalité par un meurtre était immoral. Mais il était bientôt minuit et nous n'avions nulle part d'autre où aller.

Dors ici cette nuit, dis-je. Demain, on ira voir le Boss. J'avais son adresse dans mon portefeuille. Je l'avais notée au camp de Pulau Galang, avant que les magiciens chargés des départs du camp téléportent le Boss à Paris, l'année précédente. L'allusion au Boss calma Bon, car le Boss, qui lui devait la vie, avait promis de s'occuper de nous si nous arrivions un jour à le rejoindre ici.

D'accord, dit-il. Ses instincts meurtriers étaient émoussés par le haschich, le vin et la fatigue. Il regarda une dernière fois ma tante avec un semblant de regret, soit ce qui pour lui s'approchait le plus du véritable regret. Ça n'a rien de personnel.

La politique est toujours une affaire personnelle, mon cher, dit-elle. C'est ça qui la rend mortelle.

Ma tante se retira dans sa chambre, nous laissant au salon avec un canapé et des draps empilés sur le tapis persan.

Tu ne m'as jamais dit qu'elle était communiste, me lança Bon, assis sur le canapé, les yeux injectés de sang.

Parce que tu n'aurais jamais accepté de loger ici, répondis-je en m'asseyant à côté de lui. Et les liens du sang sont plus importants que les convictions, non ? Je levai la main, celle dont la paume était striée d'une cicatrice rouge, la marque de notre fraternité du sang scellée à Saigon, un soir, dans un arbre du lycée. Nous

avions entaillé nos paumes et nous étions serré la main, mêlant nos sangs à jamais.

À présent, un ou deux siècles après notre adolescence – en tout cas c'était ce que nous ressentions après tout ce que nous avions enduré –, sur la terre de nos ancêtres les Gaulois, Bon leva sa main entaillée et dit, Alors, qui va dormir sur le canapé ?

Allongé par terre, j'entendis Bon, sur le canapé, susurrer les prières qu'il disait tous les soirs à Dieu, à Linh et à Duc, sa femme et son fils morts en avril 1975 sur le tarmac de l'aéroport de Saigon, pendant que nous courions pour embarquer à bord du dernier avion quittant la ville – notre deuxième expérience de réfugiés. Dans le chaos, une balle indifférente tirée par un inconnu les avait tous deux transpercés. Parfois, Bon entendait leurs tristes fantômes l'appeler, tantôt pour le supplier de les rejoindre, tantôt lui enjoignant de rester en vie. Mais ses mains, si douées pour tuer les autres, ne se retournaient pas contre lui, car le suicide était un péché contre Dieu. Ôter la vie d'autrui, en revanche, était parfois autorisé, car Dieu exigeait souvent des fidèles qu'ils soient les instruments de Sa justice – c'est du moins ce que m'expliquait Bon. Être un bon catholique doublé d'un tueur froid ne lui posait aucun problème, mais ce que je craignais davantage que ses contradictions, et sans doute les miennes, était qu'un jour nous en venions à nous contredire l'un l'autre. Ce jour-là, quand il apprendrait mon secret, Bon exercerait sa justice sur moi, sans se préoccuper du sang que nous partagions.

Avant de partir, le lendemain matin, nous offrîmes à ma tante un cadeau venu d'Indonésie, un paquet de *kopi luwak*, un des quatre contenus dans le sac

de Bon. L'idée nous avait été inspirée par un des acolytes du Boss, qui, la veille de notre départ, s'était présenté à nous avec trois paquets de *kopi luwak* en guise de cadeau à son chef. Le Boss adore ce café-là, nous avait-il dit. Avec son museau tremblant, ses moustaches clairsemées et ses pupilles noires, il ressemblait à la créature fouinesque qu'on voyait sur les emballages, avais-je pensé sur le coup. Le Boss en a expressément réclamé, nous avait dit l'acolyte. À l'aéroport, Bon et moi avions rassemblé notre argent et acheté le quatrième paquet de *kopi luwak*, celui que ma tante tenait présentement, en choisissant la même marque. Lorsque j'expliquai que le *luwak*, la civette, mangeait les cerises de café crues et les rejetait naturellement, les faisant paraît-il fermenter dans ses intestins d'une manière hautement gastronomique, elle éclata de rire, ce que je trouvai assez désagréable. Le *kopi luwak* coûtait une fortune, surtout pour des réfugiés comme nous, et s'il y avait bien une chose que les Français devaient adorer, c'était le café filtré par une civette. Étant donné leur propension à consommer cervelles, tripes, escargots et consorts, les Français, dans leur détermination héroïque à manger toutes sortes d'animaux et d'organes d'animaux, étaient des Asiatiques d'honneur.

Oh, le pauvre paysan qui doit récupérer ça ! dit-elle en fronçant le nez. Ce n'est pas une vie. Mais, consciente de son faux pas, elle ajouta aussitôt, Je suis sûre que c'est délicieux. Demain matin, je nous en ferai une tasse – ou en tout cas, j'en ferai une pour toi et moi.

Elle me désignait du menton, puisque le lendemain matin Bon devait être avec le Boss. Sobre dans la lumière du matin, Bon ne fit aucune allusion au diable qui les avait séparés, signe que la Ville Lumière

lui avait peut-être déjà éclairé l'esprit, ne serait-ce que d'un rayon. Idem pour ma tante. Elle nous indiqua même comment rejoindre la station de métro Voltaire, à une rue de là, d'où nous nous rendîmes dans le 13e arrondissement. C'était le quartier asiatique, ou la Petite Asie, source de bien des rumeurs et des histoires que nous avions entendues au camp de réfugiés.

Arrête de pleurer, me dit Bon. Nom de Dieu, tu es encore plus sentimental qu'une bonne femme.

C'était plus fort que moi. Ces visages ! Les gens autour de nous me rappelaient le pays. Ils étaient nombreux, mais beaucoup moins que dans les Chinatown de San Francisco ou de Los Angeles, où presque tout le monde était asiatique. Pourtant, comme j'allais rapidement m'en rendre compte, la vision de plus de personnes non blanches que nécessaire rendait les Français nerveux. Par conséquent, la Petite Asie donnait à voir un nombre notable mais néanmoins raisonnable de visages asiatiques, pour la plupart laids ou banals, et malgré tout rassurants pour moi. Le représentant moyen de n'importe quelle race n'est pas beau, mais si la laideur des autres ne fait que confirmer nos préjugés, le manque de charme de nos congénères est toujours un réconfort.

Je séchai mes larmes, ce qui était plus indiqué pour mieux observer nos coutumes et nos habitudes, peut-être incongrues ici, mais qui nous réchauffèrent quand même le cœur. Je veux parler du pas traînant que les Asiatiques préfèrent à la grande foulée, et de cette manière typique dont les hommes marchent devant leurs femmes éprouvées qui portent les sacs de courses, ou, comme était en train de le faire un de ces mêmes modèles de galanterie, se mouchent en appuyant le doigt sur une narine pour en expulser vigoureusement

le contenu à travers l'autre, le missile ratant mes pieds de quelques centimètres. Répugnant, peut-être, mais aisément lavé par la pluie, ce qui n'est pas le cas d'un mouchoir roulé en boule.

Notre destination était un magasin d'import-export qui annonçait la couleur en français, en chinois et en vietnamien. Parmi ses prestations figurait l'envoi au pays de colis, de lettres et de télégrammes, c'est-à-dire la livraison de l'espoir à un pays affamé. Assis sur un tabouret derrière le comptoir, l'employé nous regarda et poussa un grognement en guise de salut. Je lui dis que je cherchais le Boss.

Il n'est pas là, répondit-il, exactement comme nous l'avait annoncé l'acolyte.

On est ceux de Pulau Galang, dit Bon. Il nous attend.

L'employé grogna encore, se laissa glisser de son tabouret avec une prudence hémorroïdaire et disparut dans une allée du magasin. Une minute plus tard, il revint et dit, Il vous attend.

Derrière le comptoir, au bout d'une allée, la porte donnait sur le bureau du Boss, parfumé au désodorisant à la lavande, tapissé de lino, décoré de calendriers montrant des Hongkongaises nubiles dans des poses exubérantes et d'une horloge en bois dont j'avais déjà vu un spécimen à Los Angeles, dans le restaurant de mon ancien chef de la Branche spéciale, le général, celui que j'avais trahi et qui m'avait trahi en retour. Certes, j'étais tombé amoureux de sa fille. Mais qui ne serait pas tombé amoureux de Lana ? Je la regrettais encore comme nous autres, réfugiés, regrettions notre pays, dont l'horloge était d'ailleurs une représentation sculptée. Notre pays était désormais irrémédiablement transformé, et le Boss aussi. Nous faillîmes ne pas le reconnaître lorsqu'il se leva derrière son bureau

d'acier. Au camp de réfugiés, il était aussi émacié et dépenaillé que les autres, avec ses cheveux sales, son unique chemise tachée de marron aux aisselles et entre les omoplates, et pour seules chaussures une paire de claquettes.

À présent il portait des mocassins, un pantalon à faux plis et un polo, soit la tenue décontractée de la branche urbaine et occidentale d'*Homo sapiens*. La raie de ses cheveux courts était si parfaite qu'on aurait pu y glisser un crayon. Au pays, il avait fait des affaires juteuses dans le riz, les boissons gazeuses et la pétrochimie, sans parler de certains produits du marché noir. Après la révolution, les communistes l'avaient soulagé de son excès d'argent, mais ces chirurgiens esthétiques gloutons lui avaient retiré trop de graisse. Menacé de mourir de faim, il avait fui ici. Il lui avait fallu seulement une année pour redevenir homme d'affaires et retrouver l'apparence remplumée de l'humanité prospère.

Parfait, dit-il. Vous avez apporté la marchandise.

Nous commençâmes notre rituel de socialisation masculine en nous prenant dans les bras et en nous donnant des tapes sur le dos. Bon et moi adoptâmes ensuite la position des simiens socialement inférieurs en donnant notre tribut au mâle alpha : les trois paquets de *kopi luwak*. Puis les réjouissances débutèrent, à savoir fumer des cigarettes françaises et boire du Rémy Martin VSOP dans de petits verres qui épousaient nos mains à la manière de seins parfaits. Cela faisait deux ans que je n'avais rien bu de plus raffiné que du whisky de riz de contrebande, capable de vous rendre un homme aveugle, et les retrouvailles de ma langue avec une de ses plus fidèles amours, le cognac, me mirent les larmes aux yeux. Le Boss ne disait rien. Comme Bon, il m'avait maintes fois vu pleurer

au camp de réfugiés. Alors que d'autres y souffraient de la malaria, j'étais souvent saisi d'accès inattendus de pleurnicherie, une fièvre dont je n'étais pas encore tout à fait guéri.

Une fois ma langue remise de son contact avec le corps voluptueux et cuivré du cognac, je reniflai et dis au Boss que je ne l'avais jamais soupçonné d'être homme à apprécier un café fait à partir de fruits déféqués par une civette. Il me décocha sa plus belle imitation de sourire, prit un coupe-papier, ouvrit un des paquets et déposa dans sa paume un grain marron brillant, qui luisait sous la lampe de bureau.

Je ne bois pas de café, dit-il. Du thé, oui. Mais le café, je trouve ça trop fort.

Nous regardâmes le malheureux grain, et la pointe du coupe-papier contre son ventre. Le Boss le fit rouler sous ses doigts jusqu'à ce qu'il se retrouve entre le pouce et l'index, puis le gratta doucement avec la lame. Le marron s'effaça, dévoilant une blancheur au-dessous.

Simple teinture végétale, dit-il. Parfaitement inoffensive, même quand on la renifle.

Il ouvrit le deuxième paquet, sortit un autre grain et, une fois de plus, gratta une partie du colorant pour découvrir la blancheur au-dessous.

Il faut bien que je vérifie le produit, dit-il. Je ne peux pas toujours faire confiance aux sous-fifres. D'ailleurs, règle générale : ne jamais faire confiance aux sous-fifres.

Il ouvrit un tiroir et en sortit tranquillement un marteau, comme s'il y avait toujours des marteaux dans les tiroirs. Il frappa délicatement le grain jusqu'à ce que celui-ci se réduise en une poudre fine. Il plongea un doigt dans la poudre blanche, un peu teintée

par le colorant marron, et le lécha. En apercevant brièvement sa langue rose, je sentis mon gros orteil se contracter.

Rien de mieux que renifler pour vérifier. Mais j'ai des gens pour ça. Ou alors vous pourriez le faire. Vous voulez essayer ?

Nous fîmes non de la tête. Après un nouveau sourire factice, il ajouta, Braves garçons. Voilà un remède formidable, mais je ne vous souhaite pas d'avoir besoin d'être guéris.

Puis il fendit le troisième paquet, sortit un autre grain, le posa sur son bureau et le cogna à l'aide du marteau – une, deux, trois fois. Le grain ne se décomposa pas. Le Boss fronça les sourcils et tapa un peu plus fort. Il fracassa le grain avec un coup qui fit sursauter la lampe de bureau. Lorsqu'il souleva la tête du marteau, nous vîmes, en lieu et place d'une fine poudre blanche, un cercle de débris marron.

Merde, grommela Bon.

Café, dit le Boss en reposant doucement le marteau. Il se cala au fond de son fauteuil, ourlant très légèrement les lèvres, tel un commissaire aux comptes amusé de découvrir l'erreur fatale d'un escroc. Le temps dut s'arrêter, car je m'aperçus que les aiguilles de l'horloge n'avaient pas bougé d'un millimètre depuis notre arrivée dans le bureau du Boss. Eh, les gars, dit-il. Je crois qu'on a un problème.

Et par « on », il entendait bien sûr « vous », ou « nous ».

Personne ne savait comment s'appelait le Boss. Ou si quelqu'un connaissait son nom, il n'osait pas le prononcer. Il y en avait bien un mentionné sur son passeport, mais personne ne savait s'il était vrai, et

seules les autorités l'avaient vu. Sans doute son père et sa mère connaissaient-ils son nom, mais le Boss étant orphelin, peut-être qu'ils ne lui avaient même pas attribué de nom avant de l'abandonner. L'orphelin s'apparentait au bâtard, et j'en concevais une certaine sympathie pour le Boss. Il s'était enfui de son orphelinat à douze ans, ne supportant plus l'enseignement catholique, le régime quotidien de bouillie avec quelques morceaux de porc séché, les mauvais traitements infligés par les autres orphelins au motif qu'il était chinois, le sentiment de rejet permanent parce qu'il n'avait jamais été adopté. De par son expérience auprès des enfants, il n'avait pas envie d'en avoir. Le Boss n'avait besoin de laisser aucun héritage, sauf celui qu'il s'était créé, le seul qui vaille d'être possédé. Il observa les deux hommes devant lui – dont l'un était moi – et décida qu'ils ne menaçaient pas son héritage, qu'ils n'étaient pas bêtes au point de mettre en danger leur relation profitable avec lui pour cinq cents grammes de ce remède de première catégorie.

Vous savez quoi ? Revenez demain avec l'autre paquet de *kopi luwak*. Ce n'est pas compliqué, si ?

En chœur, ils répondirent oui. Les gens qui le connaissaient disaient toujours oui, si tel était son souhait, ou non, si tel était son souhait. Quant à ceux qui ne le connaissaient pas, il lui revenait de leur faire comprendre qui il était et comment ils devaient répondre. Ces deux-là le connaissaient et comprirent que, s'il ne pouvait pas leur confier cinq cents grammes, il ne pourrait rien leur confier. Il se fendit d'un sourire et dit, Une erreur involontaire, je suis sûr. Désolé de vous infliger ça. Tu dis que ta tante aime le haschich ? Je lui en donnerai un peu. C'est moi qui régale. Gratis.

Puis il nota sur un bout de papier deux adresses pour

Bon et dit, Laissez vos affaires et allez au restaurant. Vous ne devez pas être en retard pour votre premier boulot.

Ils terminèrent leur cognac, lui serrèrent la main et le laissèrent seul avec la bouteille de Rémy Martin, le paquet de cigarettes, un cendrier sale, trois verres vides, les grains de café et le marteau. Il retira la poudre blanche et le café marron de la tête du marteau et, tenant ce dernier dans sa main, admira son poids, son équilibre, son élégance. Il l'avait acheté dans une quincaillerie peu après son arrivée à Paris, en même temps qu'une boîte de clous. Partout où il allait, une des premières choses qu'il aimait acheter, s'il ne l'avait déjà, c'était un marteau. Le marteau était un outil simple, mais c'était la seule chose dont il ait jamais eu besoin, outre son cerveau, pour changer le monde.

2

Si je craignais le Boss pour de bonnes raisons, je craignais un peu moins Bon. Avec le recul, c'était une erreur, puisque Bon m'a tiré une balle dans la tête. Cela faisait plus de vingt ans que je le connaissais, depuis notre rencontre au lycée. Il avait vu trop de violence, trop de morts, parfois par sa faute, pour redouter quelqu'un comme le Boss. Il avait passé le plus clair de sa vie, et d'une manière néfaste à tous sauf à lui-même, à se préoccuper du sens de la mort. S'il s'agissait d'un des buts de la philosophie, alors Bon était un grand philosophe. Il méditait sur la mort depuis le jour où, enfant, un groupe de vietcongs avait pointé le doigt accusateur d'un revolver derrière le crâne de son père, perforé la coquille fragile, montré ce qu'aucun fils ne devrait jamais voir, et éveillé en lui une pulsion meurtrière qui ne connut aucun répit jusqu'à son séjour en rééducation. Là-bas, la Mort l'avait réveillé chaque matin, brandissant l'éclat brisé d'un miroir suffisamment près pour qu'il voie la buée de son souffle brouiller son reflet.

Avant sa rééducation, chasser et tuer n'avait jamais dérangé Bon. Après sa rééducation, il s'intéressa d'un peu plus près à l'offre d'emploi que le Boss lui fit

au camp de réfugiés. L'ayant vu dans ses œuvres – Bon venait de lui sauver la vie –, le Boss avait dit, Un homme comme toi pourrait m'être utile pour ce genre de choses.

Je ne fais pas de mal aux innocents, avait répondu Bon.

Ils avaient regardé l'homme effondré à leurs pieds, inconscient ou peut-être sans vie, les traits de son visage redessinés par Bon à la manière cubiste. Le Boss avait haussé les épaules et acquiescé, puisque le prix d'entrée dans sa profession incluait la perte de l'innocence. En revanche, il avait hésité devant l'autre exigence de Bon, celle de me fournir aussi un travail.

Je n'emploie pas des gens comme cette espèce de Bâtard Fou, avait-il fini par lâcher. Il voyait bien que j'avais perdu un boulon, le fidèle boulon qui pendant des années avait maintenu mes deux esprits attachés. Parfois, je ne remarquais même plus que j'avais deux esprits, car c'était mon état naturel, si contre nature fût-il. Mais mon boulon, à force d'avoir été malmené quand je faisais l'espion, la taupe et le fantôme, s'était détaché. Tant qu'il était resté en place, mes deux esprits avaient plutôt bien fonctionné ensemble. Désormais, j'étais en roue libre.

C'est soit nous deux, soit personne, avait dit Bon.

C'est ça le problème avec la loyauté, avait soupiré le Boss. C'est formidable jusqu'à ce que ça devienne emmerdant.

Devant son magasin d'import-export, nous étions confrontés à un dilemme. Le Boss voulait que nous nous mettions tout de suite au travail. Il voulait aussi récupérer son *kopi luwak*, que ma tante avait et risquait d'ouvrir à tout moment. Que faire ?

Elle a dit qu'elle ferait le café demain, dis-je. Et elle n'avait pas l'air très enthousiaste. Donc à mon avis il y a peu de chances qu'elle le boive toute seule.

D'accord, fit Bon en regardant le soleil pour déterminer l'heure. Sa montre lui avait été prise par nos gardiens, pendant la rééducation, pour… pour… Non, sans raison particulière. Réglons ça au plus vite.

Le logement se trouvait à quelques pas de là, derrière un quartier dont l'architecture ordinaire était dénuée de charme. Contrairement au Paris de Maurice Chevalier et de Catherine Deneuve, la plus grande partie du 13e arrondissement manquait de charme. Quant à savoir si les autorités laissaient les Asiatiques y habiter à cause de sa laideur ou si c'était la présence de ceux-là qui accentuait celle-ci, c'était une autre affaire. Quoi qu'il en soit, Bon fut satisfait lorsque la concierge fatiguée, à la permanente aplatie, nous montra son futur logis, car les lits superposés lui rappelaient les casernes militaires qu'il avait tant aimées. L'atmosphère y était nostalgique, aussi, empreinte de sueur masculine, évoquant l'honnêteté et la camaraderie. Néanmoins la pièce était peuplée de civils, à en juger par les couvertures roulées en boule sur les matelas, les tapis en roseaux froissés sur le parquet, et ce qui passait pour une cuisine : une table pliante sur laquelle trônaient un cuiseur de riz et un réchaud électrique graisseux à deux plaques.

Ils sont tous au travail, dit la concierge. Votre lit est là.

Le loyer est de combien ?

C'est le Boss qui s'en charge. Une bonne affaire, pas vrai ?

Une bonne affaire pour Bon signifiait une encore meilleure affaire pour le Boss. Mais sans autre recours

que l'appartement de ma tante, Bon laissa tomber son sac sur le matelas et dit, Je le prends.

C'était là, comme la rééducation le lui avait enseigné, son talent unique. Il pouvait tout prendre.

Notre étape suivante fut Délices d'Asie, rue de Belleville, où Bon allait être commis de cuisine. Commis de cuisine ? avait-il dit. Je ne sais pas faire la cuisine. Ne t'inquiète pas, avait répondu le Boss. L'endroit n'est pas connu pour sa nourriture.

Dans ce restaurant qui n'était pas connu pour sa nourriture, le carrelage blanc au sol palpitait de veines variqueuses de graisse marron, les murs jaunes étaient souillés de ce que j'espérais être des traces de doigts poisseux, et dès que les portes de la cuisine s'ouvraient, on entendait hurler et glousser les serveurs revêches ou les chefs grossiers. À côté de la caisse, une stéréo passait des cassettes d'opéras chinois et vietnamiens aux voix stridentes. Derrière la caisse se tenait le patron et programmateur musical de l'établissement, Le Cao Boi, qui, par son apparence comme par ses manières, était l'incarnation même du Vietnamien romantique : un peu poète, un peu play-boy, un peu truand.

J'adore voir leurs corps se crisper quand j'appuie sur « play », dit-il avec un petit rire en regardant l'unique client de la salle abandonner une assiette encore grouillante de vers, qui, de plus près, se révélèrent être des nouilles grasses et gélatineuses. Il éjecta la cassette et en mit une autre. Led Zeppelin, « Stairway to Heaven », dit-il. C'est mieux. Bon ! Le Boss m'a tout raconté sur les deux vilains garçons que vous êtes.

Le Cao Boi était le maréchal du Boss. Il nous présenta les employés du restaurant : les deux serveurs, les trois chefs, le commis serveur et l'homme de ménage, soit,

comme les surnommait Le Cao Boi, les Sept Nains. Contrairement à ceux de Blanche-Neige, ils n'étaient pas mignons et même pas si nains que ça, mais simplement méchants, brutaux et petits. Le plus remarquable, comme je le signalai à Le Cao Boi, était qu'un effectif de sept personnes semblait démesuré pour un restaurant vide à midi un jour de week-end. Il sourit et dit, On se demande bien pourquoi le Boss m'envoie deux employés de plus, pas vrai ?

Comme il devait paraître évident même aux yeux d'un touriste ou d'un étranger, le restaurant ne survivait pas grâce à sa production culinaire, mais parce qu'il était un avant-poste des ambitions du Boss, lequel souhaitait quitter le ghetto de la Petite Asie pour conquérir le centre de Paris, le cœur de la blanchitude, y compris avec ses parts de ténèbres. Cet avant-poste servait de couverture à Le Cao Boi et aux Sept Nains, qui, en plus d'être petits, étaient énervés et ambidextres. Ils avaient pour arme de prédilection le couperet, efficace aussi bien en cuisine qu'en missions, durant lesquelles ils transportaient chacun deux grosses lames sous les aisselles, rangées dans des étuis en cuir sur mesure.

Ils sont énervés parce qu'ils sont petits, dit Le Cao Boi. Et ils sont difficiles à battre parce qu'ils sont petits. Les autres croient les frapper à la tête alors qu'ils frappent dans le vide. Je ne vous conseille pas d'être attaqués par les sept en même temps, mais c'est comme ça qu'ils fonctionnent. L'un vous découpe votre organe viril, l'autre vous hache les rotules, un troisième vous paralyse, et tout ça en même temps. Il exhala un nuage de fumée. En revanche, ils ne font pas dans la nuance. Le mot « nuance » ne fait pas partie de leur vocabulaire. D'ailleurs, le mot « vocabulaire » ne fait

pas partie de leur vocabulaire. C'est pour ça que *vous* êtes ici.

Le Cao Boi ajusta ses lunettes aviateur, qu'il n'ôtait jamais, même quand il faisait l'amour, du moins c'est ce qu'on disait, lui le premier. Il était fier de posséder d'authentiques Ray-Ban américaines, et non, comme il lui plaisait de le souligner, de médiocres contrefaçons. Le Cao Boi aimait être à la mode, depuis ses chaussettes de marque jusqu'à ses cheveux tellement gominés qu'aucune mèche ne bougeait jamais, et ce en toute occasion, qu'il déclame de la poésie (la sienne), qu'il fasse l'amour (énergiquement) ou qu'il manie son arme favorite, une batte de base-ball offerte par un cousin d'Amérique. Le Cao Boi vivait mal d'avoir trouvé refuge en France plutôt qu'en Amérique, le pays dont il avait rêvé pendant sa jeunesse à Cholon. Comme le Boss, il était d'origine chinoise, fils d'un truand de Cholon et petit-fils d'un marchand de Canton installé à Saigon au début du siècle. Le grand-père vendait de la soie et de l'opium, le père vendait seulement de l'opium, et le petit-fils ne vendait rien d'autre que ses services violents, déchéance qu'il ruminait souvent dans ses poèmes, lesquels étaient si indescriptiblement mauvais qu'il n'en sera fait aucune mention ici.

Considérez-moi comme un Baudelaire avec une batte de base-ball, dit-il en nous montrant sa précieuse Louisville Slugger. Quel nom ! ajouta-t-il en faisant rouler la batte sur le comptoir où se dressait la caisse déprimée, elle dont le seul but dans la vie – voir ses touches actionnées – n'était pour ainsi dire jamais atteint. Alors, comment est-ce qu'on doit vous appeler ? Toi, tu es le Tueur, c'est évident. Je n'aimerais pas voir ta tête en ouvrant la porte. Mais toi ! Le Cao Boi

posa son regard pensif sur moi. Le Boss dit que tu avais déjà un petit nom. Tu sais lequel ?

Il m'adressa un sourire, de ceux que les Américains qu'il admirait tant appelaient « sourire à bouffer de la merde », expression dont le sens était à l'exact opposé de ce que l'on pourrait penser. Salut, le Bâtard Fou, dit Le Cao Boi. J'ai beaucoup entendu parler de toi.

Autrefois, je l'aurais mal pris. Mais après tout ce que j'avais enduré et vu, peut-être étais-je vraiment un bâtard fou. Peut-être était-ce une manière comme une autre de désigner un homme aux deux visages et aux deux esprits. Dans ce cas, au moins je savais qui j'étais, et on ne pouvait pas en dire autant de la plupart des gens. Mon double reflet dans les verres de ses lunettes me rappela que je n'étais pas un, mais deux, qu'il n'y avait pas que *moi*[1], mais aussi, parfois, nous. Nous étions peut-être deux personnes dans un seul corps, deux esprits dans une coquille, mais si c'était une faiblesse, celle d'être divisé contre moi-même, c'était aussi une force, celle d'être mon propre jumeau. Nous n'étions pas deux moitiés de quoi que ce soit. Comme me le disait toujours ma mère, Tu as tout en double !

Allez, trêve de bavardages, dit Le Cao Boi. La pluie et le beau temps, ça m'épuise. Mettons-nous au travail.

Hé, chef, dit un des nains en sortant du fond du restaurant. Il avait les paupières tombantes. Grincheux a encore remis ça.

Du ma ! s'écria Le Cao Boi. Et alors, pourquoi tu n'interviens pas ?

Du ma ! fit Dormeur en me montrant du doigt. C'est lui, le nouveau.

1. Les mots en italique suivis d'un astérisque sont en français dans le texte. *(Note du traducteur.)*

Bien vu. Le Cao Boi pointa le menton dans ma direction. Va avec Dormeur. Il te montrera ce qu'il faut faire. Après ça, on attaquera le vrai travail.

Je suivis Dormeur au fond du restaurant. Il s'arrêta devant une porte crasseuse et dit, avec un sourire, Tu dois commencer tout en bas et ensuite remonter, d'accord ?

Il rit très fort de sa blague et sembla quelque peu contrarié en voyant que je ne riais pas. Grommelant, il donna un coup de pied dans la porte et dit, Tu dois toujours avoir les mains propres. Mains propres, nourriture propre, pas vrai ? Lorsque Dormeur remarqua que j'avais la nausée et les larmes aux yeux, il se jucha sur la pointe des pieds pour jeter un coup d'œil dans la cuvette et dit, Putain. Beurk. Franchement… Bonne chance, le nouveau.

Je ne vis aucune trace de gants en caoutchouc, si tant est que l'intérieur de ces gants eût été hygiénique. Les seuls outils permettant de déblayer l'orifice obstrué étaient une ventouse au manche court, une coupelle en caoutchouc terriblement petite et la brosse souillée d'un balai à chiottes. Si la ventouse ou le balai pouvaient parler, à n'en pas douter ils hurleraient jusqu'à la fin des temps, ce que déjà je faisais intérieurement.

Je ressortis des toilettes quelque vingt minutes plus tard, tremblant et essayant de ne pas penser aux fines gouttelettes d'eau qui s'étaient répandues sur tous mes vêtements, voire peut-être sur mes bras et ma figure. J'avais vu pire au camp de réfugiés, mais j'étais censé être dans la Ville Lumière !

C'est fait ? demanda Le Cao Boi. Je n'arrête pas de dire à Grincheux de ne pas manger ici. Je l'aurai prévenu. Bon, allons-y. Il y a une dette à aller récupérer.

Notre destination se trouvait dans le Marais, peuplé de juifs et de pédés, pour citer Le Cao Boi, bien que notre cible ne fût rien de tout cela. Il s'agissait, m'expliqua Le Cao Boi, d'un client qui aimait cogner les filles, ce qui pouvait être acceptable, en fonction des paiements versés. Inacceptable, en revanche, était le fait que cet homme avait accumulé des dettes qu'il n'arrivait plus à rembourser.

Ne jamais s'endetter pour une femme, me dit Le Cao Boi en s'arrêtant devant la porte d'une agence de voyages pour laisser passer un touriste japonais qui portait autour du cou un appareil photo au zoom aussi long que son bras. À l'intérieur, un jeune couple était assis devant l'agent de voyages, dont le seul crime, à première vue, était d'avoir associé une cravate tricotée à une chemise de bûcheron à manches courtes. Ses yeux s'emplirent de peur à la vue de ces deux Asiatiques et demi qui n'avaient pas l'air d'être de respectables bourgeois cherchant un répit face aux exigences médiocres du capitalisme français des années 1980. Bon s'assit sur une chaise à côté du jeune couple et regarda fixement le client. Le Cao Boi expliqua que nous attendrions, qu'ils pouvaient prendre leur temps, que le littoral espagnol était magnifique à cette période de l'année. Les quelques minutes suivantes furent pesantes, du moins pour l'agent de voyages, car Le Cao Boi faisait le tour du bureau en sifflant « Stairway to Heaven » et en passant son doigt sur les photos de plages et de palmiers affichées aux murs, sur les brochures du comptoir, et sur le dos des chaises où était assis le jeune couple.

Bon, sans bouger, observait uniquement l'agent de voyages, mais surveillait le couple du coin de l'œil. Les deux amoureux se regardèrent lorsque l'agent com-

mença à bredouiller. Ses doigts tremblaient au-dessus du classeur des voyages tout compris. Debout, silencieux, le dos tourné au mur à côté de la porte, je les regardais tous, et quand le jeune couple, avec un sourire nerveux, promit de repasser, j'ouvris la porte. L'agent de voyages agita les mains vers Le Cao Boi et alterna entre explications et suppliques, mais Le Cao Boi ne l'écouta pas et dit à Bon, C'est un voleur qui aime cogner les filles. On n'aurait pas pu te confier un meilleur travail pour débuter, si ?

Oui, c'est vrai. Bon se leva. Ça va être facile. En tout cas pour moi.

En regardant l'agent de voyages trembler et gémir, roulé en boule sur le sol immaculé – Bon prenait bien soin de ne pas faire couler le sang –, je compris avec une soudaine honte que je partageais quelque chose avec cet homme, outre notre désir plaintif de vivre. Je partageais aussi sa masculinité, sa concupiscence, son cerveau fébrile qui ne pouvait pas passer dix minutes sans qu'un fantasme sexuel traverse son champ de vision. Les hommes étaient tous les mêmes, ou tout du moins entre quatre-vingt-dix et quatre-vingt-quinze pour cent d'entre eux. Bon était peut-être une exception, d'un cœur si pur que, même dans les profondeurs océaniques de son esprit et de son âme, il ne fantasmait pas sur le sexe opposé. La plupart des hommes le faisaient. Et moi… j'étais comme la plupart des hommes.

Je pleurai un peu pour l'agent de voyages, mais surtout pour moi et pour ma mère, qui de là-haut devait me regarder avec consternation. Le Cao Boi renifla d'un air dégoûté, non par l'agent de voyages tabassé, mais par mes larmes. Ressaisis-toi, mon vieux, dit-il devant la porte de l'agence, dehors.

Bon, gêné, me lança, Va chercher le *kopi luwak*. Et nous nous séparâmes. Tandis qu'ils regagnaient Délices d'Asie, je me rendis chez ma tante, séchant mes larmes, revoyant Bon tordre les parties génitales de l'agent de voyages jusqu'à ce que le pauvre soit à deux doigts de perdre conscience et implore sa mère, ce qui me fit penser à la mienne. Je n'avais jamais vécu avec une autre femme que ma mère, et je ne savais absolument pas quoi faire avec une femme qui n'était pas ma mère et que je ne courtisais pas. J'ouvris doucement la porte de l'appartement de ma tante et la trouvai à son bureau, niché dans une alcôve du couloir. Elle était en train de corriger un manuscrit en fumant, à moins que fumer fût son véritable métier et l'édition, son passe-temps.

Comment s'est passée ta journée ? Elle agita sa cigarette vers moi et m'en proposa une.

Rien d'exceptionnel, dis-je, en me demandant si le *kopi luwak* était toujours intact. J'ai rencontré mon patron et j'ai un peu travaillé pour lui.

Fais un petit brin de toilette et raconte-moi tout ça. Elle m'indiqua la salle de bains, à mi-chemin du couloir. Il va bientôt y avoir des invités et je leur ai tout raconté à ton sujet, mon cher et talentueux neveu.

Comme je le découvris au cours des mois suivants, l'appartement de ma tante était le lieu d'un véritable salon d'écrivains, d'éditeurs et de critiques, une cohorte d'intellectuels tellement à gauche que j'étais toujours surpris de les voir presque tous manger de la main droite. Grâce à sa carrière dans l'édition, ainsi qu'à son penchant pour la vie mondaine et à une indéniable faculté de flatter subtilement l'ego masculin – bien que la subtilité fût rarement requise –, ma tante s'était constitué un vaste réseau d'amis, principalement des hommes, qui

venaient échanger mots et idées chez elle. Au moins deux ou trois fois par semaine, un visiteur passait avec une bouteille de vin ou une boîte de macarons colorés. Ma tante consommait le tout avec insouciance, sans que cela ait le moindre effet notable sur sa fine taille, un talent qu'elle devait au fait qu'elle ne mangeait presque pas de véritable nourriture, du moins pas en ma présence, préférant se remplir de fumée, des mots et idées mentionnés plus haut, enfin de ces macarons légers et sucrés.

Je peux te faire un peu de *kopi luwak* ? lui lançai-je depuis la cuisine, hors de la vue de son alcôve. À mon grand soulagement, notre cadeau était intact. Lorsque ma tante répondit oui, il me suffit d'inverser les paquets et de me rendre dans le salon avec une cafetière à piston en verre remplie du liquide noir. Ma tante me rejoignit. Pendant que je lui racontais ma journée, nous fumâmes des gauloises et bûmes le café de civette.

Je ne peux pas dire que je sente une différence, dit-elle. Mais c'est délicieux. C'est même assez fort.

C'est psychologique. Quand on sait d'où il vient, le goût est altéré.

Exactement comme quand on sait d'où viennent ce Boss et ce Le Cao Boi, dit-elle. Je les imagine sombres et puissants, comme ce café. Le truand et le romantique. Le violent et le lyrique. Est-ce que ce ne serait pas la définition de la culture de notre pays ?

Ce n'est pas la France, notre pays ? Mon père, quand il enseignait dans mon école, nous faisait répéter après lui : nos ancêtres les Gaulois.

Ton père était un colonisateur et un pédophile, ce qui va de pair. La colonisation est une forme de pédophilie. Le pays paternel viole et maltraite ses malheureux

élèves, tout ça au nom sacré et hypocrite de la mission civilisatrice !

Quand tu parles de moi comme ça, j'ai l'impression d'être un symbole.

Il va falloir t'y faire, mon cher. Nous autres Français n'aimons rien tant que les symboles.

Telle était la nature de nos conversations, si rafraîchissantes après la propagande brutale du camp de rééducation et le pseudo-réalisme rudimentaire d'un rêve américain légèrement rouillé. Les Américains détestent les symboles, sauf les symboles patriotiques et sentimentaux comme les armes, les drapeaux, Maman et la tarte aux pommes, autant de choses que l'Américain moyen se dit prêt à défendre jusqu'à la mort. On ne peut qu'aimer un peuple aussi pratique, pragmatique, intolérant à l'interprétation, pressé d'en venir simplement aux faits, chère madame. Si vous essayez de comprendre avec des Américains le sens profond d'un film, ils vous disent spontanément que c'est juste une histoire. Pour les Français, rien n'est jamais juste une histoire. Quant aux faits, les Français les trouvent assez ennuyeux.

Les faits, me dit ma tante, ne sont que le début, jamais la fin.

À propos de faits, je croyais que tu étais couturière.

Et moi je croyais que tu étais un capitaine patriote devenu réfugié. Tu as eu droit à ta couverture et moi à la mienne.

Grâce à Man ? demandai-je. Lorsqu'elle acquiesça, j'ajoutai, Tu lui as dit que j'étais ici ?

Bien sûr. Pas encore reçu de réponse. Elle me regarda d'un œil pénétrant. Ma fidélité première va à lui, mon vrai neveu. Ou même pas tout à fait à lui, mais à la révolution que tu as abandonnée.

Je n'ai pas abandonné la révolution. C'est elle qui m'a abandonné.

Déceptions, abandons, trahisons… malheureusement, c'est le lot commun des révolutions, comme de toutes les histoires d'amour passionnel. Il s'est passé quelque chose entre vous deux ?

Parce que je suis redevenu un réfugié ?

Oui. Ou est-ce que c'est encore une autre couverture ? Pour te protéger vis-à-vis de Bon ? S'il apprenait que tu as été communiste, il te tuerait, non ?

Ma tasse était vide, à l'exception d'une fine couche noire de café moulu. Oui.

Quand tu m'as écrit pour me demander de l'aide, j'ai accepté…

Et je t'en remercie…

… à cause de tout ce que tu as fait pour la révolution. Et parce que je veux savoir ce qui est arrivé à notre révolution. Je sais reconnaître la propagande. Et ce qui ressort de notre révolution, c'est de la propagande. Mais si imparfaite que soit notre révolution – et quelle révolution est jamais parfaite ? –, ça ne veut pas dire pour autant que je soutiens les contre-révolutionnaires. Donc dis-moi, mon cher ex-communiste : est-ce que tu es devenu un réactionnaire ?

Je n'ai le choix qu'entre communiste et réactionnaire ?

Tu en vois d'autres ?

Tu es éditrice, dis-je. J'ai quelque chose à te faire lire.

Je récupérai ma confession dans le double fond de mon sac en cuir et lui donnai les trois cent quatre-vingts pages. Elle eut à peine le temps de jeter un coup d'œil sur la première page que quelqu'un frappait à la porte. C'étaient nos visiteurs, habillés d'une

manière à la fois élégante et décontractée qui me fit prendre conscience de ma simple chemise blanche aux manches retroussées, de mon pantalon noir sinistre et de mes chaussures poussiéreuses – tenue qui me faisait ressembler à un serveur, ce que désormais j'étais. Eux aussi portaient des chemises, des pantalons ; eux aussi avaient des bras, un torse, et une tête. Mais bien que nous partagions les mêmes éléments qui faisaient de nous des êtres humains, ils étaient de toute évidence du filet, saignant et parfaitement saisi, quand j'étais des abats bouillis, vraisemblablement les intestins. Autrement dit, nous étions des parents lointains, mais jamais personne ne nous confondrait. La qualité du coton de leurs chemises, tissé par un enfant esclave hirsute quelque part dans un pays pauvre et chaud, se voyait même de loin. Quant à leurs pantalons, ils étaient si bien coupés qu'ils n'avaient pas besoin de ceinture, alors que le mien était large au point d'exiger une horrible courroie en peau de serpent que m'avait fournie le camp de réfugiés, sans doute donnée par un homme à la corpulence typiquement américaine, originaire du Texas ou de Floride – c'est-à-dire qu'elle était assez longue pour deux Vietnamiens émaciés.

Le premier invité, dont la chevelure noire en bataille se mouchetait de gris, était un psychanalyste. L'autre, dont les cheveux gris soigneusement coiffés se zébraient de noir, était un homme politique. Il était socialiste, ce qui en France n'avait rien de déshonorant, et il était très heureux puisqu'un sien camarade socialiste avait remporté l'élection présidentielle peu de temps auparavant. L'homme politique était assez célèbre pour qu'on puisse le présenter uniquement par ses initiales. La première fois, cela me troubla.

BHV ? dis-je.

BFD, répéta ma tante.

BFD et le psychanalyste, un maoïste qui venait de finir son doctorat, me regardèrent avec une curiosité qui se mua vite en dédain, ce dédain que les Français ont tant de mal à dissimuler, puisqu'ils y voient une vertu. Ma tante me présenta comme un réfugié de la révolution communiste dans mon pays. Ces deux hommes étant des gauchistes, à leurs yeux les révolutionnaires vietnamiens étaient des bons sauvages de l'ère moderne. Si je n'étais pas un de ces bons sauvages, je devais forcément être un mauvais sauvage, situation que n'arrangeait pas mon français scolaire, complètement rouillé à force de n'avoir pas été utilisé pendant de longues années après le lycée. Après quelques échanges malaisés au cours desquels je prouvai rapidement que je n'étais pas capable de nager dans les eaux intellectuelles, culturelles et politiques de Paris, de la France ou des Français – je parlai de Sartre, par exemple, sans savoir que le grand existentialiste était mort depuis un an –, le docteur maoïste, BFD et ma tante ne m'écoutèrent plus. Je restai assis dans un coin du canapé, humilié, situation que j'ai souvent connue, surtout quand on me traitait de bâtard. Je répondais généralement par la colère, qui est un bon masque. Mais je n'étais pas moi-même, ou plutôt j'étais à la fois moi et moi-même, avec mon boulon qui brimbalait, et je trouvai du réconfort dans la première, puis la deuxième bouteille de vin que les invités avaient apportées. Le train de la conversation passa en trombe devant moi, ne me révélant à travers ses fenêtres que quelques aperçus. Je fumais les cigarettes de ma tante, je contemplais le plafond, le tapis ou les bouts vernis des chaussures des deux hommes, et je savais que j'étais non seulement un clown, mais un imbécile.

Lorsque ma tante proposa du haschich, j'acceptai avec soulagement, ne voyant pas comment quitter élégamment leur ménage à trois. Pourtant, sous l'effet envoûtant du haschich, il me parut tout à fait normal que, à la fin de la soirée, lorsque le docteur maoïste dit au revoir, même à moi, BFD reste assis. Ma tante referma la porte derrière le docteur maoïste et déclara, Quelle soirée formidable. En attendant demain…

Elle désigna du menton BFD, lequel se leva, me salua de la tête d'un air vaguement moqueur, puis suivit ma tante dans sa chambre. Je les entendais rire derrière la porte, certainement de moi. Je ris avec eux. Après tout, j'étais le réfugié, pas le révolutionnaire, le bouseux de la campagne, le neveu demeuré des colonies, le bâtard idiot, tellement provincial et pudibond que, même dans les brumes du haschich, j'étais choqué que ma tante fasse l'amour à un homme politique, à un homme tout court, tout socialiste qu'il était.

Plus tard dans la nuit, alors que j'étais couché sur le canapé, une bombe à retardement explosa dans ma tête sous la forme d'une leçon. En essayant de trouver le sommeil, je repensai soudain à un professeur de mon lycée qui avait fait ses études à Paris dans les années 1930. Nous le vénérions et l'enviions. D'ailleurs, la vénération et l'envie étaient répandues dans notre colonie torride, comme dans toutes les colonies. Les colons se croyaient divins, et les intermédiaires indigènes à leur service, comme mon professeur, jouaient aux prêtres et aux disciples. Rien d'étonnant, donc, à ce que les colons nous regardent comme des sauvages, des enfants, ou des moutons, et que nous les regardions comme des demi-dieux, des maîtres, ou des brutes. Le danger de vénérer des êtres humains,

bien sûr, est qu'ils finissent par montrer leur humanité imparfaite, après quoi le croyant n'a d'autre choix que de tuer l'idole déchue, quitte à en mourir.

Certains d'entre nous aimaient les Français, nos protecteurs, et d'autres haïssaient les Français, nos colonisateurs. Mais nous avions tous été séduits par eux. Il est difficile d'être aimés par des gens, comme les Français imaginaient leur relation avec nous, ou d'être maltraités par des gens, même si les Français prétendaient le contraire, sans être façonnés par leurs mains ni touchés par leur langue. Ainsi avions-nous appris la langue et la littérature françaises sous la conduite de ce professeur qui avait posé le pied sur le sol de *la Gaule**, notre patrie, en tant que boursier envoyé pour ingérer le meilleur de la culture française. Il nous était revenu, à nous les indigènes enténébrés, sous la forme d'une éponge imbibée, s'appliquant lui-même sur des fronts que guettait la fièvre révolutionnaire.

Ah, les Champs-Élysées, s'enflammait l'Éponge. Oh, la tour Eiffel !

Et nous nous pâmions tous, un peu, rêvant de pouvoir aussi embarquer un jour pour la métropole, équipés seulement d'une valise, d'une bourse et d'un complexe d'infériorité.

Ah, Voltaire ! se répandait l'Éponge. Oh, Descartes ! Oh, Rousseau !

En vérité, nous adorions lire ces grands maîtres en français pour les cours de l'Éponge, et nous croyions tout ce qu'il nous disait, à savoir que les plus grandes œuvres de la littérature et de la philosophie étaient universelles, que la littérature et la philosophie françaises étaient les plus grandes de toutes, et qu'en apprenant la littérature, la philosophie et la langue françaises nous pourrions un jour aussi devenir

français, même si notre apprentissage du canon était compliqué par le contexte colonial. De Descartes, par exemple, j'appris que je pense, donc je suis ! Mais j'appris également que dans un monde divisé entre le corps et l'esprit, nous, les Vietnamiens, étions dominés par notre corps, ce qui expliquait pourquoi les Français pouvaient nous dominer avec leur esprit. De Voltaire, j'appris que j'avais intérêt à cultiver mon jardin, ce qui pouvait signifier plein de choses, mais qui, enseigné par les Français, signifiait de nous mêler de nos affaires et de nous contenter de nos petits lopins, tandis qu'eux s'occupaient de toute notre colonie et nous infligeaient des horreurs à la *Candide*. Quant à Rousseau, peut-être est-il celui dont j'ai le plus appris, car pendant que j'écrivais ma confession sous la houlette musclée de Man, au camp de rééducation, le début de celles de Rousseau me revint soudain :

> Je forme une entreprise qui n'eut jamais d'exemple et dont l'exécution n'aura point d'imitateur. Je veux montrer à mes semblables un homme dans toute la vérité de la nature ; et cet homme, ce sera moi. [...] Si la nature a bien ou mal fait de briser le moule dans lequel elle m'a jeté, c'est ce dont on ne peut juger qu'après m'avoir lu.

Merci, Jean-Jacques ! Tu m'as donné l'envie d'être fidèle à moi-même, car bien qu'étant un bâtard méprisable, j'ai été un bâtard méprisable à nul autre pareil dans l'histoire, ni avant ni depuis. J'ai appris à aimer me confesser et je n'ai jamais cessé de reconnaître mes crimes, violence, torture et trahison, que nos maîtres français nous avaient appris par leur violence

et leurs tortures, en même temps qu'ils trahissaient leurs idéaux.

Ces leçons complexes trouvaient leur confirmation chaque fois que je quittais les lieux saints du lycée et empruntais les rues de Saigon avec un livre français sous le bras, où, de temps en temps, on m'insultait dans la langue de Dumas, de Stendhal ou de Balzac. N'importe quel Français, homme, femme ou enfant, riche ou pauvre, beau ou laid, pouvait nous traiter de tous les noms, et parfois ne s'en privait pas. *Bâtard de Jaune ! Chinetoque aux yeux bridés !* Les lèvres les plus joliment formées et les dents les plus blanches, emmenées par les plus belles chaussures et les souliers les plus délicats, pouvaient cracher ces graines sur nous, graines qui prenaient racine sous notre peau souillée, comme il était arrivé à Hô Chi Minh, qui eut la meilleure formule en écrivant que nous, colonisés d'Afrique et d'Asie, n'étions pour nos maîtres « que de sales nègres et de sales Annamites, bons tout au plus à tirer le pousse-pousse et à recevoir des coups de cadouille de nos administrateurs ».

Certains d'entre nous n'entendaient pas les insultes et voulaient seulement être aimés de leurs maîtres.

Certains d'entre nous ne pouvaient oublier les insultes et voulaient tuer leurs maîtres.

Et certains d'entre nous – moi et moi-même, principalement – aimaient leurs maîtres en même temps qu'ils les détestaient.

Aimer un maître qui vous frappe n'est pas un problème si c'est la seule chose que l'on ressent. Mais aimer *et* détester doit être gardé comme un vilain petit secret, car aimer le maître que l'on déteste engendre inévitablement désarroi et haine de soi. Voilà pourquoi je ne m'étais jamais jeté à corps perdu dans l'étude

du français comme je l'ai fait avec l'anglais ; pourquoi, aussi, une fois parti du lycée, je n'avais pratiquement plus prononcé le moindre mot français. Le français était la langue de notre esclavagiste violeur, tandis que l'anglais était une nouveauté, annonçant une arrivée américaine qui signerait la fin de notre avilissement français. Je maîtrisais l'anglais sans ambiguïté parce qu'il n'avait jamais été notre maître.

À présent, enfin à Paris, dans le pays de mon père, en compagnie du socialiste BFD et du docteur maoïste, je m'aperçus soudain que je n'étais pas simplement vu comme un autre par les Blancs. Ils *m'entendaient* comme un autre, également. Car quand j'ouvrais la bouche et brisais la sublime porcelaine de leur langue française, ils entendaient ce que le poète, petit génie, trafiquant d'armes et marchand d'esclaves Rimbaud avait dû entendre, puis plagié auprès de quelque anonyme voyageur africain ou oriental : *Je est un autre*.

Les Français n'avaient pas besoin de nous condamner. Tant que nous parlions dans leur langue, nous nous condamnions nous-mêmes.

Je, l'autre, me réveillai, mais c'était comme si moi, ou je, rêvais encore, car je voyais à travers mes yeux, mais je pouvais également nous voir, moi et moi-même, à travers ceux de ma tante et de BFD. Ils ressortirent de la chambre ébouriffés et néanmoins élégants, mais je leur apparus seulement ébouriffé. Tel un boxeur sur le ring après un round victorieux, BFD portait un peignoir en velours bleu : c'était l'uniforme postcoïtal réservé à tous les visiteurs de ma tante. Elle avait une robe de chambre en satin gris et un turban du même tissu, le genre de tenue qu'aurait pu arborer entre deux scènes une star du cinéma muet. Ils bavardèrent aima-

blement en fumant, en buvant du café de civette et en feuilletant les journaux. BFD avait reniflé le café avant d'y plonger sa langue et de rire, ce qui me donna envie de l'étrangler. Ne jamais se moquer de la nourriture ou des boissons d'une autre culture ; c'est un péché mortel. Broyant du noir devant mon café et ma tartine grillée, je prêtais à peine attention à leur conversation, sauf pour relever les références au « haschich » et aux « boat people ».

Cette dernière expression, ils l'employèrent après avoir lu un papier paru dans *L'Humanité*, le journal favori de ma tante (BFD préférait *Libération*, mais *L'Humanité*, dit-il, faisait l'affaire). BFD brandit le journal et montra l'article sur les boat people, ainsi que la photo d'un chalutier flottant sur l'océan, aussi surchargé de mes compatriotes que le métro à l'heure de pointe. Mais alors que le passager ne doit affronter les désagréments du métro que quelques minutes, mes compatriotes souffraient des jours et des semaines durant, exposés au soleil, au vent et à la pluie, aux pirates qui débarquaient régulièrement pour sélectionner les parties les plus délectables de la cargaison, enfin aux requins qui nageaient à côté pour faire du lèche-vitrines, reluquant la viande fraîche exposée.

Extrêmement triste, dit BFD, très posément et très fort, remuant les lèvres avec un ralenti exagéré. *Toi aussi. Un boat people. Comme eux. Extrrrrêmement triste. Ils n'ont rien. Nous avons tout. Nous devons les aider. Nous devons* t'*aider.*

Il pointa le doigt vers moi, comme si ses mots ne suffisaient pas. Je me forçai à sourire et ravalai ma haine, qui avait goût de sang – donc moins désagréable que ce que l'on pourrait imaginer, étant donné le nombre de gens qui aiment, visiblement, manger leur viande

saignante et juteuse. La chaleur de sa pitié était si forte qu'elle ne me réchauffait pas. Au contraire, je bouillais, et la vapeur sifflait par mes oreilles, puisque je gardais la bouche fermée après avoir prononcé les quelques mots conciliants dont j'étais capable. Comment expliquer que les prétendus boat people s'étaient déjà aidés eux-mêmes en embarquant sur leurs bateaux ? Comment expliquer que je refusais d'être qualifié de « boat people », un terme tellement écrasant que même les Français, si anglophobes, l'avaient emprunté et adopté dans leur vie quotidienne, comme le *jean* ou le *week-end* ?

Je n'étais pas un boat people, sauf à considérer que les Pères pèlerins anglais fuyant les persécutions religieuses pour aller en Amérique à bord du *Mayflower* en étaient aussi. Ces réfugiés-là avaient eu seulement la chance de tomber sur des indigènes bientôt malheureux qui n'avaient pas de caméras pour montrer quels êtres pestilentiels, à moitié affamés, mal rasés et pouilleux ils étaient. Par contraste, notre malheur avait été recensé pour l'éternité par *L'Humanité*, où nous étions vus comme tout sauf humains. Non, les boat people n'étaient pas humains, ils n'avaient pas l'heur d'être immortalisés sur la toile par quelque peintre romantique, se tenant hardiment à la proue de leurs navires en perdition, affrontant les éléments monstrueux avec la noblesse des héros grecs précieusement conservés au Louvre afin d'être admirés par les touristes et étudiés par les historiens de l'art. Non, les boat people étaient des victimes, des objets de pitié, à jamais figés par les photos des journaux. Une part de moi, le petit garçon à sa maman, désirait cette pitié. Mais ma part adulte ne voulait ni ne méritait la pitié, ne voulait pas être traitée de victime et ne méritait pas d'être perçue

comme telle, pas après tout ce que j'avais fait, en bien comme en mal. Si pour être humain il fallait faire pitié, alors au diable l'humanité ! J'étais un bâtard méprisable – reconnaissez-le !

Au lieu de ça, je ne fis que dire : Merci. Oui, s'il vous plaît, aidez-les.

BFD se leva pour partir, satisfait non seulement de nous avoir, mon peuple et moi, remis à notre pitoyable place, mais d'avoir obtenu que je le remercie de sa condescendance. Il me vint à l'esprit que, si mon français était maladroit et mon vietnamien incompréhensible à ses oreilles, mon anglais était bon – et rien ne fait se sentir plus inférieur, et donc furieux, un Français que d'entendre parler l'anglais. Dans un recoin de toute âme française rôde un Américain, qui toussote discrètement de temps en temps pour rappeler au Français leur histoire commune, depuis que les Français ont aidé ces pitoyables parvenus d'Américains dans leur révolution contre les Anglais, puis quand ils ont eu besoin de l'aide de ces mêmes Américains lors des deux guerres mondiales. Et pour finir, « l'Indochine », ce mot étrange, dans la mesure où nous n'étions ni indiens ni chinois. C'était cette Indochine fantastique que les Français, épuisés, avaient confiée aux désormais très tapageurs Américains. Comme ce devait être douloureux de se voir rappeler le déclin de son propre empire en étant confronté à l'essor d'un nouveau ! Oh, oui, l'anglais, dans ce cas précis, était une insulte et un défi, surtout venant de quelqu'un comme moi, qui n'étais même pas américain mais « indochinois ».

Alors, dans un américain parfait, je dis, Je vous ai bien entendu parler de haschich ? Parce qu'il se trouve que j'en ai, et de très bonne qualité.

BFD hésita, surpris par ce perroquet jaune. L'onctueux socialiste aurait pu m'envoyer paître en français, mais la tentation était trop forte pour lui de démontrer qu'il parlait aussi l'anglais. Eh bien, oui, en effet, j'étais en train de dire à ta tante que notre… fournisseur… a disparu.

Il y a six mois, sans un mot, précisa ma tante. Son anglais courant, comme celui de BFD, était teinté d'un charmant accent français, mais il restait moins bon que le mien, car je savais prononcer ce terme on ne peut plus américain – *hee-haw !* –, ce que la plupart des Français n'arrivent pas à faire, à moins de se concentrer énormément pour aspirer leurs *h*. J'en déduis que c'est forcément mauvais signe pour lui, poursuivit ma tante.

Sauf s'il a trouvé la foi, dis-je.

J'en doute, répondit ma tante. Saïd ne s'intéresse qu'à l'argent. À ce propos… Excuse ma grossièreté, mais…

Oui, oui, oui, dis-je, sachant intuitivement que quelqu'un comme BFD, homme politique de son état, n'achèterait jamais la marchandise, en tout cas pas à moi. Le tenant entre mes doigts, je levai le morceau d'aluminium que le Boss m'avait chargé de remettre à ma tante. *Ceci* – la lumière de la lampe de ma tante toucha l'aluminium et le fit briller comme un éclair lointain – *ceci* est un cadeau.

3

Oh, quelle migraine ! Et elle n'était pas causée seulement par ces trous dans ma tête, mais par la gueule de bois tenace consécutive à cette matinée-là et à sa décision malavisée. Ô mon Dieu – ou Ô mon Karl Marx, ou Ô mon Hô Chi Minh –, qu'avais-je fait ? Comme me l'avait dit un jour le général : Rien n'est aussi cher que ce qui est donné gratuitement. Et c'était on ne peut plus vrai, puisque je lui avais donné gratuitement ma loyauté, tout en l'espionnant (sans même parler du fait que j'avais séduit Lana). J'étais alors son aide de camp, Saigon était sur le point de tomber et, bien qu'il fût allié aux Américains, il parlait là des dangers de l'aide américaine, que les Américains donnaient gratuitement, même si leur soutien coûtait toujours très cher. En l'occurrence, je veux parler du Sud-Viêtnam, nous avions mené la guerre contre le communisme voulue par les Américains, pour les voir finalement abandonner la plupart d'entre nous au moment où nous avions le plus besoin d'eux. Donc qui payait pour ce cadeau ? Et combien ? Était-ce le signe avant-coureur de ma chute, alors que j'avais à peine commencé à m'élever de la position que j'occupais au bas de l'échelle en tant que triple réfugié ?

Mon intention était d'accrocher BFD en vue de futures ventes, même si celles-ci devaient se faire par l'intermédiaire de ma tante. Il doit veiller à sa réputation, me dit-elle après avoir refermé la porte derrière lui. C'est le maire du 13e arrondissement.

Encore mieux. Je sentais dans ma bouche le goût salé de la vengeance, et c'était ce que je voulais, au risque d'en ressortir assoiffé et avec une mauvaise haleine. Mais en cherchant à me venger du socialiste, n'étais-je pas en train de devenir le plus horrible des criminels ? Pas un dealer, ce qui est affaire de mauvais goût. Je veux dire par là : étais-je en train de devenir un *capitaliste*, ce qui est affaire de mauvaise morale, surtout parce que le capitaliste, contrairement au dealer, ne voit jamais sa mauvaise moralité, ou du moins ne l'admet jamais. Le dealer n'est qu'un petit délinquant qui cible des individus, et s'il en tire éventuellement quelque honte – ou pas –, il voit généralement l'illégalité de son activité. Le capitaliste, lui, est un délinquant légal qui cible des milliers, voire des millions de personnes, sans ressentir la moindre honte de son pillage. Peut-être seul quelqu'un comme le docteur maoïste pouvait-il comprendre cela. Il le comprenait si bien qu'il téléphona à ma tante l'après-midi même pour lui demander une partie de la marchandise, après que BFD l'eut informé de sa qualité. Contrairement à ce dernier, il ne semblait pas se soucier de sa réputation. Pour tout dire, être un fumeur de haschich notoire ne faisait sans doute qu'accroître sa réputation.

Apparemment, ton produit est excellent, me dit-elle avec un soupçon de reproche, en raccrochant le combiné. Je n'aurais pas été contre en goûter un peu aussi.

Je verrai ce que je peux faire, dis-je. Un plan était en train de se jeter dans les bras accueillants de mon

esprit, qui n'avait pas tenu une chose pareille depuis longtemps. Quant à ma tante, elle avait ses propres plans pour moi.

J'ai une amie qui enseigne le français aux immigrés, reprit-elle. Il faut que tu peaufines ton français. Tu es à moitié français, tu devrais connaître la langue de ton père aussi bien que l'anglais. Et puis tu ne peux pas travailler toute ta vie dans ce restaurant. Tu ne devrais pas, en tout cas. Certes, il n'y a rien de mal à travailler dans un restaurant, mais tu as d'autres talents qui valent mieux que ça.

Je repensai à ma carrière d'espion, à mes plans et à mes manipulations, à mes idéaux et à mes illusions, à mes décisions et à mes maladresses. Ma vie de révolutionnaire et d'espion n'avait eu pour but que de répondre à une seule question, héritée de cette avant-garde de la révolution qu'était Lénine, et qui me guidait depuis mes années lycéennes : QUE FAIRE ? Dans mon cas, j'avais tué deux hommes, et ils étaient innocents, ou pour l'essentiel innocents, et j'étais coupable, ou pour l'essentiel coupable. Je les avais tous deux tués sur ordre du général, qui avait eu le malheur de me faire assez confiance pour me nommer officier au sein de la Branche spéciale. Notre tâche consistait à éradiquer les communistes et les dissidents. Le général ne m'avait jamais soupçonné d'être un espion, ni à Saigon ni les années suivantes, quand, avec lui et sa famille, nous avions fui pour Los Angeles en tant que réfugiés. Le jour où Man m'avait ordonné de suivre le général en Amérique, il avait eu raison : le général et ses hommes continueraient la guerre de là-bas, ils essaieraient de reconquérir notre pays et d'écraser la révolution. Si le prix du meilleur comédien pouvait être attribué à des espions, je le méritais, car je m'étais montré

suffisamment doucereux pour convaincre le général que le véritable espion était mon collègue de la police secrète, l'adjudant glouton. Et lorsque le général décida que ce dernier devait recevoir un aller simple pour l'au-delà, il me chargea de le lui remettre. Ce ne fut pas moi qui appuyai sur la détente au moment où l'adjudant glouton me sourit dans son allée – ce fut Bon –, mais j'étais responsable de sa mort.

Quant au deuxième homme que j'avais tué, Sonny, je l'avais connu dans les années 1960, à l'époque où nous étions tous deux étudiants étrangers en Californie du Sud. Lui était militant de gauche et moi, un communiste qui se faisait passer pour proche de la droite. Sonny avait eu la sagesse de rester en Californie et de devenir journaliste, un métier dangereux dans notre pays. Mais ce fut notre pays qui le rattrapa lorsque nous arrivâmes en Amérique, nous les réfugiés, dont le général, qui le soupçonnait d'être un agent communiste. Une fois de plus, le général fit de moi son garçon de courses. Et si j'avais refusé, moi, son adjoint hyper-compétent et ultra-anticommuniste, son imagination paranoïaque m'aurait trouvé suspect, à juste titre. J'avais donc abattu Sonny à bout portant, et depuis, lui comme l'adjudant glouton me hantaient par intermittence. Leurs voix émergeaient distinctement, de temps en temps, de mon inconscient saturé de parasites.

Des talents ? Mon rire eut quelque chose de bizarre, même à mes oreilles. Quels talents ?

Ma tante sembla déconcertée. Son *sang** n'était plus si *froid**. Tu sais écrire, dit-elle. J'ai presque fini de lire ta confession. Il ne me reste plus que trente ou quarante pages.

Déjà ? Je te l'ai donnée hier soir.

Je suis éditrice. Je lis vite et je ne dors pas beaucoup.

Qu'est-ce que tu en penses ?

Je pense que tu es amoureux de ta mère. Je pense que tu as un problème avec les femmes. Je pense que tu as été traité un peu durement par Man, qui n'avait peut-être pas le choix, et néanmoins je pense que tu as été trop séduit par la culture américaine. Tu as vécu dangereusement en tant qu'agent double et espion, et tu as été, comme tu le dis, un homme aux deux visages et aux deux esprits. Je me demande quel visage je suis en train de regarder au moment où je te parle. Et si tu es digne de confiance.

Je pourrais te dire de me faire confiance, mais moi-même je ne me fais pas confiance.

Voilà une réponse honnête. Donc à ton avis, toi qui peux sympathiser avec n'importe qui, qu'est-ce que je devrais faire de ton cas ? Je t'ai reçu chez moi parce que tu étais mon camarade révolutionnaire. Mais tu n'es plus mon camarade, si ?

Tu as lu ce que la révolution m'a fait subir !

J'ai lu ce que, d'après toi, la révolution t'a fait subir. Mais tu ne penses pas que la révolution avait peut-être des raisons de se méfier de toi ? Que tu étais, que tu es en effet trop américanisé ? Même ici, en France, nous sommes menacés d'être américanisés. L'American Way of Life ! Manger trop, travailler trop, consommer trop, lire trop peu, réfléchir encore moins, et crever dans la misère et l'insécurité. Non merci. Tu ne vois pas que c'est comme ça que les Américains conquièrent le monde ? Non seulement avec leur armée, leur CIA et leur Banque mondiale, mais grâce à cette maladie infectieuse qu'on appelle le Rêve américain ? Tu as été infecté et tu t'en es à peine rendu compte ! Tu es devenu accro, et Man a dû te soigner. Malheureusement, le remède à une dépendance est toujours douloureux.

J'étais interdit. Elle avait lu ma confession et n'en retenait que ça ? Donc j'ai tort, dis-je, et la révolution a eu raison de me punir ?

D'un strict point de vue éditorial, je ne peux pas m'empêcher d'admirer les méthodes de Man. Ma tante alluma une cigarette et sourit. Si seulement je pouvais obtenir de tous mes auteurs qu'ils produisent autant de pages en si peu de temps. Sa rigueur force le respect, non ?

Moi qui pouvais sympathiser avec n'importe qui, je voulais surtout que quelqu'un sympathise avec moi. J'avais cru que ma tante serait plus tendre que l'homme au service duquel j'avais espionné en Amérique, qui était aussi le commissaire du camp où je fus plus tard interné, l'homme sans visage, également connu comme mon meilleur ami et frère de sang, Man, privé d'une bonne part de son humanité par une frappe aveugle au napalm. Man avait été très compatissant à mon égard. Il me connaissait par cœur, mieux que n'importe quel prêtre ou psychiatre, mais il s'en était servi pour m'interroger et me torturer. Contrairement à lui, ma tante ne me torturerait vraisemblablement pas. Mais si elle ne pouvait pas me comprendre, qui le pouvait ?

Peut-être que je devrais récupérer un peu plus de haschich, dis-je.

Ce jour-là, à 17 heures, en me voyant, l'employé hémorroïdaire poussa un gémissement douloureux. Il gratta une allumette. À l'instant où il alluma sa cigarette, l'éclair de la flamme ainsi que son sifflement bref et profond allumèrent aussi quelque chose en moi – la mèche d'un complot, la longue traînée de poudre, dans un dessin animé, qui mène à l'explosion.

Je pourrais voir le Boss ?

Est-ce qu'il a envie de vous voir ?

Dites-lui simplement que j'ai une proposition à lui faire.

Le Boss me fit patienter une heure dans sa salle d'attente, uniquement pour me rappeler mon statut. Au moins ici, en France, on attendait assis sur un siège au lieu d'être accroupi sur ses hanches bien développées, musclées par une vie entière sans chaises. Combien de fois avais-je vu ma mère ainsi, ses pieds plats par terre, le torse légèrement penché pour garder l'équilibre, surtout si j'étais emmitouflé sur son dos ? Elle pouvait rester comme ça des heures, forcée de conserver une position que la plupart des Occidentaux ne pouvaient supporter plus d'une minute. Elle fredonnait, me berçait, me chantait des chansons, puis, quand j'eus grandi, me racontait des contes de fées et récitait des dictons populaires ou des poèmes. Pendant ce temps-là, une couche de sueur nous collait l'un à l'autre. Chaque fois que j'attendais, je repensais à sa patience infinie, endurée non pas pour celui qui lui infligeait ça, mais pour moi, qui devais attendre avec elle partout où elle allait. Une fois devenu trop lourd pour son dos, j'avais commencé à m'accroupir à côté d'elle et du reste des masses. Puis, au lycée, j'étais devenu un membre de cette catégorie qui ne s'accroupissait plus, mais s'arrogeait le droit de s'asseoir sur des chaises.

Lorsque je fus enfin appelé dans le bureau, j'avais un peu mal aux fesses à cause du siège dur de la chaise en plastique, ergonomiquement conçue pour les ronds derrières occidentaux et non pour ceux, tout plats, des Asiatiques. Je trouvai le Boss installé dans un fauteuil bien rembourré, devant un bureau propre, occupé à examiner un cahier de comptes. D'après la rumeur,

il n'était jamais allé à l'école et s'était instruit dans la rue. Et tout ce qu'il n'avait pas appris là, il l'avait appris seul. Mon cœur s'attendrit pour ce pauvre orphelin abandonné lorsque j'imaginai ce qu'il aurait pu devenir, avec son talent et son ambition, s'il avait reçu une éducation en bonne et due forme :

Le dirigeant d'un fonds d'investissement !

Le président d'une banque !

Le capitaine d'une industrie !

Ou, si je consultais mon dictionnaire marxiste des synonymes :

Un vautour du capitalisme !

Un suceur de sang !

Un blanchisseur de profits distillés par la sueur du peuple !

Je n'étais plus un communiste qui croyait au Parti, mais j'étais encore un descendant de Marx qui croyait en une théorie. Et cette théorie proposait la meilleure critique du capitalisme disponible. Attendre des capitalistes qu'ils se critiquent eux-mêmes, c'était comme demander aux policiers de faire la police chez eux…

Qu'est-ce qu'il y a ? dit le Boss. Secoue-toi un peu, espèce de Bâtard Fou.

Désolé, marmonnai-je – ou peut-être marmonnâmes-nous.

Tu as le *kopi luwak* ?

Il hocha la tête d'un air satisfait lorsque je posai le paquet sur son bureau. Je le regardai étudier l'anatomie d'un grain, qu'il gratta avec son coupe-papier jusqu'à en révéler la chair blanche. Content, il reposa la lame et dit, Autre chose ?

Le haschich…

Il sourit et se cala au fond de son siège. Pas mal, non ?

Il paraît. Je ne l'ai pas goûté moi-même.

Très bien. Il y a certaines choses que tu ne devrais ni goûter ni acheter.

Je me vis en train de lui expliquer, avec l'enthousiasme d'un placier, la situation avec BFD et le docteur maoïste. Je leur ai fait goûter la marchandise, m'entendis-je dire. Mon boulon était alors bien dévissé. Il me laissait assez de distance pour que je me voie devenir ce que j'avais juré ne jamais devenir : un capitaliste.

Intéressant, dit le Boss, les deux index en flèche. Pas surprenant, d'un autre côté. Pas surprenant du tout. Même ces gens-là apprécient les choses que je peux leur donner.

Ils ne sont qu'humains. Tellement humains.

Parfaitement ! Il était très amusé, du moins si on se fiait à son sourire. Même les Français ne sont qu'humains. Les riches, aussi. Surtout les riches.

Je ne suis pas sûr qu'ils soient riches. Ce sont des intellectuels.

S'ils ne travaillent pas de leurs mains, alors ils sont riches. Et ton homme politique est riche, crois-moi. Je connais son nom. C'est lui qui dirige cet arrondissement. Il est aussi mauvais que les autres. Ce sont tous des socialistes minables et des communistes caviar.

Je suis parfaitement d'accord, dis-je, jouant au mieux mon rôle de béni-oui-oui.

Mais même si tu n'es pas un homme politique ou un intellectuel – il me montra alors ses paumes, afin que je voie la carte de son dur labeur, les cicatrices et les cals de sa géographie personnelle –, ça ne signifie pas que tu ne peux pas t'enrichir en travaillant de tes mains.

C'est un nouveau débouché. Un nouveau marché.

Grossir ou mourir. Voilà ma ligne de conduite.

C'est une bonne philosophie.

Il inspecta les cuticules blanches et symétriques de ses ongles, manucurés dans un salon qu'il possédait, puis me regarda encore. Si les yeux sont les fenêtres de l'âme, derrière les siens il avait tiré des rideaux occultants. Que veux-tu ?

Ce que je voulais, c'était me venger. Mais tandis que je me regardais avec l'impression insensible d'être un étranger, y compris à moi-même, je m'entendis seulement dire : Vous fournissez, je vends.

Il m'indiqua un prix pour la marchandise, au gramme. Je lui expliquai que j'étais un réfugié accomplissant une basse besogne – même s'il n'y avait rien de mal à faire le travail qu'il m'avait confié, tous les réfugiés devaient bien commencer quelque part, c'est-à-dire au bas de l'échelle, où nous offrions notre derrière, à la merci des coups de pied, faisant le bonheur éternel des populations de nos pays hôtes. Je n'avais pas les fonds pour acheter la marchandise. Au lieu d'investir mon capital financier inexistant dans la marchandise du Boss, je lui proposai donc de troquer celle-ci contre mon capital social, à savoir l'accès aux amis de ma tante. En contrepartie, j'élargirais son marché et lui garantirais des profits qu'il n'aurait autrement jamais obtenus, répartis moitié-moitié entre nous, déduction faite du coût de la marchandise.

Derrière les rideaux, quelque chose remua. Trente pour cent.

Quarante pour cent.

Il fut amusé. Vingt-cinq pour cent.

Il est difficile de négocier avec un homme capable de sortir un marteau du tiroir de son bureau et de vous briser les articulations ou les rotules sans scrupule ni

hésitation. Vous êtes trop généreux, dis-je. D'un signe du menton, le Boss m'indiqua la porte, puis me dit d'aller voir Le Cao Boi, qui me fournirait la marchandise. Au moment de nous séparer, il ajouta, J'ai du mal à savoir si je dois te considérer comme moins fou ou plus fou de vouloir faire une chose pareille.

Je ne suis pas fou.

C'est ce que disent tous les fous.

Quand j'y repense, il m'apparaît clairement, comme à vous sans doute, que l'équilibre entre mes deux esprits, toujours précaire, avait peut-être soudain basculé trop à droite, dans une zone où je me voyais de plus en plus centré autour de *moi* et *moi* seul, la meilleure justification du capitalisme qui soit. Cela me rendait-il fou, comme le Boss et tant d'autres l'affirmaient ? Peut-être étais-je fou, ou un peu fou, ou peut-être tout simplement imparfait. Oui, je suis imparfait, nous sommes tous imparfaits, même vous, mais j'impute mes imperfections au fait que, toute ma vie, je n'ai aspiré qu'à une seule chose – *être humain*. Ç'a été ma première erreur, puisque j'étais déjà humain, ce que les autres n'ont pas toujours reconnu. Peut-être que Saïd aussi voulait être humain, malgré son statut de dealer, ou qu'il était plus intelligent que moi et considérait son humanité comme une chose établie, ce qui l'autorisait à être un dealer, puisqu'il n'avait rien à prouver. Désormais, il avait disparu, laissant une place, un vide sur le marché. Quelqu'un finirait bien par combler ce vide. Pourquoi pas moi ?

À mon arrivée au restaurant, une réponse attendait ma question rhétorique : un emballage en papier marron, carré, de la taille d'un croque-monsieur, et cerclé d'un ruban. En le faisant glisser sur le comptoir,

Le Cao Boi dit, Content que tu aies décidé de t'associer à nous. Son visage était aussi impassible qu'une statue, et nos pâles fantômes, moi et moi-même, flottaient sur les verres de ses lunettes noires. Je montrai la même impassibilité au moment d'accepter le paquet et de le ranger dans ma poche de veste. Il s'appuyait contre ma hanche avec toute la patience d'un pistolet, bien conscient qu'il serait utilisé tôt ou tard.

Bon observait la transaction depuis une table, occupé à remplir des bouteilles de sauce soja avec une précision de chimiste. Il était la seule personne assise dans le restaurant désert. J'espère que tu sais ce que tu fais, gros malin, dit-il.

Bien sûr que non, répondis-je, sous-entendant, par mon ton désinvolte, que je savais très bien ce que je faisais, quand en réalité c'était tout le contraire. Et ça me permettra d'améliorer mon français, ajoutai-je. Rien ne rend les gens plus bavards que l'ivresse collective.

Tu pourrais prendre des cours de français.

Oui, mais tu m'as toujours dit que les livres n'avaient pas réponse à tout.

Il y a autre chose que tu ne trouveras jamais dans un livre, intervint Le Cao Boi. Je t'explique. Le Boss s'attend à un bénéfice d'au moins vingt pour cent. Il n'aime pas perdre son temps. Ni sa marchandise. Autrement dit, tu as intérêt à rendre ce petit investissement profitable.

Hé, le nouveau ! cria Dormeur dans la cuisine. Il faut nettoyer les toilettes !

Je quittai le pire restaurant asiatique de Paris avec dans mes oreilles le bruit du rire de Dormeur, sur mes mains l'odeur du désinfectant et sur ma langue le goût

de la bile, que seule une dose de vengeance pouvait effacer. Je ne serais pas l'Asiatique obséquieux et pitoyable, le petit réfugié pathétique ou poli qui accepterait de commencer par le commencement, tel un élève apprenant la langue de son maître –

Hé toi !

— ou un serveur, ou un commis, ou un plongeur —

Toi !

— ou un plombier —

TOI !

Je m'arrêtai net. La voix, forte et autoritaire, semblait s'adresser à moi, même si je ne fus pas le seul dans la rue à me retourner. Autour de moi, tout le monde fit volte-face. Deux policiers s'approchaient de nous à grandes enjambées, et celui de devant me montrait du doigt. Je savais exactement pourquoi. Quelque chose était en train de transmettre un signal sur les ondes radio invisibles. Le paquet dans ma poche avait beau être silencieux, cela ne signifiait pas qu'il n'avait rien à dire. Non, il en émanait une forme d'assurance, voire peut-être un je-ne-sais-quoi de menaçant, comme de toutes les choses de valeur. Il exerçait un pouvoir sur moi et il le savait. Je pouvais le jeter, bien sûr, le détruire de mille façons, et il ne pouvait rien faire pour m'en empêcher – si ce n'est, tout simplement, en existant.

TOI !

Tout à coup, les policiers se mirent à courir. Mon corps et mon esprit se calmèrent, préparés à affronter la tempête. J'avais ressenti la même immobilité sur le bateau, le jour où il s'était envolé vers les cieux, porté par la vague. *Haschich*, murmura le paquet dans ma poche, ne connaissant que son nom. *Haschich*. Il savait qu'il était, au sens strict, plus précieux que moi. Il avait un prix que les gens étaient prêts à payer, tandis que ma vie ne valait presque rien. Comme nul ne paierait pour moi ce qu'il paierait pour la marchandise contenue dans le paquet, je lui étais maintenant redevable. Je m'apprêtais à lever les mains en l'air, capitulant aussi bien face au paquet qu'aux policiers, lorsque ces derniers me dépassèrent en courant, un de chaque côté, si proches que leurs manches frôlèrent les miennes.

TOI !

En réalité ils ne criaient pas après *moi*, mais après un bonhomme hagard dont les cheveux étaient si hirsutes, et la peau si sale, qu'il devenait impossible de déterminer sa race et son origine, soit l'idéal français. Tout le monde pouvait être français, y compris les clochards !

Un des deux policiers lui arracha des mains sa canette de bière et le poussa contre un mur. L'autre lui donna un coup de pied dans les fesses et faillit l'envoyer au tapis, cependant que les citoyens honnêtes – et moi, sans parler de moi-même – observaient la scène. Lorsque le premier policier envoya la canette de bière dans le dos du clochard sidéré, l'aspergeant

entièrement de son contenu et empêchant toute possibilité de le rendre moins hideux aux yeux des Parisiens, je détournai les miens et continuai de marcher.

Ma tante et moi passâmes la soirée à fumer le meilleur haschich, à boire le meilleur haut-médoc et à écouter le meilleur jazz américain, cette musique noire des bleus à l'âme, tant appréciée des Français notamment parce que chaque jolie note leur rappelle le racisme américain et les aide opportunément à oublier le leur. Comme j'étais moi-même couvert de bleus, en tout cas intérieurement, « Mississippi Goddam » chanté par Nina Simone était pour moi l'accompagnement musical parfait. Et il y avait ma tante, qui avait fini de lire ma confession et avait, elle aussi, un peu le cafard. Elle restait de marbre face à ce qui m'était arrivé, emprisonné toute une année avec mille autres camarades fétides, à manger des rations de famine, forcé d'écrire et de réécrire une confession, puis, coup de grâce, jeté à l'isolement, nu, avec un sac sur la tête, les mains et les pieds régulièrement secoués par des décharges électriques de basse intensité qui m'avaient maintenu éveillé pendant une durée indéterminée, jusqu'à ce que je ne parvienne plus à distinguer mon corps de son environnement et que le temps lui-même perde tout son sens, assommé que j'étais par une attaque sonore incessante, faite de hurlements de nourrisson enregistrés, avant que je puisse enfin passer l'examen final. C'était cet examen, auquel elle était enfin arrivée, qui troublait ma tante. Elle marmonnait sans arrêt la seule et unique question qu'il avait comportée :

QU'Y A-T-IL DE PLUS PRÉCIEUX QUE L'INDÉPENDANCE ET LA LIBERTÉ ?

Comme tout bon révolutionnaire, ma tante connaissait la réponse, le slogan le plus célèbre de Hô Chi Minh, la formule magique qui avait incité des millions de gens à se lever et à mourir pour chasser les Français, puis les Américains, réunifier notre pays et le libérer. Après avoir marmonné la question, elle déclama la réponse, d'abord sous forme d'incantation, comme c'était l'intention première :

RIEN N'EST PLUS PRÉCIEUX QUE L'INDÉPENDANCE
ET LA LIBERTÉ !

Puis une deuxième fois, en haussant le ton, sous forme de question :

RIEN N'EST PLUS PRÉCIEUX QUE L'INDÉPENDANCE
ET LA LIBERTÉ ?

Exactement, dis-je tristement, secouant la tête et lui donnant gratuitement ce que j'avais appris au prix fort. Le *rien* est en effet plus précieux que l'indépendance et la liberté.

Non, non, non ! Rien *n'est* plus précieux que l'indépendance et la liberté – je veux dire par là que l'indépendance et la liberté sont *plus* précieuses que le rien, pas l'inverse !

Tu as lu ma confession. Je soupirai, puis inspirai si longtemps en tirant sur la cigarette de drogue que mes poumons grésillèrent. La fumée qui sortit me rappela à quel point tout ce qui est solide finit par se dissiper dans l'air. Tu n'as rien appris ?

Tais-toi ! s'écria-t-elle. Donne-moi cette cigarette.

Est-ce que *rien* n'a pas plus de sens après le haschich ?

Non. Rien n'a aucun sens après ta confession.

Mais bien sûr que si. Simplement, comme la plupart des gens, tu refuses de donner un sens au rien. Si tu avais été soumise à une rééducation par un grand théoricien révolutionnaire tel que Man, tu comprendrais que le rien est *contradictoire*, comme tout ce qui est important – l'amour et la haine, le capitalisme et le communisme, la France et l'Amérique. Il n'y a que les simples d'esprit pour ne comprendre qu'un seul côté d'une contradiction. Tu n'es pas simple d'esprit, si ?

Je te déteste, gémit-elle, les yeux clos. Pourquoi est-ce que je t'ai invité chez moi ?

Franchement, quand tu y penses, c'est assez drôle. Presque aussi drôle que la partie la plus drôle de ma confession, prononcée par Man en personne, et qui devrait être gravée sur le socle de la statue de Hô Chi Minh, s'il en a une. Sauf que c'est une phrase impubliable, comme trop souvent la vérité : « Maintenant qu'on a le pouvoir, on n'a plus besoin que les Français ou les Américains viennent nous baiser… »

« On peut très bien s'en charger nous-mêmes », dit-elle.

Je hurlai de rire, me donnai une grande tape sur le genou et sentis des larmes mouiller mes joues. Ce haschich était vraiment formidable ! Allez, quoi, dis-je une fois mon rire calmé. Ce n'est pas drôle ?

Non. Elle écrasa sa cigarette. Ce n'est pas drôle.

Une trompette retentit et ma vision se troubla. Si j'avais pu me regarder dans un miroir, j'aurais sûrement vu mon reflet en double, non pas tant couvert de bleus que rouge et jaune.

Avant, tu croyais à la révolution, dit-elle. À quoi est-ce que tu crois, maintenant ?

À rien, répondis-je. Mais c'est déjà quelque chose, non ?

Donc tu vas vendre de la drogue.

Eh bien… bredouillai-je. Même dans le nuage de haschich, je voyais que son mépris n'était pas injustifié. C'est mieux que rien.

Ma tante se leva du canapé où elle était allongée et éteignit la chaîne stéréo. Si tu avais encore été un révolutionnaire, dit-elle, j'aurais pu te laisser vivre ici à l'œil, comme un service rendu à la révolution et en témoignage de ma foi en la solidarité. Elle était d'une éloquence remarquable malgré le haschich, ou peut-être était-ce la passion qui affûtait son esprit. En revanche, si tu comptes vendre de la drogue…

C'est un jugement moral ?

Je ne porte aucun jugement moral. C'est moi qui fume du haschich. Et parfois les criminels font les meilleurs révolutionnaires, ou alors les révolutionnaires sont condamnés comme des criminels. Mais si tu n'es plus un révolutionnaire et si tu comptes vendre de la drogue, dormir sur mon canapé et me demander de te protéger de Bon en gardant secret ton pacte communiste, alors tu peux bien te permettre de partager les profits avec moi.

Ma bouche, déjà entrouverte sous l'effet du haschich, béa entièrement.

Quel est le problème ? reprit-elle en allumant une autre cigarette de haschich. C'est trop contradictoire pour toi ?

Le lendemain matin, faisant le trajet entre le métro et l'appartement du docteur maoïste, j'eus une impression de déjà-vu pour la deuxième fois en moins de douze heures (curieusement, même mes tics ou dysfonctionnements psychiques étaient nommés dans la langue

du maître). La première, c'était quand j'avais proposé de partager les profits avec ma tante, moitié-moitié, ce à quoi elle avait répliqué en exigeant soixante-quarante, marché que j'avais dû, une fois encore, accepter. La deuxième fut donc pendant que je marchais dans la rue du docteur maoïste. J'avais l'impression surnaturelle de l'avoir déjà arpentée, car elle me rappelait un des boulevards de Saigon – ou plutôt : les boulevards de Saigon me rappelaient ce genre de rue. Les Français avaient dessiné Saigon dans l'esprit du Paris haussmannien, grandes artères, trottoirs larges bordés de beaux arbres, immeubles élégants ne dépassant pas les six ou sept étages, ornés de balcons et sommés de mansardes où, en plein mois d'août, on pouvait faire rôtir les artistes ou les pauvres, chose qu'à Saigon il était possible de pratiquer toute l'année. Ô Saigon, Perle de l'Orient ! C'est ainsi qu'elle avait été surnommée, sans doute par les Français, en une formule affectueuse que nous avions nous-mêmes adoptée, car il n'y avait rien que le peuple d'un petit pays n'aimât tant que d'être flatté, tant c'était rare. Mais parfois nous n'étions pas que la Perle de l'Orient, et parfois la Perle de l'Orient ne faisait même pas référence à nous. J'avais ainsi entendu les Chinois de Hong Kong dire que leur port était la Perle de l'Orient, et quand j'étais aux Philippines, les Philippins répétaient que Manille était la Perle de l'Orient. Les colonies étaient un collier de perles autour du cou d'albâtre du colonisateur. Et il arrivait qu'une Perle de l'Orient soit également un Paris de l'Orient. Les Parisiens et les Français, et à peu près tout le monde, y voyaient un compliment, mais c'était un compliment sournois, le seul dont un colonisateur puisse gratifier le colonisé. Après tout,

en tant que Paris de l'Orient, Saigon n'était qu'une médiocre contrefaçon de haute couture.

Je m'étais mis dans un état de rancœur tel que j'en avais presque la bave aux lèvres. Soudain, Paris me rappela, et de manière on ne peut plus gluante, un aspect par lequel Saigon lui était considérablement supérieure. *Splotch !* Je m'arrêtai et regardai avec effroi, puis dégoût, la semelle de ma chaussure. Nulle part à Saigon le piéton inconscient n'aurait pu marcher dans une crotte de chien, car la vérité statistique était que nous préférions consommer les chiens plutôt que d'en faire des animaux de compagnie. Et si nous les gardions, nous ne les laissions jamais errer dans les rues, de peur qu'ils ne soient mangés. *Vive la différence* !* Ici, à Paris, ils couraient partout, libres de faire leurs besoins où bon leur semblait. En l'occurrence, un propriétaire de chien parisien et dégénéré, dont il existait des milliers de spécimens, avait laissé son trophée devant la porte de l'immeuble du psychanalyste maoïste. L'empreinte de ma semelle se voyait sur la matière épaisse et marron, prête à être analysée par un inspecteur de police. J'eus beau racler mon pied sur le ciment, rien ne pouvait débarrasser de cette substance immonde les striures de ma semelle. Je renonçai, hésitai à sonner à l'interphone du docteur maoïste, puis me rappelai la première leçon du capitalisme, si difficile à apprendre pour les Vietnamiens : ne jamais être en retard. J'appuyai sur la sonnette.

Dans le minuscule ascenseur, qui ne pouvait accueillir que trois adultes de corpulence française moyenne, ou quatre Vietnamiens de corpulence vietnamienne moyenne, ou peut-être trois Eurasiens et demi comme moi, ma chaussure sentait mauvais. Je gardai ma semelle au-dessus du sol, et lorsque le docteur maoïste

me laissa entrer chez lui, je fis de mon mieux pour marcher ainsi, en boitillant, parce que j'avais mal à la cheville, dis-je. Ce n'était pas ma faute si les Français étaient moins civilisés que les Asiatiques, lesquels estimaient à juste titre que l'on devait ôter ses chaussures avant d'entrer dans une maison. De ce point de vue-là, les Français étaient moyenâgeux.

Vous avez un très bel appartement, dis-je dans un anglais à débit de mitraillette, après qu'il m'eut salué dans son français à débit de mitraillette. Il hésita et finit par me répondre en anglais. Comme BFD, il ne voulait pas laisser passer l'occasion de prouver à quelqu'un comme moi qu'il maîtrisait la *lingua franca* impériale contemporaine. À l'instar de BFD, il parlait un bon anglais, mais avec un fort accent. Il ne pouvait pas ne pas voir à quel point le mien était impeccable, à en juger par les affiches encadrées du *Grand Sommeil*, de *Sueurs froides*, de *King Kong* et de *Frankenstein* qu'il avait accrochées aux murs. Ses miroirs bordés d'or étaient aussi grands que des portes, ses meubles étaient patinés par le temps, son tapis turc était raffiné, et son parquet grinçait. Tout cela constituait le décor idéal d'un appartement du XVIIIe siècle, avec des poutres apparentes et un plafond assez haut pour faire circuler l'air chauffé d'un cerveau suractif.

Je faillis lui pardonner d'être un intellectuel français lorsqu'il me servit deux doigts d'un whisky quinze ans d'âge au nom tellement gaélique que je ne pouvais ni l'épeler ni le prononcer. Je le savourai les yeux fermés, frémissant. Je fis tourner la potion magique dans ma bouche et autour de ma langue frustrée, qui à Paris avait bu plus de vin que de spiritueux. Je tendis avec plaisir la marchandise au maoïste. Cette âme généreuse

s'en roula immédiatement une cigarette et me proposa de la partager avec lui, par fraternité communiste.

Même si j'imagine que vous détestez les communistes, ajouta-t-il en allumant la cigarette. J'étais bien content d'en sentir l'arôme, qui masquait le fait qu'il y avait quelque chose de nauséabond ici, en l'occurrence moi. Votre tante m'a parlé de vos expériences dans le camp de rééducation.

Je retrouvais le rôle auquel je ne pouvais pas échapper, celui du patriote anticommuniste sud-vietnamien, qui avait été ma couverture d'espion. Comme j'aurais aimé ne plus jouer les réactionnaires ! Je ne pouvais pas me dire communiste. Mais cela signifiait-il que je ne pouvais pas être un révolutionnaire ? Parce qu'une révolution avait échoué, la révolution elle-même étaitelle donc morte ? Je n'avais pas voulu m'expliquer devant ma tante. Pour elle et pour la plupart des révolutionnaires autoproclamés comme moi, la « révolution » était un mot magique, au même titre que Dieu, un mot qui condamnait certaines avenues de la pensée. Nous croyions à la révolution, mais qu'était-elle ? Était-ce, en fin de compte, le rien ? Je voulais qu'elle *comprenne* le rien, ou qu'elle m'aide, *moi*, à comprendre le rien, car je ne comprenais toujours pas bien ce que ce mot signifiait, sinon qu'il était révolutionnaire à sa façon. En attendant, révolutionnaire sans révolution, je devais inventer une nouvelle histoire. Aussi, sous l'effet du bon whisky et du tout aussi bon haschich, association que je recommande à tout le monde, je répondis, Vous seriez peut-être surpris d'apprendre que je ne déteste pas les communistes. Si je pense qu'ils font fausse route ? Oui. Mais leur élan révolutionnaire – eh bien, ça, je peux le soutenir.

Vous ne pouvez pas savoir à quel point je suis déçu

par les résultats de la révolution dans votre pays, dit le docteur maoïste. Il se passe la même chose que sous Staline. Une corruption des idéaux communistes ! Le Parti a promu l'État, et s'est promu lui-même, au lieu de promouvoir le peuple. Nous, à gauche, qui nous sommes opposés à la guerre des Américains dans votre pays, espérions que votre révolution détruirait l'Empire américain. Mais l'Empire américain survit et la société authentiquement communiste n'a pas vu le jour.

Si la théorie ne peut pas être appliquée, c'est peut-être qu'elle a un défaut, dis-je.

Mais elle n'a jamais été véritablement appliquée. Malheureusement, les conditions ne sont pas encore réunies pour l'instauration du communisme authentique. Il faut que le capitalisme remporte une victoire globale et devienne la pire version de lui-même pour que le communisme puisse le subvertir. Les travailleurs du monde entier doivent comprendre que le capitalisme ne s'intéresse qu'au profit, pas à eux, et qu'il les réduira inexorablement à l'esclavage en maximisant le profit. Voir Marx, *Le Capital*, premier tome.

Quand est-ce qu'aura lieu ce triomphe du capitalisme ?

Le docteur maoïste recracha un nuage de fumée. Des régions entières du monde doivent encore succomber au capitalisme avant que l'on commence à voir une authentique révolte globale des opprimés. Prenez l'Afrique, par exemple. Le capitalisme a pillé l'Afrique. D'abord ses esclaves, ensuite ses ressources. Le capitalisme continuera de l'exploiter avec une cruauté décuplée. Il faut bien que quelqu'un fournisse la main-d'œuvre bon marché pour produire des biens bon marché, et ces mêmes travailleurs doivent ensuite acheter les biens chers importés dans leur pays, et qui

ont été fabriqués avec les ressources de leur pays. Ah, la machine à mouvement perpétuel du fantasme capitaliste ! Mais après cela, un prolétariat se crée, puis une classe moyenne, et même si certains parmi les plus pauvres sortent de la pauvreté absolue, le fossé de l'inégalité se creuse, et se creuse encore, les riches s'enrichissent à une vitesse beaucoup plus grande que celle à laquelle les très pauvres deviennent un peu moins pauvres. Ce processus inéluctable est propre au capitalisme, ce qui signifie que les conditions de la révolution sont inhérentes au capitalisme lui-même.

Vous avez déjà vécu une révolution ? dis-je.

Mai 68, répondit fièrement le docteur maoïste. Je n'oublierai jamais comment nous, les étudiants du monde entier, avons failli changer le monde, jusqu'à ce que nous rencontrions ce qu'Althusser – mon professeur Louis Althusser – appelait l'« appareil répressif d'État ». Je préparais mon doctorat avec lui, mais j'ai quand même dressé des barricades ici. J'avoue avoir lancé un ou deux pavés. Notre ami, le futur BFD – personne ne l'appelait par ses initiales, à l'époque –, a fait la même chose. La police – c'est-à-dire une partie de l'appareil répressif d'État – nous a envoyé des gaz lacrymogènes et nous a frappés. Jamais je n'oublierai les coups de matraque ! Ils m'ont appris autant que la théorie et la philosophie. Ils ont donné corps à ce que Benjamin – Walter Benjamin – affirmait dans *Critique de la violence*, à savoir que ce qui rend l'État légitime n'est pas le droit mais la *violence*. L'État veut monopoliser la violence, le monopole de la violence a pour nom droit, et le droit se légitime lui-même. La police n'est pas là pour nous protéger, nous autres citoyens, mais pour protéger l'État et son exercice du droit. Voilà pourquoi une réponse adéquate aux coups de matraque

est la révolution dans les rues ! Et les révolutions étudiantes dans les rues du monde entier, de Tokyo à Mexico, faisaient seulement écho aux révolutions en Algérie et au Viêtnam, où les Algériens et les Vietnamiens affrontaient non pas des matraques, mais des balles. Les Vietnamiens se révoltaient contre le monopole de la violence qu'était la colonisation ! Et ce faisant, ils ont montré à quel point la colonisation était vraiment illégitime. Ils ont combattu non seulement l'appareil répressif d'État, mais ce qu'Althusser décrivait comme l'appareil idéologique d'État, qui nous fait croire aux lois écrites contre nos propres intérêts ! Comment expliquer autrement que les travailleurs pensent que le capitalisme est fait pour eux ? Comment expliquer autrement que les colonisés croient en la supériorité de l'homme blanc ? Les coups de matraque m'ont fait comprendre que ce que réclamait Che Guevara était vrai : il faut que cent Viêtnams fleurissent sur la surface du globe.

Mais il y a eu au moins trois millions de morts pendant notre guerre, dis-je lentement, tandis que mon cerveau embrumé essayait de procéder à un calcul simple. Si vous multipliez ça par cent… Ça fait…

À cet instant, mes capacités cognitives se bloquèrent, car mes compétences mathématiques ne pouvaient pas atteindre un tel niveau de misère. Je ne savais plus si j'avais envie de rire, de pleurer, de crier ou de me faire interner dans un asile. Moi aussi, je croyais à tout ce qu'il disait, mais contrairement au docteur maoïste j'avais vécu une révolution et ses conséquences. Et le capitalisme n'était pas le seul à créer des fantasmes grâce à ses appareils idéologiques d'État et à les imposer grâce à des appareils répressifs d'État – le communisme en faisait autant. Qu'était-ce que

le camp de rééducation, sinon un appareil répressif d'État censé exécuter la tâche de l'appareil idéologique d'État ? Le camp de rééducation avait pour fonction de transformer les détenus en individus qui jureraient être libres alors qu'ils étaient esclaves, proclameraient avoir été remodelés alors qu'ils n'avaient été que brisés. Che Guevara et le docteur maoïste voyaient la révolution vietnamienne de très loin, avec son joli maquillage, mais moi je l'avais vue de très près, sans fard. Trois millions de morts pour une révolution – le jeu en valait peut-être la chandelle, même si c'était toujours plus facile à dire pour les vivants ! Mais trois millions de morts pour *cette* révolution ? Nous avions simplement échangé un appareil répressif d'État contre un autre, la seule différence étant que c'était le nôtre. J'imagine que l'essentiel, aux yeux d'un maoïste comme le docteur, était qu'il fallait d'abord apercevoir le fond pour avoir envie de remonter. Mon problème était peut-être que je pensais que nous, les Vietnamiens, avions touché le fond, sous les Français, avions découvert ensuite avec les Américains qu'il y avait un autre fond au-dessous, alors qu'en réalité il y avait encore un autre fond à trouver – *le nôtre.*

Voilà pourquoi il me fallait un whisky, ou un de ses proches cousins, pour rendre la vie supportable. En regardant mon verre, je vis qu'il était déjà vide. Le docteur maoïste était détendu, maintenant, il planait un peu, détaché des convenances sociales. Au lieu de remplir mon malheureux verre, il dit, À propos de criminels, c'est la première fois que je rencontre un dealer vietnamien.

J'aime à me considérer comme un précurseur.

Ce sont peut-être vos origines eurasiennes.

Ce sont forcément mes origines eurasiennes.

Les Vietnamiens se débrouillent incroyablement bien, ici.

Racontez-moi ça.

Ils sont médecins, avocats, artistes. Ils n'ont pas besoin d'avoir recours aux trafics illégaux. Ou peut-être que leur inclination à respecter la loi relève de leur tendance culturelle à faire des métiers honorables. Et les Vietnamiens sont très forts pour améliorer les secteurs dans lesquels ils se lancent.

Nous avons ça dans le sang.

Paradoxalement, c'est peut-être parce que les Vietnamiens d'ici sont déracinés qu'ils ne vendent pas de drogues et n'en consomment pas. Après tout, quand on regarde l'histoire, il y a toujours eu besoin de se droguer : la Chine a l'opium, les Arabes ont le haschich.

N'étant ni chinois ni arabe, je ne savais pas trop si ce *koan* me concernait, et je réfléchis une seconde avant de trouver la bonne réponse : Et l'Occident ?

L'Occident ? Le docteur maoïste sourit. L'Occident a la femme, comme disait Malraux.

Je souris à mon tour, et pendant quelques instants nous nous sourîmes.

Eh bien, répondis-je, il faut croire que je reviens à mes racines européennes.

Je dis toujours à mes étudiants qu'ils devraient s'efforcer d'être des pionniers.

Je dois être unique en mon genre, alors, dis-je en frottant ma semelle sur son tapis turc. Et j'ai l'intention d'exceller dans le mal.

4

Après que ma tante fut partie se coucher, je restai assis sur le canapé avec mes deux nouveaux compagnons, le haschich et l'argent. La seule manière d'empêcher le haschich de glousser et de me chuchoter à l'oreille était d'en fumer un peu, ce qui nous détendit, lui comme moi. Dans la lumière tamisée de la seule lampe que je laissai allumée, une antiquité plus vieille que moi, je contemplai les quelques billets que j'avais gagnés ce jour-là, déjà délestés des soixante pour cent de ma tante, mais pas encore des soixante-quinze pour cent du Boss. Je n'avais presque rien gagné, mais méritais-je vraiment ce presque rien ? Je n'avais fait qu'échanger le haschich contre l'argent, et avant cela échanger avec le Boss quelque chose contre le haschich. Je lui avais offert une part de moi.

Plus je regardais les francs, plus ils me semblaient irréels. Qu'est-ce qui rendait chacun de ces bouts de papier presque aussi puissant qu'un être humain ? Qu'est-ce qui les rendait, pris tous ensemble, plus précieux qu'un être humain ? Après tout, je n'aurais pas fait plus de mal à un de ces billets qu'à un être humain.

En fait… dit le fantôme de Sonny.

En réalité… dit le tout aussi spectral adjudant glouton.

Et c'était la vérité. Je les avais tous deux tués, et à l'argent je n'avais rien infligé de plus cruel que de le plier en deux. Jamais je n'avais déchiré le coin d'un billet, à la manière dont les petits garçons arrachent les ailes des mouches capturées. Jamais je n'avais mis le feu à la moindre coupure pour la voir partir en fumée, comme un jour j'avais vu un enfant américain se servir d'une loupe en plastique pour calciner une fourmi sur le trottoir. Collectivement, l'argent était invulnérable. Et individuellement, un billet comme ceux que j'avais désormais en ma possession était protégé par cette aura d'invulnérabilité, de même qu'un policier incarnait tout l'appareil répressif d'État. Voilà comment les billets presque sans poids que je tenais dans ma main m'envoûtaient.

Peut-être sentais-je de nouveau le pouvoir étrange de l'argent à cause de mon nouveau métier. Dans ma vie, je n'avais été rémunéré pour mon travail que quand j'étais soldat, un métier honorable, en théorie, sinon toujours en pratique. En tant qu'espion, je n'avais jamais été payé, convaincu que même ma vie n'était pas plus précieuse que l'indépendance et la liberté. Mais voilà que je vendais du haschich, et il n'y avait à cela rien de noble ou d'honorable, ce qu'une part de moi comprenait fort bien et ce dont une autre part de moi-même se moquait. Pourquoi m'en soucier ? Pendant le plus clair de mon existence, j'avais constamment et désespérément cru en *quelque chose*, tout ça pour découvrir qu'au cœur de ce quelque chose il n'y avait *rien*. Alors pourquoi ne pas laisser sa chance au rien ?

N'empêche – qu'aurait pensé ma mère de ma nouvelle carrière ? J'essayais de ne pas trop imaginer sa déception. Comment pouvais-je lui briser le cœur, alors qu'elle me l'avait donné tout entier ? En revanche,

quand je réfléchissais à ce que mon père en aurait pensé, je ne ressentais que du bonheur. Je me retrouvais sur sa terre natale et j'y propageais une drogue orientale, petite revanche après que son pays eut propagé la civilisation occidentale dans le mien.

Mon nouveau travail était facilité par le fait que, dans la décennie écoulée, mon prédécesseur au poste de fournisseur de haschich, le mystérieux Saïd, s'était constitué un impressionnant réseau de clients, dont le plus âgé était le docteur maoïste. Avec un nom pareil, Saïd n'a jamais pu trouver de boulot, m'avait expliqué ce dernier au moment où je m'en allais. De boulot intéressant, s'entend. Et il refusait même de faire une chose aussi simple que changer son nom.

Le docteur maoïste se considérait non seulement comme le client de Saïd, mais comme son protecteur, qui l'aidait à devenir un jeune homme autonome en lui présentant ses nombreux amis, collègues, étudiants et anciens étudiants. Par le truchement du docteur maoïste et de ma tante, ce réseau connaissait maintenant la qualité de ma marchandise et la célérité de mes livraisons. Je représentais une nouveauté – un Eurasien pharmacologue sur le marché noir, un demi-Vietnamien dealer de produits à la fois bienfaisants et dangereux qui n'étaient pas si bons que ça, mais pas si mauvais que ça. Les semaines suivantes, je fis mes livraisons avec l'air détaché du citoyen respectueux de la loi, parfaitement conscient que la police avait tendance à ne pas embêter les Asiatiques, du moins d'après Le Cao Boi. Au restaurant, il avait souligné à quel point les Arabes et les Noirs nous rendaient involontairement service en étant nos leurres raciaux, attirant l'attention de la police qui les considérait aussi mats, poisseux et odorants que le haschich lui-même.

Je regardai les passants par la fenêtre et dis, Comment est-ce qu'on reconnaît les Arabes ?

Comment est-ce qu'on les reconnaît ? Mais il suffit de regarder ! C'est évident ! Je n'essayais pourtant pas de jouer les idiots. Je connaissais vaguement la situation des Arabes en France : la guerre que les Français avaient faite contre les Algériens juste après en avoir mené une contre nous ; les pieds-noirs qui avaient dû fuir l'Algérie pour la France, réfugiés comme nous ; les rancunes qui persistaient après ce genre de séparations forcées. Mais je n'avais jamais rencontré d'Arabe, et je n'étais pas ici depuis assez longtemps pour que les différences au sein de la société française me soient familières. Aux yeux d'un étranger, les différences au sein d'une autre société semblent toujours bizarres, d'où le fait que les Français saisissaient parfaitement les absurdités du racisme américain et du spectre du NOIR, qui pour les Américains étaient l'ordre naturel des choses. Mais pour moi, ici en France, L'ARABE était une abstraction. Pour titiller Le Cao Boi, je montrai du doigt un passant et demandai, Lui, il est arabe ?

Non, Camus, il est français. (Je n'étais pas sûr que Le Cao Boi ait jamais lu Camus, mais ici comme en d'autres conversations, dès que je l'agaçais, il m'appelait Camus, peut-être le seul philosophe dont il eût entendu parler.) Regarde, ça, c'est un Arabe.

L'homme en question portait un sweat-shirt blanc, un pantalon de survêtement gris et des baskets blanches. Oui, je comprenais ! Il pouvait être arabe ! Ou tout simplement un Français très mat avec des cheveux noirs vaguement frisés. Je ne vois pas la différence, dis-je, riant toujours aux dépens de Le Cao Boi. Quels sont les signes ?

Les signes ? Le Cao Boi plissa le front, preuve que

le mécanisme situé derrière était en train de fonctionner. C'est… Enfin, mais tu vois bien, non ? Leurs cheveux, leur peau, leur dégaine, leur façon de parler. Tu n'es pas ici depuis assez longtemps pour déchiffrer les signes. Mais crois-moi sur parole. Les flics ne vont pas te regarder, sauf pour voir en toi un étranger inoffensif, tant que tu es seul. Deux, ça passe encore. Trois d'entre vous, ou trois d'entre nous, alors là, les Français commencent à se sentir un peu mal. Quatre – laisse tomber. C'est une invasion.

Puisqu'il y avait déjà moi et moi-même, je craignais d'être trop voyant. Alors, pour compléter ma panoplie d'Asiatique innocent et inoffensif, je passai autour de mon cou un appareil photo japonais emprunté à ma tante. J'enfilai également un petit sac à dos, mais à l'envers, lanières dans le dos et poches contre mon torse. Avec un chapeau mou, une paire de lunettes à monture en écaille qui donnaient à mes yeux non bridés l'illusion d'être bridés, en tout cas pour moi, enfin un peu de coton calé sous ma lèvre supérieure pour faire croire que j'avais les dents de travers, mon déguisement était complet. Je n'étais pas qu'un Asiatique du coin à peu près inoffensif : j'étais un touriste japonais totalement inoffensif et discipliné. Ainsi accoutré, davantage visiteur innocent voulant prendre des photos qu'envahisseur menaçant le travail des Français, je pouvais aller presque partout.

Je le confesse, je me trouvais très malin. Je n'avais pas prévu que Bon puisse l'être encore plus. Or lui aussi avait changé, conséquence de sa rééducation, ce que je commençai à comprendre lorsque, un énième après-midi désert au restaurant, il me fit signe d'approcher d'une table et me dit, J'ai une idée.

Tu as une idée ? dis-je. Bon n'avait jamais d'idées ; c'était moi qui en avais.

Il me regardait fixement. Il y a des communistes ici.

Il y a des communistes partout.

Dans notre communauté.

Tu veux parler de ma tante.

Elle ne fait pas partie de la communauté. Elle est devenue française.

Comme beaucoup de nos compatriotes ici.

Ils n'aiment pas beaucoup se réunir, si ? Mais un endroit où on pourrait les trouver et commencer à faire deux ou trois recherches, c'est l'Union vietnamienne.

J'avais entendu parler de cette Union. Le restaurant proposait en effet des prospectus ronéotypés vantant les diverses activités de l'Union : promotion de l'apprentissage de la langue vietnamienne, célébration de la culture vietnamienne, défense des intérêts de la communauté vietnamienne en France. Même au Viêtnam, nous n'avions pas vu le mot « vietnamien » déployé aussi souvent qu'à l'Union, dont le nom officiel était Union pour l'avancement de la culture vietnamienne. Tu crois que l'Union est communiste ? demandai-je.

Pas officiellement. Mais tout le monde sait que ce sont des cocos. Ils sont reconnus par l'État vietnamien. L'ambassadeur du Viêtnam assiste à leurs événements. Et s'ils ressemblent à des cocos et s'ils puent le coco, alors ce sont des cocos. C'est un problème, bien sûr, mais c'est aussi une chance. Tout problème est une chance.

Laquelle ?

C'est toi, la chance. Avec ce que tu vends pour le Boss, on peut à la fois gagner de l'argent et corrompre certains cocos. Magnifique, non ?

C'était un plan. Mais Bon n'était pas un planificateur. Il était un homme d'action. C'est le Boss qui t'a donné cette idée ?

Non, mais il la trouve excellente.

Tu es allé voir le Boss ? dis-je. Qu'est-ce que ça te rapporterait ?

Je te suis. Comme ça j'aurai peut-être l'occasion de tuer des cocos.

Ça veut dire qu'on va devoir se faire passer pour des communistes ?

Si j'y arrive, toi aussi tu peux y arriver, dit-il. Il y avait dans ses yeux une lueur que je ne lui avais vue qu'en présence de sa femme et de son fils, puis, après leur mort, dès qu'il parlait de tuer des communistes. Tu as une belle occasion de taper sur des cocos, dit-il. Tu devrais me remercier.

Je te remercie, dis-je.

Notre guerre ne finirait-elle donc jamais ? Apparemment non, du moins aux yeux de Bon, pas tant qu'il serait vivant ou en mesure de mener à bien son projet de tuer tous les communistes de la planète. Comme beaucoup de gens, il voyait le monde en noir et blanc, communistes ou anticommunistes, gentils ou méchants. Alors que sa vision des choses était le reflet symétrique de celle des communistes, l'obligation de choisir entre le communisme et son contraire m'apparaissait comme un faux choix, imposé par les appareils idéologiques d'État des deux camps. Le plus difficile, quand on était confronté à une fausse alternative, était d'imaginer une troisième option, délibérément cachée ou non. Telle était la leçon la plus élémentaire de la dialectique, l'oscillation entre thèse et antithèse qui permettait de parvenir à la synthèse. Que la thèse ou

l'antithèse fussent le communisme ou l'anticommunisme, l'important était qu'ils constituaient les pôles opposés de ce que l'Ouest nommait, sans ironie aucune, la guerre froide entre les États-Unis et l'URSS. Or la synthèse consistait à admettre que, pour nous les Asiatiques, les Africains et les Sud-Américains, cette guerre avait été extrêmement chaude. Constatant l'échec aussi bien du communisme que de l'anticommunisme, je ne choisissais rien, une synthèse que ni les capitalistes ni les communistes ne pouvaient comprendre. Vous pensez peut-être que je joue les nihilistes, mais vous avez tout faux. Quand les nihilistes estimaient que la vie n'avait aucun sens et rejetaient tous les principes religieux et moraux, je croyais encore au *principe* de la révolution. Je croyais aussi que le rien avait du sens – bref, que le rien était en réalité quelque chose. N'était-ce pas là une forme de révolution en soi ?

Tel était mon état d'esprit lorsque, deux semaines plus tard, je m'aventurai avec Bon à la réunion suivante de l'Union, dont les membres semblaient être tous, sans exception, de respectables Vietnamiens. En France, contrairement aux États-Unis, on pouvait trouver parmi les gens respectables des communistes ou des sympathisants communistes, et il était curieux de se dire que certains d'entre eux assisteraient probablement à la réunion. L'objectif de cette dernière était d'organiser le spectacle annuel du Têt, comme le président du comité du Têt nous l'expliqua, à Bon et à moi, seuls nouveaux venus.

Il y aura des chants et des danses traditionnels, dit le joyeux président. Ophtalmologue de son état, c'était un homme élancé avec des cheveux blancs et de longs doigts de pianiste, ou de gynécologue. Il parlait un vietnamien et un français impeccables, et je compensai

ma jalousie à son égard en prenant pitié de sa veste en tweed beaucoup trop grande pour lui, puisque les poignets effleuraient la base de ses pouces. Contrairement à moi, le président ne pensait pas que chaque homme se doit d'avoir un tailleur, personnage aussi essentiel qu'un prêtre, car il ne rime à rien d'avoir une belle âme si on n'a pas une belle allure.

Il y aura aussi des plats et des costumes traditionnels, poursuivit-il. C'est une façon pour nous de présenter la culture vietnamienne authentique.

J'acquiesçai avec enthousiasme, vigueur même, et répondis, Promouvoir notre culture authentique est très important. Ce à quoi le joyeux président acquiesça encore plus vigoureusement.

Je ne le dis pas, mais je me demandais s'il ne fallait pas également inclure dans l'authentique culture vietnamienne les jeux d'argent, que nous enseignions à nos enfants pendant les célébrations du Têt sans comprendre pourquoi, adultes, nous avions la passion desdits jeux d'argent ; de même, fumer et boire du café dans les cafés : s'il y avait un jour une compétition olympique pour un tel sport, les candidats vietnamiens pourraient prétendre à la médaille d'or, car nous considérions ces cafés, héritage des Français, comme notre deuxième maison, loin de nos femmes revêches et de nos enfants enquiquinants ; ou boire de la bière, du cognac et du vin (de préférence celui fait avec du riz), jusqu'à parvenir au seuil de l'inconscience, quand certains d'entre nous frappaient lesdits femmes et enfants, ou se frappaient entre eux ; ou conclure un bon marché, même aux dépens de nos clients, de nos fournisseurs ou de nos principes, puis être scandalisés quand nous nous faisions nous-mêmes plumer ; ou médire sur les amis et les proches, dans le dos desquels

nous adorions planter nos couteaux, plus encore que dans ceux de nos ennemis, moins faciles à atteindre ; ou tirer fierté des réussites de nos voisins et compatriotes, jusqu'à ce qu'ils réussissent trop, après quoi nous leur en tenions rancune et guettions l'occasion d'assister avec joie à leur chute ; ou obliger les femmes à rester dans la cuisine et à servir les hommes, ou attendre d'elles qu'elles se reproduisent au moins six ou sept fois, voire plus si possible, jusqu'à ce que leur utérus devienne aussi sec que le Sahara – autant d'aspects de notre culture que nous montrions bien plus souvent qu'une danse de l'éventail, ou un extrait d'opéra, ou un chant folklorique, ou le port d'une robe en soie, ou la reconstitution d'un rituel amoureux dans les rizières, ce qui n'arrivait qu'une fois dans une vie, sinon jamais, et qui exigeait de racler la bouse de buffle incrustée entre nos orteils et de gifler les escadrilles de moustiques qui volaient en piqué.

Mais il eût été inconvenant d'aborder ces sujets alors que le président et son comité ne souhaitaient qu'une seule chose, conserver précieusement la beauté de notre culture et la faire connaître, même si monter un spectacle culturel revenait, au fond, à admettre sa propre infériorité culturelle. Les vrais puissants ont rarement besoin de se donner en spectacle, puisque leur culture est toujours partout. Les Américains savent que leur culture est omniprésente, que ce soit sous la forme de hamburgers ou de bombes. Quant aux Français, ils exportent le Rêve parisien, un spectacle de rue pour touristes férus de vin, de fromage et d'accordéon. Sans dire un mot de tout cela, je me portai volontaire, à la fin de la réunion, pour les numéros chantés et dansés, en misant sur le fait que tous les bohèmes fumeurs de haschich s'y trouveraient. J'embarquai avec moi

Bon, même s'il ne ressemblait pas du tout à un danseur et ne pouvait certainement pas être un chanteur depuis que, parlant en son nom, j'avais expliqué qu'il était muet. C'était encore une idée de Bon.

Ah bon ?* fit le président, expression que j'aimais presque autant que *oh là là**.

Une blessure de guerre, dis-je d'une voix soudain tremblante. Pour cette histoire mensongère, je n'avais pourtant prévu aucune émotion – d'où venait-elle donc ?

Le silence se fit. Tous les membres du comité du Têt nous écoutaient.

Personne ne connaît la cause de son mutisme, continuai-je, les larmes aux yeux. Je sentais le regard de Bon sur moi pendant que je racontais cette histoire inventée de toutes pièces. Une bombe de B-52 est tombée presque au-dessus de nous. Après ça, il a perdu sa voix. Peut-être que le souffle a abîmé quelque chose dans sa gorge. Ou alors c'est totalement psychologique.

Je sanglotais. Mon histoire me captivait, et je les captivais. Je le voyais à leurs yeux, à leurs lèvres entrouvertes, à leur souffle collectivement retenu.

Vous comprenez, cette attaque de B-52 nous a surpris à découvert. Elle ne nous visait pas, elle visait les combattants de la guérilla. Mais les Américains nous ont bombardés, nous, leurs amis, repris-je. Bon tiqua, mais ne dit rien. Ils ont pulvérisé presque tout un bataillon de soldats du Sud. Ils appellent ça « feu ami ». Moi j'appelle ça feu, tout simplement. La seule chose qu'on entendait, c'étaient les bombes et, après, les cris des survivants. Et ils n'étaient pas nombreux. Toutes ces voix disparues à jamais… Peut-être que c'est de penser à tous nos jeunes camarades morts si tragiquement qui a fait perdre la voix à mon ami.

Oh mon Dieu ! s'exclama une matrone, la main sur la bouche.

Et pour mettre la dernière touche à l'histoire de Bon :

Je pensais… Je pensais… S'il pouvait voir la beauté de notre culture, ça lui permettrait d'oublier l'horreur de la guerre. J'espérais… J'espérais… Que s'il pouvait voir notre peuple chanter et danser, même si lui-même ne sait ni chanter ni danser – je baissai les yeux, une vague salée d'émotion sincère venant lécher mes orteils –, il retrouverait peut-être la voix… Et nous, anciens combattants du Sud, pourrions faire amitié avec vous, vous dont beaucoup, d'après ce qu'on m'a dit, sympathisent avec nos anciens ennemis. Mais nous ne sommes plus ennemis. L'heure est venue d'être amis. Vous ne pensez pas ?

Si j'étais le Bâtard Fou, alors Bon était le bâtard chanceux, car une fois cette histoire et la réunion terminées, toutes les filles et les femmes vinrent l'entourer, chacune rêvant d'être la princesse qui saurait redonner sa voix au héros par un baiser (ou plus, si nécessaire). Bon était bien content d'avoir perdu sa voix, car rien ne l'effrayait davantage que de parler aux femmes, pas même tuer des gens, ce qu'il considérait le plus souvent comme un défi technique, et parfois seulement comme un défi moral. C'était quelqu'un de très moral. Il avait intégré la chorale de son église, à Saigon, en partie au nom de sa foi, en partie dans l'espoir d'y rencontrer sa future femme, ce qui fut le cas. Ils se retrouvèrent assis de part et d'autre de l'allée d'un car qui les emmenait à l'église de La Vang, avant qu'elle ne soit détruite par les feux croisés de la guerre. Accidentellement ou intentionnellement, sa future femme faillit tomber en descendant

du car et il la rattrapa par le coude. C'était le prétexte dont avait eu besoin Linh pour lui dire bonjour et engager une conversation qui ne s'achèverait qu'à sa mort sur le tarmac de l'aéroport de Saigon, sans qu'il ait pu lui dire au revoir. Aujourd'hui encore, Bon revoyait les visages morts de Linh et de son fils, Duc, petit garçon. Depuis ce jour, il refusait de penser à une autre femme, et encore plus de parler aux quelques femmes qui l'attiraient. La solitude et la tristesse qui en résultaient étaient le destin qu'il croyait mériter pour avoir survécu.

Pauvre Bon ! Je me fichais bien de savoir qu'il était un tueur. Il était mon frère de sang, mon meilleur ami, et je souffrais de savoir que depuis la mort de sa femme et de son fils – mon filleul ! –, il n'avait personne pour l'aimer sauf moi, ce qui était un sort peu enviable. En se retrouvant encerclé inopinément par une demi-douzaine de femmes qui le regardaient tel un bébé dans son berceau, il perdit effectivement la voix qu'en réalité il avait. Il ne pouvait que sourire, hocher la tête et hausser les épaules, en une sorte de pantomime qui lui allait à la perfection. Pour lui, sinon pour celles qui souhaitaient lui parler, le mutisme représentait une forme de liberté vis-à-vis du monde. Ne pouvant pas dire grand-chose à un homme qui ne pouvait ou ne voulait pas répondre, elles finirent par se tourner vers moi, l'homme qui profitait du mutisme de Bon encore plus que lui-même.

Mais toutes les femmes ne me regardaient pas. L'une d'elles, toujours tournée vers Bon, était en train d'écrire sur un carnet à l'aide d'un stylo-plume qu'elle tenait d'une main on ne peut plus délicate et gracieuse. Lorsqu'elle leva les yeux et vit qu'il la regardait, elle sourit et, sans un mot, lui tendit carnet et stylo.

Je m'appelle Loan, avait-elle écrit, comme s'il était non seulement muet, mais sourd. *Veux-tu venir assister à nos répétitions ?*

Bon fut lui-même surpris d'écrire *oui*.

En quittant la réunion, je ne savais pas qui, de Bon ou de moi, était le plus ébahi. Il repartait avec une feuille de papier sur laquelle figuraient le nom et le numéro de téléphone de Loan, ainsi que l'heure, la date et le lieu de la prochaine répétition des danseurs et des chanteurs. J'allais lui demander s'il était prêt à tuer l'une ou l'autre des sympathiques personnes que nous avions rencontrées, y compris le président, qui me donnait l'impression de pouvoir être communiste, lorsque Bon, pourtant censé être muet, me dit, Regarde.

Par chance, il n'y avait personne dans le hall de l'Union. Il me montra un panneau où était accrochée une grande affiche aux couleurs criardes et aux caractères énormes, dont le mot le plus important était *FANTASIA*. Les deuxièmes mots les plus importants étaient ÉPISODE 7. Divers chanteurs et danseurs, hommes et femmes, seuls, en duo, en trio ou en quatuor, peuplaient l'affiche. Ils portaient des costumes et des cravates, ou du lycra et des paillettes, ou un pudique *ao dai* et des chapeaux pointus, ou des bas résille et des soutiens-gorge. Je compris aussitôt que *Fantasia* était un spectacle inspiré de la boîte de nuit du même nom à Los Angeles, où j'avais passé une nuit, imbibé de cognac et de testostérone, langue pendante devant la seule femme dont j'aurais dû tenir éloignés mes mains, mes yeux et mon cerveau : Lana.

Oh, Lana ! Quand le général avait eu vent de mon histoire d'amour avec elle à Los Angeles, il m'avait envoyé accomplir une mission suicide pour reconquérir

notre pays, celle-là même qui avait conduit à ma capture et au camp de rééducation. Ma rééducation ne m'avait rien appris, de toute évidence, car la vue de Lana enflamma aussitôt la passion qui clapotait au fond de mon réservoir à essence. Sur l'affiche, elle posait seule au milieu des autres, une vraie vedette, vêtue d'une robe noire moulante et aguicheuse qui lui tombait aux chevilles mais surcompensait cette décence en étant fendue jusqu'à l'os iliaque, révélant dans toute sa splendeur nue sa jambe, elle-même terminée par un pied dans une chaussure dont le talon haut de quinze centimètres était à la fois un abominable instrument de torture podologique et une potentielle arme létale.

N'y pense même pas, dit Bon. Mais j'y pensais déjà.

Si cet épisode à venir de *Fantasia* était le septième, cela signifiait que six autres l'avaient précédé, tous disponibles sur un objet qui avait pour nom cassette vidéo, apparu pendant que j'étais dans les âges ténébreux de ma rééducation. Les appareils pour lire les cassettes vidéo étaient coûteux, mais même si je n'avais quasiment rien gagné, mes profits tirés de la vente de la marchandise me donnaient plus de revenus disponibles que jamais. Si j'avais été raisonnable, j'aurais mis cet argent à la banque et je serais devenu encore plus capitaliste, m'en servant pour en produire plus. Mais m'est-il jamais arrivé d'être raisonnable ?

Ma tante possédait déjà une petite télévision japonaise. Brancher le lecteur vidéo fut un jeu d'enfant. Je téléphonai à Bon et lui dis de venir voir.

C'est une communiste, me dit-il.

Oublie ça le temps d'une soirée, répondis-je. Tu as déjà passé une soirée ici. Ça ne t'a pas tué. Tu ne l'as

pas tuée. C'est une civile. Et tu fais tout ton possible pour ne pas tuer les civils, tu te rappelles ?

Le silence au bout du fil signifiait qu'il réfléchissait. Je ne vais pas la tuer. Simplement, je ne veux pas mettre les pieds chez elle.

Pourquoi était-il si important pour moi que Bon passe à l'appartement de ma tante ? Parce que je sentais qu'il était en train de changer, et je voulais le changer encore plus. À son corps défendant, quelque chose s'était modifié en lui. Il était toujours féroce et dévoué à sa cause, mais il était disposé à rencontrer Loan. Il admettait sa solitude. Peut-être était-ce là mon levier pour le détacher, ne serait-ce qu'un peu, du roc de son anticommunisme fanatique, qui le conduirait à me tuer s'il découvrait un jour mon passé communiste. Au-delà de mon intérêt propre, toutefois, je voulais qu'il se sente moins seul. Qu'il trouve, de nouveau, une famille.

Il faut que tu voies *Fantasia* de tes propres yeux. Et tu dois le voir avec d'autres Vietnamiens. Parce que c'est un spectacle sur nous, par nous, et pour nous. On est les vedettes et les maîtres de cérémonie, les chanteurs et les danseurs, les comédiens et les chansonniers, les acteurs et les spectateurs ! On fait ce qu'on sait faire de mieux – chanter, danser et s'amuser !

Je l'entendais respirer à l'autre bout de la ligne.

D'accord, dis-je, tu ne chantes pas et tu ne danses pas. Mais je sais que tu adores regarder les autres chanter et danser. On faisait toujours ça, dans les boîtes de Saigon. À l'époque, on savait qu'on serait divertis dans notre langue, par des gens qui avaient la même tête que nous. L'occasion se présente encore. Allez, Bon !

Lorsque, au bout d'un moment, il finit par accepter, je compris que sa solitude était plus grande que sa

haine. Il arriva avec une bouteille de vin, de mauvais vin. Mais cette petite attention permettait tout de même de mesurer le chemin parcouru depuis le camp de rééducation. Ni ma tante ni lui ne firent allusion à leur dernière et pénible rencontre, et ils s'installèrent tous deux sur le canapé, signant une trêve tacite sous les auspices de *Fantasia*. Le spectacle avait été filmé en direct à Los Angeles, dans un Hollywood parallèle où nos compatriotes avaient atteint le rang de stars. La beauté de cet exploit était patente chaque fois que la caméra, filmant le public, montrait des visages en extase, souriants, ravis de voir ce que nos gens du Sud savent mieux faire : se donner en spectacle. On peut compter sur nos gens du Nord, où j'étais né, pour se fixer sur l'idéologie, la politique, la connaissance, la poésie. Ils tiennent leurs compatriotes du Sud, où j'avais grandi, pour décadents et obscènes. Ils ont peut-être raison. Mais si les nordistes proposaient une utopie que l'on ne pouvait trouver nulle part, les sudistes avaient créé un *Fantasia* que l'on pouvait vivre partout où il y avait une télévision, un monde rêvé où les hommes portaient sans crainte des paillettes et les femmes portaient sans crainte… presque rien. Ces hommes et ces femmes dansaient le cha-cha-cha, le tango, la rumba. Ils chantaient les grands classiques, ainsi que des reprises de chansons pop occidentales. Ils exécutaient des numéros originaux, dont certains si nouveaux que je ne les avais encore jamais vus. Ils jouaient dans des sketchs vulgaires. Le public raffolait notamment du passage avec les hommes travestis en femmes, toujours occupés à tirer sur l'ourlet de leurs jupes, à se plaindre de leurs collants filés par leurs jambes poilues, à soulever leurs seins aux mensurations américaines, donc irréalistes, pour les remettre en place, et à exhiber

des derrières si rembourrés qu'ils auraient pu protéger un joueur de football américain. Oh, comme nous étions pliés en quatre devant ces scènes ! Quand je dis nous, je parle aussi bien du public filmé que de Bon, de ma tante et de moi. Oh, *Fantasia* !

C'était notre Hollywood à nous mais, comme trop souvent dans les films hollywoodiens, le pire était la fin. Pour le dernier numéro, toute la troupe des chanteurs et des danseurs revenait sur scène, les hommes honorablement vêtus de costumes occidentaux et les femmes d'*ao dai* orientaux. Ils gratifiaient le public d'une chanson originale dont le titre résumait tout : « Merci l'Amérique ! » Parmi les autres paroles mémorables, quoique peu imaginatives, figurait ceci :

Merci l'Allemagne !
Merci l'Australie !
Merci le Canada !
Merci la France !

Tandis que la leçon de géographie se poursuivait, je me demandais quelles âmes déroutées avaient été emportées par le tourbillon de la guerre et déposées... en Israël, par exemple, pays charmant, j'en étais sûr, mais assurément déprimant pour des gens comme nous. Pourtant, malgré notre exil, nous parvenions apparemment à être reconnaissants d'avoir été reçus, d'où cette ode pleine de gratitude et de sincérité à tous les pays qui nous avaient accueillis.

Malheureusement – et c'était une chose étrange pour un Vietnamien –, je ne détestais rien tant que les odes pleines de gratitude et de sincérité. Ma tante, étant une intellectuelle, et une intellectuelle française de surcroît, les détestait aussi. Bon, étant un tueur,

aurait dû les haïr, ou au moins rester de marbre, mais je fus choqué de le voir pleurer, ou pleurer autant qu'il en était capable, c'est-à-dire quelques filets de larmes accompagnés de reniflements, soit l'équivalent d'un effondrement émotionnel chez une personne normale.

Mais tu penses que l'Amérique nous a trahis, dis-je en voyant défiler le générique.

Ça ne veut pas dire que tout le monde nous a trahis.

Tu penses que la France a violé notre pays.

Pourquoi est-ce que tu es obligé de tout gâcher ? s'écria-t-il. Savoure la chanson, enfin !

Je compris alors que ce qui le faisait pleurer n'était pas la gratitude niaise et éternelle que les pays hôtes attendaient des réfugiés venus de pays violés et bombardés par ces mêmes pays hôtes, mais le texte de la chanson, interprétée par un beau duo incarnant un mari et sa femme séparés par la guerre. La femme s'échappait en Amérique avec les enfants et l'homme restait au pays, prisonnier de guerre. Il finissait par s'enfuir sur un bateau de réfugiés – non, pas un bateau, un « navire », terme plus digne, car son voyage et celui de milliers de réfugiés équivalait au plus grand de tous les voyages en bateau, l'*Odyssée* d'Homère. Il survivait à cette odyssée et arrivait en Amérique. Là, il retrouvait sa femme, qui portait une minijupe très flatteuse, son fils et sa fille, mignons comme on n'a pas le droit de l'être, et doués, jouant respectivement du piano et du violon pendant que leurs parents se prenaient dans les bras. Voilà pourquoi Bon était tellement ému : il repensait à sa femme et à son fils, mon filleul, qu'il ne retrouverait jamais sauf, peut-être, au Ciel.

Quant à ma tante et à moi, notre statut de spécialistes de la critique ne nous empêcha pas d'être très heureux de voir nos compatriotes à l'écran, même en

train de danser en justaucorps ou de se pavaner en minijupe. Pour la première fois depuis que nous avions quitté notre pays, nous étions les vedettes de notre propre spectacle. Malgré toute sa frivolité, *Fantasia* était politique, comme je l'avais compris le jour où, libéré de ma rééducation, j'étais arrivé à Hô Chi Minh-Ville, une Saigon rebaptisée pour une nouvelle ère. Là, j'avais découvert que les neveux révolutionnaires de l'Oncle Hô considéraient cette manière de chanter, de danser et de faire l'amour comme réactionnaire et dangereuse. Les bons communistes écoutaient de la musique rouge, qui leur échauffait le sang en célébrant la révolution trempée dans le sang, tandis que nous, amateurs de musique jaune, étions des lâches répugnants qui refusaient la lutte des classes et le dur labeur. N'empêche, et malgré ma rééducation, ou à cause d'elle, j'aimais encore entendre une belle chanson d'amour, alors qu'un hymne aux masses marchant vers une sublime aurore écarlate ne faisait que me glacer le sang. *Fantasia* était peut-être un simple divertissement, mais quoi ? Comme disait l'anarchiste Emma Goldman, « Si je ne peux pas danser, je ne veux pas de votre révolution. » Comment nos si sérieux chefs révolutionnaires ne comprenaient-ils pas que posséder les moyens de divertissement était également révolutionnaire ! Quel mal y avait-il à profiter de cette autonomie-là, compte tenu du fait que le divertissement était sans doute la quatrième priorité des humains, après la nourriture, le logement et le sexe ? J'avais hâte de regarder le deuxième épisode de *Fantasia*. J'allais le dire lorsque Bon finit de sécher ses larmes et annonça, J'ai une autre idée.

Une autre idée ? fit ma tante. Quelle était la première ?

Je pensais que Bon ne répondrait pas, mais il sourit et dit, Vendre du haschich à l'Union et tuer des communistes.

Ma tante haussa un sourcil. Comme c'est intéressant, dit-elle. Tu sais, en France, ce sont les communistes qui soutiennent le plus les Vietnamiens.

Les mauvais Vietnamiens.

Tu serais surpris de savoir qui est communiste, répondit ma tante en me regardant, ce qui incita Bon à me regarder aussi. Je me figeai.

Rien ne me surprend, dit Bon. Les communistes sont partout.

En effet, dit ma tante. Simple hypothèse : si tu découvrais qu'un de tes amis était secrètement communiste ? Par exemple ton meilleur ami, ici présent. Ton frère de sang.

L'impossibilité d'un tel scénario fit rire Bon, mais en bon philosophe il joua le jeu. Je le tuerais, bien sûr, répondit-il en me souriant. C'est une question de principe.

À mon tour, je ris devant l'absurdité de cette mauvaise blague, puis me levai pour éteindre la télévision. *Fantasia* était bel et bien terminé.

5

« Dieu est mort, Marx est mort, et moi-même je ne me sens pas très bien », dit un jour un bel esprit aux yeux tristes lors d'une des soirées de ma tante. Ce n'est que plus tard que je compris qu'il s'agissait du dramaturge Eugène Ionesco, dont d'ailleurs je n'avais vu aucune des pièces. Je dois y remédier, mais en même temps j'ai l'impression de vivre déjà dans une de ses pièces, à ce que j'en sais. Après tout, le boulon qui tenait mes deux esprits en place s'était tellement desserré qu'il avait lâché. Combien de gens se retrouvaient en roue libre après avoir perdu leur boulon ? Mais imaginez le contraire. Ne vaudrait-il pas mieux n'avoir *aucun* boulon, ou en tout cas pas aussi serré ? Une fois boulonné de partout, comment peut-on bouger ? Et le boulon qui nous tient ne finit-il pas, avec le temps, par se desserrer, comme tous les boulons ?

N'étant pas assez capitaliste – pardonnez-moi : pas assez *dealer* – pour pouvoir m'acheter de quoi resserrer mon boulon à fond, je confiai ce vide grandissant à l'intérieur de ma tête au seul thérapeute qui fût dans mes moyens : un Walkman Sony, autre appareil merveilleux inventé par le capitalisme pendant ma rééducation. L'homme aux deux esprits que je suis peut

reconnaître les réussites du capitalisme, de même qu'il peut reconnaître le charme de la culture française. Je réunis les deux grâce au Walkman, dont les cassettes pouvaient tenir dans la paume, trois quarts d'heure de musique sur chaque face. Avec mes écouteurs sur les oreilles, je voyageais dans Paris sur mon tapis volant en haschich, les yeux dissimulés par des lunettes noires. Contrairement aux authentiques et coûteuses lunettes aviateur de Le Cao Boi, les miennes étaient des contrefaçons qui n'avaient pas le logo Ray-Ban gravé sur un coin des verres. Elles avaient beau glisser sur mon nez, je les portais nuit et jour, sous terre comme en surface. Appareil photo autour du cou et sac à dos contre mon torse, j'étais le touriste japonais curieux, disposé à arborer le sourire idiot de l'Oriental exotique en terre occidentale. Invisible tant que j'étais également inaudible, j'explorais Paris pendant mon temps libre et au fil de mes livraisons. La ville devenait le décor d'une comédie musicale diffusée par mes écouteurs. Comme j'avais déjà vu les endroits qui auraient pu figurer sur un gâteau de mariage, Notre-Dame et la tour Eiffel, le Louvre et le Sacré-Cœur, je les évitais. Je préférais les quartiers plus sales et les squares où je pouvais m'asseoir sur un banc, près des clochards et des ivrognes, mes cousins pas si lointains, et regarder les pigeons innocents. Je me demandais qui était le plus dingue, de moi, le prétendu Bâtard Fou, ou de Bon, le martyr décidé à se jeter une fois de plus dans le bûcher d'une idée grandiose, d'une cause perdue, d'un dernier soupir. Bon et moi étions assez dingues pour participer aux répétitions bihebdomadaires du spectacle culturel, où nos talents limités faisaient de nous des danseurs de second rang, si tant est qu'on pût parler de « danse ». Un de nos sketches portait sur la vie rurale. Notre tâche consistait à faire

semblant de labourer, de pelleter, de sarcler, et à ahaner d'une manière extrêmement stylisée, et peut-être poétique, qui érigeait le travail aux champs en mode de vie bucolique et en pilier de notre culture, alors que je suis persuadé que c'était un mode de survie infernal, éreintant, plein de sueur et de brûlures, laissant peu de temps à la culture. Qu'importe ! L'objectif du spectacle culturel était de rivaliser avec les charmes de la vie française en montrant ceux de la vie vietnamienne, devenue beaucoup plus charmante aux yeux des Vietnamiens de France après toutes ces années passées loin de leur pays. Il leur fallait leur propre forme de nostalgie, ce que les producteurs de *Fantasia* avaient bien compris. Et les répétitions me donnèrent l'occasion que j'en avais escomptée, celle de fumer des cigarettes avec les autres acteurs, de boire quelques verres après, de leur toucher un mot de la marchandise, d'offrir des échantillons, et de me faire discrètement une nouvelle clientèle, jeune et branchée, étudiants et professionnels, plus quelques travailleurs ayant également besoin de repos et de détente, assez surpris, et contents, de découvrir qu'ils pouvaient obtenir la marchandise auprès de quelqu'un qui leur ressemblait. La seule difficulté, pour gagner la confiance des jeunes et des branchés, était que la plupart, nés en France, parlaient le français beaucoup plus vite que moi et employaient les derniers mots d'argot, que j'ignorais.

Qui est cet ami à toi qui enseigne le français ? demandai-je à ma tante.

Tu vas l'adorer, dit-elle en me donnant son adresse. Il est communiste.

Ainsi commençai-je à suivre des cours du matin, près de la gare du Nord, avec des adultes venus des quatre coins des anciennes colonies françaises, tout en livrant ma marchandise aux quatre coins de Paris. Avec mes

gains, je m'achetai une très belle paire d'oxfords en cuir marron chez Bruno Magli – sur les conseils de BFD. Elles sont belles, me dit-il, et avec ça tu peux passer toute une journée à marcher ou à rester debout. Il avait regardé mes souliers sans lacets en faux cuir, poussiéreux et éraflés, achetés à un vendeur ambulant sur la route de l'aéroport de Jakarta. Il est toujours possible de juger un homme à ses chaussures. Le jugement de BFD m'avait agacé, mais je ne pouvais pas non plus l'ignorer. Je portais donc fièrement mes Bruno Magli et les cirais toutes les semaines, cédant à la tentation capitaliste contre laquelle Marx avait mis en garde : aimer un produit, un objet, comme s'il s'agissait d'un être vivant, passion qui ne pouvait être, dans le meilleur des cas, qu'éphémère.

Quelques mois après le début de ce nouvel épisode de ma vie, je quittais un petit square du passage Dumas lorsqu'un jeune homme, au portillon, hocha la tête dans ma direction, haussa un sourcil et porta deux doigts à ses lèvres, dans le langage universel de notre fraternité des fumeurs, tous unis par un même désir de mort. Au même moment, Jean-Claude Brialy était en train de chanter avec Anna Karina un air que j'adorais, « Ne dis rien », et que je fredonnais. Comme j'étais de bonne humeur, je souris au jeune homme, sortis mon paquet de cigarettes et lui en proposai une, en m'assurant qu'elle n'était pas remplie de haschich. Il me répondit quelque chose. J'ôtai mes écouteurs, toujours avec mon sourire muet de touriste japonais, et fus surpris de l'entendre me dire, lui aussi avec un sourire, Il paraît que tu as un hasch d'enfer ?

Domo arigato, répondis-je, feignant de ne pas comprendre. Ce n'était pas une bonne idée de vendre à des inconnus. J'inclinai la tête, fis deux pas en arrière, puis heurtai un corps dur et musculeux. Le jeune homme qui

était derrière moi, comme celui devant moi, portait un jean Levi's, un blouson ouvert et un tee-shirt, sauf que l'un était à l'effigie des Beatles et l'autre, des Rolling Stones. Nous étions seuls dans le square, un choix de la part de ces deux jeunes hommes qui semblaient être les fameux Arabes contre lesquels Le Cao Boi m'avait mis en garde. Ils avaient la maigreur insouciante de la jeunesse, bien loin de savoir à quoi ils ressembleraient d'ici vingt ans, ce que malheureusement nous autres, hommes d'âge mûr, savons. L'inertie de l'âge et les plaisirs facilement accessibles de la cuisine française m'avaient aidé à reprendre toute la graisse perdue au cours de la rééducation, avec même un petit supplément, créant un petit renflement au-dessus de ma ceinture et une autre petite boursouflure sous le menton. J'étais une andouillette molle et ronde, les boyaux bien ramassés à l'intérieur de moi-même, et eux étaient les deux couteaux dentés prêts à me découper.

Arrête de faire le Japonais, dit Beatles. On sait que tu es vietnamien.

Vietnamien ? fit Rolling Stones. Je pensais que tu étais *chinois*.

Prononcé avec l'accent et le ton qu'il fallait – et une certaine quantité de postillons –, le terme devenait méprisant. Je l'avais entendu plus d'une fois dans la bouche de nos colonisateurs français. Cela m'attristait de l'entendre prononcé par quelqu'un qui aurait dû être plus avisé. Mais répondre à son insulte n'eût fait qu'envenimer les choses. Je voulus calmer le jeu en montrant une curiosité sincère à l'égard de leurs origines et je dis, Vous êtes quoi, vous ?

Algériens, face de rat, dit Beatles.

Rolling Stones se renfrogna et ajouta, Beurs.

Beurre ? dis-je. Si quelqu'un ressemblait à du beurre,

c'était bien moi : jaune, mou et facile à faire fondre. Pourquoi beurre ?

Beurs ! cria Rolling Stones. Beurs !

Beatles soupira et dit, Bon, merde, on est français. Allez, passe-nous le hasch.

Parlons-en, dis-je. Mes frères algériens, vous n'avez jamais lu les textes de Hô Chi Minh contre la colonisation française ? On ne devrait pas se battre entre nous, on ne devrait pas se voler les uns les autres, on devrait lutter ensemble contre notre beau-père abusif ! Oubliez *La Marseillaise*, dont les paroles sont un peu trop sanguinaires à mon goût. Chantons plutôt *L'Internationale* ! Allez, les damnés de la terre, avec panache ! *Nous ne sommes rien, soyons tout* !*

Mon petit discours sembla les stupéfier, car ils s'arrêtèrent net et froncèrent les sourcils. Peut-être que si l'un des deux avait dit, Il n'a pas tort, nous aurions pu changer le cours de l'histoire – du moins de mon histoire. Mais c'étaient des adolescents impulsifs. Rolling Stones secoua la tête, refusant le fil de solidarité dialectique que je lui avais lancé, et dit, Passe-nous le hasch, espèce de con de bâtard !

J'ai essayé, n'est-ce pas ?

Bien sûr, dit Sonny.

Si tu le dis, ajouta l'adjudant glouton.

Un peu de haschich, donc, marmonnai-je en faisant mine d'ouvrir la fermeture Éclair de mon sac à dos. Ils se rapprochèrent, mais il y avait juste assez de distance entre nous pour que j'aie le temps de faire voltiger le sac à dos le plus fort possible vers la mâchoire de Beatles, contre laquelle les deux briques au fond de la poche se choquèrent avec un bruit aussi retentissant que le cri de guerre qui surgit de mes entrailles, *BÂTARD*, mot auquel je croyais m'être habitué, quand en réalité

je n'étais habitué qu'à ce qu'on me traite de Bâtard Fou, ce qui n'était pas entièrement faux, même si la vraie vérité absolue était que ces deux-là auraient dû m'appeler frère, ou cousin, voire oncle, car nous étions parents – non ? –, nos ancêtres communs étant les Gaulois, qui avaient le culot de nous appeler leurs descendants, les Algériens en guise de fils aînés, comme l'avait expliqué mon père à notre classe, tandis que nous, les Indochinois, étions les puînés talentueux, voués à devenir employés, assistants, adjudants, et petits bureaucrates, contrairement aux Cambodgiens, aux Laotiens et aux autres situés plus bas sur la chaîne de l'empire, chacun d'entre nous se cramponnant à un maillon, les yeux levés vers les joues rouges du simien un peu moins opprimé au-dessus de lui, rêvant d'une main blanche charitable qui l'aiderait à dépasser les créatures indignes lui faisant obstacle, jusqu'à se hisser à bord de ce magnifique navire de guerre baptisé *La Mission civilisatrice*, lequel avait bombardé Haiphong et tué six mille civils, mais qui s'embête à compter ? Nous n'étions que des indigènes, nous ne comptions pas.

Bâtard ! hurla Rolling Stones. Il me donna un coup de poing avant que je puisse faire tournoyer mon sac à dos une deuxième fois. Bridé de merde !

Il me frappa encore et un souvenir me revint. Je ressentis presque de la nostalgie en me faisant traiter de *bridé**, mot que je n'avais pas entendu depuis l'époque des colons français à Saigon. Si le reste de mon français avait faibli, être traité de jaune, de bridé ou de Chinetoque, selon l'interprétation qu'on en avait, était aussi inoubliable que de savoir comment dire *merci** et *au revoir**, et que mes yeux soient bridés ou non n'était qu'un point de détail. J'étais bien plus préoccupé par le fait que, en tombant, j'entendis quelque chose craquer

dans l'appareil photo japonais coûteux que je portais autour du cou, ce qui devint moins embêtant lorsque Rolling Stones me sauta dessus et m'étrangla. Mes yeux s'exorbitèrent et élargirent ma vision périphérique, si bien que je vis Beatles verser du sang et des larmes sur la terre compacte du square en se tenant le nez, peut-être cassé par les briques. Ce coup-là, je l'avais trouvé tout seul, même si des décennies passées près de Bon m'avaient, à n'en pas douter, amené à absorber une partie de sa prédisposition pour l'anticipation violente, par exemple toujours avoir le moyen de se défendre, et si possible plusieurs moyens, stratégie qui compte aussi quand on prépare une offensive, car Rolling Stones non seulement m'étranglait, poussant mon larynx très comprimé à s'étouffer en signe de protestation, mais me soulevait la tête pour la cogner de manière répétée sur la terre compacte, deux techniques qui affectaient ma vision, à présent troublée et traversée d'éclairs lumineux tels que ceux qu'on voit quand on tombe amoureux, du moins à ce qu'il paraît, ou quand on va s'évanouir et peut-être mourir, comme je le savais de par mon expérience personnelle, et puisqu'il était absolument nécessaire d'empêcher cette issue-là je laissai Rolling Stones progresser dans sa tentative d'assassinat, afin qu'il ne voie pas que j'avais remonté les jambes jusqu'à ce que mes cuisses soient contre son dos, les ourlets de mon pantalon remontant et révélant mes chaussettes, dans l'une desquelles j'avais caché un cran d'arrêt, autre leçon enseignée par Bon, et lorsque je réussis à le dégager, quelque chose de raide appuya sur ma taille, car Rolling Stones se tenait droit, ce qui signifiait qu'il allait certainement me tuer, montrant les dents sous le coup non seulement de la fureur et de la rage, mais de la haine et de la haine de soi, et à l'instant où j'appuyai sur le bou-

ton pour ouvrir le cran d'arrêt, le fil du couteau entailla ma paume, ce dont je me rendis à peine compte étant donné le rideau rouge qui tomba en travers de mon champ de vision, et le rugissement de mon sang affluant dans ma tête, puissant mais pas au point de m'empêcher d'entendre Rolling Stones crier, *Gros bâtard de Chinetoque bridé*, insultes qui me rendirent à nouveau nostalgique de cette époque plus innocente où le colonialisme était photographié en noir et blanc, sans enregistrements sonores pour savoir comment « Annamite » sonnait sur une langue française et dans un tympan vietnamien, glaviot plein de mépris et de condescendance, rendant assez distant ce qui était visible de notre oppression, de sorte que même des rebelles à la tête enfermée dans une cangue ou des paysans transportant des Blancs sur le dos semblaient pittoresques et excentriques, de même que ma mort imminente m'apparaissait lointaine, que mes sens s'amenuisaient, que mes extrémités s'engourdissaient, sauf le poids du corps sur mon ventre et le manche froid du cran d'arrêt dans ma main glissante, que j'avais réussi à retourner, si bien que la lame de quinze centimètres put finalement sortir, et que, grâce aux derniers vestiges de ma conscience, je la plantai dans la partie la plus proche de ce corps qui m'enfourchait, faisant jaillir un cri, et une main se détacha de mon cou, m'encourageant à assener un autre coup de lame, déclenchant un deuxième cri, puis l'autre main de Rolling Stones me lâcha pendant qu'il se dégageait en se tortillant, et lorsque j'enfonçai la lame plusieurs fois dans sa chair il eut de la chance que je n'atteigne que ses fesses et l'os du bassin, et la douleur l'obligea à se laisser tomber loin de moi, non sans gesticuler et me donner des coups de pied, moi qui, désormais libéré de son étreinte, envoyai à mon tour des coups de pied,

roulai sur moi-même et me redressai péniblement, manquant trébucher sur Beatles, à quatre pattes, qui secouait la tête et la tournait vers moi avec une telle fureur dans les yeux que je lui plantai mon genou dans le visage, et si son nez n'avait pas encore été cassé désormais il l'était, mais pendant que cet ennemi tombait l'autre se relevait, Rolling Stones, qui hurlait en tenant son postérieur ensanglanté, toujours physiquement capable de me faire du mal, mais psychologiquement distrait par la douleur, ce qui prouvait son côté amateur, car s'il avait été un professionnel, comme Bon me l'avait dit bien des fois, il aurait su qu'en matière de survie le mental est aussi important que le corps, ce que je savais bien pour avoir enduré des années d'endurcissement en tant qu'espion, complétées par la rééducation, qui ne m'avait pas tué, m'avait rendu aussi indestructible qu'un cliché, et certainement plus fort que ce jeune homme, lequel avait le désir de me tuer, mais pas la ruse, l'expérience et la nécessaire peur de mourir que j'avais apprises au cours de cette vie entière de rancœur et de haine qui est la nôtre en tant que bâtards, moi et moi-même, moi en train de souffrir et d'étouffer, alors que moi-même était lucide et tout en contrôle, se jetant sur lui rapidement et le poignardant plusieurs fois dans la région du cœur et des organes vitaux, sensation semblable à celle qui consiste à planter un couteau dans un poulet entier et cru, sinon que sa cage thoracique et son sternum firent deux fois déraper la lame, m'abîmant le poignet au passage, quand tout ce que je souhaitais était qu'il arrête, s'allonge, me laisse tranquille et promette de ne pas me tuer, mais mon français me permit seulement de dire *Arrête, arrête, arrête*, signifiant qu'il devait s'arrêter et que je devais m'arrêter, mais ni lui ni moi ne pûmes nous arrêter jusqu'à ce que l'un de nous se retrouve

à terre, en l'occurrence lui, sur les genoux, sur le flanc, sur la figure, et il ne me vit pas quitter le square d'un pas pressé, ramassant mon sac à dos d'une main tandis que de l'autre je rabattais le cran d'arrêt, sans prendre la peine de voir si Rolling Stones était mort ou si Beatles se relevait, content que le square désert qui avait été leur atout fût maintenant leur malédiction, et soulagé de porter une tenue sombre, comme Bon me l'avait toujours conseillé, non seulement pour imiter la mode parisienne, mais parce que le sang se voit moins sur des vêtements sombres et que je pouvais garder ma main ensanglantée dans la poche de mon pantalon tout en rabattant la capuche de mon sweat-shirt, que Bon m'avait également conseillé de porter les jours où j'aurais besoin de dissimuler mon apparence hideuse, et ce fut le cas ce jour-là, comme je marchais rapidement jusqu'à la station Nation et commençais à entendre des cris et des hurlements derrière moi, tellement sonné que je ne compris que plus tard que j'aurais dû aller à la station de la rue des Boulets, à deux pas du square, mais je réussis malgré tout à marcher d'un pas régulier, même en entendant une sirène crier, *Tu es mort, tu es mort*, au moment où j'approchais du métro, le bruit s'estompant à mesure que je descendais les marches, mon sac de nouveau contre le ventre et mon appareil photo, dont l'objectif était cassé et le cache perdu, rebondissant autour de mon cou lorsque je franchis les portillons, descendis d'autres marches, franchis un tunnel, puis débouchai sur le premier quai, sans me soucier de la direction, tout content de pouvoir enfin m'arrêter, m'adosser à un mur et sortir discrètement de mon sac à dos un mouchoir, chose qu'un gentleman devrait toujours avoir sur lui, non seulement pour nettoyer les sécrétions d'un autre corps ou les siennes, mais pour s'en servir de garrot ou de bandage,

en l’occurrence sur ma main droite, que je fourrai dans ma poche, et la peau de mon cœur était tendue par l’adrénaline et la peur, son battement noyé seulement par le fracas du métro dont l’arrivée me rappela que je devais me concentrer pour monter dans la rame sans trébucher, et je m’assis à côté d’un vieillard grisonnant, dépenaillé et un peu odorant, heureusement pour moi car nous paraissions légèrement décatis ensemble, ce qui valait mieux que de paraître décati tout seul, surtout si l’on était un touriste japonais tabassé embarqué dans un très mauvais voyage, profitant de la dureté générale des masses urbaines, notamment celles qui survivaient au métro, et dont les yeux se posaient parfois sur moi avant de se détourner aussitôt, sauf la petite fille à couettes qui me montra du doigt et dit, assez fort,

REGARDE,

MAMAN,

REGARDE !

ce qui évidemment incita tous ceux qui l’avaient entendue à me regarder, et je maintins le monstre en moi parfaitement immobile, à la manière d’un gecko qui se sait repéré sur son mur, me fondant dans le décor tandis que la maman en question ne faisait rien pour empêcher son rejeton mi-mignon, mi-inquiétant de me scruter avec ses adorables yeux d’insecte, et je finis par m’arracher à son regard en descendant à Belleville, pour la correspondance, marchant normalement parmi la foule jusqu’à une autre ligne, en tout une demi-heure au cours de laquelle personne ne m’adressa le moindre mot, moi qui les décourageais en écoutant Jacques Brel chanter

en boucle dans mes écouteurs « Ne me quitte pas », jusqu'à ce que je comprenne enfin qu'il voulait devenir l'ombre d'un chien, moment où j'arrivai au restaurant, où Le Cao Boi s'écria, Putain, mais qu'est-ce qui t'est arrivé ?, ce que je me serais dit à moi-même aussi, conscient que c'était là une des choses affectueuses qui pouvaient se dire entre deux hommes, marque d'attention et de sollicitude qui annonçait des représailles, et lorsque je voulus m'asseoir à sa table il m'emmena dans la cuisine, où les Sept Nains lavèrent ma main dans un bol en plastique bleu qui servait également à nettoyer le poisson, et l'eau était troublée et rougie par mon sang, avant qu'ils me badigeonnent de teinture d'iode et d'huile d'eucalyptus, lesquelles enflammèrent ma paume ainsi que mes plaies à la tête et à la gorge, feu qui entoura Bon d'un halo incandescent lorsqu'il apparut dans mon champ de vision et dit, Je les tuerai, ces fils de pute, le sous-texte signifiant manifestement qu'il m'aimait, et pourtant ce qui me bouleversa le plus et me fit beugler sans retenue fut de l'entendre dire, Je vais les éventrer et leur faire bouffer leur merde tout droit sortie de leurs tripes, ravissante image culinaire qui fit beaucoup rire les Sept Nains, dont certains dégainèrent leurs couteaux et firent semblant de se battre, cependant que Le Cao Boi improvisait une épouvantable ode à ma gloire, moi le guerrier en larmes revenu de son voyage, et nul besoin de citer ici ce texte, si mauvais que j'en ai oublié les mots, mais Le Cao Boi ne prit pas ombrage de mon manque d'enthousiasme, l'imputant, j'en suis sûr, à mon état physique, à la douleur virile que les Sept Nains pouvaient comprendre et aux horribles larmes gênantes qu'ils ne pouvaient pas comprendre, et pour cacher ma faiblesse Le Cao Boi m'apporta une bouteille de liqueur chinoise

qui ressemblait à de l'eau, ou à de la vodka, et dans ma gorge le liquide transparent décolla une couche de tendres cellules cutanées roses, m'aidant un instant à étancher mes larmes et à oublier ma paume fendue, entourée d'un beignet de pansements, et lorsque je dis, Donnez-m'en encore un peu, il répondit, J'ai encore mieux que ça, disparut puis revint en tenant un carré d'aluminium sur lequel il avait posé un carré de sucre blanc, une bouchée présentée comme un festin, le genre de chose qu'on s'attendrait à voir dans un restaurant étoilé au Michelin, sauf que ce n'était pas du sucre blanc mais, comme le déclara Le Cao Boi, *le remède*, qui mettrait trop de temps à agir sur moi si je l'avalais, tel quel ou dilué, aussi le broya-t-il dans un mortier à l'aide d'un pilon puis le reposa-t-il sur le carré d'aluminium, d'une main le tenant sous mon nez et se servant de l'autre pour allumer un briquet sous le carré, après quoi la poudre blanche finit de se dissoudre en une flaque brûlante et fumante, et limpide, tandis qu'un des Sept Nains me tendait un tube en plastique transparent, le fût d'un stylo dont avait été retirée la cartouche d'encre, et Le Cao Boi me demanda de renifler dans le tube, ce que je fis, car si les médecins et les savants poussent l'audace et l'éthique jusqu'à toujours expérimenter sur eux-mêmes, alors NOUS aussi devions le faire, créature monstrueuse dont les deux visages semblaient grotesques à tous ceux qui nous regardaient, moi et moi-même, ces deux visages – ou peut-être trois, désormais – que seule une mère pouvait aimer, notre mère, morte aujourd'hui, ou peut-être hier, et qui mourra très vraisemblablement demain, notre mère qui mourait chaque jour et vivait chaque jour dans notre mémoire, pas un jour ne s'étant écoulé sans que NOUS ayons pensé à elle et au fait que NOUS n'étions pas

à ses côtés quand elle était morte, crime aussi impardonnable que celui de notre naissance, quand nous étions sortis de notre mère et avions entamé le processus de séparation d'avec elle, processus de toute une vie, et dont le souvenir nous fit encore pleurer, ce que tout le monde crut être dû aux coups reçus ou au remède, et Le Cao Boi dit, C'est incroyable, non ?, ce sur quoi NOUS ne pûmes que fermer les yeux et geindre, nos visages réunis en un seul, de sorte que NOUS étions totalement limpides à nous-mêmes, en surface comme au-dessous, et nos mille strates qui s'étiraient du présent jusqu'au passé se fondirent au millefeuille feuilleté, sucré, addictif et calorique de nos passés et de nos identités, car nous existions tous au même moment, collés ensemble par les éternelles questions poisseuses, par exemple Que signifie tout cela ? Qui sommes-NOUS ? Que sommes-NOUS ? D'où venons-NOUS ? Où allons-NOUS ? Qu'avons-NOUS fait ? Que ferons-NOUS ? – questions sans réponses qui NOUS laissaient à peine respirer, tant NOUS sentions intensément notre corps, notre présent, notre passé, et notre avenir, jusqu'à ne plus du tout sentir notre corps, dont la frontière avec le monde se liquéfia entièrement, si bien que chaque onde lumineuse, sonore et tactile NOUS transperçait et NOUS essorait dans un tourbillon de sensations euphoriques, voire orgasmiques, qui duraient une quantité de temps indéterminée, avant que le tourbillon cesse de NOUS amener toujours plus profondément dans les profondeurs, pour faire demi-tour et s'envoler en spirale au-dessus de NOUS, se transformant en un escalier de lumière, où tout en haut Bon dit, Je peux bien te dire ce que je viens d'apprendre – ses mots coulant sur notre peau –, l'homme sans visage est à l'ambassade, soit la seule chose susceptible de gâcher

le plaisir du remède, car il ne pouvait y avoir qu'un seul homme sans visage, une silhouette effrayante et effarante comme ressuscitée par la simple présence de l'idée de Bon, désormais clairement un signe du destin prenant forme, et en un sens NOUS avions toujours su que NOUS ne resterions pas longtemps loin de lui, NOUS qui n'étions pas seulement monstrueux ou grotesques, mais *incroyables*, si stupéfiants qu'à un moment donné NOUS descendîmes l'escalier de lumière vers la boulangerie d'à côté, refusant de manger dans le pire restaurant asiatique de Paris, pleurant un peu devant les nombreuses variétés de pain et de pâtisseries qui incarnaient collectivement des siècles de bon goût, de raffinement culinaire et de complexité technique, telles les têtes-de-nègre dont raffolait le Boss mais que NOUS n'étions pas d'humeur à manger, non, NOUS avions besoin de quelque chose de plus bourratif que de la meringue et du chocolat après ce que NOUS avions traversé, ce périple qui NOUS faisait encore vibrer à basse intensité sur le chemin du retour à la réalité terrestre, et notre peau était une topographie de zones érogènes, et notre doigt tremblait lorsque NOUS le pointâmes vers un épais ovale de pain rustique que NOUS n'avions encore jamais acheté mais qui NOUS intriguait depuis le jour où NOUS avions découvert son nom, que NOUS prononcions maintenant dans un français parfait en disant, Je voudrais un *bâtard*, s'il vous plaît.

DEUXIÈME PARTIE

Moi-même

6

Je fais un rêve ! dit Martin Luther King.

Je redescendais après avoir failli toucher le Ciel, ou alors je remontais après avoir failli choir en Enfer. Mes plantes de pied étaient roussies par la chaleur de l'Enfer, et j'avais la goutte au nez à force d'avoir grelotté dans les nuages du Ciel, où j'étais resté devant la porte. Le vrombissement d'un moteur à deux temps vint rompre l'atmosphère respectueuse. Une moto longea à toute vitesse la file des postulants et braqua juste devant Martin Luther King. Ce fut le premier indice qui me fit comprendre que le motard était vietnamien. Qui était-ce ? Non, ce ne pouvait pas être – c'était ! – Le Duan, le secrétaire général du Parti communiste ! Le successeur de Hô Chi Minh ! Un des pères fondateurs de notre pays réunifié ! Un homme profondément engagé ! Un révolutionnaire assez fou pour avoir de son plein gré quitté le Sud et rejoint le Nord, quand tous les gens un tant soit peu sensés, dont ma mère, faisaient le chemin inverse ! Que diable faisait-il ici ?

Qui êtes-vous ? demanda Martin Luther King.

Je suis l'homme qui a un plan ! Le Duan sauta de sa moto, tout sourire, pas offensé le moins du monde de devoir expliquer qui il était. Tel était le destin de tout

individu originaire d'un petit pays, quels qu'aient été ses exploits. Même quand nous avions un nom, à peu près personne, hormis nos compatriotes, ne le connaissait ou ne savait le prononcer. Autant être anonymes – ainsi nos noms ne seraient pas écorchés. Cependant personne, dans notre pays, n'aurait écorché le nom de Le Duan.

Cet homme extrêmement engagé poursuivit : Je suis le magicien qui a pris la moitié supérieure de notre pays et l'a recousue à la moitié inférieure ! Après, je lui ai donné la colonne vertébrale en fer de notre révolution, pour qu'il puisse se tenir tout seul ! Ensuite, j'ai fouillé dans un cimetière et j'ai trouvé un cerveau pour notre nouvelle créature ! C'était le cerveau d'un étranger, Karl Marx, et alors ? Ne soyons pas racistes. Les Allemands produisent d'excellents cerveaux, aussi bons que leurs voitures. Vous voyez notre pays, là, tout en bas ? Il vacille un peu, certes, mais comment en serait-il autrement si peu de temps après une opération aussi complète de la colonne vertébrale et du cerveau ? J'aimerais vous y voir… Essayez de marcher – et courir n'en parlons pas – en ayant été maltraité si longtemps et après une telle opération pour débarrasser notre corps de tous ses corps étrangers. Les Chinois, les Français, les Japonais, les Coréens, les Américains : tous s'y sont mis. Alors – et à cet instant Le Duan donna un petit coup de coude à Martin Luther King – vous n'êtes pas le seul à rêver, mon vieux ! Sourire aux lèvres, Le Duan désigna sa moto et exulta, *Moi aussi, j'ai un rêve !*

Nous regardâmes tous l'insigne de sa moto Honda, qui indiquait en effet,

DREAM

Une Honda Dream ? Étais-je en train de rêver ? Après avoir prouvé qu'ils pouvaient fabriquer des transistors et des magnétophones, les Japonais fabriquaient donc des rêves, maintenant ? Je n'avais jamais entendu parler d'un tel rêve jusqu'à ce rêve, mais maintenant que j'en avais entendu parler, moi aussi je voulais le Japanese Dream ! C'était le rêve ! Ce devait être tellement mieux que l'American Dream ! L'American Dream était si simple, si optimiste qu'il n'exigeait aucune psychanalyse, aucune plongée dans les profondeurs. Aussi superficiel, ennuyeux et mièvre qu'un mauvais feuilleton télévisé qui aurait réussi, on ne sait comment, à devenir un succès. Mais le Japanese Dream, lui, devait être vraiment spécial. Je le convoitais avec une telle envie que j'oubliais que les rêves peuvent nous tuer ; c'était le bon moment pour me réveiller. Je me retrouvai avec un morceau de pain dur dans la bouche, assis sur la lunette rabaissée des toilettes du pire restaurant asiatique de Paris, que j'avais apparemment très mal nettoyées, à en juger par l'odeur écœurante. Je ne peux le reprocher qu'à quelqu'un d'autre, c'est-à-dire moi, une personne saine d'esprit qui ne voulait rien avoir à faire avec ces toilettes immondes. L'air était fétide, l'odeur quelque part entre l'aisselle, le nombril et les replis transpirants des parties intimes. L'orifice des toilettes était le miroir de l'anus, dans la mesure où l'un et l'autre ouvraient sur des profondeurs mystérieuses et des tunnels sinueux, ce qui explique que je dus baisser la cuvette plutôt que de contempler, en suffoquant, l'abîme.

Ressaisis-toi ! me dis-je. Ce n'était pas facile, puisque je sanglotais, à cause de la douleur, et du remords, et des effets secondaires du remède, dont l'un ressemblait à ce que j'avais quelquefois ressenti après avoir couché

avec quelqu'un que je connaissais à peine : du dégoût. Maman ! gémis-je. Maman ! Qu'est-ce que j'ai fait ?

Ne t'inquiète pas, dit l'adjudant glouton. Ils ne sont pas morts.

S'ils l'étaient, ajouta Sonny, ils seraient déjà ici avec nous.

Sortez des toilettes, dis-je. Le remède ne faisait plus effet, comme l'amour, me laissant avec ma douleur dans la main et une envie désespérée de retomber amoureux, ne serait-ce qu'une nuit, même en connaissant l'issue honteuse. Accordez-moi un peu d'intimité !

Mais ça fait si longtemps qu'on n'a pas parlé, répondit l'adjudant glouton en regardant le miroir par-dessus mon épaule droite. Derrière la gauche, Sonny acquiesça. Son visage était aussi livide et exsangue que celui de l'adjudant, alors même que le trou au front de ce dernier, son troisième œil, pissait toujours le sang, comme le trou dans la main de Sonny, un des nombreux endroits où je lui avais logé une balle. Les fantômes n'arrêtaient-ils donc pas de saigner, de pleurer, de revenir ? Le fait que ma mère ne me soit jamais apparue signifiait qu'elle devait être contente de sa vie dans l'au-delà. Elle n'avait aucune raison de me hanter, car j'étais son gentil fils, celui qui avait toujours pensé à elle, qui conservait sa photo dans son portefeuille et qui lui parlait tous les soirs. Sur ce portrait en noir et blanc, pris peu de temps avant que je parte au lycée, histoire d'avoir un souvenir d'elle, elle porte un *ao dai* emprunté à une de mes tantes. Elle n'avait dû emprunter que la robe, et non le pantalon, puisqu'elle était photographiée aux épaules. Elle s'était fait coiffer par une professionnelle dans un salon, avec un fer à friser, si bien que ses cheveux ondulaient autour de son visage. Pour une fois, celui-ci, d'ordi-

naire si quelconque, a eu droit à du fard, du mascara et du rouge à lèvres. J'ai toujours su que ma mère était magnifique, mais je savais aussi qu'il est difficile d'être magnifique quand on est épuisé, ce qui était son état habituel. Là, sur la photo, ses fardeaux – à savoir son fils et sa vie – avaient été effacés comme par magie, ne laissant voir que sa beauté. Je gardais son portrait pour me souvenir d'elle, mais également pour me rappeler que tant d'autres, parmi les damnés de la terre, auraient pu ressembler à des anges, et vice versa, si l'histoire avait suivi un cours différent. J'aurais aimé demander à mes fantômes s'ils avaient vu ma mère, mais je ne voulais pas qu'ils voient l'enfant qui vivait encore en moi, le petit garçon qui tous les matins appelait sa maman en criant.

Donc vous ne les avez pas vus du côté de chez vous ? demandai-je.

Parce que tu crois qu'on connaît tout le monde, ici ? Sonny fit mine d'être incrédule. Les sarcasmes étaient encore plus énervants quand ils émanaient d'un fantôme. On est à peu près cent milliards.

À quelques milliards près, dit l'adjudant glouton. On n'a pas le chiffre exact, puisque l'au-delà n'a pas de bureau de recensement. Contrairement à ce qu'on croit souvent, ce n'est pas une communauté fermée, avec quelqu'un qui pose des questions avant de te laisser entrer.

C'est aussi un peu sombre et opaque, ajouta Sonny. Difficile d'y voir très clair.

Tant mieux. Les gens de l'au-delà ne sont pas les plus beaux.

En moyenne. Il y a quelques exceptions.

Oui, mais les je-meurs-jeune-en-laissant-un-beau-cadavre sont insupportables.

Les je-meurs-vieux-et-seul-en-laissant-un-cadavre-décomposé ont tendance à être plus humbles.

Mais ils restent dans leur coin.

N'empêche, ils puent. Personne n'en parle jamais, de ça. L'au-delà sent la viande avariée, l'eau putride et le moisi.

Vous ne pouvez pas tout avoir, dis-je. Tout ça pour dire que si quelqu'un était mort, vous ne le verriez peut-être pas là-bas, mais je le verrais sans doute ici.

Si tu les as tués, dit Sonny. Comme tu nous as tués.

C'est généralement comme ça que ça fonctionne, le hantement, ajouta l'adjudant glouton.

Ça fait un moment que vous ne m'avez pas hanté.

Qu'est-ce que tu veux ? On fait du tourisme. Paris est une très belle ville. Toute cette histoire ! Toutes ces catacombes à explorer ! Tous ces fantômes à rencontrer ! Tous ceux qui comptent un peu sont au Père-Lachaise !

Je les laissai dans les toilettes du restaurant. Le bruit de leurs rires se faisait entendre derrière la porte fermée. Étaient-ils réels ou étaient-ils des effets secondaires du remède ? Ils devaient être réels, puisque je les avais vus avant. Leur réapparition sous forme de duo comique m'indiqua que ce que je redoutais ne s'était pas produit. Beatles et Rolling Stones étaient vivants, et non condamnés à être des amphibiens préhistoriques se sortant par les ongles des bas-fonds amniotiques. Et l'agente communiste non plus ne devait pas être morte, car je ne l'avais jamais vue à côté de moi, me narguant comme l'adjudant glouton et Sonny.

Ces types ne sont pas morts, acquiesça Bon. Dans la cuisine du restaurant, déserte à part nous, il me servit un grand whisky, ma boisson favorite. C'est déjà assez difficile comme ça pour toi de tuer quelqu'un avec un

pistolet. Ta conscience t'en empêche. Et tuer avec un couteau exige un truc en plus. Tu n'es pas fait pour achever quelqu'un d'aussi près. Mais ne le dis pas au Boss. Explique-lui que ces types sont morts.

Ce sont des gamins, dis-je. Le whisky glissa au fond de ma gorge et tapissa d'une couche de peinture fraîche mes boyaux abîmés. Ma main palpitait à l'endroit où Grincheux avait recousu ma plaie sans s'arrêter de siffloter. Encore, dis-je. C'était un de mes mots préférés, tant que c'était moi qui le prononçais.

Ce sont des hommes. Bon me resservit. Pas vieux, d'accord, mais assez grands pour aller à la guerre, pour mourir à la guerre. J'ai vu des gamins plus jeunes se battre, tuer, mourir. Tu crois qu'ils avaient prévu de te laisser repartir tranquillement ? Non. Tu allais être soit tué, soit méchamment amoché, et à deux contre un. Dans cette situation, tu as parfaitement le droit de sauver ta peau. Alors si ç'avait été moi, ils seraient morts. Parce que c'est la seule manière d'être sûr qu'ils ne reviendront pas te chercher. Comme l'homme sans visage.

La seule évocation de son nom refroidit la cuisine, où nous étions accroupis, les genoux presque à hauteur de nos torses, sur de petits tabourets en plastique qui nous rappelaient le pays. L'homme sans visage était notre frère de sang, le troisième mousquetaire, bien que Bon l'ignorât, puisqu'il ne l'avait vu que de loin dans le camp de rééducation. Pour lui, l'homme sans visage était simplement le commissaire du camp, alors que pour moi le commissaire était notre frère de sang, Man. Quel destin que d'être interrogé puis torturé par mon meilleur ami – l'homme qui me connaissait mieux que je ne me connaissais, l'homme qui avait placé son pistolet dans ma main et essayé d'obtenir de moi que

je lui tire dessus, alors que j'étais ligoté pour être torturé. Il souffrait autant que moi. Mais je n'avais pas pu l'achever, tout comme il n'avait pu m'achever.

Comment est-ce que tu as su pour lui ?

Tu crois que, quand un type sans visage débarque, ça peut rester longtemps un secret ? Il est à l'ambassade. Il porte un masque. Il paraît, en tout cas. Un héros de la guerre, ils l'appellent.

S'il porte un masque, comment sais-tu que c'est l'homme sans visage ?

Tu connais beaucoup de gens qui ont besoin de porter un masque ? Sauf s'ils n'ont pas de visage !

Je sirotai mon whisky et demandai, Comment s'appelle-t-il ?

Bon dit un nom qui n'était pas celui de Man. Dung.

Voici ce que je pensai : c'était un *nom de plume**, un pseudonyme, car il signifiait « héroïque » dans notre langue, « bouse » en anglais, et rien du tout en français. Voici ce que je dis : Comment est-ce que tu sais que c'était lui, le commissaire ? Même les gardiens du camp ne l'appelaient que par son rang. Et combien de types se promènent sans visage après la guerre ? Rien ne te dit que c'est lui à coup sûr.

Tu veux une preuve ? Très bien. On s'approchera de lui pour vérifier. Et ensuite on le tuera. Ou en tout cas je le tuerai.

Je vidai mon verre. Parfois je préférais siroter mon whisky, prolonger l'expérience, tant elle était agréable, et d'autres fois je devais le laisser couler dans ma gorge le plus vite possible et faire tourner mon foie à plein régime, tant la vie était horrible.

Comment fais-tu pour ne pas ressentir de culpabilité vis-à-vis de tous les hommes que tu as tués ?

Je n'ai à me sentir coupable que si c'est un crime. Bon nous resservit. Allez, finis ton verre.

À fond ! dis-je en faisant tinter mon verre consacré contre le sien. Les spiritueux nous projetaient dans un autre monde, même s'il était souvent peuplé d'anges, de démons, de fantômes et d'hallucinations. Je n'avais pas parlé de mes fantômes à Bon, car cela n'aurait fait que lui confirmer mon instabilité. Pourtant, les fantômes étaient aussi réels et invisibles que les termites, ils rongeaient vos fondations sans être vus. Comment enfumait-on les morts ? Le remède était une réponse facile, mais il n'apaisait que les vivants, ou quiconque se faisait passer pour vivant, comme moi.

En même temps, j'avais peur du remède. Il était si agréable qu'il me rappelait la religion.

Un peu plus tard ce soir-là, le Boss téléphona et me convoqua à son appartement pour le lendemain, ce qui était signe de grand respect. Bon rentré chez lui, je passai la nuit au restaurant, couché sur un lit de camp derrière le comptoir, car je ne voulais pas que ma tante voie mon visage contusionné et ma main lacérée. La douleur lancinante m'empêcha de dormir et me ramena à ma cellule du camp de rééducation, nu et ligoté au sol, avec le plafond entièrement tapissé d'ampoules et la lumière si forte que j'avais beau fermer les yeux, rien n'y faisait. Man avait réussi à sonder cette partie inaccessible de moi, mon esprit… voire mon âme, si tant est qu'une telle chose existât. Si je le revoyais, qui sait s'il ne m'apprendrait pas encore des choses sur moi que j'ignorais encore. Peut-être était-ce pour cette raison que mon instinct m'avait poussé à trouver refuge chez ma tante, car je savais qu'elle informerait Man de ma présence. Il était maintenant venu en terrain

neutre, à Paris, la ville où la fin de la guerre avait été négociée. Il était venu pour moi. Et pour Bon.

Je frémis en entendant les cafards ramper et les souris trottiner. Pour la première fois, je remarquai la présence, sous la caisse, sur une étagère, d'une pile de revues pornographiques dont les pages étaient salies par ce que j'espérais être du gras. Malgré la douleur dans ma tête et dans ma main, quelque chose en moi tressaillit : c'était le fil qui partait de mes yeux et traversait mes deux esprits jusqu'à la deuxième paire de globes qui faisait de moi un homme. Les corps pâles et glacés de ces jeunes femmes très pures semblaient sculptés dans le massepain. Elles avaient des seins beaucoup plus gros que la moyenne et étaient aussi savamment maquillées que pour un mariage. Mais si mes yeux et mes esprits réagissaient, le reste de mon corps refusait, distrait par la douleur dans ma main. Reposant les revues, je me demandai quelle était la raison de mes actes, pourquoi les deux jeunes hommes – des gamins, en réalité – m'avaient agressé, pourquoi je leur avais rendu la monnaie de leur pièce. Et, surtout, au-delà de mon angoisse de ne pas atteindre la rigidité structurelle nécessaire à l'éjaculation malgré les revues cochonnes, je me demandai quelle était la raison de mon existence, assurément douteuse, éventuellement inutile.

Peut-être le Boss me fournirait-il, un jour, une réponse. Il n'était pas mon créateur, mais mon recréateur, qui m'avait donné ma chance non par un cadeau, mais par un prêt. Si Dieu habitait le Ciel, alors le domaine du Boss était un casino, paradis pour les uns, enfer pour les autres. Il dirigeait ses combines depuis son appartement, situé à quelques rues de son magasin d'import-export, dans une tour brutaliste

d'une trentaine d'étages vers laquelle je me dirigeai le lendemain matin, abruti par la douleur et le manque de sommeil. Une tour si peu parisienne que le grand axe de circulation le plus proche était la place d'Italie, comme si cette architecture désastreuse devait être imputée à Mussolini. Sommet d'une vision vraisemblablement socialiste, elle se résumait à un empilement de boîtes à chaussures, avec des êtres humains en guise de chaussures. Cette forme minimaliste était censée loger d'énormes quantités de gens sur des quantités réduites de terrain, étant donné le problème du centre de Paris, à savoir un espace limité et une population nombreuse, comme me l'expliqua le Boss tandis que nous nous asseyions sur son canapé en cuir écarlate.

Regarde la vue, dit-il.

Le Boss vivait à mi-hauteur de la tour, et son canapé donnait sur la fenêtre du salon, perpendiculaire à un canapé jumeau qui, lui, faisait face à une télévision géante, d'un poids à peu près égal à celui d'un gorille adulte et flanquée de baffles aussi grands que des adolescents. Comme tous les réfugiés de sexe masculin, le Boss était fasciné par les équipements audiovisuels gigantesques, idéaux pour visionner les cassettes vidéo et écouter la musique qui le ramenaient chez lui. D'après ce que j'avais constaté chez ma tante et le docteur maoïste, les Français préféraient les téléviseurs plus petits et réservaient l'espace précieux de leurs petits appartements aux livres, aux miroirs, aux souvenirs rapportés de leurs virées aux puces et de leurs quatre semaines de congés payés. Nous, pendant ce temps-là, n'avions pas de congés, ou en tout cas pas dans des destinations exotiques, à moins d'y inclure les pays d'où nous venions, qui à nos yeux n'avaient rien d'exotique. Issus des anciennes cultures asiatiques,

beaucoup plus immémoriales que la culture française, simplement vieille, nous désirions la modernité, le neuf clinquant, à quelques exceptions près, telle l'horloge au-dessus de la télévision, identique à celle qui trônait dans le bureau du Boss, en bois et sculptée pour avoir la forme de notre pays.

La vue est spectaculaire, dis-je.

Tiens, goûte-moi un peu ça, répondit le Boss en désignant une boîte de biscuits danois au beurre posée sur sa table basse en faux marbre, laquelle pouvait aussi faire office de mortier sur lequel cogner une tête un peu dure. Je détestais les produits laitiers, mais par politesse je sortis un des biscuits au beurre de son emballage en papier.

Pendant que les deux jeunes m'agressaient, ils m'ont dit qu'ils étaient du beurre.

Du beurre ? dit le Boss.

Du beurre ? dit Le Cao Boi.

La secrétaire éclata de rire. Elle était assise sur l'autre canapé, à côté de Le Cao Boi. Tous deux regardaient un épisode de *Fantasia* sur le gigantesque téléviseur, avec le volume baissé au minimum audible. La secrétaire pulpeuse était jeune, saine et mince, ainsi que grande, hautaine et court vêtue. Ces éléments se multipliaient, comme trois fois trois, pour donner un résultat plus grand que leur somme. Sa peau ferme brillait à la lumière qui montait de la fournaise de ses ovaires, ses longs cheveux noirs étaient aussi volumineux et voluptueux que le reste de son corps, et ses seins semblaient parfaitement délectables, d'une forme si idéale et d'une dimension si plaisante que j'aurais été heureux de me réincarner en son soutien-gorge. Oui, je regardai, car il était impossible qu'un homme ne regarde *pas* – n'est-ce pas ?

Ils n'ont pas dit qu'ils étaient du beurre, fit-elle remarquer avec un petit air méprisant. Ils ont dit qu'ils étaient beurs.

Quoi ? dis-je.

Il y a le beurre qu'on mange, m'expliqua-t-elle très, très lentement en me regardant, tandis que le Boss et Le Cao Boi pouffaient. Et beur est le mot d'argot pour désigner les gens qui sont nés ici de parents arabes.

Je croquai dans mon biscuit au beurre et essayai de dissimuler mon dégoût. Lorsque le Boss me servit une tasse de thé vert et guetta ma réaction, je compris que j'avais droit là à une marque d'hospitalité exceptionnelle. Avant même que je puisse soulever la tasse brûlante, il dit, Tu veux du café, plutôt ? Il claqua des doigts sans attendre ma réponse, et sa secrétaire tourna la tête. Va faire du café pour tout le monde, intima le Boss.

Elle fit la moue et décroisa ses jambes, manœuvre qui me fit ravaler la montée de salive dans ma gorge. Nous la regardâmes tous s'éloigner en admirant muettement son postérieur parfait. Lorsqu'elle eut disparu dans la cuisine, le Boss se cala au fond du canapé et dit, La tour Eiffel. Juste devant. Enfin, pas juste devant. Au loin. Mais quand même, la tour Eiffel, non ? J'ai une paire de jumelles, si tu veux voir de plus près. Les gens paient des sommes délirantes pour vivre à côté de la tour Eiffel, et moi je paie trois fois rien, mais je la vois très bien ! Alors qui est le plus intelligent ? Aucun touriste pour me déranger quand je descends. Aucun flic pour se soucier des touristes ou des riches habitants. Ce sont eux qu'ils veulent protéger : les touristes et les banquiers. Ici ? Si cette tour était remplie de Blancs, les flics viendraient comme des mouches. Mais les Blancs ne veulent pas vivre ici. Pas assez de parcs, pas assez de charme, pas assez de je ne sais

pas quoi. Et surtout, pas assez de Blancs. Une prophétie autoréalisatrice. Quand il y a déjà beaucoup de Blancs, les Blancs viennent. Quand il n'y en a pas assez, ils hésitent à s'installer. Donc l'occasion s'est présentée à nous.

Nous ?

Les Asiatiques ! Les Chinois, les Vietnamiens. Tes frères et sœurs jaunes, ou tes demi-frères et demi-sœurs. On s'est engouffrés. On vit toujours là où on doit vivre, surtout parce qu'on n'a pas le choix. Enfin... Pour être exact, j'aurais pu aller aux États-Unis. Mais j'ai choisi la France. Tu veux savoir pourquoi ? Moins de concurrence. Il y a déjà des tas d'entrepreneurs asiatiques aux États-Unis. En France, les Asiatiques sont moins nombreux, et ceux qui sont ici sont des moutons. Mais cette communauté asiatique grandira, et elle aura besoin de mes services.

Par « entrepreneurs », le Boss entendait bien sûr « truands ». Mais je me contentai de répondre, Je suis allé aux États-Unis. En effet, il y a beaucoup d'entrepreneurs là-bas.

Exact. Plus d'occasions ici. Et si je vois une occasion, je la saisis. Ne pas saisir une occasion, c'est comme ne pas prendre de la nourriture quand on en a la possibilité. Et quand il s'agit de nourriture, on mange ce qu'on peut, quand on peut. Pas vrai ? Regarde. Il montra les cerises iridescentes sur la table basse, blotties dans un bol en plastique blanc imprimé d'un motif bleu évoquant les vases Ming. Qu'est-ce que tu vois ?

Des têtes noires de réfugiés sur un navire hors d'état de prendre la mer, tellement serrés les uns contre les autres que personne ne pouvait bouger. Je ne pus m'empêcher de geindre en y repensant, mais je me forçai à répondre, Des cerises ?

Des cerises imparfaites, rectifia le Boss, feignant de ne pas remarquer ma faiblesse de femmelette.

Alors que certaines des cerises étaient sphériques et plutôt parfaites, d'un rouge si profond, si sombre qu'elles tiraient sur le noir, d'autres avaient des formes et des tailles bizarres. Plusieurs s'étaient jumelées avec d'autres, ressemblant, si elles étaient symétriques, à des paires de fesses. Dans la plupart des cas, cependant, une cerise était plus grosse que l'autre, ce qui conférait au fruit l'apparence d'un bossu.

Je les achète au marché chinois, car jamais les marchés français – les marchés des *Blancs* – ne les vendraient. Le Boss prit une des cerises difformes et l'engouffra. Mais elles sont moins chères et ont exactement le même goût. Pareil pour un sein moche : il a exactement le même goût qu'un beau sein, tant que tu fermes les yeux.

Donc vous choisiriez le moche plutôt que le beau ? demanda Le Cao Boi.

Le Boss sourit et dit, Attends, tu me prends pour un crétin ? Bien sûr que c'est mieux d'avoir des choses jolies, mais on peut très bien survivre si elles ne le sont pas. Je pourrais m'acheter un appartement à côté de la tour Eiffel, mais quel intérêt ? Les gens – les *Blancs* – vont se dire, *Qui est cet Asiatique ?* Les flics vont se dire, *Qu'est-ce qu'un Asiatique vient faire ici ?* Mes voisins vont se dire, *Je n'en reviens pas qu'un Jaune se soit installé ici.* Le plus drôle, avec les Blancs, c'est qu'ils pensent que nous, les Asiatiques, restons trop entre nous. Mais quand ils viennent chez nous, tout ce qu'ils font, c'est rester entre eux.

Le Cao Boi rit, de même que la secrétaire. Elle était revenue avec un plateau d'argent sur lequel trônaient trois verres, chacun avec un centimètre de lait concentré

au fond. Au-dessus de chaque verre était posé un filtre en aluminium par lequel le café noir s'égouttait lentement sur le lait concentré. Lorsque la secrétaire se pencha pour poser le plateau sur la table basse, le silence se fit. Puis elle s'assit, j'avalai encore une fois ma salive, et le Boss me regarda attentivement. Où en étions-nous ? Ah oui, je devais lécher le cul du Boss. Je ris à mon tour, mais pas plus d'une seconde, car le bruit résonna dans tout mon crâne. Le Boss hocha la tête et ajouta, Et ici, les Blancs nous demandent de ne pas rester entre nous, mais quand on ne reste plus entre nous, ils disent qu'on a perdu notre culture.

On sera toujours perdants, dit Le Cao Boi.

Pas toujours, répondit le Boss. Il suffit de ne pas regarder le monde à la manière des Blancs. Si tu fais comme eux, tu as perdu. Par exemple, les Blancs nous prennent pour des moutons. Et la plupart du temps, ils n'ont pas tort. Les nôtres croient qu'en étant des moutons, en obéissant aux lois, ils seront acceptés et respectés. C'est lamentable. Moi, je vais changer ça, parce que j'ai compris que les Blancs ne nous respecteront pas tant qu'ils n'auront pas peur de nous. Et ils n'auront pas peur de nous tant qu'ils penseront qu'on ne peut pas enfreindre leurs lois.

C'est vrai qu'on n'a pas de truands ici, dis-je.

Des truands ! C'est une façon comme une autre de nous décrire. Au pays, ils nous traiteraient plutôt de pirates ou de bandits. On devrait se cacher dans les ghettos ou les marécages. Mais je préfère hors-la-loi. Et je préfère être ici, sans me planquer quelque part. Ici, j'ai droit à ma vue et personne ne me regarde. Je vois tout et personne ne me voit.

Vous avez un plan, dis-je.

Tout le monde devrait avoir un plan.

Comme il aurait été bête d'avouer que je n'en avais pas, je hochai la tête, mais seulement une fois, car c'était douloureux.

Tu n'as pas l'air très en forme.

Oui, c'est vrai, confirma Le Cao Boi.

Rien que le temps ou la chirurgie esthétique ne sauraient réparer. Je connais quelqu'un.

Une semaine ou deux pour le visage. Les points de suture sur la main partiront un peu plus tard.

[redacted], dit le Boss en chinois.

[redacted], acquiesça Le Cao Boi en rigolant.

Ne t'inquiète pas, on ne parle pas de toi.

Si, si.

Bon, d'accord, oui, on parle de toi. Si tu ne veux pas qu'on parle de toi, tu n'as qu'à apprendre le chinois. C'est facile, non ? J'ai bien engagé quelqu'un pour m'apprendre un peu le français. D'un mouvement de menton, le Boss montra sa professeure de français, qui était également sa secrétaire et sa maîtresse. Tu t'es bien débrouillé, au fait. Je ne t'en pensais pas capable.

Il a peut-être eu simplement de la chance, dit Le Cao Boi.

Ça nous arrive à tous d'avoir de la chance. N'importe quel homme honnête le reconnaîtrait. Le Boss s'interrompit devant l'ironie de son propos. Bon me dit que tu cherches un endroit où loger.

Ma tante ne va pas être contente si je débarque dans cet état, marmonnai-je.

C'est une civile, dit Le Cao Boi.

Pas impliquée, confirmai-je. Et qui n'a pas envie de l'être.

Elle est ton lien avec ton réseau, dit le Boss. Il ne faut

pas mettre ça en danger. Très bien, j'ai un endroit pour toi. Tu vas adorer.

Ça ressemble à ici ?

Fais-moi confiance, la vue est encore plus belle, répondit le Boss avec un grand sourire. Il tourna de nouveau son regard vers les fenêtres qui occupaient toute la largeur du salon.

La tour Eiffel ? demandai-je.

Oui, oui, la tour Eiffel. Mais à quoi est-ce qu'elle te fait penser ?

J'hésitai. Le simple fait de réfléchir m'était pénible. À un cadran solaire ?

Un cadran solaire ? Le Boss plissa les yeux. Si tu veux… Mais regarde encore.

Un doigt ?

Un seul doigt ? Et où sont les autres ?

J'observai de nouveau la tour. Une pipe ?

Bordel, tu es aveugle ou quoi ? s'écria-t-il. C'est une gigantesque bite !

Le Cao Boi et la secrétaire pulpeuse s'esclaffèrent devant mon absence d'imagination.

Bien sûr, je m'en rends compte, dis-je faiblement. Mais c'est un peu… évident.

Si c'était si évident, pourquoi ne l'as-tu pas dit ? demanda la secrétaire pulpeuse.

Un vrai petit étudiant, dit Le Cao Boi. J'ai l'impression que quelques jours de repos te feront du bien.

Sept jours, pour être précis, ajouta le Boss. D'ici là, tu auras peut-être retrouvé une apparence humaine.

Et ensuite…

Ensuite, on parlera de plans.

Je n'étais pas en état de parler de plans, ni d'y penser, et pourtant une heure plus tard j'étais en train de réfléchir, assis dans un RER en direction de la ban-

lieue nord. Tout en regardant les immeubles aux airs de prisons grises et en essayant de me ressaisir, je me demandai si c'était vrai, si la tour Eiffel n'était qu'une érection gauloise se dressant du corps français inerte et lâchant des salves de nuages, à la vue de tous et en même temps invisible.

Était-ce évident au point de ne pas être évident ?

Était-ce l'Empire français qui s'exhibait simplement aux yeux du monde ?

Y avait-il la moindre différence entre la tour Eiffel et le Washington Monument, ce missile blanc qui jaillissait de la capitale américaine, annonçant tous les missiles nucléaires enfouis dans des silos sur l'ensemble du territoire américain ?

Est-ce qu'un vagin géant avait jamais servi d'emblème au sacrifice d'une nation ? me demandai-je. (Hormis peut-être l'Arc de triomphe, entre les cuisses maternelles duquel l'armée française défilait chaque année le 14 Juillet, comme je l'avais vu en images dans *Paris Match*, sans avoir assisté moi-même à une telle naissance.) Mais mis à part cette exception…

Est-ce qu'une matrice était jamais devenue un monument ?

Est-ce qu'un utérus avait jamais servi de modèle à un mémorial ?

Est-ce qu'une paire de seins avait jamais flotté au-dessus d'un capitole ?

Pourquoi n'avais-je jamais pensé à toutes ces choses avant ?

Mon voisin se leva pour s'asseoir sur un autre siège.

7

Étourdi par ma profondeur, et vraisemblablement tout autant par la douleur dans ma tête, je marchai jusqu'à ma destination en suivant un itinéraire où les maisons et les appartements étaient des boîtes de deux ou trois étages sans intérêt et où cafés et brasseries étaient rares et éloignés les uns des autres. Les légumes déprimés et les fruits dépités proposés par les deux marchés de primeurs que je croisai étaient, à part moi, les choses les plus tristes de la rue. Nous rêvions tous d'être tâtés par des mains qui ne nous jugeraient pas. Au lieu de ressembler à la France de mon imaginaire colonisé, ce quartier sinistre ne comportait aucun lieu méritant qu'on s'y rende et rien qui vaille qu'on y passe, comme s'il avait été dessiné par un Américain ou un Vietnamien. Je finis par atteindre une porte verte cabossée, dans une rue mélancolique. J'appuyai sur la sonnette et attendis.

Allô ?

Avec un soupir, je prononçai la phrase que Le Cao Boi m'avait demandé de dire, et qu'il avait lui-même inventée : J'aimerais aller au Ciel.

C'est une blague ? lui avais-je répondu. Mais il s'était contenté de hausser les épaules. Ça ne dérange

pas les clients, alors pourquoi est-ce que ça te dérangerait ? Et quel mal y a-t-il à avoir un peu d'ambition ?

L'agent de voyages s'était fait la même réflexion, j'en suis sûr.

La porte verte du Ciel s'ouvrit. Une femme souriante, avec les dents hideuses typiques d'une enfance passée dans le tiers monde, me fit signe d'entrer. Elle avait l'âge d'être à la retraite et parlait avec un petit accent philippin. Bonjour, Monsieur, dit-elle en anglais. Puis-je prendre votre manteau ? Puis-je délacer vos chaussures ? Puis-je vous amener au salon ? Puis-je vous servir un café ? Du thé ? Du vin ? Du whisky ?

Du whisky, dis-je, la gorge nouée, toujours ému par une telle proposition.

La domestique obséquieuse s'inclina et quitta la salle d'attente à reculons. Les volets métalliques avaient été baissés devant les fenêtres, si bien que la pièce était éclairée par des lampes halogènes bon marché et une télévision presque aussi grande que celle du Boss. Les canapés avaient l'éclat des tissus résistant aux taches, et s'ils ne l'étaient pas, ils auraient dû l'être.

Asseyez-vous, mon ami, dit l'unique occupant de la pièce. Près de la télévision était assis le videur du Ciel, massif et noir, chevilles croisées, en train de faire craquer ses doigts avec l'air de s'ennuyer ferme. La télévision diffusait un débat sur l'existentialisme, si je me fiais à la couverture de *L'Être et le Néant* de Sartre montrée à l'écran, entre un humoriste, un footballeur que j'avais vu dans une émission précédente et deux hommes bien en chair, portant lunettes. Il me fallut un moment pour reconnaître en l'un de ces intellectuels professionnels le docteur maoïste. Avec son allure sobre et docte, il semblait ne jamais penser à la partie de son corps située sous sa gorge et ses poumons, et

uniquement parce qu'il avait besoin de ces organes pour parler et fumer. *Je pense donc je suis* : telle était l'impression qui se dégageait de lui. Ou peut-être était-ce : *Je parle donc je suis*.

C'est votre première fois, oui ?

Oui, dis-je, l'œil attiré par le pansement blanc collé sur la joue du videur. Puis, craignant de passer pour inexpérimenté, j'ajoutai, C'est ma première fois *ici*.

Le sbire regardait la télévision d'un air maussade. De plus près, je vis que le pansement n'était pas tout à fait blanc, plutôt beige. Il ne paraissait blanc que contre sa joue noire, qui n'était pas vraiment noire, mais qui le paraissait davantage sous le pansement.

Sartre, c'est pas mal, dit le videur. Mais je préfère Fanon et Césaire.

Moi aussi, dis-je.

Il continua de regarder le débat sur Sartre, mais sa référence à Fanon et à Césaire me renvoya à ma dernière rencontre avec eux, à l'Occidental College, où j'avais étudié six ans avant de décrocher mes diplômes en études américaines. Mon mentor, le Pr Hammer, enseignait Fanon et Césaire dans le cadre de son séminaire sur la littérature du tiers monde. C'était en 1964, l'indépendance de l'Algérie avait deux ans, l'anticolonialisme conquérait le tiers monde. Comprendre *Les Damnés de la terre* était crucial, disait le Pr Hammer, citant le titre du livre de Fanon sur son expérience de la guerre d'Algérie. Ils se levaient, comme l'avait proclamé *L'Internationale*. Je profitai d'une pause publicitaire pendant le débat pour dire, J'aime bien Fanon et Césaire. *Discours sur le colonialisme*. Et quand Fanon évoque la violence. Il parle de l'Algérie. Mais il parle du Viêtnam, aussi.

Je préfère *Peau noire, masques blancs*.

Je fus gêné d'admettre que je ne l'avais pas lu, mais le videur haussa simplement les épaules.

Je peux vous le prêter. Et vous avez lu *Une tempête*, de Césaire ? Non ? Il vous reste plein de choses à découvrir. Ces livres vous apprennent la vie et la mort. La plupart des gens ne veulent parler que de la vie.

Eh bien, j'aime parler de la mort, aussi, dis-je.

Dans ce cas, on va bien s'entendre, répondit-il. C'était un eschatologue autoproclamé, intéressé principalement par l'analyse du sens du jugement éternel et de l'au-delà, le destin même de l'humanité. C'était du sérieux, et je fus bien content de voir la domestique revenir avec un verre de whisky. Hormis le remède, la seule chose capable de me maintenir sur la terre chaude des vivants était cet antigel, grâce auquel j'avais la certitude que mon sang ne se figeait pas. Ô whisky ! Comme j'avais besoin de toi, et du souvenir de ma mère, qui avait tant souffert sans jamais se tourner vers toi ou toute autre drogue. Peut-être avais-je hérité mes faiblesses de mon père, un bâtard au sens moral, sinon racial, du terme.

Vous venez d'où ? demanda le videur eschatologue.

Si un Blanc m'avait posé cette question, j'aurais répondu, De ma mère. Mais comme nous étions tous deux victimes d'un mal subéquatorial répandu, nommé « colonisation », qui ne frappait que des non-Blancs, je dis, Du Viêtnam. Bien que mon père soit français.

Un chic type, j'en suis sûr, dit le videur eschatologue avec un petit rire. Sans doute quelqu'un qui fréquentait ce genre d'endroits.

Il était prêtre, dis-je. Je me demande s'il a un jour fréquenté ce genre d'endroits.

Pas sûr qu'on ait vu un tel homme ici. Mais ça ne me surprendrait pas.

Et vous ? J'essayai de chasser la tristesse de mes origines qui venait de me retomber dessus avec l'inexorabilité et la ténacité de la poussière, mais cette infime secousse souleva les protestations de ma tête. D'où venez-vous ?

D'ici, mais mes parents sont du Sénégal. Il sourit. Mon père est allé dans votre pays en tant que soldat. Un endroit très beau, disait-il. Des femmes sublimes. Des enfants sublimes.

Il s'est battu pour les Français ?

Oui. Je n'en sais pas beaucoup plus. Mon père n'aimait pas parler. Mais il y a une chose que je sais. Il sourit encore et se pencha pour ouvrir le tiroir d'une table sur laquelle était posée une lampe avec un abat-jour à franges de guingois. Tenez. Avec les compliments de la maison.

Un paquet argenté vola vers moi, me rappelant les barres chocolatées que les soldats américains lançaient aux gamins du haut de leurs véhicules blindés. Trois petits carrés atterrirent dans ma main. Ce n'était pas du chocolat, mais des préservatifs.

Son travail consistait à surveiller les plantations de caoutchouc. C'est drôle, non ? De se dire que quand vous mettez ces trucs-là, si ça se trouve le caoutchouc vient de chez vous. Ils vous rappelleront votre pays !

Très drôle, dis-je, déjà conscient que je n'oublierais jamais cette idée, désormais plantée dans la terre meuble de mon esprit vulnérable, selon laquelle le lien entre le reste du monde et notre valeureux petit pays – outre une guerre qui était désormais notre marque – était peut-être constitué par un objet destiné à limiter la population mondiale et le plaisir masculin.

Le rideau de perles s'agita. Il se fendit en deux et révéla la maîtresse des lieux, une femme dont le maquil-

lage austère et expressionniste rehaussait autant la beauté que l'avarice. Une combinaison de soie noire épousait ses courbes et plusieurs bracelets en jade tintaient autour de ses poignets. Avec l'assurance d'une acrobate, elle marchait sur deux talons aiguilles qui la grandissaient de quinze centimètres, si bien que son menton, lorsque je me levai, était à la même hauteur que mon nez.

Elle avisa les préservatifs et dit, Trois ? Un peu optimiste, non ?

Un gentleman doit toujours se tenir prêt, répondis-je. Et je ne suis pas optimiste, mais réaliste.

La maquerelle sourit froidement et dit, Je vais vous accompagner jusqu'à notre chambre d'amis.

Ciao ciao, dit le videur eschatologue, bandant ses biceps pour me saluer.

Nous descendîmes à la chambre d'amis, un petit espace aménagé dans la cave et dominé par un lit assez grand pour deux. Repoussés dans un coin, une chaise et un bureau, comme si quiconque fréquentant cet établissement à vocation érotique pouvait passer un moment à écrire. Or, apparemment, cette chambre d'amis servait aussi de planque, et il se pouvait que certains visiteurs aient en effet besoin d'un endroit pour réfléchir.

Madeleine va bientôt vous rejoindre, dit la maquerelle. Elle vous plaira. Tout le monde apprécie Madeleine. Elle connaît les huit manières de satisfaire un homme au lit. La première rencontre est gratuite, cadeau du Boss. Après ça, vous aurez droit à un rabais de vingt pour cent.

D'habitude, la perspective d'une belle femme ou d'un rabais m'enthousiasmait, mais lorsque la porte se referma derrière elle, je ne ressentis… *rien*. Qu'est-ce qui n'allait pas ? Trois ou quatre manières, c'était déjà plus qu'assez pour moi. Alors huit ! J'imputai mon

anhédonie à ce boulon détaché, et à mon corps endolori, et à cette impression que j'avais, pour la première fois de ma vie, d'être vieux. Je n'eus même pas la force de marchander, talent presque héréditaire pourtant, inscrit dans mes gènes par des siècles de survie face à la guerre, à la famine, à la pauvreté et à la précarité de l'existence sans État providence.

J'essayais de me détourner de mes souvenirs, de ma conscience et de ma culpabilité, exercice dans lequel j'excelle – comme une majorité d'êtres humains –, lorsque quelqu'un frappa à la porte. Madeleine.

Oh, mon pauvre chou, dit-elle. Elle parlait un français lent et soufflé, tempo parfait pour moi et pour mon humeur. Qu'est-ce qui t'est arrivé ?

Ah, le numéro allait commencer ! Enfin quelque chose en moi vibrait d'excitation. Je m'apprêtais à être à la fois le spectateur et l'interprète du spectacle culturel officieux que beaucoup de nos hommes, et certaines de nos femmes, connaissaient bien.

Ne t'inquiète pas, murmura-t-elle. Madeleine est le médicament qu'il te faut.

Madeleine n'était pas, selon les critères classiques, la plus belle des femmes. Ces créatures sublimes ne devraient être vues que de loin, car elles peuvent être très chères autant qu'extraordinairement sensibles. Madeleine, à l'inverse, invitait à la proximité. Contrairement à la plupart de ses consœurs, elle ne s'était pas aspergée d'une telle quantité de mauvais parfum qu'il aurait fallu porter un masque à gaz pour la manipuler. Elle possédait de jolis traits et un corps accueillant, avec un ventre légèrement rebondi et des seins, des hanches, des yeux encore plus ronds. Elle était aussi plantureuse qu'une de ces déesses sculptées des temples d'Angkor, et d'ailleurs elle était originaire du Cambodge, comme

je finis par le découvrir. Pourtant, elle irradiait non pas une dureté sculpturale, mais la douceur, la chaleur, la tendresse et, plus que tout, le *désir* – pour moi ! J'étais réduit à l'état de petit enfant, ne voulant qu'une chose, qu'on veuille de lui, ce que Madeleine, en bonne professionnelle, comprit tout de suite.

D'abord, dit-elle, on va te nettoyer partout. Et je dis bien *partout*.

J'acquiesçai muettement.

Ça veut dire qu'il va falloir que tu enlèves tes vêtements, mon petit trésor.

Oh, oui, pensai-je.

Oh, mais bravo, mon grand. Pauvre garçon. Tu as été abandonné. Ne t'en fais pas. Je vais m'occuper de toi.

Oh, s'il te plaît, oui !

Viens à la douche, mon chéri. Maman va te frotter le corps jusque dans tous les petits recoins. Tu aimes que l'eau soit très chaude ?

Hm-mm, finis-je par réussir à dire.

Attention… Je n'ai pas envie de te brûler, si ? Oh, que non. Ça fait du bien ? Oui, n'est-ce pas ? Je le vois à ton regard, mon chou. Ça fait longtemps qu'on ne t'a pas aimé, pas vrai ? Et tu es quelqu'un qui mérite qu'on l'aime un peu, non ? Je n'en reviens pas qu'on t'ait fait ça au visage. Et ta main. Tu as mal ? Oh, pauvre petit bébé. Tu ne vas pas avoir mal longtemps. Pas si Maman Madeleine décide de s'en occuper. On va bien mettre du savon là-dedans… Là… Oh, oui, je vais aller là-dedans, ne t'inquiète pas, mon lapin. Tu sens merveilleusement bon, on a envie de te manger, si j'ose dire. Voilà, tiens-moi la main. C'est un petit lit, mais il est assez grand pour ce que Maman a envie de te faire. Assieds-toi. Ici, mon *doudou**. Maintenant déshabille-moi, mon grand.

Madeleine prit mes mains tremblantes et les approcha de la ceinture qui fermait son mini-kimono. La dernière fois que j'avais vu une femme nue, c'était Lana, trois ans plus tôt. Une éternité, quand on sait qu'un homme normal a un fantasme sexuel toutes les demi-heures, du moins selon mes calculs, fondés sur plus de vingt ans d'expérience personnelle. Je tirai, la ceinture se défit, et en voyant ce que je vis je faillis m'évanouir.

Tu es prêt, mon petit ?

Madeleine n'attendit pas mon accord, car je suis sûr que, d'après son expérience, aucun homme n'aurait pu dire autre chose que, *Oui, oui, mille fois oui !* Pendant que je fermais les yeux pour ne pas voir ce que je venais de voir, elle commença à déployer, en véritable biologiste perverse, une connaissance encyclopédique du corps masculin, à la fois cartographie de toutes mes zones érogènes et campagne de forages hydrauliques qui aurait trouvé de l'eau dans le désert, en un héroïque effort érotique qui faisait de Madeleine la digne descendante de Marie Madeleine, maîtrisant toutes les techniques, toutes les astuces connues depuis qu'Ève avait fait parler un serpent puis offert à Adam le fruit défendu. Tout cela me laissa pantois. Et pourtant…

Ah, dit Madeleine.

Quoi ? murmurai-je, les yeux clos.

Hum, dit-elle plus fort.

Quoi ? J'ouvris les yeux.

Il ne se passe rien.

Nous posâmes tous deux un regard accusateur sur le criminel responsable de ce crime inqualifiable. Avec son doigt, Madeleine souleva l'organe coupable. C'était la première fois qu'il ne se passait rien ! Mais – mais – mais – sanglotai-je, et Madeleine porta son index à mes lèvres et dit, Chut, mon grand. Ferme

les yeux et *détends-toi*. Ça arrive tout le temps. Je me rallongeai, et pendant que Madeleine poursuivait vaillamment ses efforts, je pensai désespérément à tout, de la Vierge Marie à Marilyn Monroe, des playmates aguicheuses au calamar voluptueux avec lequel j'avais perdu ma virginité. Mais il ne se passait toujours rien. Madeleine, le plus puissant de tous les médicaments, n'arrivait pas à soigner mon mal, pas même après avoir exécuté les huit manières de satisfaire un homme au lit.

Elle finit par battre en retraite, toujours avec le sourire, mais un sourire de pitié cette fois. Elle referma les pans de son mini-kimono. Tout ce que j'aurais pu dire eût ressemblé à un mensonge ou à une excuse, alors je ne dis rien. Tandis que je cherchais fébrilement mes sous-vêtements, Madeleine devint soudain une autre personne, sans doute elle-même. Tandis que je passais le drap, en guise de pagne, autour de ma taille, elle rechaussait ses talons aiguilles et se remettait du rouge à lèvres. En chaque prostituée sommeille une comptable, et celle-ci dit, Malheureusement, c'était *celle-là*, ta passe gratuite.

En chaque client sommeille un doux rêveur, au mieux un optimiste, au pire un idiot. Celui-ci ne put que bredouiller, Mais… mais…

Pas grave. Ça arrive à tout le monde.

Comme la mort, avais-je envie de répondre. Ce n'était pas une éjaculation précoce. C'était une émasculation précoce ! Je n'aurais pas dû ressentir une telle humiliation, un tel abattement avant au moins trente ou quarante ans, quand je serais déjà mort précocement, indifférent au sexe, ou dans le coma après plusieurs décennies d'amour pour le whisky et les cigarettes. Mais j'avais trop de dignité pour la supplier de m'accorder une deuxième chance, et je reconnus ma défaite

avec un mélange d'humilité et de défi : C'est une blessure de guerre. Je ferai mieux la prochaine fois.

Oui, bien sûr, dit-elle avec la conviction formidable d'une institutrice de maternelle.

Je ne mentais pas en parlant de blessure de guerre. J'étais victime de la pire espèce de blessure, la blessure mentale, avivée par la présence de mes deux esprits. Le passé contenu dans l'un était en train de s'écouler dans le présent de l'autre, de sorte que ce qui m'avait fait presque m'évanouir quand Madeleine s'était dévêtue n'était pas sa nudité spectaculaire, mais le visage de l'agente communiste. Elle prenait sa revanche de fantôme sur moi, et elle n'était même pas morte. Qu'est-ce que ce serait quand elle mourrait pour de bon ! Cependant je la voyais très bien, ses lèvres gercées, sa pommette éclatée, ses cheveux ébouriffés, sales, serpentins. Ce visage parfaitement net, superposé au corps de Madeleine, avait coupé ma circulation sanguine.

Il ne cessait de s'immiscer dans ma conscience depuis mes séances d'interrogatoire avec Man, au camp de rééducation, où ce dernier avait commencé à détacher mon boulon. Jusque-là, j'avais tout fait pour oublier l'agente, car son sort avait été mon plus grand échec et ma plus grande honte, sauf à compter ma propre existence, fondée sur la réponse à la plus importante question du XXe siècle : QUE FAIRE ?

Que faire de l'esclavage ?

Que faire du colonialisme ?

Que faire de l'occupation ?

Que faire de l'inégalité raciale ?

Que faire de l'exploitation de classe ?

Que faire du déclin de la civilisation occidentale ?

Que faire de la question féminine et de l'ego masculin ?

QUE FAIRE DE CE QUI DOIT ÊTRE FAIT ?

Tant de choses à faire ! Mais j'avais su quoi faire avec beaucoup de conviction depuis que j'étais devenu un révolutionnaire, et je savais ce qu'il fallait faire quand les trois policiers du régime du Sud avaient commencé à interroger l'agente communiste. Elle était mon alliée, sauf que j'étais un espion infiltré, travaillant avec Claude, de la CIA, lequel avait formé nombre de nos policiers secrets et moins secrets, comme ces trois-là. Avant de quitter l'interrogatoire, Claude avait simplement dit, Ce n'est pas moi qui leur ai appris à faire ça. Il m'avait laissé là, seul témoin, ainsi que mon camarade de la Branche spéciale, l'adjudant glouton…

Ne m'embarque pas là-dedans, protesta le fantôme de l'adjudant glouton.

… qui était assis à côté de moi et n'avait pas bougé non plus pendant que sous nos yeux les trois policiers faisaient ce que les hommes, à n'en pas douter, font aux femmes depuis qu'Adam a reproché à Ève d'avoir écouté le serpent. Il ne m'était jamais venu à l'esprit, aveugle que j'étais et que je suis sûrement encore, que le serpent était le pénis incontrôlable d'Adam, détaché de lui et jeté dans l'herbe par l'auteur de la Genèse. De là, il avait pu dresser sa tête et persuader Ève de manger le fruit défendu, comme si Adam n'avait rien à voir avec ça. Et comment mange-t-on le fruit défendu ? En demandant la permission ? Ou en le prenant, ce que, sauf erreur, Adam a très bien pu faire avant d'accuser Ève ? Si la prostitution était le plus vieux métier du monde, alors le viol était le crime originel du monde.

Au lieu de ne rien faire, j'aurais dû arrêter les policiers dans leur besogne, même au prix de ma clandestinité

et de ma vie. J'aurais dû accomplir le sacrifice que l'agente communiste avait accompli en refusant de parler ou d'avouer. Mais au lieu d'un sacrifice, j'avais fait la chose que seuls les humains peuvent faire : j'avais trouvé une excuse. Celui qui a dit un jour que l'enfer est pavé de bonnes intentions se trompait lourdement. À bien y regarder, l'enfer est pavé d'excuses.

Au dernier de mes sept jours au Ciel, quand la douleur dans ma main et dans ma tête n'exigea plus une dose de remède mais uniquement de l'aspirine, que mon visage contusionné eut dégonflé au point que je supportais de me voir dans le miroir, et que mes crises de larmes récurrentes se furent calmées, le Ronin fit son apparition. Je l'enviais. Lui n'était jamais taraudé par la culpabilité, alors que ses opinions politiques – sans parler de sa moralité – étaient discutables. Son haleine était aussi pure que sa conscience, et lorsque nous nous rencontrâmes dans la salle d'attente il avait un bonbon à la menthe dans la bouche, une lueur dans le regard et des dents éclatantes. Donc le voilà, dit-il en vietnamien. En chair et en os, le seul, l'unique, le Bâtard Fou. Le Boss m'a prévenu que tu serais ici. Je suis le Ronin.

C'était ainsi qu'il se faisait appeler, et que tout le monde l'appelait. La deuxième surprise fut qu'il s'exprimait dans un vietnamien méridional grammaticalement correct, avec un fort et charmant accent français. Dernière surprise : c'était l'homme le plus beau que j'avais vu depuis longtemps, et il le savait. Son costume était cintré, son corps était svelte, ses ongles étaient soignés, sa pochette formait un bouillon chic, sa cravate de soie bleue avait la largeur de mon avant-bras, et ses dents étaient des dents américaines, ou des dents de star de cinéma, qu'il montrait avec

la fréquence et la joie salace d'un exhibitionniste. À peine avait-il commencé à me parler de l'accord commercial conclu entre le Boss et lui que Crème Brûlée – rapport à sa couleur de peau – écarta le rideau de perles et s'exclama, Ah ! Mon Corse préféré !

Le Ronin m'adressa un clin d'œil et dit, Ça pourrait devenir mon surnom, tellement je l'entends souvent. Viens là, mon amour du Laos. Ça fait longtemps.

Ils se livrèrent alors à une longue démonstration de baiser avec la langue, le fameux *French kiss*, ce qui m'incita à me demander si les Français eux-mêmes l'appelaient baiser français. Une fois qu'il eut terminé, le Ronin, toujours avec un clin d'œil, prouva à quel point il était vietnamien en m'interpellant à la vietnamienne, paume tendue et vers le sol. Il avait des mains remarquablement petites, comme celles d'un garçonnet. Viens, dit-il.

Quoi ?

Il claqua des doigts et désigna sa montre en or. Je n'ai pas beaucoup de temps. On peut parler affaires pendant que je fais ma petite affaire. J'ai des rendez-vous.

Tu veux que je…

Assieds-toi là et regarde. À moins que tu veuilles participer, toi aussi.

Je jetai un coup d'œil au videur eschatologue. Il haussa les épaules comme s'il comprenait le sens général de notre conversation, même en vietnamien. Il avait tout vu, et en même temps n'avait rien vu, lors de son passage au Ciel. L'invitation, ou la requête, du Ronin, n'avait rien de neuf. Puisque tous les autres, y compris Crème Brûlée, la favorite du Ronin, abordaient le problème avec un haussement d'épaules bien français, je fis de même et les suivis à travers

le rideau de perles jusqu'à la chambre de Crème Brûlée, à l'étage. Elle se jeta sur son lit et dit, Désolée, Ronin, mais il faut payer un supplément pour lui. Même s'il n'y arrive pas.

Il n'y arrive pas ? fit le Ronin, stupéfait, comprenant tout de suite et sans se tromper ce à quoi renvoyait ce « y ».

C'est une blessure de guerre ! m'écriai-je en m'écroulant sur une chaise. Une blessure de guerre !

Mon cri et les larmes qui suivirent surprirent Crème Brûlée, qui resta figée sur le lit, dans sa position aguicheuse. Le Ronin, lui, n'eut pas l'air troublé.

Ça va, ça va, me dit-il en me tapotant l'épaule, ce qui était un peu gênant, puisqu'il avait défait sa ceinture à boucle d'or et que son membre pendouillait tout près de mon visage. Attends, attends, ce genre de blessure de guerre, quelques gars que je connais l'ont eue aussi, et aucun n'en est moins un homme pour autant. Après tout, il faut être un homme pour avoir ce genre de blessure de guerre. Ça ne peut pas arriver à une femme, si ? Alors détends-toi et profite du spectacle. Ça va te faire penser à autre chose que… que… Bref, tu vois.

Là-dessus, il reporta toute son attention sur Crème Brûlée. Assis au fond du fauteuil, dans un coin, j'aurais aimé avoir un whisky pour y dissoudre mon embarras et mon humiliation. Je n'aimais ni être regardé dans mon intimité avec une femme, ni regarder celle des autres, même quand il s'agissait d'un couple aussi beau que celui formé par Crème Brûlée et le Ronin. Je décidai de fumer des cigarettes, ce qui me permettait au moins d'occuper mes mains. Je croisai les jambes, les décroisai, regardai le plafond, le sol, les reproductions de Degas et de Van Gogh au mur, je me tins le menton avec une main, posai l'autre sur le fauteuil,

toussai discrètement, essayai de ne pas voir le visage de l'agente communiste. Dans le même temps, pendant qu'il exécutait la moitié du Kama Sutra, en une démonstration d'endurance très impressionnante, le Ronin n'arrêtait pas de parler et me livrait un commentaire ininterrompu, comme si j'assistais à un match de tennis âprement disputé à Roland-Garros. Entre deux descriptions de ses caresses, le Ronin m'expliqua l'intérêt qu'il portait à notre rencontre, explication dont je donne ici une version amendée, expurgée des gémissements et grognements répétitifs, et des comptes rendus obscènes de ses exercices charnels :

Le Boss et moi, ça remonte à longtemps, aux années 1950 à Saigon, quand les hommes étaient des hommes et les femmes, des femmes, et que baiser, c'était baiser, pas comme aujourd'hui avec ces soi-disant féministes. Madame Nhu, la Dragon Lady, ça, c'était une vraie féministe ! Elle était magnifique dans son *ao dai*, et elle savait tirer au pistolet, en plus. Combien de ces soi-disant féministes en sont capables ? Des fusillades en pleine rue, des voitures piégées, des grenades jetées dans ton jardin – voilà le genre de choses qui te font te sentir vivant. Avant, les rois se faisaient tuer au combat. Ça n'arrive plus très souvent, mais à Saigon ça arrivait. Regarde notre président Ngo Dinh Diem – *pan*, mort, avec le mari de madame Nhu, à l'arrière d'un véhicule blindé américain. Ce pauvre enfoiré, j'ai entendu dire que son assassin l'avait castré et avait mangé un bout de son foie. Des vrais trucs de truands, et Diem ne nous aimait pas, nous les truands, même s'il était méchant avec les cocos. Oui, je suis un truand et fier de l'être. Pourquoi avoir honte d'être un truand ? C'est une des raisons pour lesquelles j'aime bien le Boss. Il n'a pas

honte. Je le savais quand on était jeunes. Moi, je suis né dans le delta du Mékong, et c'est là que je l'ai rencontré. Tu ne penses pas que ça suffit à faire de moi un Vietnamien ? Mon père était responsable d'une plantation. Pour que les affaires se fassent tranquillement, il devait passer des accords avec les pirates du fleuve, et je ne te parle même pas du gouverneur, du général, des bureaucrates français et de tous les Vietnamiens qui les ont remplacés. La corruption est un style de vie. La corruption, c'est le sel sur notre viande. Simplement, il ne faut pas trop saler. Le fait est que tout le monde est corrompu, partout. Tout le monde fait des affaires en coulisse. Il y a les femmes que tu épouses, mais il y a aussi les petites bombes comme cette demoiselle ici présente. Il y a le linge propre et il y a le linge sale. Les deux sont nécessaires. C'est comme ça que tourne le monde et qu'on a le jour et la nuit. Ici, pour parler de corruption, les gens disent « réseau ». Je préfère la corruption en Indochine et en Corse, car au moins elle est honnête. Alors je ne suis pas là-dedans parce que je suis corse, de même que le Boss n'est pas là-dedans parce qu'il est chinois. On est là-dedans parce qu'on est sincères. Nous les truands, on est les gens les plus honnêtes du monde parce qu'on sait comment marche le monde. On est honnêtes face à notre malhonnêteté, et on n'est pas plus malhonnêtes qu'un banquier suisse, ce qui, pour tout dire, est assez malhonnête. Les nazis aimaient tellement les Suisses qu'ils ne les ont pas envahis. Or si les nazis t'aiment, c'est que tu dois être une belle merde… Et je ne dis pas qu'il n'y a pas eu des nazis bien, comme ceux que j'ai croisés à la Légion étrangère. Toi, si j'en crois le Boss, tu t'es trouvé un joli petit marché chez les intellectuels. On veut justement que tu le développes. Et si

tout se passe bien, on pourra présenter certains de ces intellectuels aux anges du Ciel. Regarde cette petite demoiselle. Née et élevée au Laos. Dieu, que le Laos me manque ! Le plus beau pays du monde. Les gens les plus spirituels du monde, qui faisaient pousser un opium foutrement bon. Aujourd'hui encore, je n'en reviens pas que les Français aient perdu le Laos et toute l'Indochine. Je suis corse et français, mais je suis aussi indochinois, ou vietnamien, comme tu préfères. Je n'avais jamais mis les pieds en France avant de venir ici dans les années 1960, pour faire des affaires. Comment tu crois que le Boss a fait son trou aussi rapidement ? Il investissait déjà par mon intermédiaire. Dans un monde dangereux et imprévisible, il faut savoir se diversifier, au cas où ton pays explose un jour. Comme je regrette notre ancienne plantation ! Les meilleures bananes, les noix de coco les plus sucrées, les mangues les plus juteuses ! On était heureux, nos ouvriers étaient heureux. Aujourd'hui, ils se retrouvent avec quoi ? Le communisme. Leur argent ne vaut rien. Ils n'ont pas assez de riz. Ils rationnent. Et ils ne sont même pas en guerre ! C'est pire qu'en temps de guerre. Comme j'ai mal au cœur quand je repense à ma vieille nounou. Ses lettres sont déchirantes, mon ami… Dé-chi-rantes.

Oh putain,
bordel de bâtards
de cocos de merde !

Le Ronin jouit à la manière dont meurent les méchants dans les mauvais films, en grognant de manière théâtrale et avec des soubresauts exagérés. Coïncidence étrange, Crème Brûlée parvint à la même conclusion exactement au même moment. Le Ronin

avait néanmoins l'air très satisfait lorsqu'il soupira et se retourna sur le dos, cependant que Crème Brûlée ronronnait, Oh, c'était merrrrveilleux. Après que le Ronin lui eut souri et répondu, Tu m'étonnes, ma puce, je m'aperçus que même l'escroc le plus intelligent du monde tombait dans le plus vieux panneau du monde. Ô illusions perdues ! Même le charme des coucheries avec des concubines avait disparu. Encore un rêve brumeux de ma jeunesse à jamais évaporé, supplanté par la vision peu ragoûtante d'un orgasme invisible s'emparant d'un congénère masculin et le secouant par la peau du cou. J'étais embarrassé par mon propre genre. Moi aussi, je faisais cette tête-là et ce bruit-là ?

Pas mal pour cinquante-deux, hein ? dit le Ronin, les yeux fermés. Affaire conclue ?

Cinquante-deux ? Quelle affaire ?

J'ai cinquante-deux ans. Je sais, c'est surprenant. Je suis aussi bien conservé qu'un Asiatique. Et l'affaire, c'est développer ton marché. Chez les intellectuels ! Le tout suivi par une présentation personnelle au Ciel.

Que dirait Dieu ? Je croyais avoir posé la question dans ma tête, mais ce dut être à voix haute car le Ronin répondit, Que dirait Dieu ? Il dirait, Pourquoi pas ?

Moi aussi je pensais ça, avant, dis-je. Mais j'ai eu tout le temps de réfléchir à ce que dirait Dieu, et maintenant je connais la vraie réponse.

Ah oui ? Le Ronin alluma une cigarette. Qu'est-ce qu'il dirait ?

Pourquoi pas, *bordel* ?

Espèce de fou de bâtard, fit le Ronin avec un grand sourire. Tu me plais bien.

8

Pourquoi pas, bordel ? Est-ce aussi la question que tu t'es posée, Bon, avant d'appuyer sur la détente devant mon visage ? Eh bien oui, dans ce cas, pourquoi pas, bordel, telle est ma devise, surtout quand il s'agit de whisky, ou de cognac, ou de vodka, ou de gin, ou de saké, ou de vin, ou de bière, mais pas quand il s'agit de pastis, parce que ç'a un goût dégueulasse. Il y avait une bouteille de Ricard au Ciel, mais lors de ma dernière nuit là-bas, après le départ du Ronin, je m'abandonnai au plus universel Johnnie Walker et m'endormis dans un lit en forme de cœur. Ma mère me regardait-elle de là-haut ? Voyait-elle ma déchéance ? M'accorderait-elle son amour et sa tendresse, sa compréhension totale, son empathie qui dépassait, et de loin, la sympathie ? Depuis le vrai Ciel, s'il existait, posant les yeux sur celui-là, terrestre, elle dirait, Tu es mon fils, et tu n'es pas une moitié de quoi que ce soit, tu as tout en double ! Tu trouveras le moyen de chasser la malédiction qui résonne dans tes oreilles – les paroles de l'agente communiste, défiant les policiers qui s'apprêtaient à la violer :

Mon nom de famille est Viet,
et mon prénom est Nam !

Oh, Maman… Si seulement je croyais en moi comme tu crois en moi. Je me regarde tout le temps, et parce que je n'aime pas ce que je vois, je suis obligé d'avoir recours au whisky, qui corrige la vue comme aucune paire de lunettes n'en est capable. Boire du whisky en quantité suffisante, peu importe la qualité suffisante, c'est polir le miroir opaque de sa personnalité et ajuster, à la manière d'un ophtalmologue, le foyer de ses verres. Malheureusement, l'effet du whisky s'estompe, la gueule de bois n'est qu'un ajustement à la réalité qui consiste à être soi et un autre, où l'un regarde constamment l'autre. Tel était mon état d'esprit le lendemain matin lorsque Bon me téléphona.

Alors, tu as passé un bon moment ? dit-il.

Un assez bon moment, mentis-je.

Parfait. Juste pour que tu saches : Dormeur est mort.

Pour quelqu'un qui m'annonçait le décès violent d'un des Sept Nains, Bon avait un ton plutôt enjoué. C'était tout lui. S'il adorait le whisky, lui aussi, ce qui lui donnait véritablement les idées claires, c'était son amour pour sa famille et sa haine à l'encontre de ses ennemis. L'énorme puissance émotionnelle de l'amour qu'il ne pouvait plus donner à sa femme et à son enfant avait été convertie, dans l'étrange dynamo de son âme, en une violence potentielle qu'il pouvait diriger contre ses ennemis. Désormais il avait une excuse : Dormeur était mort et son petit frère, Nabot (considéré comme petit même par les autres petits), survivait à peine. Les deux frères avaient été agressés près de chez Tang Frères alors qu'ils effectuaient leur tournée de collecte des cotisations mensuelles pour la Société secrète, comme le Boss, ce grand romantique, désignait sa compagnie d'assurances. Les cotisations étaient en

effet une assurance contre – qui d'autre ? – le Boss lui-même. Bien sûr, cela ne pouvait pas être dit haut et fort. Escroquerie géniale que d'être à la fois l'origine de la peur et la protection contre cette même peur, ce en quoi d'ailleurs le Boss n'avait rien inventé. La religion organisée avait été le tout premier, le meilleur système de racket, une économie du profit perpétuel fondée sur la peur volontaire et la culpabilité forcée. Donner de l'argent à des églises, des temples, des mosquées, des synagogues, des sectes, etc., pour vous assurer que votre âme aura une place dans l'ascenseur express vers cet appartement dans le ciel qu'on appelle l'au-delà : si ça, ce n'était pas un marketing génial ! Dormeur avait-il payé son assurance spirituelle ? Si oui, en avait-il tiré un quelconque bénéfice ?

D'après Nabot, dont la mémoire avait été réduite en bouillie par une barre de fer, du moins à en croire Bon, quatre jeunes Arabes s'étaient jetés sur eux. L'embuscade s'était produite dans une ruelle glauque, et les jeunes les avaient frappés à coups de poing, de pied et de couteau, avant de faire intervenir barres de fer et chaînes, histoire de varier les plaisirs. Ils avaient ensuite délesté Dormeur et Nabot de plusieurs milliers de francs et de quelques billets à ordre. Un témoin courageux avait sauvé Nabot en hurlant par la fenêtre au-dessus. Les agresseurs avaient pris la fuite en rigolant, Nabot s'était traîné jusqu'à l'étape suivante de sa tournée, à une rue de là, où il avait exigé que le propriétaire le cache dans sa réserve et prévienne Le Cao Boi. Nabot se cachait autant de la police que des voleurs, lesquels, à n'en pas douter, avaient voulu envoyer un message. La morale de cette histoire, conclut Bon, n'était pas qu'il y avait eu trop de morts. Au contraire,

il n'y en avait pas eu assez (même si Dormeur n'était pas forcément de cet avis).

Je t'avais bien dit que ces jeunes n'étaient pas morts, ajouta Bon. Lorsqu'il précisa que j'aurais dû les tuer tant qu'il était encore temps, Sonny et l'adjudant glouton ricanèrent dans mes oreilles. Même si ce ne sont pas eux qui ont fait le coup, continua Bon, ils ont tout raconté à leurs copains et à leurs chefs, et ce qui devait arriver est arrivé. Quand tu poignardes quelqu'un, il faut l'achever. Ceux qui ont fait ça à Nabot sans le tuer vont le regretter.

Putain, dis-je tristement. C'est la guerre.

Oh, oui, confirma-t-il joyeusement. C'est la guerre !

Comme pour toute guerre, les origines de celle-ci prêtaient à débat. Était-ce leur faute, quels qu'ils fussent, parce qu'ils avaient tué Dormeur ? Était-ce la mienne parce que j'avais failli tuer Beatles et Rolling Stones, vraisemblablement membres de la même bande que les assassins de Dormeur ? Était-ce leur faute parce qu'ils avaient tenté de me détrousser ? La mienne parce que j'avais quitté ma place attitrée parmi les Indochinois invisibles, qui n'avaient jamais besoin d'une visite de l'appareil répressif d'État puisqu'ils avaient appris à se réprimer eux-mêmes ? Leur faute parce qu'ils n'avaient pas cherché à faire alliance, ni même à discuter avec leurs camarades colonisés ? Qui étaient-ils, n'importe comment, ces gens avec lesquels nous étions désormais en guerre ?

Maintenant que mon congé céleste était terminé, j'aurais le temps de répondre à ces questions. Mon visage était peu ou prou guéri, quoique encore bouffi et sensible, et la douleur dans ma tête et dans ma main s'était muée en une démangeaison aussi tenace

que désagréable. Quand bien même j'aurais voulu rester plus longtemps et prolonger mon humiliation, mon portefeuille était vide. Je montai dans la salle d'attente et découvris que le videur eschatologue, sachant qu'il s'agissait de mon dernier jour, me faisait un prêt : ses exemplaires copieusement soulignés du *Peau noire, masques blancs* et des *Damnés de la terre* de Fanon, ainsi que d'*Une tempête*, de Césaire.

Comment je pourrai vous les rendre ? demandai-je.

Vous reviendrez, dit-il. Tout le monde revient au Ciel.

Passant dans la cuisine pour faire mes adieux, j'y trouvai la maquerelle expressionniste, Crème Brûlée et Madeleine, toutes en robe de nuit, en train de prendre un petit déjeuner de cigarettes et de café. Voyant Madeleine sécher ses larmes, je crus d'abord qu'elle avait été blessée par un client. Une onde de colère virile envahit ma poitrine, mais lorsque je lui demandai ce qui n'allait pas, elle ne nomma personne. Elle désigna le journal posé sur la table. Le titre indiquait CHARNIERS AU CAMBODGE.

Ma famille, dit-elle. Ils sont presque tous encore là-bas.

Sous le titre, la photo montrait des tas d'os sales et des crânes accusateurs récemment exhumés et empilés sur des bâches. La vue de ces restes humains effrayants me rappela à quel point j'étais mal équipé pour affronter la mort, la douleur, le malheur ou la dépression, qu'il s'agisse des autres ou de moi-même. Voir souffrir autrui m'affolait, je ne savais pas quel geste faire, quels mots prononcer. Je ne pus que toucher l'épaule de Madeleine, timidement, et dire, Je suis désolé.

Vous, les Vietnamiens. Elle ferma les yeux et me

congédia d'un simple geste de la main. *Vous* avez envahi le Cambodge.

La maquerelle expressionniste me jeta un regard et haussa les épaules, comme pour me dire qu'elle était une Chinoise de Cholon, à l'instar du Boss, donc pas responsable. Crème Brûlée me fusilla des yeux, comme pour me dire qu'elle était laotienne, donc pas responsable non plus. Je voulus répondre, Je ne suis qu'à moitié vietnamien ! Et nous sommes tous des Indochinois, non ? Tout ça grâce à nos Franco-Frankenstein, qui nous ont tués, découpés et recousus en nous attribuant ce nom bâtard que désormais nous partagions tous : « Indochine. » Et j'aurais aimé que Madeleine comprenne que c'étaient les communistes qui avaient envahi le Cambodge. Je me trouvais dans un camp de rééducation à l'époque, et je n'étais même plus communiste.

Mais rien de tout cela ne comptait. Si nous croyions à la culpabilité collective des Français, des Américains, des Japonais et des Chinois, qui avaient tous d'une manière ou d'une autre flagellé notre pays – si nous croyions avec une telle ardeur que *vous* aviez commis des violences contre *nous* –, alors nous devions croire aussi à notre culpabilité collective. La culpabilité était vraiment une plaie.

Eh bien, au revoir, dis-je, gêné. La maquerelle et Crème Brûlée me saluèrent avec le même manque d'entrain, ce qui me fit me rappeler qu'on ne devrait jamais quitter un endroit comme le Ciel le matin, mais toujours sous le couvert de la nuit. Madeleine ne dit rien. Elle alluma une cigarette de haschich et garda les yeux fermés, ces yeux derrière lesquels elle regardait certainement un film qu'elle seule pouvait voir, la pellicule abîmée des souvenirs où tous ceux qu'elle connaissait étaient encore vivants.

Je lus le journal dans le RER qui me ramenait à Paris. Sonny et l'adjudant glouton lisaient par-dessus mon épaule. L'article confirma la nouvelle que j'avais entendue au camp de réfugiés de Pulau Galang, relayée par les humanitaires et par mon professeur de français, un jeune Bordelais sérieux et transpirant venu nous aider, nous les réfugiés censés partir pour notre pays, la France. Nous avions appris ce que les Khmers rouges avaient fait lors d'une de ses leçons de diction, à laquelle j'assistais par ennui.

Répétez après moi, dit-il. Khmers rouges.

Khmers rouges.

Année zéro, dit-il.

Année zéro.

Pol Pot est un monstre, dit-il.

Pol Pot est un monstre.

Très lentement, dans un français simple, il nous expliqua que les Khmers rouges et leur chef, Pol Pot, voulaient ramener le Cambodge à l'Année zéro, purifier leur pays de toute contamination étrangère, repartir de rien. Rien, répétions-nous, et la chanson que le professeur de français nous avait fait écouter me revint soudain en mémoire : « Non, je ne regrette rien. » La voix d'Édith Piaf résonnait encore dans ma tête lorsqu'il prononça la dernière phrase du jour : Les Khmers rouges sont communistes. Une fois de plus, nous répétâmes ses mots, mais aussitôt après je levai la main et dis, Les chefs des Khmers rouges ont fait leurs études à Paris.

Pff ! fit le professeur de français transpirant. Ou peut-être était-ce Pffffff ! Après tout, il était terriblement français. Ils n'ont pas compris ce qu'ils

lisaient, répondit-il. Ils ont corrompu ce qu'on leur a enseigné. Ils sont allés trop loin.

Trop loin ? pensai-je, ne voulant pas contredire mon professeur de français transpirant, dont l'aval pourrait m'aider à quitter le camp de réfugiés. « Trop loin », cela sous-entendait que les Français n'étaient pas allés trop loin dans leurs colonies, ce avec quoi Toussaint Louverture et les Haïtiens n'étaient pas forcément d'accord. Si les Français n'étaient pas allés trop loin en exploitant les Cambodgiens, les Khmers rouges auraient-ils seulement existé ? Et l'élève n'était-il pas censé toujours dépasser le maître ? Censé faire ce que faisait le maître, et non pas seulement suivre ce que disait le maître ?

Dans notre cas indochinois, le maître chantait *liberté, égalité, fraternité* pendant que son peuple asservissait le peuple de l'élève. Les contradictions s'accroissaient quand l'élève apprenait dans les livres que les révolutionnaires français étaient allés trop loin en se servant de la guillotine pour décapiter l'aristocratie française, puis voyait le maître se servir de la guillotine pour décapiter les révolutionnaires indigènes. Tout cela était tellement compliqué ! Pas étonnant que les indigènes aient été si indisciplinés. Face aux messages brouillés du maître, l'indigène était inévitablement embrouillé.

Exactement comme toi, murmurèrent Sonny et l'adjudant glouton par-dessus mon épaule. C'était fou, cette faculté qu'ils avaient de parler toujours en chœur. Il y avait plus d'harmonie entre eux qu'entre moi et moi-même. Mais ils avaient raison. J'étais embrouillé et perturbé, et j'étais peut-être allé trop loin. En attendant, les Khmers rouges, eux, étaient définitivement, indiscutablement allés trop loin. Ils nous haïssaient parce que, des siècles auparavant, nous les avions colonisés

et leur avions volé leur pays. Ils nous avaient donc attaqués à travers une série d'incursions sanglantes à la frontière, et mes compatriotes scandalisés avaient réagi – nouvel exemple de combat fratricide entre communistes – en envahissant ce qui était autrefois le Cambodge. L'invasion avait mis au jour les preuves de ce qui n'était jusqu'alors que des rumeurs : les charniers. Il y en avait dans tout le pays, renfermant les restes des milliers de personnes mortes pendant les trois années du régime khmer rouge. Sans doute des dizaines de milliers de morts, disait l'article. Sinon des centaines de milliers. Une autre photo montrait une fosse commune avec des centaines d'os, provenant de squelettes démantibulés, des têtes et des thorax détachés, des fémurs et des omoplates côte à côte, autant de restes humains fracassés et jetés pêle-mêle avec le rêve utopique des Khmers rouges. Mon estomac me semblait aussi creux que ce rêve. Ma révolution était-elle la même que la leur ? Dans sa préface aux *Damnés de la terre* de Fanon, Sartre avait écrit cette phrase, que j'avais soulignée et apprise par cœur, et dont j'avais vu que le videur eschatologue l'avait aussi notée : « Qu'elle triomphe, la Révolution nationale sera socialiste ; qu'on arrête son élan, que la bourgeoisie colonisée prenne le pouvoir, le nouvel État, en dépit d'une souveraineté formelle, reste aux mains des impérialistes. » *Oui !* avais-je écrit dans la marge. *Oui !* avait également griffonné le videur eschatologue dans la marge. Les Khmers rouges avaient-ils lu cette préface ? Ou l'avaient-ils mal lue ? Ou avaient-ils simplement inhalé ce qui était dans l'atmosphère de toutes les révolutions, y compris la française ? Évoquant la révolution algérienne, Fanon écrivait que « la décolonisation est toujours un phénomène violent ». Jusqu'à présent, mon expérience personnelle

corroborait son analyse. Quant à Pol Pot et à ses révolutionnaires, d'où que leur soient venues leurs idées, ils les avaient simplement poussées jusqu'à leur extrémité logique et avaient éradiqué la bourgeoisie indigène, y compris beaucoup de gens qui n'appartenaient pas à la bourgeoisie indigène. Les Khmers rouges avaient tant de choses à prouver, à nous, leurs colonisateurs, et aux Français, les colonisateurs de leurs colonisateurs. Ils voulaient démontrer que personne n'était plus attaché à la révolution qu'eux, rouges parmi les rouges. En fin de compte, Pol Pot avait peut-être simplement confirmé un des arguments de Fanon : « Le colonisé est un persécuté qui rêve en permanence de devenir persécuteur. »

Le Boss envoya Nabot se rétablir au Ciel, où ce chanceux de petit salaud allait rester plusieurs semaines, vu la gravité de ses blessures et la généreuse pension d'invalidité accordée par le Boss. Bon et moi nous installâmes dans l'appartement sombre et sans charme que Dormeur et Nabot avaient partagé, un deuxième étage près du Jardin des plantes, en plein 5e arrondissement. Nous prîmes leurs identités et Bon, maintenant que Dormeur s'était définitivement endormi, s'y installa définitivement. Lorsque j'indiquai à Le Cao Boi que ni Bon ni moi ne ressemblions à Dormeur et à Nabot, il répondit, Moi qui vis ici depuis de longues années, je peux te garantir une chose : les Français ne sauront jamais faire la différence.

Mais ils sont petits, objecta Bon. *Vraiment* petits.

Et laids, dis-je. *Vraiment* laids.

Tu t'es regardé, Camus ? me lança Le Cao Boi. Vous deux non plus, vous ne gagnerez jamais de concours de beauté. N'importe comment, Dormeur et Nabot avaient repris cet appartement à deux autres types, il y avait

quelques années, et ils vivaient sous leurs noms. Et ces types-là avaient repris l'appartement à encore deux autres types et vivaient sous *leurs* noms. Je ne sais pas du tout depuis quand ça fonctionne comme ça. D'où le loyer dérisoire. Le bail a plusieurs décennies. Et c'est pour ça que ces deux premiers types, je ne sais pas qui ils sont, je ne sais pas d'où ils venaient, mais ils ne mourront jamais. Ils vivront toujours dans cet appartement.

On comprenait mieux pourquoi les Français avaient peur de nous. Nous n'étions pas seulement des Indochinois Invisibles. Nous étions des Orientaux Immortels ! Nous mourions seuls ou par millions, mais nous renaissions toujours de nos cendres. Nous avions beau être laids, nous ne vieillissions jamais et nous nous ressemblions tous, Chinois, ou Vietnamiens, ou Chinois du Viêtnam, voire Eurasiens comme moi. Et comme de juste, à l'exception de deux ou trois coups d'œil hésitants que l'on nous adressa au cours des semaines suivantes, personne, dans l'immeuble, ne nous regardait, personne ne nous parlait. Nous étions peut-être des inconnus – mais peut-être pas. Les occupants n'ayant jusqu'ici jamais regardé de très près tous ces Chinois, ou ces Vietnamiens, ou ces Asiatiques, ils ne pouvaient pas avoir la certitude que nous étions bien qui nous prétendions être. Ne s'estimant pas capables d'identifier ce que certains Américains, avec leur humour bon enfant caractéristique, appelaient des Orientaux Volants Non Identifiables, et que les Français auraient pu appeler des Asiatiques Ambigus, nos voisins préférèrent s'en tenir à leurs propres préjugés, ou à leur politesse, et faire comme si nous n'existions pas, ou comme si nous avions toujours existé.

Mais avant d'emménager là-bas, j'étais passé récupérer mes affaires chez ma tante. Je repris mes maigres

effets personnels, à peine suffisants pour un capitaliste, mais pas si insuffisants pour un ex-communiste dilué au point d'être considéré comme un socialiste. Ces affaires remplirent largement mon sac en cuir, à l'intérieur duquel ma lourde confession avait retrouvé son double fond. Cela faisait des mois que je ne l'avais pas relue, mais sa présence mnémonique donnait à mon sac un éclat diabolique. Je fis part à ma tante de mon emménagement avec Bon, et elle n'insista pas pour que je reste, même si elle eut la courtoisie de me dire que je serais toujours le bienvenu. Notre cohabitation touchait à sa fin, marquée par un léger malaise. Tout en tripotant mon sac, je dis, Tu es au courant ?

Quoi donc ?

Man est à Paris.

Elle eut l'air sincèrement surprise. Non, je ne savais pas.

Pourtant tu lui avais dit que j'étais ici.

Bien sûr. Tu savais que je le ferais, n'est-ce pas ?

Je hochai la tête. Tu crois toujours à la révolution.

Contrairement à toi, je ne peux pas croire en rien, dit-elle. Ou plutôt, comme la part de toi que la révolution a maltraitée, il faut que je croie en quelque chose, même si je crois aussi à ce qui t'est arrivé.

Ceux qui croient aux révolutions sont ceux qui n'en ont encore jamais vécu.

On apprend de ces erreurs-là. Toi-même, en jugeant la révolution trop vite, tu fais une erreur.

Trop vite ? Je n'en revenais pas. Tu as lu ce qu'ils m'ont fait…

Je ne dis pas que c'était justifié. Je dis simplement que toutes les révolutions ont leurs excès. C'est dans leur nature. Les gens sont trop exubérants, trop passionnés. Ils se laissent emporter. Les émotions sont

à vif. Et parfois ce sont les innocents qui en font les frais. Mais tu dois mettre de côté ta personne et ce qui t'est arrivé. Tu dois voir le long terme. Regarde l'Amérique, par exemple. Tout le monde a oublié le sort des Américains qui avaient choisi le camp de la couronne britannique. Est-ce que la révolution américaine n'aurait pas dû se faire ? Devrait-on la condamner parce que tous ces gens ont été exilés ? Ou tiens : prends la Révolution française. La Terreur a été un événement malheureux, mais vois un peu où on en est aujourd'hui. Les révolutions doivent être jugées cinquante ans plus tard, cent ans plus tard, quand les passions se sont refroidies et que les succès ont eu le temps de s'enraciner, de s'épanouir.

Je serai mort d'ici là. Commode, non ?

Ne sois pas caustique. Ce n'est pas digne de toi.

Au contraire, je trouve que ça me convient parfaitement.

Elle soupira. Tu sais que les révolutionnaires doivent se sacrifier. Pense un peu à tous les communistes que les Français ont exécutés dans notre pays. C'est terrible de voir que ces jeunes martyrs sont morts avant d'avoir eu vingt, trente ou quarante ans. Mais ils ont renoncé à leur vie parce qu'ils croyaient que la révolution se poursuivrait. Ils ont accompli le sacrifice ultime. Ce que tu n'as pas encore fait. Pardonne-moi d'être dure, mais il faut que tu arrêtes de t'apitoyer sur ton sort…

Si je ne m'apitoie pas sur mon sort, qui le fera ?

… et que tu fasses la distinction entre tes sentiments subjectifs à l'égard de ce que tu as subi et ta compréhension objective du fonctionnement des révolutions. Tu prends ton expérience personnelle pour une conscience politique. Navrée de te le dire, mais tu as beau protester de ta foi en la révolution, tu parles et

tu agis comme un contre-révolutionnaire. J'hésitais à te le dire jusqu'à présent, mais aujourd'hui j'en suis sûre : tu es un réactionnaire.

Je restai sans voix. Me faire traiter de contre-révolutionnaire et de réactionnaire était ce qui pouvait m'arriver de pire. J'étais furieux, et en même temps assailli par le doute. Je ne trouvai pas de meilleure réponse que : Si je suis un réactionnaire, alors tu n'es qu'une révolutionnaire de salon.

Ça ne signifie pas que j'ai tort. Tu crois en Marx, n'est-ce pas ?

Flairant un piège, j'hésitai. Je crois plus en lui qu'en ses partisans.

Exactement. C'était un philosophe. Beaucoup de ses partisans ne le sont pas. Ce sont des hommes d'action, et regarde ce qu'ils t'ont fait. Mais est-ce qu'on ne philosophe pas tous dans notre salon ? Autant que je sache, Marx ne s'est jamais servi d'un pistolet. Ma tante fut amusée de me voir une fois de plus sans voix. Il y a une bouteille de chablis au frais. Sers-toi un verre et sers-m'en un. Reste au moins une dernière soirée. J'ai des amis qui viennent.

Elle parlait de BFD et du docteur maoïste, ses visiteurs les plus réguliers. Je n'avais aucune envie de les voir, mais renoncer au chablis gratuit m'était difficile. En revenant de la cuisine avec les verres, je jetai un coup d'œil à l'énorme miroir encadré d'or au-dessus de la cheminée. Je regardais souvent les miroirs, car quand j'étais espion j'avais toujours besoin de savoir à quoi je ressemblais ou à quoi je devais ressembler. Tel un acteur, je travaillais mes expressions et mes réactions, notamment aux questions que je redoutais le plus : Tu es communiste ? Tu es un espion ? Choc, incrédulité, colère – voilà ce que mon visage devait

exprimer. À présent, mon visage devait être agréable, et celui que je vis n'était pas désagréable. Depuis ma convalescence au Ciel, il semblait au moins à peu près humain, mais c'était certainement dû à une distorsion du verre ancien. Malgré tout rassuré, je donnai un verre à ma tante et bus une gorgée de chablis, dont la fraîcheur apaisa mon âme, endolorie et souffrante même si mon visage ne l'était plus.

Tu vas te caser avec un des deux ?

Me caser ? Ma tante rit comme si je venais de lui raconter la blague la plus drôle de tous les temps.

Pas de mari ? Je ne faisais qu'énoncer des banalités, mais les banalités viennent de loin. Pas d'enfants ?

Pour un ancien révolutionnaire, dit-elle avec un soupir, tu es désespérément conventionnel.

Avant qu'arrivent BFD et le docteur maoïste, je m'enfermai dans la salle de bains de ma tante, vidai une fiole du remède sur la surface en verre d'un miroir de poche, enroulai un billet de vingt francs, m'approchai suffisamment du miroir pour voir mon visage et inhalai toute la poudre blanche par une narine, puis par l'autre. Et j'attendis, tremblant. Le haschich ne suffisait pas. J'avais besoin de toute la puissance du remède pour m'éviter la nausée d'être un – ou de m'être fait traiter de – *réactionnaire*. Lorsque BFD et le docteur maoïste arrivèrent, le remède m'avait calmé. Ayant enfin trouvé le moyen d'être socialement utile, je leur servis un peu de vin.

Ma chère, dit BFD à ma tante, ce soir tu es aussi belle qu'une geisha.

Pour ne pas être en reste, le docteur maoïste dit, Chérie, seul un Gauguin mériterait de pouvoir te peindre.

Ma tante accepta de bonne grâce leurs compliments

et, ajoutant du tabac à mon haschich, roula de longues cigarettes fines et bien tassées. J'expliquai que j'étais parti travailler une semaine dans le deuxième plus mauvais restaurant asiatique de Paris, cette fois près du canal Saint-Martin, mais je m'aperçus que ce n'était pas nécessaire. Mes justifications n'intéressaient personne, ce qui me convenait très bien, car je voulais surtout savourer le doux et alléchant haschich. Je n'écoutai pas leur conversation, qui aborda divers sujets. Quelques bribes, cependant, réussirent à percer la bulle de mon bonheur : leur approbation de la cinquième semaine de congés payés que le nouveau régime socialiste venait d'ajouter aux quatre autres, même s'ils étaient d'avis qu'une sixième s'imposait ; le mépris que leur inspirait un homme politique d'extrême droite qui faisait parler de lui par ses attaques contre les immigrés et les étrangers ; leur affirmation selon laquelle la France devait continuer d'accueillir les immigrés et d'être une terre d'asile pour les réfugiés, comme ceux d'Indochine…

Tu n'es pas d'accord ? demanda BFD.

J'étais si peu habitué à ce qu'on m'adresse la parole qu'il me fallut un moment avant de comprendre qu'il me parlait, ce qui était le cas car il le fit en anglais, non par politesse, mais par condescendance. Quoi ? fis-je en clignant des yeux.

Tu n'es pas d'accord pour dire que la France devrait être une terre d'asile ?

D'asile ? Pourquoi ? Nous sommes fous ?

Je me croyais malin, mais BFD fit la grimace et répondit, Non, tu as très bien compris. Un pays de refuge.

Ah, dis-je. Enhardi par le haschich, j'ajoutai, Même s'ils fuient les socialistes, les communistes et l'utopie ?

Le docteur maoïste dit, Pour moi, ces réfugiés sont des *compradores* coloniaux qui ont participé à la colonisation de leur propre pays. Mais ça ne signifie pas que ce ne sont pas des êtres humains. Ce sont des humains et en tant que tels ils méritent qu'on les aide, d'autant plus que c'est nous, les colonisateurs, qui avons détruit votre pays.

Sur ce point je ne peux pas vous donner tort, dis-je.

Il n'a pas changé, intervint BFD. Il est trop modeste pour te le dire, mais dans les années 1960 il a dirigé le comité maoïste contre la guerre impériale américaine dans votre pays.

C'était la seule chose à faire, dit le docteur maoïste.

Il était le plus maoïste de tous les maoïstes, un Mao au carré, pour ainsi dire, ajouta BFD. D'ailleurs, il était tellement maoïste qu'on le surnommait…

Président Mao, dis-je.

Non, encore mieux – le Chinois !

Ils éclatèrent de rire et je souris timidement, décontenancé. Le Chinois ? Était-ce un compliment ? Une insulte ? Les deux à la fois ? Mais puisqu'il était l'expert maison en matière de maoïsme, je demandai, Est-ce qu'on peut encore être maoïste après la Révolution culturelle ou le Grand Bond en avant ? Vous ne croyez pas que la mort de tous ces Chinois qui étaient du mauvais côté de l'appareil idéologique d'État et de l'appareil répressif d'État devrait vous faire réviser votre jugement sur le maoïsme ? Et tout ce qui se passe – je brandis le journal avec la photo du charnier et des ossements – au Cambodge ? Les Chinois soutiennent les Khmers rouges. Ça ne vous met pas au moins mal à l'aise face à la révolution communiste ?

En regardant la photo, le docteur maoïste secoua tristement la tête. J'ai vu ça ce matin, dit-il. Oui, bien sûr,

les révolutions font des erreurs, parfois jusqu'à causer des millions de morts. Tragique ? Oui. Mal ? Oui. Mais si tu t'arrêtes à ça, tu ne fais que tomber dans le piège des capitalistes. Ah ! diront-ils. On vous tient ! La seule option qui vous reste, désormais, c'est le capitalisme et sa pseudo-démocratie, sa fausse liberté de choisir. Car si le communisme est mauvais, alors le capitalisme est forcément bon, n'est-ce pas ? Non ! Les capitalistes adorent rappeler que des dizaines de millions de gens sont morts sous Staline et Mao. Mais en oubliant, oh comme c'est commode, que des *centaines* de millions de gens sont morts sous le capitalisme. Qu'est-ce qu'ont été le colonialisme et l'esclavage, sinon des formes de capitalisme ? Qu'est-ce qu'a été le génocide des Indiens d'Amérique, sinon du capitalisme ? Mais oublions ces vilaines contradictions du capitalisme et concentrons-nous sur ce qu'ont fait les communistes !

Qu'est-ce que je vous disais ? fit BFD en se servant un autre verre de vin. Le Chinois !

Je sais tout ça, dis-je. Mais ça reste de la théorie…

Non, c'est de la pratique. Tu m'as interrogé sur Mao et la Révolution culturelle. Je ne suis pas convaincu que ç'ait été une erreur, car Mao n'était pas du côté de l'État. Il essayait de purger l'État de ses éléments réactionnaires et de rendre le pouvoir à qui de droit – au peuple, aux masses. On regardera plus tard la Révolution culturelle comme on regarde aujourd'hui la Commune de Paris – sur le moment une défaite, mais au bout du compte un triomphe pour le peuple ! Quant à Mao, il était infiniment dialectique, et conscient, contrairement à Staline, le modèle des communistes vietnamiens, qu'on ne peut pas laisser la révolution se calcifier en État. Une fois que cela se produit, la révolution est corrompue par son propre pouvoir, et c'est pour cela que tu as fini dans un

camp de rééducation. La révolution, comme la dialectique, doit être permanente !

Ma tante me proposa une autre cigarette de haschich. J'acceptai sans un mot, incapable de réagir à ce tir de barrage théorique, même en anglais. Le docteur maoïste sirota son vin et eut pitié de moi. Il dit, Tu as enduré beaucoup de choses. Je comprends. Tu devrais comprendre que tu peux être pardonné d'avoir été du mauvais côté de l'histoire. Mais est-ce que tu t'es vraiment, sincèrement, lancé dans une autocritique pour t'en rendre compte ?

L'autocritique ? m'écriai-je. Je ne suis que ça ! *Ma vie entière est une séance d'autocritique entre moi et moi-même !*

Pas besoin de t'énerver, dit BFD.

Si tu es si autocritique que ça, dit le docteur maoïste, vois-tu en quoi tu dévies des masses ?

Pourquoi devrais-je me soucier d'avoir dévié des masses quand je suis également moi et moi-même ? Ne suis-je pas une masse ? Ne suis-je pas déjà un collectif ? N'ai-je pas des foules à l'intérieur de moi ? Ne suis-je pas un univers à moi tout seul ? Ne suis-je pas toujours infiniment dialectique quand je synthétise la thèse de moi et l'antithèse de moi-même ?

Ça, c'est le haschich qui parle, dit BFD.

Vous ne devriez pas être aussi durs avec lui, dit ma tante. Mon moral remonta grâce à cet encouragement inattendu, mais il s'effondra aussitôt lorsqu'elle ajouta, En fait, il n'est pas le réactionnaire absolu qu'il donne l'impression d'être. Il a été un espion communiste, infiltré chez les réactionnaires, avant d'être envoyé en rééducation pour avoir été peut-être trop enthousiaste quand il faisait semblant d'être un allié des Américains amoureux du capitalisme.

BFD et le docteur maoïste me regardèrent avec un intérêt renouvelé, ou peut-être parce que ma mâchoire, à la suite de mon moral, s'était décrochée. Tu n'es pas… Ce n'est pas… Pourquoi…

Tout va bien. Ici tu es en terrain ami, répondit ma tante en agitant la main d'un air hautain. Le problème, avec toi, c'est que tu vis entièrement dans ta tête. Tu n'as personne à qui parler à part moi. Tu as oublié l'importance de la solidarité ?

Je ne l'aurais jamais imaginé espion, dit BFD.

C'est ce qui en fait justement un bon espion, dit le docteur maoïste.

Au moins je suis bon dans un domaine ! criai-je. Et j'ai quelqu'un d'autre à qui parler que toi… Je me parle tout le temps à moi-même !

Ça se voit, dit ma tante.

Tous me regardaient comme si j'avais tenu des propos hautement problématiques, du genre « J'adore l'Amérique », chose à ne jamais faire devant des intellectuels français. On ne doit l'avouer qu'en privé, comme un penchant pour la pornographie. Je me levai si vite que j'eus le tournis, vertige qui s'aggrava lorsque je me vis dans le miroir doré au-dessus de la cheminée de ma tante – un homme aux deux visages. Quel visage montrais-je à moi-même et à ces gens ? Étais-je un révolutionnaire ou un réactionnaire ? Et si j'étais un révolutionnaire, en quoi croyais-je ? Quel était mon engagement ? Étais-je moi-même ou un autre ? Je bredouillai une fausse excuse et passai dans la salle de bains. Je fermai la porte à clé, pris une nouvelle dose de remède et attendis, tremblant, que ma nausée se dissipe.

9

Nous – moi et moi-même – n'étions ni réels ni irréels, mais surréels, un état que les trous dans ma tête n'ont pas arrangé, et qui ne faisait que s'aggraver quand nous nous saupoudrions de la poussière blanche du remède, ce que nous savions être mauvais mais qu'il était trop facile de faire, vu le plaisir procuré par un tel saupoudrage, ou quand nous nous déguisions en touriste japonais pour marcher de nouveau dans les rues de Paris. Avec nos lunettes sur le nez, nous avions non pas deux yeux, mais quatre. Bien que les verres fussent faux, tout semblait plus précis, plus net, même sous l'effet du haschich, ou peut-être parce que nous étions sous l'effet du haschich, et encore plus quand nous étions sous l'effet du remède, ou quand nous multipliions le haschich par le remède. Nous nous rendions compte que nous avions de plus en plus souvent besoin du remède, puisque le but de nos promenades parisiennes était maintenant de servir d'appât. Or servir d'appât faisait peur. Ceux qui avaient tué Dormeur et tenté de tuer Nabot – et nous – reviendraient à la charge, avait dit Le Cao Boi. Avoir conscience de cela était quelque peu éprouvant, et le remède contribuait à nous rasséréner, ou à nous illusionner, pendant que

nous essayions de faire sortir du bois nos rivaux en truanderie.

Pourtant, dire que nous marchions dans les rues de Paris n'est pas exact. Nous flottions, nous glissions, mais nous ne marchions pas. Nous participions aux répétitions pour le spectacle culturel et assurions notre tournée de rendez-vous, livrant leurs commandes aux acteurs vietnamiens, au docteur maoïste et à tous leurs amis et connaissances qui préféraient voir la marchandise fournie par un Asiatique jaune ou un compatriote vietnamien plutôt que par un Oriental basané – c'est-à-dire un Arabe. Comme Hô Chi Minh l'avait depuis longtemps compris dans ses écrits contre le colonialisme, l'Asiatique et l'Arabe (ainsi que l'Africain) étaient unis par le fait d'être les beaux-enfants coloniaux d'une même marâtre abusive, la France. Concernant l'Asiatique et l'Arabe, nous étions de lointains cousins partageant les vastes étendues à l'est de l'Ouest, ou du moins à l'est de l'esprit occidental. L'Oriental basané était pareil à l'Asiatique jaune en ce sens que nos civilisations, jadis grandioses, n'étaient plus que des champs de ruines dont il ne restait de valables que notre thé, nos religions, nos tapis, nos bibelots, nos tapisseries, nos tissus, notre servitude, notre solitude, notre sexualité, et peut-être notre colère. Ou est-ce que nos colères et nos fulminations valaient moins que nos objets de valeur ?

Cette logique circulaire était la façon de penser orientale, opposée à la logique linéaire occidentale. Celle-ci tendait toujours vers les Lumières, l'aurore perpétuelle du savoir éclairée par les bombes atomiques en train d'exploser sur quelque pauvre île tropicale de la Polynésie française, juste derrière la ligne d'horizon. Plus nous approchions de la source de cette luminescence,

plus la lueur brûlait nos quatre yeux. Avec notre quatuor optique, nous préférions le crépuscule. Le crépuscule, c'était le moment du haschich, de l'indigène bronzé, du subalterne mat et du jaune onctueux. Le crépuscule, c'était le meilleur moment pour méditer sur la vérité, qui se trouvait généralement dans les ombres plutôt qu'en pleine lumière. C'était aussi le meilleur moment pour savourer un whisky, faire l'amour, fomenter une révolution et tourner en rond. Et nous tournions inlassablement en rond dans Paris, conscients que quelque part, pas loin, circulait une Citroën CX conduite par un des Sept Nains (nous les appelions toujours ainsi, même s'ils n'étaient plus sept). Le Cao Boi était assis à l'avant et Bon sur la banquette arrière, avec un ou deux nains, armés de leurs couperets, de couteaux, de barres de fer, de chaînes, de matraques et de deux ou trois pistolets, au cas où les choses tourneraient vraiment mal.

C'est tout ? avions-nous demandé.

Le Cao Boi avait haussé les épaules. Pas besoin de t'énerver, Camus, avait-il répondu. Si tu te retrouves coincé, continue de parler. On viendra te chercher.

Ces bons vieux Américains auraient bichonné fusils et pistolets automatiques avec le même soin que les mères réservaient à leurs bébés. Au Viêtnam, les Vietnamiens auraient été armés de grenades et de lance-roquettes pliants achetés au marché noir des surplus américains et des marchandises volées. Mais les Français – et apparemment les indigènes qui vivaient en France – étaient trop civilisés. Ils croyaient encore qu'on commençait par des revolvers.

La Citroën nous suivait à bonne distance, discrètement, pensions-nous, puisque nous ne la voyions que de temps à autre, du coin de l'œil, quand nous

entrions dans un immeuble ou en quittions un. Cette petite routine se poursuivit pendant une semaine, sans grand résultat, sinon que nos pieds s'endolorirent et que notre réserve d'argent liquide se remplit. Le haschich était très apprécié des intellectuels, et de certains des personnages bohèmes de l'Union, qui n'étaient pas des indigènes ou des enfants d'indigènes assez sages et obéissants pour ne pas aimer se défoncer. Et d'aucuns achetaient même le remède, qui leur semblait, dans toute sa blancheur fine, assez chic.

Vendre la marchandise ne te choque pas ? demandâmes-nous à Bon un soir, tard, dans notre nouvel appartement.

Nous étions en train de boire un cognac comme il nous arrivait parfois, utilisant une théière en guise de carafe et servant le liquide dans de minuscules tasses à thé. Le malheureux Bon adorait le cognac et ne voyait aucune contradiction entre s'imbiber du sublime liquide et dire, Les Français se sont enrichis en nous pillant. Oui ?

Oui.

Ensuite, ils ont essayé de nous transformer en Français. Ils étaient pires que les Américains. Les Américains nous ont trahis, mais au moins ils n'ont pas essayé de nous transformer en Américains. Ils ne nous ont jamais pillés. Ils voulaient simplement nous vendre des choses. Donc ici, je suis très content de vendre aux Français. Ils nous doivent bien ça.

Nous doutions que les Français portent le même regard sur notre histoire commune, hormis la partie sur notre transformation en Français. Car après tout, en même temps que nous critiquions les Français, n'étions-nous pas en train de boire leur cognac ? Oh, *quelle contradiction** !

Nous continuions de nous réhabituer aux perspectives françaises lors de nos cours de langue matinaux. Nous faisions la dictée du professeur avec plaisir et ressentions de nouveau l'excitation d'être appelés en classe, garantie d'un petit succès ou d'un petit échec. De notre côté, avec l'aide d'un dictionnaire, nous lisions *Une tempête*, de Césaire, réécriture de *La Tempête* de Shakespeare, mais du point de vue de Caliban. Césaire rendait à Caliban, « un esclave noir », la voix qu'il avait toujours eue, assez forte pour dire ce que tout colonisé aimerait dire à son colonisateur, en l'occurrence Prospero :

JE TE HAIS !

La réponse de Prospero était égoïste : « J'ai essayé de te sauver, surtout de toi-même. » La voilà, la mission civilisatrice ! Puis : « Je forcerai ma nature indulgente et désormais à ta violence je répondrai par la violence ! » Les voilà, les canons de la civilisation ! Et imputer au colonisé la situation que le colonisateur a créée. La vision de Césaire était pareille à celle de Fanon dans *Les Damnés de la terre*, où la violence du colonisateur engendrait la violence du colonisé. Peut-être était-ce le seul moyen de se débarrasser du colonisateur. Mais dans quel état se retrouvait le colonisé, empoisonné par le cadeau de départ du colonisateur, la maladie vénérienne de la haine ? Chez les colonisés, les vainqueurs transformeraient cette haine du colonisateur en une haine de soi à peine masquée, pour s'être laissés coloniser pendant si longtemps. Ils ne la dirigeraient pas, cette haine de soi, contre eux-mêmes ; ils la dirigeraient contre ceux des anciens colonisés qui n'étaient pas aussi violents que les vainqueurs. Par conséquent,

la seule solution à cette révolution, c'était une autre révolution, une révolution à laquelle nous participions mais sans pouvoir en exprimer la forme, ce qui était naturel puisque notre place dans cette allégorie était celle d'Ariel, « l'esclave mulâtre » à la loyauté ambiguë, ni noir ni blanc, une position de faiblesse qui aurait pu malgré tout avoir une certaine force si Ariel avait pu enfin dire quelque chose de substantiel, ni Shakespeare ni Césaire ne lui ayant donné grand-chose à dire.

Nous prenions les mots inconnus de Césaire, de Fanon ou d'autres, composions des cartes de support visuel en français et transformions notre apprentissage en un jeu de boisson. Bon nous y entraînait le soir et nous étions forcés d'avaler un shot de cognac à chaque mot manqué. « Forcés », bien entendu, est un euphémisme qui signifiait l'exact contraire, tout comme « pacification », qui sous-entendait généralement une bonne quantité de massacres d'indigènes turbulents. L'histoire était truffée d'exemples de ce genre, depuis la pacification du Viêtnam par les Chinois, tellement agréable que nous l'avions laissée durer mille ans ; la pacification des Chams par le Viêtnam, si efficace qu'il ne restait presque plus aucun Cham ; la pacification de l'Indochine par les Français, par l'entremise de cette religion de paix qu'est le catholicisme, auquel les Français de l'époque n'avaient même pas l'air de croire ; la pacification par les Américains du delta du Mékong, où des milliers de combattants de la « guérilla » furent tués mais seules quelques dizaines d'armes retrouvées. Où étaient donc passées leurs armes ? La disparition, ce miracle tropical ! Mais il en allait toujours ainsi avec la pacification.

À la fin d'une de ces séances de vocabulaire, inspiré par l'expression « coup de foudre », Bon me dit qu'il

avait revu Loan plusieurs fois. L'aveu – car il s'agissait bien de ça – nous stupéfia au point de nous plonger dans un état de sobriété momentanée. Plusieurs fois ? demandâmes-nous. Il ne s'était écoulé que quelques semaines depuis leur rencontre à l'Union. Comment est-ce que vous faites ne serait-ce que pour parler, tous les deux ?

Je parle. J'ai des choses à dire.

Tu es censé être muet, tu te souviens ?

Psychologiquement muet. Pas physiquement.

Notre mâchoire décrochée se referma. Tu es en train de me dire…

Je suis en train de te dire que j'ai annoncé la vérité à Loan. J'étais muet non pas parce que mes cordes vocales avaient été coupées, mais parce que je n'arrivais pas à parler.

Ce n'est pas la vérité.

Spirituellement, si. Est-ce que j'ai beaucoup parlé ces dernières années ?

Nous secouâmes la tête et sentîmes son contenu liquide remuer et clapoter.

Est-ce que j'ai regardé une seule femme, hormis la photo de Linh ?

Nous secouâmes encore la tête, doucement. Notre esprit flottait sur un matelas à eau rempli de cognac.

Ça fait six ans que Linh et Duc sont morts. Je souffre avec eux et pour eux tous les jours. Je souffre encore. Mais le soir de ma rencontre avec Loan, j'ai entendu la voix de Linh. Bon s'interrompit.

Que disait-elle ? demandâmes-nous.

C'est le moment. Rien de plus. Pas le moment de passer à autre chose. Je ne pourrai jamais passer à autre chose. Mais c'est le moment…

Nous nous jetâmes au fond du gosier deux autres

shots de cognac chacun, préfaçant chaque salve d'un toast rituel qui évoquait nos jeux de boisson avec Man, toutes ces années en arrière : *À fond !* Il nous plaisait de savoir que boire chaque shot à fond aurait fait s'étrangler les Français dans leur cognac. Mais avaler d'une seule rasade héroïque des shots entiers d'une noble liqueur française était une tradition masculine vietnamienne d'origine inconnue, vraisemblablement apparue pour démontrer deux choses : que nous aussi pouvions nous offrir du cognac et que nous étions assez virils pour le boire très vite, contrairement aux Français, qui se contentaient de le siroter.

Criblé de cognac, Bon nous en dit plus : il avait imaginé un plan pour l'homme sans visage, ou Dung, ou peu importe son nom.

Quel genre de plan ? répondîmes-nous, tout en sachant que Bon n'imaginait qu'un seul genre de plan.

L'Union a invité tout le personnel de l'ambassade vietnamienne à assister au spectacle du Têt, dit-il. Dont l'homme sans visage. Quand il arrivera, ce sera l'occasion idéale pour nous.

Pour nous ?

Ou pour moi, si tu ne veux pas y participer.

Il s'approcha du placard et en sortit une boîte de biscuits danois au beurre, bleue, en fer-blanc. Était-ce celle que nous avait présentée le Boss ? Il l'ouvrit, dévoilant le plus succulent de tous les biscuits, la prothèse masculine ultime, un pistolet perpétuellement dur et capable d'éjaculer en rafale. Pas un de ces revolvers français civilisés qui ne pouvaient tirer qu'au ralenti. Non, un Walther P38 calibre 9 mm à tir rapide, germanique, impitoyable.

Tu vas te faire choper, dîmes-nous.

Bon se contenta de sourire. Rien à foutre.

Ce qui ne te tue pas te rend plus fort.
Pourquoi pas, bordel.
Rien à foutre.

Tant de principes philosophiques éloquents parmi lesquels choisir ! Mais quel était le nôtre ? Autrefois, c'était simplement ceci : *Il faut faire quelque chose !* Faire quelque chose avait été la grande affaire de notre vie, et nous en ressentions encore la pression. Au nom de l'action, nous étions devenus révolutionnaires, ce qui nous avait fait atterrir dans un camp de rééducation. Au nom de l'action, nous avions suivi Bon dans sa mission suicide pour envahir notre mère patrie et l'arracher au communisme, et tout cela à seule fin de lui sauver la mise. Nous avions failli échouer. Et maintenant il nous fallait faire plus : empêcher Bon de tuer Man. Voilà une chose dont je savais qu'elle m'engageait encore : notre pacte de fraternité par le sang. Certes, j'en voulais à Man de m'avoir torturé, mais je savais qu'il avait fait ce qu'il estimait être le mieux pour moi, pour que je voie la vérité de notre révolution. Il était enfermé dans le monde brisé qu'avaient esquissé Fanon et Césaire, un monde où la violence était à la fois le problème et la solution. Nous étions liés, non seulement comme frères de sang, mais en tant que révolutionnaires qui devaient mener leurs révolutions désormais divergentes à leurs termes respectifs.

Marcher dans Paris pour nos livraisons nous laissait le loisir de méditer sur la manière de sauver un frère de sang des griffes d'un autre frère de sang, ainsi que de réfléchir à notre philosophie, ou à son inexistence, jusqu'à ce que sonne l'horloge cosmique du karma. Le jour où vint notre heure, Le Cao Boi et Bon se montrèrent trop discrets, ou peut-être étaient-ils trop

fatigués et inattentifs après des journées passées à nous suivre. Peut-être que nos trajets circulaires étaient trop circulaires, car lorsque Beatles apparut enfin, il n'y avait pas plus de Citroën que de beurre en branche.

À la place de la Citroën, ce fut une camionnette blanche ordinaire qui s'arrêta le long du trottoir, vitre passager baissée. Le conducteur était un type au front bas que nous n'avions jamais vu. En revanche, nous reconnûmes immédiatement le passager, bien qu'il eût troqué son portrait des Fab Four contre un sweat-shirt gris. Avant que nous ayons le temps de fuir, la portière latérale glissa, laissant voir deux autres jeunes hommes, l'un au front moyen, l'autre au front haut. Ce dernier braqua un revolver sur nous et, curieusement, sourit, peut-être pour faire contrepoids aux deux rayons laser haineux qui dardaient des yeux de Beatles. Celui-ci déversa un torrent rapide de mots en français, dont nous ne comprîmes pas la moitié, mais cette fois notre incompréhension n'avait aucune importance. Le tireur traduisit dans un anglais grammaticalement parfait.

Il a dit monte ou on t'éclate la cervelle, expliqua le tireur, toujours souriant, et avec son accent français l'effet avait un charme étrange.

Vous parlez un très bon anglais.

Toi aussi, dit-il. Il ressemblait de manière troublante à *La Joconde*, à l'exception de ses cheveux, qui étaient courts et bouclés. Mais son sourire était aussi serein que celui, célèbre, de Mona Lisa, son nez aussi allongé, ses yeux aussi énigmatiques. Tu parles même mieux l'anglais que Bruce Lee.

C'est un beau compliment, répondîmes-nous. Il était incroyable dans *La Fureur de vaincre*.

Encore meilleur dans *Opération dragon*.

De quoi vous parlez, putain ? s'écria Beatles.

Il est un peu impatient, dit Mona Lisa, dont les deux chenilles noires qui lui tenaient lieu de sourcils cambraient le dos. Son immense front leur laissait beaucoup de place. Tu devrais monter.

Nous avisâmes le petit pistolet qu'il tenait dans sa main. Un petit pistolet était synonyme de confiance, de précision et d'élégance, contrairement à un gros, qui dans la plupart des cas était superflu. Nous levâmes les mains en l'air, mais il n'y avait personne dans la rue pour remarquer notre geste. Nous montâmes donc dans la camionnette et nous serrâmes sur la banquette du milieu entre Mona Lisa et le sbire au front moyen, qui sentait la sueur et la fumée. Sa cuisse musclée, pressée contre nous, s'agitait au rythme de l'étrange musique diffusée par l'autoradio, un tempo lourd et une voix noire déclamant avec force, en anglais. La camionnette s'éloigna du trottoir. Sur le siège avant, Beatles se retourna pour nous fusiller du regard, et son visage fut la dernière chose que nous vîmes.

Lorsque nous, ou moi, ou moi-même, ou je, me réveillai, des conversations et des rires résonnaient dans la cloche fêlée de mon cerveau. À force d'en soutenir le poids énorme, j'avais mal au cou. J'étais ligoté à une chaise en bois, les mains derrière le dos, les chevilles attachées aux pieds de la chaise, dans une cave froide dont les murs de pierre grise étaient cachés par de robustes étagères en bois aussi larges que de petits lits, et remplies de caisses. Un film avec le volume au minimum emplissait le visage d'une télévision devant laquelle deux canapés miteux se liguaient contre une table basse. Beatles, Mona Lisa et les deux sbires, Moche et Très Moche, étaient en train de jouer aux cartes en fumant des cigarettes. Mes extrémités étaient

engourdies, mais la peur qui s'agrippait à mon échine compensait amplement l'absence de sensation dans mes bras et mes jambes. Ce n'était pas du tout irréel. C'était tout à fait réel. Scénario optimiste : je pourrais peut-être repartir vivant de cette cave, mais à condition d'abandonner diverses parties de mon corps, doigts et orteils, membres entiers, yeux ou oreilles. Scénario pessimiste : je repartirais de cette cave mort. Mais ce scénario comportait plusieurs variantes, puisque je pouvais être mort en un seul morceau, en quelques morceaux, ou en beaucoup de morceaux.

Moche fut le premier à remarquer mon réveil. Il poussa du coude Beatles. Celui-ci me jeta un regard noir et envoya une bordée de mots qui incluaient « bâtard », « connard » et « Chinetoque ». Chaque terme que je comprenais et ne comprenais pas était un coup de marteau sur ma cloche fêlée. Là-dedans résonnaient tous les gros mots que j'avais appris en français, y compris les insultes racistes anti-Asiatiques adressées à Le Cao Boi et aux Sept Nains depuis leur arrivée à Paris, qu'ils m'avaient transmises. Beatles voulait me faire comprendre qu'il connaissait aussi ces injures. Mais moi qui avais enduré une vie entière d'insultes racistes, je fis mine de ne pas être offensé et me forçai à rire. J'étais le Bâtard Fou. Aucun truand n'allait m'intimider, même si dans les faits il m'intimidait. Néanmoins, montrer le moindre signe de peur à cette petite bande ne ferait qu'aggraver mon cas. Comme tous les truands, les avocats et les prêtres, ils jouissaient de la peur des autres.

Connard ? dis-je avec le plus de forfanterie possible. Chinetoque ? Et pourquoi pas *Asiate. Jaune. Tchong. Bridé* !*

Beatles éclata de rire. Tu as oublié *Niakoué*.

Niakoué ? Je ne connaissais pas.

Et *FILS DE PUTE* ?*

Ah oui, ça, je connais.

À partir de maintenant, je ne recenserai pas toutes les fois où *fils de pute* ou *sale fils de pute* furent prononcés, puisqu'ils fonctionnaient comme des virgules ou des points, invisibles et inaudibles. De ce point de vue-là, les truands présents dans cette cave sordide ne différaient guère des truands du pire restaurant asiatique de Paris, qui surcompensaient leur statut émasculé, aux plus bas échelons du secteur tertiaire, en crachant « enculé » comme un glaviot, ce que l'on ne devrait pas faire dans un restaurant. Bien sûr, pour moi et moi-même, reprendre à mon compte non seulement « enculé » et *fils de pute**, mais les mêmes termes racistes avec lesquels on nous insultait, c'était suivre une pente dangereuse. D'un autre côté, j'avais, ou nous avions, toujours pris ce chemin, d'abord dans notre métier douteux d'espion, et aujourd'hui dans notre apprentissage encore plus douteux de truand. Mais si je croyais faire peur en volant à ces truands les mots dont ils pouvaient se servir contre moi, ils semblèrent peu impressionnés. Du moins Très Moche, qui ricana et dit, Qui a peur du Grand Méchant Chinetoque ?

J'allais mourir, non ? Alors je mourrais en donnant le meilleur de moi-même, en tout cas jusqu'à ce que ça devienne trop douloureux. J'aime bien ! m'écriai-je. C'est encore mieux que Bâtard Fou, bande de racistes !

On n'est pas racistes, rétorqua Beatles. C'est juste qu'on ne t'aime pas.

Alors pourquoi vous ne m'avez pas égorgé ? dis-je. En un sens, ce n'était pas forcément une bonne idée de rappeler à mes ravisseurs une des options les plus terribles qu'ils avaient à leur disposition. Mais pourquoi

ne pas crever l'abcès concernant la question la plus pressante ?

Où serait le plaisir à te tuer comme un mouton ? dit Beatles. Tu ne fais même pas un beau sacrifice.

Ho ho ! dit l'adjudant glouton avec un gloussement.

Ha ha ! intervint Sonny avec un petit rire.

La ferme ! dis-je.

Non, *toi*, la ferme ! cria Beatles, bondissant du canapé à travers un nuage de fumée. *Tu te prends pour qui, putain ?*

Ah ! dirent moi et moi-même à l'unisson. Telle est la question, n'est-ce pas ? La question universelle. La question qui nous suit depuis le commencement des temps !

On ne va pas l'embrouiller, dit Mona Lisa. Je ne veux pas qu'il – que *tu* la fermes. Je veux que tu parles.

J'imitai Dieu et ne dis rien.

Tu es dur d'oreille, espèce de fou de bâtard ? Parle-nous du Chinois.

Qui ?

Le Chinois ! hurla Beatles.

Le docteur maoïste ?

Beatles se rua par-dessus la table basse et me gifla deux fois, d'abord avec le plat de la main, ensuite avec le dos, comme Jean Gabin giflant une actrice, quelque chose de délicieusement français, car un Vietnamien ou un Américain m'aurait simplement mis un coup de poing dans le nez. Le Chinois ! Le Chinois ! *Le Chinois !*

Ton patron, dit Mona Lisa. Arrête de le gifler. Je crois qu'il t'a entendu.

Il jeta sur la table un paquet en plastique transparent contenant le remède. Comme celui-ci paraissait inoffensif ! Rien de plus qu'une poudre blanche, qui aurait pu être de la farine ou du sucre.

J'aimerais retrouver ton patron, celui qui vend ça et qui me pique mon marché.

Je faillis répondre, Qu'est-ce que vous voulez savoir ? Si j'avais été sain d'esprit, je l'aurais dit. Quelle loyauté me liait-elle au Boss ? C'était un truand, un dealer, un maquereau, et un tueur, ce qui ne signifie pas que ces caractéristiques empêchent toute sympathie. En tant que sympathisant par excellence, je pouvais voir des deux côtés non seulement chaque chose, mais chaque être humain. C'est comme ça que je savais que beaucoup des grands de ce monde ont aussi été des truands, des dealers, des maquereaux et des tueurs, même s'ils préfèrent se faire appeler présidents, rois, diplomates ou hommes d'État. La seule chose qui empêchait le Boss d'accéder à une étape plus légitime de l'existence, de devenir un pilier de la société, c'était le temps. Je lui devais au moins ça, et je pouvais le lui offrir, non pour ses beaux yeux, mais pour ceux de Bon. Si je dénonçais le Boss, je dénoncerais sans doute Bon aussi, et jamais je ne ferais une chose pareille.

Qui est Saïd ? dis-je plutôt.

Saïd ? fit Beatles, éberlué.

Fais attention, dit l'adjudant glouton.

Le mystérieux Saïd, dis-je.

Pas une bonne idée, ajouta Sonny.

Beatles secoua la tête et regarda Mona Lisa, qui apparaissait de plus en plus comme le chef. Saïd, répondit-il en étirant le mot. Saïd est mon frère.

Évidemment, marmonnai-je.

Il est malheureusement parti en vacances. Mais ce n'est pas parce qu'il est en vacances que tu peux récupérer son marché, qui est mon marché. Alors je te conseille de nous dire tout ce que tu sais sur ça

– il désigna le remède – et sur le Chinois. Sinon ça va très mal se passer pour toi, comme ça s'est mal passé pour ton ami.

Mon ami ?

Le petit.

Dormeur.

C'est son nom ? Il dort pour de bon, maintenant.

C'est moi qui l'ai buté, dit Beatles. Exactement comme tu as failli buter Ahmed.

Ahmed ?

Mon ami ! Celui que tu as failli tuer.

Donc Rolling Stones était toujours en vie. J'aurais été content pour lui, et pour moi, si à cet instant précis je ne m'étais pas senti en si piteux état. Vous allez me torturer ? demandai-je.

Arrête de leur donner des idées, intervint Sonny.

Je ris. Vous ne pouvez pas me torturer. J'ai survécu à un camp de rééducation.

Oh non, trop tard, dit l'adjudant glouton.

Tu te crois coriace parce que tu es allé dans un camp de rééducation ? fit Beatles. Vous n'avez pas eu une guerre si terrible que ça ! La nôtre a été bien pire. Les histoires que j'ai entendues ! Tu te crois coriace, le Bâtard Fou ? On va essayer sur toi deux ou trois choses que les Français nous ont faites.

Vous n'êtes pas français ? dis-je.

Ferme ta gueule.

Ils décidèrent alors de me bousiller. D'un côté, je souffrais terriblement et produisais la quantité requise de grognements, de cris, de suppliques et de crainte pour ma vie. Mais j'étais par ailleurs le professionnel qui, avec le recul, pouvait analyser et évaluer leur prestation. Ces types étaient des amateurs, mais ça ne signifiait pas que ce qui s'ensuivit fut indolore. Les amateurs peuvent

faire beaucoup de dégâts, même s'ils procèdent sans finesse. Sauf que tout est affaire de finesse. On peut commettre impunément massacres de masse et pillages de pays ou de continents entiers, à condition toutefois d'agir avec une goutte d'alacrité, une pointe de finesse, enfin des litres d'hypocrisie et d'amnésie sélective. Demandez donc aux Français (ou aux Anglais, ou aux Hollandais, ou aux Portugais, ou aux Belges, ou aux Espagnols, ou aux Allemands, ou aux Américains, ou aux Chinois, ou aux Japonais, ou même à nous, les Vietnamiens, mais pas aux Italiens, qui n'ont jamais été très doués pour la colonisation, ayant oublié ce que leurs ancêtres romains avaient si bien fait). Et de même que les Français faisaient tout avec alacrité et finesse, ceux parmi nous qui sont des professionnels du « renseignement » se doivent d'accomplir leur tâche avec talent. L'extraction d'un renseignement, comme celle d'une dent, exige un certain doigté. La vraie question est la suivante : est-ce que le tortionnaire comprend ce problème fondamental ? L'interrogateur a bien plus de chances de réussir avec le concours des cigarettes, de la sympathie, de la compassion, d'une compréhension intuitive de la psychologie humaine et de la sensibilité culturelle. Si le tortionnaire ne comprend pas cela, c'est un imbécile. S'il le comprend et ne fait que tirer plaisir de la torture, c'est un sadique. Non pas qu'on ne puisse être à la fois un imbécile et un sadique. On peut être à peu près n'importe quoi et à la fois un imbécile.

Quant à moi, je suis peut-être masochiste – ce qui ne veut pas dire que je ne suis pas un imbécile aussi. Comment expliquer autrement que, au milieu de tous les cris et les grognements (de la part de mes tortionnaires), de tous les hurlements et les pleurs (de ma

part), je me sois mis à rire ? Un rire torturé, pour sûr. Un rire étouffé, assurément. Avec les électrodes sur les tétons, avec les cordes et les câbles qui servaient à me pendre par les bras au plafond, avec l'eau déversée dans ma gorge – il était très difficile de rire de manière conviviale, agréable. Mais ça n'en demeurait pas moins un rire, et les gargouillis et les reniflements semblèrent décontenancer mes truands tortionnaires, lesquels s'attendaient de toute évidence à des réactions plus classiques.

Il est en train de rigoler ? demanda Moche, tout grimaçant à cause de ses phalanges esquintées.

Je crois qu'il est en train de rigoler, répondit Très Moche, adossé au mur pour une pause cigarette, épuisé par la prise d'étranglement qu'il m'administrait à intervalles réguliers depuis une heure.

Mais c'est quoi ton putain de problème ? s'écria Beatles. Il avait ôté sa chemise, car frapper quelqu'un à l'aide d'un tuyau en caoutchouc était une activité éreintante.

J'étais couché sur le ciment froid, face contre terre, nu et frissonnant. Ma joue baignait dans une flaque de liquide qui provenait peut-être de moi, peut-être de l'un d'entre eux. Je me demandais si ma mère me voyait. Comme nous aimions tous deux les moments où j'étais couché de la sorte, à quatre ou cinq ans, nu sur une natte de bambou, ma tête sur ses cuisses, ronronnant de plaisir tandis qu'elle me grattait doucement le dos. Elle commençait par le haut des fesses, remontait sur ma colonne, terminait entre les omoplates, puis remettait ça, me plongeant dans une extase insoutenable.

Soudain je me rendis compte, avec une douleur vive dans mon flanc déjà abîmé, que j'étais désormais plus vieux que ma mère quand elle était morte,

à trente-quatre ans, seule, dans la hutte minable où elle m'avait élevé, sans personne pour s'occuper d'elle. C'est du moins ce que j'avais déduit quand j'étais enfin retourné dans mon village après mes six années passées en Amérique comme étudiant étranger. Je portais mon uniforme de jeune lieutenant frais émoulu. Maintenant que j'avais un pistolet de fabrication américaine à la ceinture, personne, au village, n'osait croiser mon regard ou me traiter de bâtard, comme quand j'étais petit. La hutte était si misérable que personne n'avait songé à la piller ou à en voler le moindre élément, constituée qu'elle était de branches, de boue, de paille, de bouts de toile et de morceaux de carton récupérés sur des emballages d'équipements et de rations américains. À l'abandon, elle s'était peu à peu affaissée sur elle-même jusqu'à n'être plus qu'une coquille vide. Je jetai un coup d'œil sur le petit lit en bois où ma mère et moi avions dormi. La natte en bambou était déchiquetée. Je vis alors la petite étagère sur laquelle ma mère avait gardé un portrait du Christ et un crucifix. Orpheline, n'ayant ni père ni mère à honorer, il ne lui restait donc plus que Jésus, dont l'image était ce qu'elle avait de plus précieux après moi.

De la porte, qui laissait se dérouler un tapis de soleil jusque dans les recoins sombres de la hutte, je découvris le cœur rouge au poitrail d'un Christ étonnamment anglo-saxon, cheveux bruns, barbichette brune, yeux marron et peau claire. Ma mère avait-elle été sauvée, elle qui m'avait sauvé par tout l'amour qu'elle m'avait donné sans se plaindre ? D'où lui venait son amour, elle qui n'avait pas été aimée ? Auprès de qui avait-elle appris l'affection, et les caresses, et les mots tendres dont elle m'enveloppait quotidiennement,

généreusement, jusqu'à ce que j'absorbe cette petite dose d'humanité qui était désormais la mienne ?

Une part de moi, le communiste récalcitrant, pensait qu'elle n'avait pas été sauvée car ni Dieu ni l'au-delà n'existaient. Cette part de moi était amère. Mais une autre part de moi, le catholique récalcitrant, mi-craintif, mi-pieux, secoué mais pas remué, pensait qu'elle avait été emmenée au Ciel par pont aérien, avec tous les autres réfugiés, c'est-à-dire tous ceux qui avaient trouvé la mort ce jour-là. Qu'étions-nous une fois morts, sinon des réfugiés fuyant la misérable terre pour le refuge de la vie éternelle ? Qu'était la terre entière, sinon un tiers monde, comparée au deuxième monde du purgatoire et au premier monde du Ciel ? Cette part de moi craintive et pieuse avait honte à l'idée que ma mère, du haut de son balcon au paradis, la plus *select* des communautés fermées, puisse me voir.

Face contre terre dans cette cave, je me revoyais le jour de mon retour dans mon village et au cimetière où ma mère était enterrée. Je m'étais mis à genoux et j'avais touché son nom. Au moins elle en avait un. Sur ma stèle, si tant est que j'en aie une un jour, figurerait probablement VO DANH. En voyant son nom et ses dates de naissance et de mort, gravés dans une encre vermeille qui s'effaçait comme la mémoire elle-même, je me retrouvai sur un radeau emporté par un torrent d'amour réprimé, endigué. Je m'arrêtai enfin de pleurer. Appuyé contre une solide poutrelle de fureur meurtrière, je séchai mes yeux et contemplai le souvenir profané de ma mère. Sa tombe était située en bordure marécageuse du cimetière, exilée dans la mort comme elle l'avait été dans la vie. Elle avait porté sa croix, celle d'être ma mère célibataire, méprisée par une famille et des villageois qui ignoraient que mon père

était leur curé. Elle l'avait protégé au nom d'une foi catholique mal placée dans la bonté et la générosité, que ce même prêtre avait instillée en elle. Et pour sa foi en Dieu et en lui, elle fut reléguée dans la mort loin de toutes les autres tombes, loin des honorables morts et de leurs honorables survivants qui ne supportaient pas d'être près d'elle, elle la plus honnête d'entre tous, entièrement dénuée de cette hypocrisie essentielle à quiconque jouit d'un tant soit peu de respectabilité.

Je retournai dans la hutte où j'avais vécu avec ma mère, le seul foyer où j'aie connu un peu d'amour, et j'y mis le feu en approchant un briquet Zippo de ses chaumes secs. Les voisins sortirent de chez eux et regardèrent avec moi la hutte devenir le bûcher de mes souvenirs, que j'espérais voir, eux aussi, réduits en cendres. Mes voisins ne disaient rien, et ils avaient bien raison. Auraient-ils ouvert la bouche que je me serais peut-être servi de mon pistolet américain selon l'usage qui lui avait été destiné au début du XXe siècle, à savoir l'assassinat des indigènes, du moins d'après ce que m'avait enseigné mon mentor, Claude. Il avait prouvé sa valeur d'abord dans la pacification des Philippines, mais il se révélait maintenant tout aussi utile dans notre pays. Claude m'avait également offert le Zippo, personnellement dédicacé. Tu vois ça ? avait-il dit en soulignant les mots avec son index. Ça reste entre nous, mais c'est la devise officieuse de la CIA :

BAISE-LES AVANT QU'ILS NOUS BAISENT

Je dis ça tous les soirs avant de me coucher, ajouta-t-il. Avec un petit clin d'œil, il posa le briquet dans ma paume.

Paroles sages, dis-je. Paroles sages.

Une fois la hutte transformée en feu de camp, je marchai jusqu'à la petite église de campagne dont mon père, miraculeusement, était toujours le curé. Sa survie relevait du miracle non pas à cause de son âge avancé – il avait dépassé les soixante-dix ans –, mais parce qu'il était blanc, français et catholique, à une époque où tous ces éléments faisaient de lui une cible de choix pour un assassinat par les révolutionnaires locaux. Il me reçut dans son bureau, que je ne connaissais pas, puisque je n'avais vu cet homme que dans trois endroits : la salle de classe de l'école catholique, où il avait été mon maître ; l'église, où je ne le regardais que de loin ; et le confessionnal, où je ne voyais que sa silhouette derrière la grille. Cette ombre voûtée, ce fut aussi ce que sa meurtrière vit quelques secondes avant de le transformer en fantôme.

C'est toi le chef, maintenant, dit mon père. Il s'exprimait dans le même français lent, soigné et patient qu'il employait avec les élèves et les paysans. C'étaient les premiers mots qu'il m'adressait depuis le jour où j'avais quitté sa classe, à la fois son meilleur élève et sa pire angoisse. Depuis, nous n'avions communiqué qu'une seule fois, quand il m'avait écrit aux États-Unis pour m'annoncer la mort de ma mère. Il n'avait pas cité mon nom, hormis au-dessus de l'adresse. De même, cette fois non plus il ne prononça pas mon nom. Il ne l'avait fait qu'au moment de l'appel. En dehors de cela, il ne m'appelait rien du tout, sauf « tu ».

Je suis allé au cimetière, répondis-je dans le même vietnamien lent, soigné et patient que j'employais avec les Français et les Américains croyant connaître le vietnamien, ce qui était le cas de mon père après des décennies passées ici. J'ai vu la tombe de Mère.

Derrière son bureau jonché de copies d'élèves, il ne dit rien.

Merci de lui avoir fabriqué cette stèle. C'était la moindre des choses.

Silence. Il ne dit rien jusqu'à la fin de notre conversation, qui fut en réalité mon monologue. Pas plus qu'il ne baissa les yeux, fixés sur les miens en une attitude de défi, ou de mépris, ou de fierté, ou de regret, ou d'amour inexprimé. Comment savoir ?

Voilà de quoi rembourser la stèle, lui dis-je en jetant une enveloppe sur le bureau. Je n'avais pas d'argent quand j'étais élève. Maintenant, j'en ai un peu. C'est moi qui dois payer sa stèle, pas toi.

Toujours rien. Il jouait devant moi le silence de son patron, le parrain des parrains, le Boss en personne, Dieu. C'était le silence que mon père rencontrait chaque jour pendant ses prières, le silence que des centaines de millions de personnes entendaient chaque jour en suppliant Dieu de leur dire quelque chose, n'importe quoi. Il ne disait rien, ce qui ne décourageait aucunement Ses légions d'adorateurs. Pour quelqu'un qui ne disait jamais rien, Dieu parlait à beaucoup de monde.

Pourquoi est-ce ma mère qui n'est plus là et pas toi ? demandai-je, me levant pour partir. Et le fait qu'elle soit morte et que tu sois vivant – c'est bien la preuve que Dieu n'existe pas.

Je l'avais enfin titillé. Il finit par parler, les yeux allumés par l'inspiration de son prochain sermon. Ta chère mère croyait en Dieu de toute son âme, et désormais elle est vivante au Ciel car Dieu l'a sauvée, dit-il. Rien n'est donc sacré pour toi ?

Rien n'est sacré ? J'éclatai de rire. Puis je répondis, J'aimerais que tu sois mort à sa place.

Mes mots rappelaient ceux que, de Californie, j'avais écrits à Man après avoir appris, par la lettre de mon père, la mort et l'enterrement de ma mère : *J'aimerais qu'il soit mort*. Ils présageaient ce qui arriverait un mois après cette rencontre avec mon père, le jour où la tueuse, se faisant passer pour une pénitente agenouillée dans son confessionnal, lui tirerait une balle en pleine tempe, ce que son cerveau agonisant comprendrait peut-être comme l'éclair et le coup de tonnerre qui étaient, enfin, la vraie Parole de Dieu, prononcée par Dieu Lui-même. Des années plus tard, lors de notre tête-à-tête au camp de rééducation, quand Man ouvrit mon crâne à l'aide d'un ouvre-boîte et caressa mon cerveau, il m'annonça que c'était lui qui avait fait exaucer mon vœu mortel. Il n'était pas mon meilleur ami et mon frère de sang pour rien. Me prenant au mot, il avait dépêché l'agente communiste pour transformer mes paroles en actes, et elle avait dégoté la meurtrière, une fille de seize ans dont le grand-père avait été tué par les Français, le père par les Américains et le frère par les républicains. Qui a dit que les mots ne pouvaient pas tuer ? Mais je n'avais pas eu conscience du pouvoir de mes mots, ou du moins c'est ce que je m'étais dit. À présent je le connaissais, ce pouvoir, même si je savais aussi que la seule chose plus puissante que les mots était le silence.

10

Le tintement dans ma tête me rappelait la cloche de l'église de mon père. Par un effet boomerang, le son de cette cloche importée de France revenait jusqu'à mes oreilles, des années plus tard, au fond de cette cave française humide et obscure. Il me semblait également avoir entendu mon père me parler, et le mot qu'il prononçait se former au milieu de l'écho dans ma cloche fêlée : *Toi !* Quelqu'un était en train de sonner ma cloche, c'est-à-dire de me donner des gifles. Chaque claque enflammait l'intérieur de mes paupières closes et les arrosait d'étincelles jaunes et rouges.

HÉ !

TOI !

Ce toi qui était moi ouvrit les yeux. Je n'étais pas dans la hutte de ma mère. Je n'étais pas dans mon village. Je n'étais pas dans l'église de mon père. J'étais toujours sur ce sol de cave mouillé, et la main qui me giflait n'appartenait pas à Dieu, mais à un des deux sbires. Moche. Ou peut-être Très Moche.

Ça l'a fait revenir à lui, dit Mona Lisa, accroupi à mes côtés. Il est réveillé. Il a retrouvé des couleurs.

Pourquoi est-ce que tu ne te défends pas ? demanda le sbire qui était en train de me gifler. Mes yeux firent le point. C'était bien Moche. Ce n'est pas drôle si on ne peut pas te torturer.

Qu'est-ce qu'on s'ennuie, dit Très Moche.

On ne pourrait pas le tuer, là ? demanda Moche.

Vos gueules ! s'écria Beatles. Il faisait les cent pas derrière Mona Lisa. Espèces de petites feignasses de merde. Vous êtes infoutus de tabasser quelqu'un sans vous plaindre.

OK, répondit Moche. Très bien. Mais j'ai mal aux orteils.

Il faut croire que frapper quelqu'un avec tes baskets n'était pas une bonne idée, dit Beatles. Mets des bottes.

Moche soupira et se releva, vraisemblablement pour me redonner des coups de pied. Mais au moment où il armait sa jambe, Mona Lisa leva la main.

J'ai une idée, dit-il. Il s'agenouilla devant moi et, pour la première fois, je remarquai qu'il portait mes chaussures Bruno Magli. Il remarqua que j'avais remarqué et dit, Ces très belles chaussures, sur toi, c'est du gâchis. Allez, est-ce que tu es prêt à jouer à un jeu ?

Je ne préfère pas, dis-je. Mais soit je ne le dis pas, soit je le dis si bas que je fus le seul à l'entendre, soit je le dis et personne n'écouta, car tout le monde m'ignora. Mona Lisa dégaina un revolver, le braqua sur moi et, lentement, le rapprocha jusqu'à ce que la bouche touche mon front. Il éloigna le revolver, ouvrit le barillet, fit sortir six balles et les réceptionna sur sa paume.

Regarde, dit-il.

J'étais incapable de regarder autre chose.

Il laissa tomber une balle sur le sol en ciment. Avec un bruit métallique, elle rebondit juste devant mon nez.

C'est tellement petit, me chuchota à l'oreille l'adjudant glouton. Mais c'est assez gros pour t'écrabouiller le crâne. Je suis bien placé pour le savoir, non ?

Je suis désolé, dis-je à l'adjudant glouton. Je suis vraiment désolé.

Tu peux être désolé, dit Mona Lisa avant de laisser tomber une deuxième balle. Celle-ci rebondit dans une direction différente et se retrouva à côté de mon œil. Mais tu vas l'être encore plus.

Et moi, où sont mes excuses ? chuchota Sonny dans mon autre oreille au moment où tombait la troisième balle. Dans mon cas, c'est toi qui as appuyé sur la détente. J'aurais aimé que tu sois meilleur tireur et que tu me tues d'une seule balle, au lieu des six que tu m'as envoyées.

Je suis désolé, dis-je à Sonny. Je suis vraiment désolé.

C'est bon, on a compris, dit Mona Lisa en lâchant la quatrième balle. Tu peux dire tout ce que tu veux, ce n'est pas en étant désolé que tu vas sauver ta peau.

Il fit tomber la cinquième balle, au ralenti, et pendant sa chute je pus l'étudier dans toute sa splendeur. Cette petite merveille était enrobée d'un cuivre qui reflétait la lumière, si bien qu'elle sembla me faire un clin d'œil en tombant, aussi gracieuse qu'un plongeur olympique. Son extrémité était orange terne. J'étais certain qu'il s'agissait d'une balle à pointe molle, terme paradoxal puisque le but en était précisément d'infliger de gros dégâts au moment où la tête se déformait à l'impact, en l'occurrence avec moi et moi-même. Lorsque cette cinquième balle toucha enfin le sol et rebondit,

je me demandai pourquoi je ne m'étais jamais excusé auprès de ces deux hommes que j'avais tués.

On s'est aussi posé la question, dirent-ils.

Je ne pensais pas que vous attendiez des excuses de ma part, dis-je.

Mais bien sûr qu'on attend des excuses de ta part, dit Mona Lisa, qui tenait la sixième balle entre le pouce et l'index. Ça ne changera rien pour toi, mais il est de bon ton de s'excuser quand on a déconné. Surtout quand on a déconné autant que toi. Tu te rends bien compte que tu es dans la merde jusqu'au cou, non ?

Il plaça la balle au-dessus d'une des chambres du barillet et la laissa en suspens. Puis il l'introduisit lentement dans la chambre qui l'attendait. J'eus tout le temps d'observer la balle avec mon nom dessus. C'était une expression que m'avait enseignée Claude. Tu ne peux pas esquiver une balle avec ton nom dessus, disait-il. Dans ce cas précis, il n'y avait en réalité aucun nom sur la balle, ce qui pour moi, VO DANH, était parfait. Me rebaptiser ANONYME, ç'avait été ma petite blague aux dépens de la bureaucratie française, car si on ne pouvait même pas rire de la bureaucratie, on risquait de s'écrouler et de mourir d'ennui, sort infiniment plus enviable que celui qui m'attendait.

Tout le temps infini où Mona Lisa avait fait tomber ses balles, je n'avais pas cligné des yeux. Maintenant qu'ils étaient secs, je fus bien obligé de les cligner, et en un clin d'œil Mona Lisa referma le barillet, scellant mon destin. Il le fit tourner une, deux, trois fois.

Les Vietnamiens, vous aimez jouer à la roulette russe, pas vrai ? dit-il. J'ai vu ça dans un film. Tu es prêt à nous montrer tes talents ?

Je suis désolé, je suis désolé, je suis désolé, dis-je en sanglotant.

Trop tard, dit Mona Lisa. Redresse-toi.

Redresse-toi, me dis-je à moi-même, mais moi-même était introuvable. J'étais paralysé, même après que Beatles m'eut donné encore quelques gifles. Il fallut que Moche et Très Moche me soulèvent par les bras et me posent sur un canapé.

J'ai été très patient avec toi, ajouta Mona Lisa. Il mit le revolver dans ma main. Alors maintenant, tu joues. Sinon, on te rendra les choses encore plus pénibles.

Un scénario perdant à tous les coups : quoi de plus normal pour un homme aux deux visages et aux deux esprits ? Qu'importe où retombait la pièce, pile ou face, l'issue serait mauvaise. En théorie, cela rendait le choix plus simple qu'un scénario « gagnant-perdant », puisqu'il n'y avait aucun moyen d'influer sur le résultat. N'empêche, personne d'un tant soit peu sensé ne jouerait à la roulette russe.

Toi ! Beatles me gifla tellement fort que je vis double. *Hé, toi !* Tu vas jouer le jeu ?

Je n'étais pas assez fou pour jouer le jeu ! Mais TOI tu l'étais, espèce de Bâtard Fou. Je t'ai vu prendre le revolver avec ma main, au ralenti. Très mollement, tu as soulevé le revolver et tu as vu que Moche et Très Moche avaient chacun le leur braqué sur toi, c'est-à-dire également sur moi, au cas où tu serais tenté par l'héroïsme théâtral. Mais tu n'as jamais été un héros. Tu as toujours été un survivant et un croyant qui voulait sincèrement faire ce qu'il fallait faire. Et ce qu'il fallait faire, à présent, c'était en finir le plus vite possible. Dans un scénario perdant à tous les coups, quel intérêt y a-t-il à faire traîner les choses ?

Clic !

Je n'y crois pas ! TU l'as fait ! TU as appuyé sur la détente ! Le monde entier sombra dans le silence après

le déclic du percuteur. Mona Lisa était en train de dire quelque chose, mais alors que sa bouche remuait, nous n'entendions rien, sauf le mouvement des engrenages dans notre tête, tournant à vide puisqu'il manquait un boulon. Les chances étaient de ton côté, une sur six, ou, vu sous un autre angle, cinq contre une. Les maths n'ont jamais été ton fort, depuis le jour où TU es né en tant que moitié d'un homme dont l'autre moitié était MOI. L'histoire était la matière qui t'intéressait, et ici l'histoire fait obstacle à l'humanité. Toi et ces truands, qui sont les fils de mères peut-être comme la tienne et la mienne, avez été amenés ici, à cet instant précis, par l'histoire. Et par quelques très mauvais choix.

Bien que tu partages avec Moche, Très Moche et Beatles une prédilection pour les mauvais choix, tu as du mal à avoir de l'empathie pour eux, car à en juger par les mouvements de leur bouche et leur expression, ils ont l'air de hurler de rire, comme les pirates quand ils s'étaient approchés de ton bateau. J'avais oublié cet épisode, ou du moins essayé de ne pas y repenser. Mon talent est la compassion, pas la mémoire. Je ressens même de la compassion pour ces truands qui parient sur la balle qui va nous flinguer. Pourtant, la mémoire doit être ton talent. Tu n'as pas oublié. Ta vie nous attend toujours, TOI et MOI, et tes souvenirs sont chargés, prêts à me faire sauter la cervelle. La plupart du temps, dans ce jeu de mémoire démoniaque, le canon est vide. La plupart du temps.

Clic !

TU as recommencé ! TU as appuyé sur la détente ! Maintenant je commence à être un peu nerveux. À peu près aussi nerveux que le jour où nous avions tous compris qu'enfin, enfin, un bateau s'était arrêté pour nous en pleine mer, mais qu'hélas, hélas, c'étaient

des pirates. Nous étions encore tout ébahis d'avoir survécu à la tempête de la veille lorsque les pirates se hissèrent à bord, empestant la vieille sueur, le mauvais alcool et les pires intentions, armés de couteaux, de barres de fer, de chaînes, de haches et de quelques AK-47, pour faire bonne mesure. Tu ne doutes pas qu'il existe des tas de Thaïlandais gentils et bien élevés, mais tel fut le malencontreux échantillon que nous rencontrâmes. Les femmes à bord hurlaient pendant que les pirates leur arrachaient, à elles comme aux autres, tout ce qui avait un peu de valeur. Puis elles se préparèrent à être déshabillées par les pirates, qui en un sens étaient des cousins éloignés de ces truands qui t'entourent, qui te tâtent et te bousculent, qui te demandent quelque chose que tu n'entends pas, et, puisque tu ne réagis pas, te giflent, une, deux, trois fois. Oh, que je suis content de ne pas être TOI !

Bien sûr, les choses ne se terminèrent pas si mal sur le bateau. Pour nous, tout du moins. Ou pour les femmes. Comment savoir que ces pirates étaient d'un genre très particulier ? Tout le monde avait entendu parler des filles et des femmes enlevées et violées sur ces bateaux de réfugiés. En revanche, personne n'avait jamais entendu parler de *ça* : une bande de pirates rustres qui ne s'intéressaient pas aux jeunes filles nubiles tremblant sous leurs chemisiers fins, faisant tout pour se ratatiner et s'enlaidir. Je ne vous laisserai pas prendre ma sœur ! s'était écrié un noble jeune homme à côté de toi. Vous devrez d'abord me tuer ! Oh, comme ces pirates avaient ri ! Ils s'étaient pliés en deux en se donnant de grandes tapes dans le dos ! Ils nous avaient crié dessus dans leur langue, qu'aucun d'entre nous ne comprenait ! Mais le sens nous était soudain apparu quand le plus maigre des pirates s'était

avancé vers le jeune homme et, ne prêtant aucune attention à son adolescente de sœur, avait fait glisser un doigt grotesque sur ses lèvres gercées, puis l'avait saisi par les cheveux et l'avait traîné, *lui*, et non sa sœur, jusqu'à l'autre bateau.

Panique ! Pandémonium ! Chaos ! Personne n'en croyait ses yeux. Les pirates aux regards lubriques avaient attrapé encore quelques-uns parmi les jeunes hommes et garçons les plus maigres, les plus imberbes. Que faisaient ces monstres ? Les emmenaient-ils pour en faire de futurs pirates ? Les enlevaient-ils pour les revendre comme esclaves ? Se pouvait-il que – se pouvait-il – non –

CLIC !

Toi – *arrête* ! Tout de suite. Arrête de pleurer et d'appuyer sur la détente, nom de Dieu ! Tu es hystérique ! Moi non plus je ne suis pas très en forme, il faut bien le reconnaître. Qu'est-ce que ça peut faire si Beatles te hurle dessus et te gifle ? Il faut que tu cesses d'être l'hystérique de l'histoire ! Quid de ta mère et de ton père, de ta naissance, de ton statut de bâtard, de ta vie clandestine d'espion, de la guerre, du camp de rééducation, de l'homme sans visage, du bateau de réfugiés, de ta laideur, si grande qu'il a fallu un simple coup d'œil au capitaine des pirates pour qu'il dise, dans ce mauvais anglais certainement appris auprès des soldats américains qui allaient en permission dans son pays, pendant ta guerre, pour tirer des coups de premier choix à un prix modique, Tu as une sale gueule !

Eh bien il n'avait pas tort, si ? Bien sûr que TU avais une sale gueule, après avoir été digéré par les intestins tortueux de l'enfer. Et moi, à ton avis, à quoi je res-

semblais ? Tu as dit un jour que ton foie était la partie de ton corps la plus mal en point. Rectificatif : c'est moi, la partie la plus mal en point ! Même si, stricto sensu, en tant que ta conscience et ta part consciente, je n'appartiens pas à ton corps. Mais comment savoir où s'arrête ton corps et où commence ton esprit, ou mon esprit ? Voici ce que je sais : passe à autre chose ! Tourne la page ! Oublie ! Le passé, c'est le passé, l'avenir dure longtemps, le présent est toujours là et néanmoins disparu. J'ai donc besoin que tu éprouves de la compassion pour moi, c'est-à-dire que TU –

CLIC !

NON ! Tu es fou ? Attends, je corrige. Oui, tu *es* fou ! Pour de bonnes raisons, peut-être, mais ce n'est pas une excuse. Ça fait quatre tentatives et il reste deux chambres. On joue avec le feu. Permets-moi d'être la voix de la raison. Je t'encourage à leur donner ce qu'ils veulent. Ils veulent simplement savoir où est le Boss. Ce n'est pas parce que tu balances le Boss que tu balances Bon –

CLIC !

Bordel ! Putain ! Qui t'a dit de faire ça, gros bâtard de fou ? Tu n'écoutes pas ce que je te dis ? Moi aussi je suis concerné, enculé !

OK, d'accord, pardon pour le coup de sang, mais maintenant que nous avons clarifié les choses, le choix semble évident, absolument évident même, calmons-nous, arrête de trembler, repose ce revolver, peu

importe ce que Sonny et l'adjudant glouton sont en train de te raconter à propos de ce pistolet que tu tiens dans ta main et qui ressemble à celui dont s'est servi Bon pour tuer l'adjudant glouton, ils sont par définition de parti pris, parce qu'ils adoreraient te voir mort, alors ne les écoute pas, TU dois comprendre que même si tu as connu l'enfer, et que tu es fou, et que tu as une sale gueule, ce n'est pas pour autant que tu ne peux pas avoir une belle vie, tu es encore jeune, à peine d'âge mûr si on part du principe que nous vivrons vieux, et pourquoi pas, l'avenir nous sourit, tu dois simplement surmonter ce petit passage délicat, Bon peut se débrouiller tout seul. Arrête de rire ! Pourquoi est-ce que tu ris ? Ce n'est pas une blague ! Ne –

CLIC !

HẾT

FIN

THE END

TROISIÈME PARTIE

Je

11

J'étais fini.

Vraiment ?

J'étais cuit.

Vraiment ?

C'était terminé.

Ou peut-être pas…

Qui était en train de rire ?

Ce n'était pas moi.

C'était TOI !

Non ?

TU ne pouvais pas être en train de rire *avec* MOI, puisque je ne riais pas. Cela signifiait que TU étais en train de rire de MOI. Pourquoi pas ? Je devais faire peine à voir. Je me regardais tenant le revolver dans ma main et me demandais comment il s'était retrouvé là, puisque c'était TOI qui le tenais. Tout tanguait tellement que je ne savais pas si c'était ma main qui tremblait ou mes yeux qui gigotaient dans mon crâne. *Nous vivrons !* C'était ça, la chute de la blague, n'est-ce pas ? Nous étions toujours l'arroseur arrosé, car Dieu était un bâtard. La blague avait dû être très drôle, parce que les truands, d'abord perplexes, étaient en train de rire. Mona Lisa avait, comme par magie, produit la sixième

balle, celle avec mon nom dessus, VO DANH. Pourtant, j'avais esquivé cette balle, non parce qu'il l'avait retirée du revolver avant la partie ou ne l'avait même jamais introduite dans la chambre, mais parce qu'il ne savait pas que VO DANH signifiait tout simplement « sans nom ». Et un homme sans nom ne pouvait pas être tué par une balle avec son nom dessus ! C'était lui, l'arroseur arrosé, pas moi !

Pourquoi est-ce qu'il rit ? demanda Moche.

Parce qu'il est fou, ce bâtard, dit Beatles.

Ça fait longtemps que tu travailles ce coup-là ? demanda Très Moche.

Depuis que j'ai vu ce film sur la guerre du Viêtnam, répondit Mona Lisa, qui sécha ses larmes en se relevant. Il faut que j'aille pisser. Avant de monter l'escalier, il me dit, par-dessus son épaule, J'aime bien ton petit air angoissé. Parce que je sais que c'est pour de vrai.

Allez, on remet ça, dit Moche.

Et *toi*, tu as envie de remettre ça ? dit Beatles.

Peu importe, répondis-je – ou répondîmes-nous – en riant. Nous vivrons !

Quoi ? fit Beatles.

Nous vivrons, répétâmes-nous – ou répétai-je.

Mais il est vraiment fou, ce bâtard ! Qui est le Chinois ?

Je ris de plus belle, car je comprenais que ce surnom n'était pas, en fin de compte, une insulte. Non, non, non ! C'était une *blague*. Moi ! dis-je. *Je* suis le Chinois.

Toi ?

Oui, moi ! Nous sommes tous le Chinois !

Moche, Très Moche et Beatles échangèrent des regards sceptiques.

Tous autant que nous sommes ! Le type de l'épicerie

pan-asiatique qui vous prépare une nourriture asiatique qu'aucun Asiatique ne mangera jamais ; la fille à qui vous dites *ni hao !* et que vous insultez ensuite parce qu'elle pousse l'animosité jusqu'à ne pas répondre *ni hao !* quand bien même elle ne serait pas vraiment chinoise ; ceux dont vous n'arrivez pas à retenir les noms, ces noms que vous n'arrivez pas à prononcer ou à épeler correctement alors que vous les avez vus ou entendus mille fois ; ceux dont vous n'arrivez pas à déterminer l'origine et que vous appelez donc…

Tu es un emmerdeur…

… le Chinois ! Je suis le tristement célèbre criminel que vous appelez par ce nom et je suis le célèbre flic que vous appelez aussi par ce nom ; je suis celui que vous n'avez pas envie d'avoir pour voisin, mais si vous deviez avoir un voisin qui n'est pas blanc – même si c'est le genre de chose que vous ne remarquez pas, puisque vous êtes daltoniens –, alors je suis votre homme ; je suis celui que vous consultez quand vous voulez apprendre quelque chose de ma culture ; je suis celui qui n'est pas prêt à renoncer à sa culture ; je suis celui auquel vous demandez toujours d'où il vient, non, d'où il vient vraiment, même si cette question mériterait d'être posée à tout le monde, et que la seule réponse qui compte est que, comme vous, je viens de ma mère, mais si vous insistez pour me demander d'où je viens vraiment, même si nous sommes tous censés être pareils, même si nous sommes tous censés être français, même si certains de mes ancêtres sont morts en se battant pour vos armées dans vos guerres, même si mes parents sont nés ici, même si mes grands-parents sont nés ici, même si la réponse est que je viens d'ici, ou, dans mon cas exceptionnel, que je viens de l'enfer…

Qu'est-ce qu'il raconte, ce gros Bâtard Fou…

… alors je viens du seul, de l'unique Chinois…

Ce que j'allais dire ensuite, et dans quelle langue, je l'ai oublié, car je venais de m'apercevoir que j'avais prononcé mon discours dans un mélange de français, de vietnamien et d'anglais lorsque soudain la porte de l'escalier s'ouvrit violemment. Le Cao Boi descendit la rambarde sur les fesses, les yeux protégés par ses lunettes noires, un cure-dent à la bouche, un pistolet automatique dans chaque main – *pan ! pan ! pan !* –, et derrière lui se trouvait le Ronin, dans un costume croisé vert brillant, le col de sa chemise en soie ouvert jusqu'au ventre, armé d'un fusil à pompe – *pan ! pan ! pan !* –, suivi par Bon, accroupi en haut des marches et tenant une mitraillette sur son genou pour couvrir les autres – *pan ! pan ! pan !* –, et le bruit fut assourdissant dans la cave, les cris et les hurlements et les insultes n'aidant pas, et je tendis la main pour récupérer dans le cendrier la cigarette à peine allumée que fumait Beatles – *pan ! pan ! pan !* –, et pour moi qui avais été privé de ma drogue ce fut un délice, plaisir que ne gâchèrent même pas la chute de Beatles sur la table basse, projeté en arrière par l'impact de plusieurs balles, et la bouillie gélatineuse de sa cervelle, qui ressemblait à toutes les cervelles que j'avais vues, car nous sommes tous humains, alors pourquoi ne pas tout simplement nous donner la main – *pan ! pan ! pan !* –, et je regardai ses yeux sans vie, la tasse à moitié pleine de sa tête fracassée posée sur le bord de la table basse, à côté de mon genou, et je pleurai sur son sort parce que si j'avais été lui, né à sa place, vivant sa vie, j'aurais pu faire les mêmes choses abominables qu'il avait faites, même à moi – *pan ! pan ! pan !* –, et Moche et Très Moche pissaient le sang, eux aussi, un

sang ni blanc ni jaune ni noir ni marron mais rouge, d'un rouge profond, violet même, et qu'importe notre apparence extérieure, nous nous ressemblons tous une fois retournés comme des gants, et quelque part, bientôt, leurs mères s'inquiéteraient de ne pas les voir rentrer, et leur inquiétude ne cesserait jamais, elle leur collerait à la peau, et elles sentiraient toujours la présence laconique de leurs fantômes de fils, qu'elles retrouveraient enfin dans l'au-delà, après l'instant doux-amer de leur propre mort, celle qu'elles redoutaient et désiraient tout autant, puisque la mort serait le seul billet pour les retrouvailles avec leurs êtres chers – *pan ! pan ! pan !* –, et si Moche et Très Moche n'étaient pas encore morts, ils le furent après que le Ronin eut sorti un revolver de sous sa veste et donné à chacun le coup de grâce. *Pan ! Pan ! Pan !*

Quelle rigolade, dit le Ronin avec une grande satisfaction, en français, et cette fois je ne trouvai pas le français du tout charmant.

Putain, Camus, tu as une sale gueule, dit Le Cao Boi.

J'ai déjà entendu cette phrase, marmonnai-je.

J'ai l'impression qu'on est arrivés juste à temps, dit le Ronin.

Je suis désolé, intervint Bon. Tu as failli te faire tuer à cause de nous.

Il fit passer la lanière de sa mitraillette autour de son cou et me souleva du canapé. J'étais toujours nu, et le Ronin, avec un regard admiratif, me dit, Tu en as une plutôt grosse, pour un Asiatique, mais j'imagine que c'est grâce à ton père français, et Le Cao Boi dit, J'en ai vu des plus grosses, la mienne par exemple, et Bon dit, Vos gueules, à cause de vous deux il a failli se faire tuer, et je dis, Où est le quatrième type ? Ils se regardèrent tous et dirent, Merde !

Ils ne retrouvèrent pas Mona Lisa, ni eux ni le trio de nains qui descendit l'escalier pour procéder au nettoyage, les écouteurs de leurs Walkman Sony sur les oreilles, traînant des sacs-poubelle, des bidons d'eau de Javel et ce que je crus être des scies à main mais que je sus plus tard être – soyons précis – des scies à os. Les toilettes étaient situées au rez-de-chaussée, et Mona Lisa avait dû s'y cacher en entendant les coups de feu, puis s'enfuir après le passage des nains. Il avait disparu parmi les entrepôts, où il n'y avait personne à cette heure de la nuit. Bon m'aida à me rhabiller et m'installa sur la banquette arrière de la voiture aryenne du Ronin, dont le cuir épais, texturé et luxueux, autrefois propriété d'un animal doué de sensibilité, me berça. Tandis que Bon s'asseyait à côté de moi, Le Cao Boi tripota l'autoradio et le Ronin prit le volant. Donne-lui de la bonne, dit ce dernier. De la meilleure.

La meilleure se trouvait dans la boîte à gants : une bouteille d'un cognac si raffiné que je me sentis coupable de le boire au goulot. Mais la culpabilité ne m'ayant jamais arrêté, je bus. La sensation de la bouteille sur mes lèvres contusionnées avidement ouvertes pour recevoir cette bénédiction me rappela les nombreuses fois où, au cours des heures, ou des jours, ou des années qui m'avaient vu prisonnier des truands, ils avaient introduit un entonnoir dans ma bouche récalcitrante et versé de l'eau dedans, m'enseignant qu'entre les choses de la vie et les choses de la mort il n'y avait qu'une différence de degré. En ce sens, se faire torturer, c'était comme aller à l'église. Au bout d'un moment, ni l'un ni l'autre n'enseignait rien de neuf. Le rituel et la répétition confirmaient seulement des connaissances déjà acquises mais menacées d'oubli, d'où le fait que

les tortionnaires exerçaient leur art non seulement avec des pinces, mais avec la même ardeur que les prêtres tel mon père, qui me torturait à sa manière subtile. La lueur chaude de l'aurore éclaira mon intérieur sombre, cette même lueur chaude de l'aurore que le Christ avait dû voir chaque jour qu'il survécut sur la croix.

Comment vous m'avez retrouvé ? demandai-je.

Je suis allé voir une diseuse de bonne aventure, répondit le Ronin. J'ai lu ton destin dans les étoiles. J'ai éventré une hyène et j'ai étudié ses viscères. Il me regarda dans le rétroviseur et m'adressa un clin d'œil. Je plaisante. J'ai appelé un copain, un vieux briscard de l'Indochine que j'ai connu à l'époque où il était dans le renseignement militaire. Il est toujours dans le renseignement. C'est dur de lâcher ce métier. Décolle la semelle de ta chaussure et tu découvriras le petit engin magique qu'il m'a donné, un mouchard radio pas plus grand que ton ongle de pouce. Fabriqué par les Japonais. Ils sont ingénieux, ces petits connards.

Vous auriez pu arriver un peu plus vite.

Les sauvetages de dernière minute sont plus marrants. En tout cas pour moi.

Tu aurais pu me prévenir, pour le mouchard.

Je ne voulais pas te donner de faux espoirs. Imagine s'il n'avait pas fonctionné ?

Eût-il été vraiment si terrible de nourrir quelques espoirs, même faux ? Je tendis la bouteille à Bon. Il fit non de la tête et serra fort mon genou. Il s'en voulait de m'avoir laissé tomber, je le sentais bien, mais il n'arrivait pas à l'exprimer, sinon en se disant désolé, exercice pour lequel il était plus doué que moi. Il m'avait fallu des années pour enfin dire à Sonny et à l'adjudant glouton que j'étais désolé. Mes excuses manquaient-elles d'enthousiasme ? Manquaient-elles

de conviction ? Au moins c'était un début. Quant à Bon, je ne parvins à prendre acte de sa peine et de ses regrets qu'en lui disant, Allez, ça va te faire du bien. Il finit par accepter la bouteille et nous bûmes jusqu'à sombrer dans une hébétude fraternelle, sur la banquette arrière, communiquant sans paroles à la manière des hommes, ou des animaux, ou des arbres.

Nous nous dirigions vers le Ciel, qui possédait son propre garage, où le débris répugnant que j'étais put être discrètement sorti et transféré à l'intérieur. Au Ciel, le jour et la nuit se confondaient. Tout le monde était réveillé et en train de passer un bon moment, à en croire les rires et les cris qui résonnaient dans la salle d'attente à l'étage. Tandis que Le Cao Boi y montait, le Ronin et Bon m'emmenèrent, au fond d'un couloir, dans la même chambre d'amis où j'avais passé ma semaine de convalescence. Assis là étaient le Boss et un médecin très chic, très bronzé, éminent personnage, à en juger par sa tenue décontractée, un pantalon et une chemise ajustée et finement tissée qui devait coûter plus cher que le plus beau de mes costumes. Il montra à l'égard du Ronin et du Boss un mélange de familiarité et de déférence ; il nous considéra, moi et mon état, sans paraître surpris. Le Ronin et le Boss auraient pu faire venir un médecin moins onéreux, de ceux qui travaillaient dans les endroits crasseux généralement réservés aux confrères de Le Cao Boi, où la confidentialité importait davantage que la compétence. Mais ce médecin-là était la version humaine de la voiture aryenne, c'est-à-dire le meilleur rapport qualité-prix.

Tu as parlé ? me demanda le Boss pendant que le médecin très chic et très bronzé examinait mon corps de nouveau nu. Le Ronin et Bon se tenaient debout,

j'étais allongé sur le lit où je n'avais ressenti aucun plaisir, le Boss s'était attribué l'unique chaise. Nabot était encore là, ce chanceux de petit salaud, et il avait laissé partout des sous-vêtements sales et des emballages de nourriture à emporter. L'état de la chambre ne s'arrangea pas lorsque, levant les yeux, je vis non seulement Sonny et l'adjudant glouton allongés au plafond, tout sourire, mais aussi Beatles, Moche et Très Moche, renfrognés, qui me regardaient méchamment et gesticulaient, inaccoutumés qu'ils étaient à être morts et soudain capables de défier les lois de la gravité et de la perception.

Est-ce que j'ai l'air de quelqu'un qui a parlé ? répondis-je. Je lui racontai la roulette russe. Je montrai le revolver non chargé que j'avais récupéré dans la main morte de Beatles, le seul petit souvenir que je souhaitais conserver de mon séjour chez les truands.

Bon tenait le revolver. Il dit, Si j'avais pu, j'aurais prolongé leurs souffrances. Ce qu'il ne dit pas, c'était qu'il m'avait sauvé la vie – il n'en avait pas besoin. Il n'a pas parlé, dit-il. Il se serait suicidé plutôt que de nous balancer.

Le Ronin siffla, admiratif. Donc en gros, il s'est suicidé. L'intention était là. La méthode était là. Simplement, il n'y avait pas de balle.

Le Boss prit des mains de Bon le revolver déchargé, ouvrit le barillet et le fit tourner en écoutant le cliquetis à la manière d'un perceur de coffre-fort qui guette le bruit des goupilles. Tu es vraiment phénoménal, dit-il. Il me parlait à moi, non au revolver. Beaucoup d'hommes ont affronté la mort à contrecœur. Beaucoup sont morts. Beaucoup ont survécu grâce à la chance. Mais rares sont ceux qui ont choisi de plein gré la mort. Et encore plus rares ceux qui ont survécu.

Désormais, je t'appellerai mon frère. Mon petit frère. Il se retourna vers le médecin. Alors ?

C'est vrai qu'il a une sale gueule, dit le médecin très chic et très bronzé, ce qui en français avait quelque chose de charmant. Mais il vivra.

Merci, docteur. On vous retrouvera à votre voiture.

Une fois le médecin parti, le Boss dit, Donc tu vivras. Il avait l'air sincèrement content. Il se leva et baissa les yeux vers moi pendant que je tenais le revolver qu'il m'avait redonné. Puis il se retourna pour foudroyer du regard Bon et le Ronin et dit, Tout comme cet enfoiré que vous avez laissé s'échapper.

Bon resta de marbre. Le Ronin répondit, Il a eu de la chance.

De la chance ? Les amateurs ont de la chance. Ou de la malchance. Je vous prenais tous les deux pour des professionnels. Vous n'aviez pas couvert les issues ?

Les nains attendaient dehors, expliqua le Ronin.

Alors pourquoi ils ne l'ont pas attrapé ?

Il y avait une petite fenêtre dans les toilettes. Il a dû entendre les coups de feu.

Il a été assez intelligent pour sortir par la fenêtre, mais vous ne l'avez pas été assez pour poster quelqu'un devant cette fenêtre.

On a commis une erreur, dit Bon. On la réparera.

Vous avez intérêt, dit le Boss. Mais quand même, il est trop tard. Il est parti chercher ses amis. Maintenant on a un témoin sur les bras. Je déteste les témoins.

Concrètement, il n'a rien vu du tout, dit le Ronin. Il était dans les toilettes…

Ferme ta gueule ! cria le Boss.

Ça arrive de faire des erreurs, dit le Ronin. Tu n'en as jamais fait, toi ? Tu n'as jamais été malchanceux ? Ne dis rien. Je connais la réponse.

Je gémis doucement malgré moi, donnant un prétexte au Boss pour se détourner du Ronin et me regarder. Tu es comme moi, déclara-t-il. Et Bon. Et Le Cao Boi. Et le Ronin. Tous nous avons choisi la mort, et tous nous avons survécu. Maintenant, tu es l'un des nôtres.

Le choc se dissipa, et je commençais à me sentir aussi mal que j'en avais l'air. Cette fois, je ne restai pas au Ciel, mais fus conduit par le médecin très chic et très bronzé jusqu'à une clinique, à une heure de Paris, réservée à ceux qui possédaient encore une très belle fortune après le passage du fisc français. J'eus droit à une chambre individuelle et confortable, et non à un simple lit dans une salle d'hôpital. Mon peignoir était un nuage de coton blanc douillet, ma télévision captait parfaitement, mes infirmières blanches étaient polies et professionnelles, mon alimentation était surveillée, ma nourriture était excellente, mes murs étaient en pierre épaisse, et j'avais vue sur des champs de foin et la campagne de la fin d'automne. Je pouvais barboter dans la baignoire, suer au sauna, arpenter le jardin. J'étais le seul non-Blanc de la maison de repos, un ancien petit château. Je restais dans mon coin.

À peu près toutes les semaines, le médecin très chic et très bronzé passait pour voir comment je me rétablissais. Il m'apportait des livres, des magazines, des bouteilles de vin et de cognac, des paquets de haschich et des fioles du remède, qu'il désapprouvait, mais il n'avait pas son mot à dire : c'étaient des cadeaux du Ronin, de ceux qu'on ne peut refuser. Hormis les visites quotidiennes des infirmières et des soignants, et ces apparitions occasionnelles du médecin, on me laissait tranquille. Je prenais mes repas dans ma chambre, je me promenais seul, d'abord avec

l'aide d'un déambulateur, puis d'une canne, enfin sur mes deux jambes. Tout était si paisible qu'en général je n'entendais que le chant des oiseaux. J'avais déjà connu le Ciel, mais ici c'était le Paradis. Lors de mes immenses plages de temps libre, je m'appliquais entièrement à peaufiner mon français en regardant la télévision française, en écoutant de la musique française, en lisant les livres et les magazines que m'apportait le médecin, à ma demande, et en me lançant dans *Peau noire, masques blancs*, de Fanon. Lorsque je l'interrogeai sur la facture, le médecin me dit, C'est votre patron qui s'en charge. Je compris alors que j'avais décroché mon brevet, que j'avais touché le fond puis rebondi. Je ressortais des égouts avec une sale gueule mais de l'air dans les poumons. J'étais vivant.

Je comprenais désormais que, face à la mort, nous n'avions rien à craindre. N'était-ce pas là ce qu'enseignaient les grandes religions ? Ou ce qu'elles devraient enseigner ? Tel le Christ, j'étais mort et ressuscité, et j'avais appris que craindre la mort était inutile, tant que l'on avait vécu une vie accomplie et pleine de sens. C'était mon cas, même si d'aucuns pouvaient trouver ma vie futile et vide de sens. Savoir si sa vie vaut d'avoir été vécue, voilà néanmoins une question à laquelle ne peuvent répondre que Dieu et soi-même. Et comme Dieu n'existe pas, il ne reste plus que soi-même. Avant de me coucher, je n'invoquais pas un dieu inexistant, mais répétais les derniers mots de *Peau noire, masques blancs* : « Ma dernière prière : Ô mon corps, fais de moi toujours un homme qui interroge ! »

Le cognac, le haschich et le remède m'aidèrent tous à guérir. Je me les administrais selon un régime que l'on pourrait décrire ainsi : prenez ce que vous voulez dès que vous en avez envie. Et j'en avais très envie.

De manière générale, mon régime à base de médications non médicales isolait mon esprit de mon corps et de la douleur qu'il éprouvait, physique comme psychologique. Et si le remède ralentissait ma lecture du français, mon aisance à l'oral et ma sociabilité s'en trouvaient améliorées. Sous son effet, je parlais au médecin, aux infirmières et, les rares fois où je les croisais, aux autres patients, qui me toléraient comme leur Chinois bien à eux. J'étais ce type ou cette fille, l'Asiatique solitaire au milieu d'une masse de gens (blancs), la petite tache jaune inquiète sur une toile blanche, qui prouvait combien tous ces gens étaient progressistes et tolérants, poussant le raffinement jusqu'à manger leur riz avec des baguettes. *N'y a-t-il pas toujours eu un Chinois*, écrivis-je à ma tante, *sauf quand il y avait une Chinoise ?*

Quelques semaines plus tard, ce fut l'hiver. Je lisais les journaux tous les jours, soulagé de n'y voir aucune mention d'un massacre commis dans un entrepôt. Les nains s'étaient débarrassés des preuves et avaient nettoyé les lieux. Même dans notre criminalité, nous autres, Asiatiques, restions discrets et polis. Nous ôtions nos chaussures en entrant dans une maison et nous nous débarrassions des cadavres démembrés sans un mot, sans une tache et sans un bruit. Si seulement il était possible de chasser de sa conscience et de sa mémoire l'image de ces cadavres démembrés ! Tous les pays, sans exception, se débarrassaient sans cesse des cadavres démembrés. Comment nous supporter, autrement, sans les charniers de notre oubli ?

Finalement, le médecin très chic et très bronzé me déclara guéri. Pourtant, mon état démentait son diagnostic. Certes je ne ressentais rien, à l'intérieur

comme à l'extérieur, mais n'était-ce pas un problème ? Et quand je n'étais pas engourdi, pourquoi avais-je constamment besoin du remède ? La réponse était sans doute que, même si TU ne m'avais pas tiré une vraie balle dans la cervelle, TU avais tiré une balle invisible dans mon esprit. Pour la plupart des gens, le résultat était à tout coup désastreux. Mais j'avais survécu à bien plus de choses que la plupart des gens, et rien, jusqu'à présent, ne m'avait tué. Je n'étais plus un homme, au sens conventionnel du terme, mais un surhomme. J'étais le Bâtard Fou. En traversant ma tête, la balle invisible ne l'avait pas fait exploser, mais l'avait plus ou moins remise en place. Toi et moi, moi et moi-même, enfin réunis. Ou, pour le dire autrement, moi et moi-même formions ensemble la réponse à la plus importante de toutes les questions, la plus universelle, celle que nous nous sommes tous posée un jour ou l'autre, ou que nous avons tous posée aux autres, du moins dans notre tête :

POUR QUI

EST-CE QUE

TU TE PRENDS ?

Le calme qui s'empara de moi au Paradis me rappelait celui qui s'était emparé du bateau après que nous avions bravé la tempête furieuse. On n'entendait que le clapotis des vagues contre la coque et les pleurs des survivants. Dieu merci ! dit le prêtre. Dieu merci ! Nous avons bravé la tempête et nous avons vécu ! Le pire est derrière nous ! Le prêtre, bien entendu,

se trompait. Le lendemain, nous allions rencontrer les joyeux pirates.

En pensant à ce prêtre et à ses illusions face au divin, je me dégoûtais moi-même. Quel était mon problème, bordel ? Pourquoi avais-je pris le remède ? Je possédais plusieurs paquets en plastique, grands comme des sachets de thé, qui contenaient chacun de la poudre blanche. Autant de petits billets pour la Lune, aller et malheureusement retour. On pouvait se duper en croyant toucher la face de Dieu au plus fort du voyage, quand en réalité on ne touchait rien du tout. Le remède était une religion comme les autres, créée par les hommes, or moi j'étais athée. Je ne deviendrais pas un drogué, à l'instar de tous ces milliards de zélotes pour qui la religion était l'opium des masses – ou était-ce l'opium qui était la religion des masses ? Je lacérai donc le premier paquet et vidai la poudre dans la cuvette des toilettes. Puis je tirai la chasse.

J'en avais fini avec le troisième paquet et m'apprêtais à éventrer le quatrième lorsque soudain j'entendis la voix du haschich. *Tu as perdu la tête ?* Je m'arrêtai. Eh bien, oui, j'avais peut-être perdu la tête, du moins une d'entre elles. *C'est de la très bonne came que tu es en train de jeter aux toilettes !* Certes, mais elle n'était pas bonne pour ce que j'avais. *Tu sais combien ça coûte ?* J'en avais une idée assez précise. *Plus que son poids en or !* Oui, mais… *Réfléchis un peu. Prends ton temps. Tu ne sais jamais quand tu en auras besoin.* Dans ma main, les deux paquets de poudre blanche ne disaient rien. Contrairement au haschich, le remède n'avait pas besoin de parler. Si le haschich était le prophète, la poudre blanche était Dieu.

C'était une idée du Boss, ou peut-être du Ronin. Ils passèrent me rendre visite après le Nouvel An, vers la fin de mon séjour au Paradis, et abordèrent le sujet BFD. Malgré le froid, nous étions assis dans le jardin, sur un banc vert, le Boss à côté de moi et le Ronin de l'autre côté.

Quel bâtard de merde… Je le hais, dit le Ronin. Ne le prends pas mal. Il y a bâtard et bâtard, et dans ton cas tu n'as pas eu le choix. Ce type est un bâtard par choix, ou par éducation, mais peu importe…

Quel rapport avec vos affaires ? dis-je.

Le chantage est toujours une bonne affaire, vu que le champ d'action est infini. Mais en plus du gain financier, disons que ça vient du fond du cœur. Je déteste ce type aussi pour ses idées politiques. Et je déteste son président socialiste. Ce n'est pas mon président. Les Soviétiques ont pris l'Afghanistan et il y a des milliers de chars russes de l'autre côté de la trouée de Fulda. Les communistes sont prêts à envahir l'Europe occidentale, et les Français sont assez bêtes pour élire un socialiste ? Quelqu'un aurait dû le buter quand il était jeune, à l'époque où tout le monde s'en foutait. Je ne peux peut-être pas atteindre le président aujourd'hui, mais je peux atteindre ce bâtard avant qu'il devienne vraiment important. Surtout maintenant que tu es proche de lui.

Je ne dirais pas proche.

Quand même. Tu n'as qu'une seule chose à faire : l'emmener au Ciel.

Qu'est-ce que j'y gagne ?

Tu pourras t'acheter une belle voiture avec le fric. Faire le tour du monde. Vivre au Ciel un an ou deux.

Je vais te donner une avance, ajouta le Boss.

Une promotion. Tu passes de mon restaurant à mon nouveau bar.

Vous avez un nouveau bar ?

L'Opium, ça s'appelle, dit-il non sans fierté. C'est moi qui ai trouvé le nom. Qu'en penses-tu ?

C'est fou, tout ce que vous avez accompli en relativement peu de temps, répondis-je. Je lui léchais le cul, et les bottes, et flattais son ego dans le sens que je connaissais bien, c'est-à-dire dans tous les sens. Vous avez vraiment le génie des affaires, Boss.

Ça fait des années que j'investis par l'intermédiaire du Ronin. Tout était déjà en place bien avant la chute de Saigon. Parce qu'il faut bien parer à toutes les éventualités.

Claude dirait la même chose, pensai-je.

Tu vas adorer. Le bar est situé dans un des plus beaux quartiers de la ville, le Quartier latin, où tous les touristes aiment aller. Sièges en cuir. Tous les alcools à tous les prix. Des serveuses sexy, avec des pipes à eau pour la fumette sérieuse et des narguilés pour le petit parfum exotique. Des salons privés sur le modèle des fumoirs à opium. Le fumet de l'opium, mais sans l'opium.

C'est très bien, dis-je. C'est… évocateur. Mais pour en revenir à BFD… Qu'est-ce qui vous fait penser que ça l'intéressera ? D'aller au Ciel, je veux dire ?

Il aime les femmes. Comme nous tous, non ? Sauf que lui les aime beaucoup. Nettement plus que la moyenne. Et il est prêt à payer. Emmène-le là-bas et on s'occupera du reste.

C'est quoi, le reste ?

Tu verras, dit le Boss. Il y a quelque chose d'encore mieux que le Ciel.

12

Le matin du jour où ma tante devait passer me prendre à la maison de repos, je me promenai une dernière fois dans les champs. Combien de temps avais-je séjourné là ? Près de deux mois ? Cela faisait des années que je n'avais pas connu une période aussi sereine. Pas une fois je n'avais éclaté en sanglots, ni senti le pendule de mon humeur osciller trop violemment… J'avais été presque… heureux. Rien ne pouvait me troubler, pas même le cadeau que ma tante m'avait offert à l'occasion d'une de ses visites. Le dernier livre de notre vieil ami, avait-elle dit. On va le traduire. Je faillis faire un bond en voyant le nom sur la couverture – Richard Hedd, l'auteur du *Communisme asiatique et le mode oriental de destruction*, soit l'ouvrage dont nous nous étions servis pour échanger nos messages codés. Son nouveau livre s'intitulait, en anglais, *The Evil Empire's Oriental Origins*. L'autre nom figurant sur la couverture était celui de l'homme qui en faisait la promotion, Henry Kissinger, « Prix Nobel de la paix », blague tellement drôle que je ne pus m'empêcher de rire. Si je poignardais quelqu'un dans la rue, alors j'étais un assassin. Mais si, comme Kissinger, conseiller à la sécurité nationale du pré-

sident Nixon, je laissais des escadrilles de bombardiers déverser des tonnes de bombes sur des milliers d'innocents, alors j'étais un homme d'État. Et si je négociais un accord pour suspendre provisoirement ma guerre de pacification, alors je pouvais être félicité d'avoir apporté la paix. Si Hitler avait gagné, il aurait pu, lui aussi, remporter le prix Nobel de la paix, puisque rien n'apportait plus efficacement la paix que l'extermination du plus grand nombre d'ennemis possible.

Mais je m'éloigne du sujet. Voici donc ce que Kissinger avait à dire à propos du dernier ouvrage de Hedd : « Une exploration éclairante et perspicace de la mentalité soviétique, qui, comme le montre Hedd avec une efficacité redoutable, est sa propre pire ennemie. » La thèse du livre était résumée en majuscules en quatrième de couverture :

> CETTE ANALYSE PÉNÉTRANTE, DE LA PART D'UN AUTEUR SÉMINAL, NOUS RÉVÈLE COMBIEN L'UNION SOVIÉTIQUE N'EST PAS VÉRITABLEMENT EUROPÉENNE, MAIS PLUTÔT *ORIENTALE*. DONNANT UN NOUVEAU SENS AU « DESPOTISME ORIENTAL », RICHARD HEDD MONTRE EN QUOI L'EST RESTE L'EST, ET L'OUEST RESTE L'OUEST, QUAND IL S'AGIT DE L'OPPOSITION ENTRE COMMUNISME ET DÉMOCRATIE.

Les communistes étaient donc des Orientaux, maintenant ? J'étais tellement sidéré, d'être contaminé à la fois par le communisme et l'orientalisme, que je dois reconnaître que je n'avais pas encore lu ce livre lors de ce dernier jour au Paradis. Je préférais de loin consacrer mon temps libre à l'écoute en boucle des chansons de Johnny Hallyday, en une vaine tentative pour comprendre son attrait musical, tout en lisant les derniers

ragots dans *Paris Match* (j'appris ainsi que le maire de Paris et sa femme avaient adopté une petite Vietnamienne, sort que j'enviais). Mais pour cette dernière promenade j'avais pris avec moi le livre de Hedd, car je sentais qu'il me faudrait montrer à ma tante que son cadeau me faisait plaisir.

Assis sur un banc, abrité par un kiosque, j'ouvris le livre en le feuilletant rapidement jusqu'à la fin – cinq cent douze pages ! – et lus les premières lignes de la dernière page :

> Nous devons réitérer notre engagement au service de la démocratie et de la victoire, car la démocratie et la victoire ne sont pas inéluctables. Nous avons l'avantage d'avoir un système supérieur – exceptionnel, même – de pensée et de conviction démocratiques, hérité des Grecs et peaufiné depuis des millénaires. Eux, toutefois, disposent de la force brute. L'histoire nous enseigne que, parfois, la brute l'emporte. Les Soviétiques essaient de démontrer cette triste et laide vérité, une fois de plus, en Afghanistan. Nous devons nous engager à faire en sorte que l'Afghanistan soit leur Viêtnam.

« Leur Viêtnam » ? Qu'est-ce que ça voulait dire ? Était-ce comme dire, Nous aurons toujours Paris ? Sauf que, quand les gens disaient « Paris », ils imaginaient des croissants au beurre, la tour Eiffel, un bateau-mouche sur la Seine comme Cary Grant et Audrey Hepburn dans *Charade*, un bon verre de sancerre, et Notre-Dame pendant qu'un mime en béret et marinière jouait de l'accordéon, et j'en passe. Dieu me pardonne – ici j'emploic « Dieu » au sens métaphorique –, mais je croyais en ce Paris, moi aussi ! Un Paris qui existait à peu près autant que Dieu. Mais quand un homme

tel que Richard Hedd disait « Viêtnam », ce que lui et la plupart de ses lecteurs imaginaient, c'étaient le napalm, des petites filles en flammes, des balles dans la tête, et des masses de gens sans visage coiffés de chapeaux pointus, vêtus de simples tenues noires qui en d'autres circonstances auraient pu être le comble de la haute couture parisienne. « Viêtnam », pour résumer, c'était guerre, tragédie, mort, et j'en passe. Comment, voulais-je désespérément savoir, comment pourrait-il en être un jour autrement ?

Lorsque ma tante passa me prendre, j'étais toujours en train de ronger cette question comme un os. Il y avait tellement de vieux os du passé à déterrer que je ne serais jamais à court de ruminations. Je voulais arrêter de faire ça, sincèrement, mais quelqu'un d'aussi coupable que moi n'en avait pas le droit. Peut-être n'aurais-je eu le droit d'oublier le passé que si j'avais été puni pour mon crime. Le problème était que, si j'avais certes été puni durement au camp de rééducation, ce n'avait été que pour un seul crime, celui d'avoir regardé les policiers du Sud formés par la CIA violer l'agente communiste sans tenter de les en empêcher. En attendant, tous mes autres crimes demeuraient impunis : j'avais trahi Bon, je l'avais aidé à tuer l'adjudant glouton, j'avais tué Sonny et, plus récemment, j'étais impliqué dans la mort de Beatles, de Moche et de Très Moche. Au moins, j'avais fini par dire à Sonny et à l'adjudant glouton que j'étais désolé. Des excuses, c'était un début. Mais si c'était le début, quelle était la fin ?

Ma tante se présenta devant l'entrée du Paradis à bord d'une charmante décapotable italienne empruntée à BFD. C'est agréable d'avoir des amis et

des bienfaiteurs riches, dit-elle. Je lui avais expliqué que mon hospitalisation avait été prise en charge par mon très généreux patron, qui s'inquiétait de ma dépression nerveuse – un mensonge qui n'était pas si éloigné de la vérité. J'étais nerveux, et j'étais déprimé. Comment te sens-tu maintenant ? dit-elle comme nous quittions le Paradis en voiture.

Je me retournai pour voir la vieille ferme qui avait été reconvertie, des décennies plus tôt, en bâtiment principal du Paradis, et je poussai un soupir mélancolique. Je n'avais jamais vécu dans un plus bel endroit que le Paradis, et pour y vivre je n'avais qu'à mourir. Je me sens en pleine forme, répondis-je. Mais comme elle n'avait pas l'air de me croire, je me crus obligé de m'expliquer un peu plus : J'ai passé sept semaines à ne rien faire. J'ai l'impression que ces sept semaines ont plutôt duré sept mois…

Tu devrais peut-être revenir habiter chez moi. Je ne sais pas si ça te réussit de travailler au restaurant. Ni de vivre avec Bon. Ça ne peut pas te réussir, si tu as fait une dépression nerveuse. Tu peux dormir sur mon canapé et tu n'auras aucun loyer à payer.

Et ta commission sur le haschich ?

Non, tu continueras de me la verser tant que tu vendras à mes amis. Mais à part ça, retourne à l'école et travaille ton français. Elle jeta un coup d'œil à mon exemplaire de *Peau noire, masques blancs* posé sur mes genoux. Tu l'as vraiment lu en français ?

Oui, répondis-je. Je le parle vraiment bien, maintenant. J'ai presque retrouvé le niveau que j'avais quand j'ai quitté le lycée.

C'était le niveau d'un écolier des colonies. Tu ne peux pas espérer être français sans parler un français parfait, dit-elle. Même en Amérique, si tu parles un

anglais parfait mais que tu as ta tête, ou la mienne, tu n'es pas vraiment américain, si ?

Je pouvais difficilement la contredire, mais je répondis, Tu te crois entièrement française ? Et tu crois que les Blancs te croient française ?

Bien sûr que je suis française ! On n'est pas comme les Américains, nous. Eux sont vraiment racistes. Regarde un peu comment ils traitent les Noirs. L'esclavage ! Les lynchages ! La ségrégation ! Les viols ! De perpétuels citoyens de seconde zone. Mon Dieu, comme ce doit être terrible d'être noir en Amérique. On ne peut jamais cesser d'être noir, en Amérique. Quel est le terme à la mode, maintenant ? « Afro-Américain » ? Imagine un peu, devoir toujours vivre avec un trait d'union qui te sépare en deux ! Ici, n'importe qui peut être français. Mais il faut vouloir l'être. Il faut se regarder dans le miroir et voir une personne française, pas asiatique ou de je ne sais quelle couleur. Tu veux être français ?

J'hésitai. Une part de moi désirait en effet être française, cette part qui ne pouvait s'empêcher de saliver devant une belle tranche de foie gras. J'aurais pu être français si mon père avait daigné me reconnaître pour fils, mais il m'avait renié, un reniement qui ne différait guère de l'oubli, cet ingrédient essentiel du bon foie gras, car si on voyait comment il était fabriqué, un paysan gavant de malheureuses oies avec d'énormes quantités de maïs dans un entonnoir jusqu'à ce que leur foie soit près d'éclater, on apprécierait peut-être moins ce mets qui, comme tant d'autres, était assaisonné de malheur. Malgré cela, je voulais dire oui, vraiment, oui oui oui…

Tu veux être français ? Elles étaient là, les mains de la civilisation et de la culture françaises tendues

vers moi par ma tante, incarnation vivante de ce que je pourrais être, de ce que la France promettait. Je n'avais qu'à dire…

Non, dis-je. Non.

Alors c'est là qu'est le problème.

C'était moi, le problème, bien sûr. Comme toujours. Quand je me regardais dans le miroir, je voyais quelqu'un qui n'était ni français, ni américain, ni vietnamien. Non, je n'étais pas une nation. Je n'étais personne, au mieux une négation, au pire un bâtard. Je reprenais courage auprès de Fanon, qui écrivait du point de vue du nègre, lui aussi un genre de bâtard, du moins aux yeux des négrophobes. Son dilemme était également le mien : « Comme je m'aperçois que le nègre est le symbole du péché, je me prends à haïr le nègre. Mais je constate que je suis un nègre. Pour échapper à ce conflit, deux solutions. Ou bien je demande aux autres de ne pas faire attention à ma peau ; ou bien je veux qu'on s'en aperçoive. » Pour le nègre, impossible de nier sa négritude, comme il m'était impossible de nier ma bâtardise. Si les gens étaient aliénés d'eux-mêmes sous le capitalisme, comme l'affirmait Marx, au point que même la classe moyenne se sentait malheureuse malgré sa richesse, les gens de couleur – et je me comptais parmi eux – étaient doublement aliénés en ce sens que le racisme aggravait leur expérience du capitalisme et de son partenaire de danse, le colonialisme. Il n'existait qu'une seule solution à cette aliénation provoquée non par le nègre ni par le bâtard, mais par les vrais bâtards, les racistes et les colonisateurs qui imputaient à la victime les conditions créées par le bourreau. Et cette solution consistait à « survoler ce drame absurde que les autres ont monté autour de moi, écarter ces deux

termes qui sont pareillement inacceptables et, à travers un particulier humain, tendre vers l'universel ».

Oui ! Moi aussi j'étais universel, et mon identité universelle était d'être moi et rigoureusement moi, même si j'étais totalement foutu. N'était-ce pas ce que les Français voulaient ? Ils voyaient notre passé commun comme un tragique hasard de l'histoire, une belle histoire d'amour qui aurait mal tourné, ce qui était à moitié exact, alors que je voyais notre passé comme un crime commis par eux, ce qui était parfaitement exact. Mais qui allez-vous croire ? Le violeur ou le fruit du viol ? Le civilisé ou le bâtard ?

J'espère que tu viendras chez moi, reprit ma tante. Mais je dois te prévenir qu'en ce moment j'héberge quelqu'un pendant deux ou trois soirs.

Laisse-moi deviner. J'ai une chance sur deux. Notre ami le docteur maoïste ?

Non.

BFD ?

Quand je disais que tu étais désespérément conventionnel… Je couche avec eux, rien de plus. Je ne les laisserais jamais rester plus d'un soir. Tu la rencontreras au spectacle.

Ma tante était si surprenante que, curieusement, je ne fus même pas surpris.

Nous circulâmes dans un quartier où les rues étaient plus étroites que l'esprit du Français moyen, jusqu'à trouver enfin une place au coin de la Mutualité, où devait avoir lieu le spectacle du Têt organisé par l'Union. En prenant la rue Saint-Victor à pied, nous vîmes une foule bruyante massée devant la salle, trente ou quarante Vietnamiens, à première vue, qui affirmaient leur francité ou leur francité désirée en

s'adonnant à un des passe-temps favoris des Français : ils manifestaient. Leurs banderoles indiquaient LE COMMUNISME C'EST LE MAL, À BAS LE COMMUNISME, HÔ CHI MINH ASSASSIN, etc., ad nauseam. Ils hurlaient ces slogans, et d'autres, en vietnamien, tandis que les gens qui entraient dans la salle parlaient français à voix basse. Les manifestants trahissaient ce je-ne-sais-quoi typique des réfugiés récents. Étaient-ce les pantalons des hommes, qui faisaient des plis aux chevilles, attirant l'attention sur leurs souliers poussiéreux ? Ou les coiffures ringardes des femmes, avec leurs franges grossières ?

*Oh là là**, murmura ma tante, signifiant par là, je crois, qu'il était gênant d'avoir autant de Vietnamiens en un même lieu, réunis non pas simplement pour réaffirmer avec élégance leurs origines, par exemple manger un repas ou présenter un spectacle culturel, mais pour *faire du bruit.* Faire du bruit n'était pas quelque chose que les Vietnamiens faisaient en France. Faire du bruit était quelque chose que les Vietnamiens faisaient au Viêtnam ou en Amérique. En France, les gens d'origine vietnamienne étaient silencieux, discrets, charmants et, surtout, inoffensifs. Ils appartenaient à une classe supérieure, ou y avaient appartenu jusqu'à présent, s'imaginant français (au mieux de leur assimilation) et exilés (au pire de leur individualisme). Mais cette foule de réfugiés vulgaires n'avait rien d'assimilationniste ni d'individualiste.

Communistes ! hurla une femme en nous montrant du doigt. J'avais envie de répondre, S'il vous plaît, je suis un ex-communiste, mais je me retins. Ma tante, quant à elle, la montra à son tour du doigt et dit, Le communisme a réuni et libéré le pays. Ce sont les gens comme vous qui l'ont maintenu divisé et

aujourd'hui vous essayez de nous diviser avec votre anticommunisme.

Pauvre *dinde*…

C'est *toi* la pauvre dinde, espèce de grosse vache…

On ne pouvait pas être à la fois une dinde et une vache, mais peut-être qu'un bâtard était mal placé pour en parler. Je tirai ma tante vers l'entrée, sans trop savoir si elle était soudain très vietnamienne ou simplement très parisienne, la grossièreté étant une seconde nature dans les deux cultures.

Quelle honte, marmonna-t-elle une fois que nous eûmes franchi le seuil. Ces gens !

En effet, murmurai-je au moment où le président de l'Union émergeait de la foule qui participait à la réception précédant le spectacle. Il était au comble du désarroi. Ma chère, dit-il à ma tante, car ils se connaissaient, qui *sont* ces gens ?

Ces gens sont les nôtres, voulus-je dire, mais ce n'était pas tout à fait vrai. Les manifestants à l'extérieur se percevaient comme des Vietnamiens qui se trouvaient être en France, alors que les gens à l'intérieur se percevaient comme des Français qui se trouvaient avoir un lien avec le Viêtnam. Devant cette alternative, être un bâtard n'était peut-être pas si terrible, en fin de compte. Je repérai Bon, qui avait toujours accepté ma bâtardise, traînant dans un coin du foyer, déguisé en être humain : le visage rasé de frais, les cheveux brossés, et une veste croisée grise correcte, avec des épaulettes trop renforcées. Le tout, me dis-je, devait sans doute être l'œuvre de Loan. La dernière fois que je l'avais vu aussi présentable ou aussi mal à l'aise, c'était avant la chute de Saigon, quand Linh l'obligeait à s'habiller comme un adulte.

Tu n'as plus ta sale gueule, me dit-il en guise de salut.

Et toi, tu ressembles à un être humain normal, répondis-je.

Sérieusement ? Parce que je me sens comme une merde. Je devrais être dehors, avec l'Association.

L'Association ?

L'Association pour le peuple vietnamien libre. Ils ont décidé de ne pas laisser les communistes de l'Union s'exprimer au nom du peuple vietnamien. Je devrais être avec eux, en train de manifester, et pas à l'intérieur, à faire semblant d'être l'ami de ces gens.

Je vis Loan s'approcher et je répondis, Tu le fais pour Loan, pas pour toi.

Il grimaça et se tut lorsque Loan arriva, vêtue d'un *ao dai* de soie rouge et d'un pantalon de soie jaune. C'étaient les couleurs soit du drapeau anticommuniste (dans un sens), soit du drapeau communiste (dans l'autre sens). En tout cas, celle qui les arborait ressemblait aux jouvencelles élancées qui symbolisaient notre pays sur les peintures laquées et les gravures sur nacre que l'on trouvait dans presque chaque maison, et assurément dans chaque magasin de souvenirs. Bon s'illumina et sourit tendrement, spectacle quelque peu déroutant dans la mesure où le Bon que je connaissais et que j'aimais était un meurtrier mélancolique. Chéri, dit-elle, et Chérie, dit-il en retour, me laissant sans voix, car le monde était décidément un lieu très étrange si Bon pouvait trouver l'amour mais pas moi, pourtant habitué à tomber amoureux tous les trois mois. Loan m'invita à dîner chez elle, insistant avec beaucoup de chaleur. Son hospitalité me toucha. Elle me rappelait la part d'humanité – non seulement la sienne, mais la mienne.

Je serais honoré, dis-je.

Tu as très belle allure, me dit-elle en manière d'au revoir avant d'aller retrouver des amis qui avaient réussi à franchir le cordon des manifestants. Même si je savais qu'elle mentait, en un sens j'avais envie de la croire. Peut-être étais-je bel et bien en train de retrouver le chemin de mon humanité, à l'aveuglette, aidé par ces petites marques de gentillesse. Bon vint tout gâcher en murmurant à mon oreille, J'ai un truc à te montrer. Il sortit de la poche intérieure de son blazer un cliché. Tiens, une photo du bâtard.

Je crus d'abord qu'il parlait de moi, mais l'image montrait quelqu'un d'autre, un homme portant un feutre marron, un manteau bleu foncé, et… un masque blanc. Contrairement aux masques de la tragédie et de la comédie, qui pleuraient ou riaient, celui-ci était lisse, uniforme et inexpressif, couvrant l'ensemble du visage à l'exception des yeux et de la bouche. Derrière lui, une passante s'était retournée vers lui, inquiétée et intriguée par cet homme masqué. Au moins, elle n'était pas horrifiée et choquée par un homme sans visage.

Tu crois que c'est lui ? dis-je en caressant les bords de la photo.

Je sais que c'est lui. Il sortait de l'ambassade. Je suis resté assis à un café sur le trottoir d'en face, jour et nuit, en attendant la bonne occasion. Je voulais le suivre, mais il a sauté dans un taxi et moi je n'en ai pas trouvé. Je crois qu'il vit à l'ambassade et qu'il sort très peu. Allons aux toilettes.

Toi, vas-y. Moi je n'en ai pas besoin.

Allons aux toilettes.

Je le suivis, m'arrêtant juste assez longtemps pour saluer ceux des bohèmes de l'Union qui étaient devenus adeptes du haschich et du remède. Étudiants,

avocats, dentistes, médecins, et j'en passe, autant de gens respectables qui aimaient aussi élargir leur esprit, en toute discrétion.

Tu ne peux pas faire ça jusqu'à la fin de tes jours, me dit Bon dans les toilettes. Il n'y a aucun avenir là-dedans.

C'est toi qui me dis ça ?

Une fois que j'aurai tué l'homme sans visage, j'arrêterai, répondit Bon. Je démissionnerai.

On ne démissionne pas de la pègre, dis-je, espérant désespérément détourner son attention. Et le Boss veut que tu tues Mona Lisa.

Bon, d'accord, après ce qu'il t'a fait, il mérite la mort. *Quand* je l'aurai tué, je prendrai ma retraite.

Tu crois que le Boss te laissera partir ?

Il sait que je le tuerai s'il ne le fait pas.

Tu le lui as dit ?

Les types comme lui et comme moi, ou comme le Ronin, on n'a pas besoin de parler. On a juste à se regarder dans les yeux. Ce sont les types comme toi qui ont besoin de parler. Si tu ne parlais pas, tu mourrais. Tu ne saurais pas quoi faire. Au moins tu peux faire quelque chose qui a du sens en m'aidant à tuer l'homme sans visage. Dommage qu'il ne soit pas là ce soir.

Bien que secrètement soulagé, je dis, Je ne savais pas que tu l'attendais.

L'ambassadeur est venu.

Puisque l'homme sans visage n'a pas de visage, j'imagine qu'il n'est pas très sociable. Mais tu pourrais toujours tuer l'ambassadeur.

Dans ce cas, je n'aurai jamais la moindre chance de tuer l'homme sans visage.

Si tu tues l'homme sans visage, tu n'auras jamais la moindre chance de tuer l'ambassadeur.

Bien vu. Bon haussa les épaules. Donc je veux me venger, aussi. Où est le mal ?

Concrètement, nulle part. Mais concrètement, comment est-ce que tu penses attraper l'homme sans visage s'il ne quitte presque jamais l'ambassade ?

J'ai un plan.

Encore ? Mon cœur se mit à battre un peu plus vite. Et quand est-ce que tu comptais me parler de ce plan ?

Je t'en parle en ce moment même. Il sortit de sa poche une enveloppe. Elle contenait deux billets pour *Fantasia VIII : Live in Paris*, le mois suivant, suivi d'une soirée à L'Opium. En dépliant le prospectus, la première chose que je vis ce fut *elle*, la seule femme dont je n'aurais pas dû tomber amoureux : la tête en arrière, les cheveux en bataille, les lèvres rouges légèrement entrouvertes pour révéler un soupçon de dents blanches et peut-être, *peut-être*, le bout de sa langue. Mon corps s'en souvenait encore, de cette langue. Lana. Deux syllabes, deux contacts de ma langue contre mon palais. *L-l-lah-nah !* Est-ce ainsi que j'avais crié son nom quand nous avions fait l'amour, ou couché ensemble, ou forniqué, ou copulé, ou peut-être toutes ces choses à la fois, il y avait si longtemps ? Laaaannnnnaaaaaaaa !

Ah, dis-je.

Ah, en effet. Tu vas pouvoir revoir ton ancien amour à L'Opium. Ou peut-être avant, si elle accepte de faire quelque chose de plus intime.

Quel est le plan ?

Des fêtes du Têt, notre homme sans visage en a vu toute sa vie. Il n'est pas venu à Paris pour ça. La raison de sa présence ici, je ne la connais pas. Mais il ira voir *Fantasia*.

Parce que c'est un type qui adore s'amuser ?

Parce qu'il est vietnamien. Tous les Vietnamiens de Paris iront voir ce spectacle, même ceux qui se croient français.

Même les communistes ?

Ils ont été privés de bons divertissements pendant trop longtemps. Il sourit. Surtout ce communiste-là. Le commissaire. Il y avait des rumeurs, dans le camp, selon lesquelles il était un peu corrompu. Il aimait la musique occidentale. La pop et le rock. Les ballades. Les trucs immondes, la musique jaune.

J'acquiesçai. C'était la vérité. Les trucs immondes, la musique jaune, c'était ma collection de vinyles, que j'avais offerte à Man avant de quitter Saigon, florilèges d'Elvis Presley, des Platters, de Chuck Berry, et bien sûr des Beatles et des Rolling Stones. Man avait emporté mes disques au camp de rééducation, où je n'avais jamais eu la chance de les entendre. Mais je ne parlai pas de ma belle collection. Au contraire, je dis, Qu'est-ce qui se passera si vous vous faites attraper, Loan et toi ? Communiste ou pas, Loan est en tout cas certainement une gauchiste. Une sympathisante. Sinon, elle ne serait pas dans la même pièce que l'ambassadeur. Est-ce que ça ne te…

Ne t'en fais pas pour Loan, coupa-t-il.

J'avais touché un point sensible, non pas délibérément, mais parce qu'il y a tant de points sensibles qui attendent d'être touchés. Ou est-ce qu'une part de moi – moi-même, disons – avait voulu triturer ce point ?

Je te le redis : je vais prendre ma retraite. Je dégomme l'homme sans visage et après je me marie avec Loan.

J'étais tellement éberlué que je ne sus pas quoi répondre à ce énième plan qu'il m'avait caché. Bon sourit devant l'effet de son annonce sur moi, et pour ajouter à son plaisir il sortit une arme de sous

son blazer, dissimulée dans son dos. Ce n'était pas celle qu'il braquerait plus tard sur moi, mais le revolver de Mona Lisa, avec lequel je m'étais suicidé. Un petit cadeau pour toi, dit-il en me le tendant. Sa crosse m'était familière, de même que son poids. Le revolver pesait à peu près autant qu'une âme, ou que cinq âmes, ou que peut-être trois, ou quatre, ou six millions d'âmes. Pourquoi pas ? Après tout, les âmes mortes pouvaient ne peser quasiment rien.

13

Nous passâmes en coulisses et enfilâmes nos costumes pour le premier sketch, où nous jouions des paysans. Dans la vraie vie, ces tenues auraient été au mieux imbibées de boue et de sueur, au pire réduites à des loques rapiécées. Mais il s'agissait d'un spectacle officiel, et non officieux, si bien que nos chemises brunes et nos pantalons noirs étaient propres, impeccables et secs, tout comme nos pieds nus. Ainsi accoutré, j'avais pris place sur le côté de la scène avec les autres danseurs. Le président monta. Ses remarques furent deux fois plus longues que de besoin, car bilingues, et j'étais en train de somnoler lorsqu'il termina, enfin, après avoir évoqué l'histoire de l'Union, l'importance de la culture vietnamienne et la gratitude du Viêtnam à l'égard de la France, le tout sans dire un mot de l'Association qui manifestait dehors. Il présenta ensuite l'ambassadeur du Viêtnam, et je faillis hurler. L'ambassadeur commença à son tour à torturer le public avec un soufflé bilingue de clichés, couronné par une crème fouettée de compliments excessifs badigeonnée sur la culture française. Employer tant de mots dans les deux langues pour ne rien dire, cela demandait un vrai talent.

Mes cuisses sanglotaient en silence, comme le reste

de mon corps, car nous, les paysans, restions accroupis, posture vieille de plusieurs millénaires mais que moi, l'occidentalisé, je n'avais pas pratiquée depuis de longues années. En tant que bâtard, je n'étais peut-être pas génétiquement programmé pour m'accroupir de la sorte, chose que ma mère était capable de faire toute la journée, en entretenant le feu, en cuisinant ou en s'occupant de bébés et de petits enfants pour gagner trois sous. Je percevais un malaise chez les autres paysans aussi, membres de la bourgeoisie urbaine française qui n'avaient sans doute jamais ne fût-ce que posé le pied sur une terre nappée de fumier dans aucune de leurs patries ancestrales. Ces faux paysans se balançaient d'un pied sur l'autre et faisaient de leur mieux pour ne pas grimacer. Lorsque l'ambassadeur eut enfin terminé, nous étions tous prêts à nous mettre debout. Sur ce, le président remonta sur scène et dit, Et maintenant notre prochain orateur…

Je poussai un petit gémissement, comme tous les autres paysans à l'exception de Bon, qui se contenta de grogner, insensible à la position accroupie. Le président présenta l'invité d'honneur de la soirée, un « ami du Viêtnam et du peuple vietnamien », un « révolutionnaire de Mai 1968 ». C'était – je vous le donne en mille – BFD. Ma tante m'avait dit qu'il serait là. Il prononça un discours indubitablement répété mille fois, qui menaçait de m'infecter du botulisme des idées bâclées. Il était le maire d'un autre arrondissement, mais le sien, le 13e, voyait s'installer un nombre croissant de Vietnamiens, tous des réfugiés qui détestaient les communistes, dont peut-être certains des manifestants. Aux yeux de n'importe lequel de ces réfugiés, un socialiste n'était qu'un communiste mieux habillé, en rose au lieu d'être en rouge, un partisan de la

redistribution forcée de la richesse à travers les impôts, les prestations sociales et l'État providence, plutôt que par la réforme agraire, le collectivisme et l'État policier. BFD n'obtiendrait rien de ces manifestants, mais il voulait prouver qu'il était soutenu par des Vietnamiens d'une tendance idéologique différente et d'une classe supérieure. C'était en tout cas l'avis de ma tante.

D'une classe supérieure ? avais-je demandé. Venant d'un socialiste, c'est paradoxal, non ?

Les Français sont les rois du paradoxe.

Oui, mais n'était-ce pas le cas de tous les peuples ? Existait-il le moindre exemple d'une nation ne tenant pas des propos élevés avant de se comporter sournoisement ? BFD s'avança sur la scène comme un exemple vivant de paradoxe, un homme du peuple vêtu d'un costume si cher qu'il aurait pu nourrir un village entier. Il était aussi un élu venu séduire un électorat qui n'était pas le sien. Peut-être pensait-il que son discours convaincrait certains spectateurs de déménager dans son arrondissement et de voter pour lui. Ou bien il suivait l'exemple de Sartre, qui, bien qu'étant engagé très à gauche, avait signé l'appel à aider les réfugiés vietnamiens à fuir le communisme. Peut-être enfin que BFD, comme tout homme politique, ne pouvait pas résister à cet exercice de base de la politique, c'est-à-dire transpirer sous les projecteurs.

Mes chers amis, commença-t-il. C'est pour moi un tel plaisir d'être ici, ce soir, pendant que vous célébrez la culture vietnamienne. Nos deux peuples, le français et le vietnamien, ont une longue histoire commune qui mérite aussi d'être célébrée. [*Applaudissements.*] Cela fait maintenant longtemps que vous faites partie de la France, et vous êtes là pour nous rappeler la grandeur de la culture française et la grandeur de la culture viet-

namienne, que les Français n'ont pas toujours appréciée à sa juste valeur. Quand nous sommes arrivés au Viêtnam, nous ne nous sommes pas toujours bien comportés. La colonisation fut une erreur, mes amis. La France ne devrait jamais priver un autre pays de son indépendance. [*Applaudissements.*] Quand les Vietnamiens se sont soulevés contre nous, ils nous ont donné une leçon dont nous avions grandement besoin. Mais en 1968, beaucoup d'entre nous – dont moi – se sont rangés du bon côté de l'histoire en soutenant Hô Chi Minh. Et la France est restée du côté de la paix. Je n'ai pas besoin de vous rappeler que les accords qui ont mis fin à l'impérialisme américain au Viêtnam ont été signés ici, dans notre magnifique ville ! Espérons que les impérialistes américains ont retenu, eux aussi, leur leçon du Viêtnam. Si c'est le cas, un jour ils remercieront à leur tour le courageux peuple vietnamien ! [*Applaudissements.*] Si regrettable qu'ait été la colonisation française, nous n'avons jamais commis les mêmes horreurs que les Américains. Et nous avons laissé dans notre sillage la *culture*. Grâce à cela, j'espère que le peuple vietnamien a pardonné aux Français. Nous sommes allés en Indochine mus par de nobles intentions. Nous avons apporté la liberté, l'égalité et la fraternité. [*Applaudissements.*] Nous avons construit des routes. Nous avons construit des canaux et asséché des marais. Nous avons construit Saigon. Nous avons construit des lycées et des universités, afin que chacun, et pas seulement les mandarins, ait la possibilité d'avoir une instruction et de gouverner son pays. Nous avons formé les artistes qui allaient peindre les sublimes portraits de Hô Chi Minh et de ses combattants de la liberté. Et il n'y aurait pas eu Hô Chi Minh, ou ses alliés, sans la France. Nous avons fait venir

des étudiants vietnamiens en France et leur avons donné les outils pour qu'ils mènent leur révolution – contre nous ! Bref, rien n'est tout blanc ou tout noir. Et j'ai rencontré beaucoup de Vietnamiens qui sont heureux de vivre ici, en France, où ils se sentent chez eux. Bien sûr ! Car la France est votre maison ! Vous êtes rentrés à la maison ! [*Applaudissements.*] Votre présence en France montre que nous pouvons laisser le passé derrière nous. Votre présence nous dit que nous sommes tous français. Votre présence ici, en France, prouve la grandeur de notre culture française. Vive la République ! Vive la France ! [*Applaudissements.*]

Comme je pouvais encore voir n'importe quel sujet des deux côtés, malgré les crampes terribles dans mes cuisses, je voyais que BFD n'avait pas entièrement tort. Il avait peut-être même raison. Et à en juger par les applaudissements enthousiastes du public, beaucoup de gens partageaient son avis. Pourquoi ne le feraient-ils pas ? Bien sûr qu'ils se sentaient chez eux ici ! Il était probable qu'eux, ou leurs parents, voire leurs grands-parents, se seraient sentis chez eux en France *quand ils étaient au Viêtnam* ! Les Vietnamiens qui venaient en France et ne se sentaient pas chez eux repartaient au Viêtnam pour lutter aux côtés de la révolution, ou se faisaient expulser par les Français qui les soupçonnaient de ne pas être assez français. C'étaient eux, les Vietnamiens qui croyaient tellement en la liberté, l'égalité et la fraternité qu'ils ne voyaient pas les parenthèses que les Français y ajoutaient : « liberté, égalité et fraternité (mais pas tout de suite, en tout cas pour vous) ». Médusés, ces révolutionnaires devenaient les Vietnamiens inassimilables, ceux qui ne pouvaient pas avaler la France et qui ne pouvaient pas être avalés. Quant aux Vietnamiens restés en France,

la culture française les avait prémâchés depuis l'époque où ils étaient au Viêtnam. À leur arrivée en France, ils étaient déjà, tels certains fromages, assez mous et aisément assimilables, qualités qu'héritaient leurs enfants idéologiquement pasteurisés.

Le spectacle culturel que nous présentâmes – lorsque nous pûmes enfin nous lever, grimaçants et les jambes engourdies – était destiné à une consommation facile. Un spectacle hostile et critique aurait été intéressant aux yeux d'une personne aussi hostile et critique que moi, mais j'ai des goûts peu conventionnels. Pour la plupart des gens, les spectacles culturels sont des dioramas où l'on voit l'hospitalité réciproque, plutôt que la violence amoureuse ou l'amour violent qui avait caractérisé la démonstration de force des Français dans leurs colonies. En l'occurrence, c'était le président qui avait scénarisé notre extravagance, peut-être un peu autobiographique, ou du moins pas complètement fantasmée. Narrée avec une nostalgie sentimentale par un médecin prospère d'âge mûr, c'était l'histoire d'amour d'un jeune homme issu d'une famille campagnarde pauvre qui, à force de travail et grâce au bienveillant système d'instruction français, décrochait une bourse en France, où, à force de travail et grâce à la bienveillante culture française, il devenait médecin, un médecin qui, à force de travail et grâce à la bienveillance d'une famille française, conquérait le cœur d'une charmante Française (blanche) qui, à force de travail et grâce à la bienveillance des traditions culinaires françaises, gardait sa fine silhouette française tout en faisant et en élevant deux adorables enfants français, lesquels n'avaient aucun problème à être français malgré leurs origines mêlées. Fin.

Oh, comme je désirais cette vie ! Qui ne la désirerait pas ? C'était une vie bien meilleure que celle

qu'avait eue ma mère. Elle aurait eu sans doute à peu près le même âge que le futur médecin, mais elle avait connu une version très différente de la vie rurale dans le Nord. Petite fille, elle avait failli mourir lors de la grande famine qui décima le Nord, tuant un million de personnes quand la population totale du pays devait avoisiner les vingt millions. Un million ! Tous ces morts, et pourtant, paradoxalement, un événement oublié. Ils étaient morts sans avoir eu le privilège d'être photographiés afin que le monde, ou même les seuls Vietnamiens, puisse se rappeler ce que nos occupants japonais firent au nom de la sphère de coprospérité de la Grande Asie orientale, puis ce que les Français travaillant pour les Japonais firent peut-être au nom de la liberté, de l'égalité et de la fraternité, ou peut-être simplement au nom de la collaboration. Collaborer : tel était le grand péché du XXe siècle pour les Français. Ils ne pouvaient que bredouiller ce mot, tant les cailloux de ces quatre syllabes roulaient dans leurs bouches. Les Algériens ne seraient pas forcément d'accord pour voir dans la collaboration le plus grand péché, comparée au massacre pur et simple de leur peuple par les colonisateurs français, ce que nous avions en commun. Mais qui se soucie de ce que les Algériens ont à dire ? Et qui se soucie de ce que *nous* avons à dire, surtout si nous ne disons rien, comme il en va généralement des morts ?

Je vis parmi les morts, une balle invisible m'ayant fait sauter la cervelle. Pour autant, je n'ai aucun moyen de les voir. Je vois seulement ce que ma mère m'a donné, les portraits manquants qui sont morts avec elle, de cadavres par les rues et par les champs, squelettes couverts de peau, recroquevillés dans des habits devenus trop grands au moment de leur mort, voisins,

camarades de jeux et bébés. Et qui l'avait sauvée ? Mon père français ! Il lui donna du riz, ce même riz que nos maîtres japonais avaient ordonné à leurs larbins français de garder, le réservant à l'effort de guerre japonais. Si mon père, le colon collaborateur, se plaignait peut-être d'avoir du riz à la place du pain, pour ma mère cette première bouchée de riz, après plusieurs semaines de faim, fut tout simplement le plus beau repas de sa vie. Mon père lui donna des cuillerées de riz pendant quelques jours, afin que son estomac rabougri reprenne l'habitude d'être nourri, puis des bols de bouillie. Ma pauvre petite mère était un miracle, une orpheline de douze ans, une survivante de la famine abandonnée de tous. Il m'a sauvée, disait-elle. Je n'ai pas pu m'empêcher de tomber amoureuse de lui, même si c'était un – elle ne pouvait se résoudre à dire le mot « prêtre » et le remplaçait par « homme d'Église », cependant qu'elle devenait sa « bonne ». Deux ans plus tard, la fusion de deux euphémismes m'avait fait naître, trois kilos d'un engin antipersonnel hautement explosif, avec un déclencheur à retardement, tombé de la soute à bombes de ma mère et attendant de faire *BOUM !* Je revoyais encore son visage, éternellement doux, éternellement jeune, puisque à sa mort elle était plus jeune que je ne le suis. Je me souvenais de mon choc, puis de ma colère, lorsqu'elle me raconta l'histoire de mon père qui la nourrissait de riz, et elle pleurait en me serrant fort contre elle comme aucune femme avant elle ni après elle, et me dit, Pardonne-lui, mon chéri. Je lui ai pardonné. Sans lui je ne t'aurais pas eu, toi que j'aime plus que ma propre vie. Même si c'est la dernière chose que tu fais, pardonne à ton père.

Pourquoi est-ce que tu pleures ? me demanda Bon lorsque nous quittâmes la scène.

Pour rien, dis-je, les joues ruisselantes de larmes. Absolument rien.

Après le spectacle, et une fois séchées sur mon visage les traces visqueuses de ma sensibilité à fleur de peau, je récupérai le revolver dans le double fond encombré de mon sac, où il se nichait entre ma confession et l'exemplaire usé et jauni du livre de Richard Hedd, *Le Communisme asiatique et le mode oriental de destruction*. Je le calai ensuite à l'arrière de mon pantalon plutôt qu'à l'avant, craignant toujours qu'un coup parte et tue ma future progéniture, même si je n'avais pas l'intention d'en avoir une. Dans ma poche, le haschich gloussa et murmura à sa manière habituelle face à ma logique, mais le revolver était du genre viril et silencieux. Il me déconcentrait non pas en faisant du bruit, mais en appuyant contre ma colonne et mon coccyx avec sa belle dureté sombre. Toutes les armes à feu veulent être utilisées. Celle-là ne faisait pas exception.

Déambulant parmi la foule des invités, d'un côté j'essayais de voir comment arrêter Bon et protéger Man, de l'autre je bavardais avec mes clients. Avec deux d'entre eux, un médecin et un marchand d'import-export, je sortis fumer des cigarettes particulièrement fortes. Grâce à eux, et au reste de ma clientèle, j'écoulai toute ma marchandise et pris des rendez-vous pour en vendre davantage, mais cela me rendit malheureux. Lorsque je retournai à la fête, ma tante me fit signe d'approcher pour me présenter sa nouvelle amie, que j'avais d'abord prise, de loin, pour un homme. Elle est avocate, me dit ma tante en vietnamien. Elle rentre tout juste du Cambodge.

L'avocate, vêtue d'une veste grise ajustée et d'une fine cravate noire, ne me sourit pas. J'apprendrais

bientôt que je ne devais pas le prendre pour moi, car elle était tellement dénuée d'humour qu'un simple sourire de façade était au-delà de ses forces. Elle était en revanche très belle. Son visage et ses cheveux courts étaient constitués presque exclusivement de lignes droites, si bien que, en l'absence de sourire, les seules courbes de son visage étaient ses yeux et ses sourcils. Comme ma tante et moi, elle se situait quelque part le long du spectre Est-Ouest et était vraisemblablement d'origine vietnamienne, vu sa bonne maîtrise de notre langue maternelle.

Du Cambodge ? Pas l'endroit le plus simple à visiter, j'imagine.

La belle avocate sans humour rétorqua, Ce n'était pas pour faire du tourisme.

Non, j'imagine bien. Pour faire quoi, alors ?

Elles se regardèrent, et ma tante hocha la tête. Je suis allée rendre visite à Pol Pot, répondit l'avocate.

Je gardai mon sang-froid. Ce ne doit pas être un homme facile à rencontrer.

C'est un homme très difficile à rencontrer. L'armée vietnamienne n'a aucune envie de laisser des gens traverser le Cambodge pour aller le voir. Alors j'ai dû passer par la Thaïlande. Il vit dans un camp de montagne près de la frontière.

Je suis sûr que les Vietnamiens veulent le capturer et le juger.

Ils l'ont déjà jugé. Par contumace. Je vous laisse deviner le verdict.

Coupable ?

Vous savez pourquoi ils l'ont déclaré coupable ?

Parce qu'il était coupable ?

Parce que les procès par contumace se concluent toujours par la culpabilité. Incapable de sourire devant

ma naïveté, la belle avocate sans humour poussa un grognement. Y a-t-il jamais eu quelqu'un qui ait été jugé *innocent* par contumace ? Ces procès n'ont rien à voir avec la justice. Ce sont des spectacles édifiants.

Il me paraît juste de condamner quelqu'un qui est responsable de la mort de centaines de milliers de ses compatriotes.

Comment savez-vous qu'il est responsable de ces morts ?

Je reconnais que j'étais désarçonné. J'étais habitué à être le plus cynique, même si je dissimulais bien mon cynisme sous le masque de la bonhomie agréable, de la servitude raffinée ou de la supériorité intellectuelle, selon le statut de mon interlocuteur. J'étais également troublé d'aborder ce sujet on ne peut plus grave au cours d'un événement aussi plaisant, d'autant plus que j'étais hypnotisé par le haschich.

Comment le savez-vous ? insista l'avocate, comme si j'étais un témoin à la barre.

Je repensai à Madeleine, pleurant dans la cuisine du Ciel, et je répondis, Par les journaux. Et par mes amis cambodgiens.

Bien sûr, je ne nie pas que des centaines de milliers de gens sont morts. Ce qui m'intéresse, c'est la vraie justice, pas la justice facile ou factice que réclament la plupart des gens. Pol Pot est un bouc émissaire. Un démon qu'on peut montrer du doigt en disant, C'est *lui* qui l'a fait.

Mais c'est lui qui l'a fait…

Il dit que non. Il n'a jamais vu ces gens mourir. Il dit que son organisation lui a raconté une autre histoire.

Et vous le croyez ? Même si vous le croyez, ça fait de lui un innocent ?

Il mérite un vrai procès. Le tribunal de l'opinion

publique n'est pas un vrai tribunal. Prenez ces manifestants dehors, par exemple. Ils défient l'opinion publique. Dans ce cas, c'est l'inverse de Pol Pot. Tout le monde prend Hô Chi Minh pour un saint, sauf les proches de ceux qu'il a tués, qu'il m'est arrivé de rencontrer. Je suis une anarchiste, et je vous dirai que Hô Chi Minh est devenu un saint en assassinant tous ses ennemis à sa gauche et à sa droite, y compris les anarchistes.

Je regardai ma tante. Tu as une photo de lui.

Elle avait l'air attristée. Je ne sais pas si tout ça est prouvé, non plus…

Il s'est débarrassé de tous ses rivaux vietnamiens avant de se débarrasser des Français.

J'essayai de me rappeler les remarques que j'avais entendues, de ci, de là, à propos des manœuvres politiques de l'Oncle Hô. Une purge, dis-je. Il a purgé la concurrence.

Il l'a purgée, dit l'avocate. Comme avec un laxatif. Pour se purifier lui-même et purifier les anarchistes de mon espèce, ainsi que les nationalistes, les royalistes, les trotskistes, les anticolonialistes pas assez idéologisés. Et vous savez pourquoi ? Ça faisait trop de camps en lice. Il lui fallait avoir seulement deux camps, pour que les gens comprennent – vous étiez soit pour les Français, soit contre eux. Et ceux qui étaient contre eux avaient intérêt à accepter que la seule solution soit la solution communiste. Aucun des communistes, ou des socialistes, ou des gauchistes ici présents ne le reconnaîtra. Ils ne s'intéressent qu'à la justice partiale, comme la plupart des gens. Tous, ils sanctifient les communistes vietnamiens. Ils déifient Hô Chi Minh pour être eux-mêmes irréprochables. Ils parlent de justice révolutionnaire, mais ce n'est pas

la vraie justice. Si vous voulez la vraie justice, il vous faut de vrais avocats.

C'est vraiment une excellente avocate, dit ma tante, admirative. En tant qu'éditrice, elle avait de très hautes exigences en matière de prose et d'idées, qu'elle confondait avec ses jugements sur les êtres. Il n'y a pas beaucoup d'avocats prêts à défendre Pol Pot.

Ni à te défendre, intervint mon chœur de fantômes.

Comment arrivez-vous à défendre quelqu'un comme lui ? dis-je d'une voix perçante. Même si vous êtes anarchiste ? Et de toute façon, comment peut-on être une avocate anarchiste ?

Elle haussa les épaules. À l'évidence, ce n'était pas la première fois qu'elle entendait cette rengaine. Comment défendre ceux que la plupart des gens jugent indéfendables ? demanda-t-elle. En fait, c'est assez simple. Ce que les Français ont fait en Indochine ou en Algérie est indéfendable, mais les Français le défendent sans cesse. Ou alors ils l'oublient. Cela revient au même, en vertu du principe qui veut que ce que font nos ennemis dépasse l'entendement, alors que ce qu'on fait est parfaitement justifié. Défendre ce que certains appellent l'indéfendable m'oblige à aborder une question à laquelle tous les avocats et les juges devraient réfléchir…

Comment pardonner l'impardonnable ? dit ma tante.

Et peut-on même pardonner l'impardonnable ? répondit l'avocate. Le regard qu'elle lança à ma tante était si brûlant, et réciproque, que je rougis un peu. Rien n'était plus sensuel que de partager les mêmes convictions dans un monde où c'était chose rare.

À cet instant précis, BFD, l'homme aux convictions très souples, apparut. Je me raidis. Je me rappelai qu'il était au courant de mon secret, et je n'étais pas abso-

lument certain qu'il ne parlerait pas à Bon, qu'il ne connaissait pas. Il nous décocha à tous un sourire, puis dit à l'avocate – en français –, J'ai lu des choses sur votre dernier client, ma chère. Le Cambodgien !

Pol Pot.

Il donne un peu de fil à retordre aux Vietnamiens, n'est-ce pas ? BFD acquiesça à sa propre question et plaça l'index sous son menton, comme s'il se faisait photographier pour un portrait d'auteur, dans la pose que je détestais le plus. Beau paradoxe, non ? Les Vietnamiens embourbés en affrontant une guérilla. Le Cambodge est devenu le Viêtnam du Viêtnam, vous ne trouvez pas ?

Je vis finalement un serveur avec un plateau de champagne et saisis une flûte, ce qui me permit de boire et de sourire au lieu de tenir des propos désobligeants, c'est-à-dire sincères. Quel était le pire ? Mon pays réduit à une guerre ou mon pays transformé en cliché ?

Vous cherchez vraiment la notoriété, poursuivit BFD.

Pas le moins du monde. Simplement, j'aime les bons procès.

Et les clients intéressants. BFD me regarda. Tu connais… ?

Je connais.

Est-ce que tu connais aussi son dernier client célèbre ? La terroriste palestinienne ? Sacrément belle avec son keffieh !

Une combattante de la liberté, dit la belle avocate sans humour. Les vrais terroristes, ce sont les États. Qui tue le plus, une combattante de la liberté ou un État-nation ?

Au temps pour moi. Il y a quelque chose de très chic à détourner des avions.

Restez en bons termes avec moi. Un jour vous aurez peut-être besoin d'un avocat.

Pour quelqu'un de si hostile à l'État, c'est curieux que vous croyiez tant en la loi.

La loi n'est qu'un instrument de la justice. Un instrument imparfait dans un monde imparfait.

Ainsi se poursuivit l'échange de bons mots. J'enveloppai mon visage dans le bandana d'un sourire absurde dont j'espérais qu'il serait aussi énigmatique que celui de *La Joconde*. J'avais enfin vu la toile, au Louvre, et je m'en étais éloigné très perplexe. C'est tout ? Comment ne pas être dépité après avoir vu le tableau le plus célèbre de l'Occident ? Je l'avais observé aussi longtemps que possible au milieu des visiteurs qui me bousculaient. Un très beau tableau. Mais meilleur qu'une dizaine d'autres exposés au Louvre, dont certains montraient des visages apparemment tout aussi énigmatiques ? Ou l'énigmatique n'était-il que l'équivalent européen de l'insondable asiatique ? J'étais affolé par mon incapacité à comprendre pourquoi on en faisait toute une histoire. N'étais-je qu'un balourd ? Je pouvais l'entendre. Je me concentrai sur ma balourdise et me préparai pour la fin de la conversation. Lorsque BFD décida enfin de s'éloigner, je me plaçai à côté de lui. Il observait l'assistance. Il me jeta un coup d'œil ; lui aussi se cachait derrière un sourire dénué de sens. Vous avez entendu parler d'un endroit qui s'appelle le Ciel ? lui demandai-je.

Son sourire ne devint pas plus sensé lorsque je lui résumai le Ciel en anglais, à mi-voix. Je m'imaginai tel qu'il me voyait, et pour cela je dus imaginer BFD à partir de détails glanés auprès de ma tante et des journaux. Il y avait toujours eu un membre de sa famille pour participer à tous les grands événements historiques

de la République, et toujours du bon côté, c'est-à-dire le gauche, depuis la prise de la Bastille jusqu'aux barricades de la Commune. Son grand-père avait rallié Zola et ardemment défendu Dreyfus. Son père, un dirigeant du Parti communiste, avait dénoncé la colonisation de l'Indochine et résisté aux nazis. BFD était idéologiquement dilué, un socialiste rosé après le communisme cabernet de son père. S'il était moins révolutionnaire que le docteur maoïste ou que l'avocate anarchiste, il avait tout de même lancé des pavés et reçu des grenades lacrymogènes en Mai 68, alors qu'il avait depuis belle lurette quitté les bancs de la Sorbonne. Il avait aussi chanté Hô Chi Minh et brandi le drapeau du Front de libération nationale, ainsi que le *Petit livre rouge* de Mao. Dans les années 1970, son enthousiasme révolutionnaire s'était mué en un gauchisme électoral pragmatique, et il s'était racheté une conduite en épousant une jeune femme issue d'une riche famille progressiste qui avait fait fortune dans le savon. Il avait tout. Que pouvait-il voir d'autre en moi qu'un individu engagé du mauvais côté de l'histoire ?

J'étais une petite personne qui s'exprimait dans une version immigrée de sa langue, la langue d'un pays jouissant du meilleur des deux mondes : avoir été jadis une puissance impériale qui agressait les pays plus faibles sous la menace d'une arme, et ne plus être une puissance impériale, ne plus devoir affronter des choses enquiquinantes telles que les moustiques, la malaria, la haine et les révolutions. Mon seul avantage était que je parlais l'anglais, ou plus exactement l'américain. *Yippee ! Yahoo ! Yankees !* L'américain était encore une langue impériale, et bien que BFD s'opposât de tout son cœur à l'impérialisme américain, il était secrètement nostalgique de l'impérialisme

français, comme presque tous les Français au fond de leur cœur, au fond de leur âme, au fond de leur Louvre. Si la situation idéale, pour un anti-impérialiste, était de vivre dans un pays impérial où l'on pouvait profiter de l'impérialisme tout en s'y opposant en bonne conscience, comme il arrivait souvent aux États-Unis, les Français, eux, avaient droit à la deuxième situation idéale : être anti-impérialistes dans un pays anciennement impérialiste. Moyennant quoi, pour BFD, m'entendre parler l'américain, c'était entendre à la fois la langue de l'impérialisme américain et le dernier écho d'un impérialisme français perdu. Il ne m'aimait pas, mais je faisais exactement ce qu'il attendait d'un moins que rien comme moi : je flattais sa nature la plus vile en l'attirant vers le Ciel. Je m'étais déjà fait une idée du genre d'homme qu'il était quand ma tante m'avait raconté qu'il draguait toutes ses amies jolies. C'est terrible, avais-je dit, à quoi elle avait répondu, indifférente, Il est français. Malgré tous mes défauts, je n'avais jamais trompé une femme ni tenté de séduire ses amies. Je croyais à l'engagement, même s'il ne durait pas plus d'une nuit. L'engagement était un principe, et ce principe ne faisait pas partie de ceux de BFD.

Intéressant, murmura-t-il pendant que les invités de la fête tourbillonnaient autour de nous. Le Ciel, dis-tu. Peut-être que je prendrai ma voiture un jour pour visiter ce… lieu intéressant.

Sur ce, il disparut. Cependant je l'avais ferré, et le Ronin avait dit vrai. BFD ne m'achèterait jamais directement la marchandise, mais son goût pour un autre type de marchandise l'attirait vers la nouveauté excitante d'une jeune et belle inconnue toute nue. C'était un autre genre de défonce, même si elle durait

moins longtemps, ce qui signifiait que l'expérience pouvait être renouvelée plus souvent. J'avoue être encore intéressé moi-même par ces choses-là, mais moi-même n'était pas entièrement d'accord avec moi. Il était difficile de se concentrer, avec ce chœur de morts qui me susurrait dans l'oreille et le visage de l'agente communiste qui regardait par-dessus mon épaule chaque fois que je me voyais dans le miroir. La seule solution était de ne pas regarder.

Ce soir-là, de retour à l'appartement de ma tante, couché sur son canapé, je fus perturbé par les bruits qui provenaient de sa chambre. Même à 2 heures du matin, ma tante et l'avocate faisaient pas mal de raffut, tandis que j'étais allongé dans le noir, encore en pantalon et chemise. Je remontai la couverture sous mon menton et pensai à Bon tuant Man, et à moi faisant l'amour à Lana, tout ça en écoutant, un peu terrorisé, les bruits dans la chambre de ma tante. Ce n'était pas la première fois que j'en entendais derrière cette porte, en présence de BFD ou du docteur maoïste, mais ceux-là étaient étouffés et familiers. La nuisance sonore était surtout due aux grincements du lit de ma tante, à un rythme qui variait selon l'invité. BFD fonçait ou galopait, pour arriver à destination le plus vite possible ; le docteur maoïste, lui, était un flâneur, parfois rapide mais généralement sinueux. BFD concluait par un grognement guttural, un point d'exclamation marquant la fin de l'histoire ! Le docteur maoïste terminait par un long soupir méditatif, une ellipse tendue vers l'avenir inconnu qui nous attendait… Quant à ma tante, elle faisait rarement du bruit, hormis quelques gémissements et halètements sourds. À l'écouter, on aurait dit qu'elle assistait à un événement sportif, qu'elle acclamait

de temps en temps un beau geste. Il devait s'agir d'un match de football, car une ou deux fois je l'entendis crier, BUUUUUUTTTTT ! ou quelque chose dans ce goût-là. Au début, les bruits qu'elle et les hommes faisaient m'avaient dérangé, mais bientôt ce furent ses silences qui me captivèrent. Un jour, j'avais même chronométré l'intervalle entre deux sons qu'elle émettait – quatre minutes et trente-deux secondes, après quoi elle finit par murmurer à la trente-troisième. Pourquoi un tel silence ? À quoi pensait-elle ? Que ressentait-elle ? Au cours de ces fertiles absences d'ondes sonores, une idée dérangeante poussait dans ma tête comme une vigne, dont la vigueur me laissait penser que, peut-être, lors de mes nombreuses rencontres avec des femmes, il y avait eu des silences que je n'avais pas entendus… car je n'entendais que moi-même.

En écoutant à contrecœur ma tante réagir spontanément à la belle avocate sans humour, j'eus soudain le sentiment qu'on ne pouvait plus avoir confiance en rien. Les femmes étaient-elles sincères quand elles me disaient que j'étais le meilleur, qu'elles venaient de vivre le plus beau moment de leur vie, ou simplement qu'elles y avaient pris du plaisir ? Que m'avait dit Lana, déjà, juste après l'amour ? *C'était absolument incroyable.* Avait-elle menti ? Étais-je plus semblable à BFD et au docteur maoïste que je ne le croyais ? J'avais pensé que ma tante faisait partie de ces gens qui ne s'exprimaient pas verbalement pendant l'amour. Mais non ! Ce qu'elle était en train de faire déclenchait chez elle des onomatopées de plaisir qui me mirent très mal à l'aise. Pourquoi n'étais-je pas émoustillé ? La prestation était fabuleuse, la belle avocate sans humour manipulait ma tante en véritable experte. J'aurais dû être excité !

Même une fois le match terminé et les cris disparus, une autre série de bruits se poursuivit. De quelle mystérieuse activité pouvait-il bien s'agir ? Était-ce une… *discussion* ? Même si je n'entendais pas ce qu'elles disaient, le plus étonnant était qu'elles discutent. Dans mon souvenir, très rares étaient les fois où, après l'amour, j'avais discuté avec la personne à mes côtés. Bien sûr j'avais dit quelques mots polis, quelques compliments pour un travail bien fait. Mais des *conversations* ? Au sujet de *quoi* ? De quoi deux femmes pouvaient-elles discuter si longuement ? J'eus beau tendre l'oreille, le mystère demeurait entier. Incapable d'écouter aux portes ou de m'endormir, j'allumai la lampe et pris la seule lecture à ma disposition, *The Evil Empire's Oriental Origins.* Je comptais, à raison, que le livre me détournerait de cette conversation troublante que je ne pouvais pas entendre. D'abord, la table des matières, avec des chapitres aux titres tels que : « L'Amérique : une force du bien », « Le poing du pouvoir, la main de l'amitié », « La liberté ne tolère aucun mur » et « Islam : un allié dévoué face au communisme ». L'accent britannique de Hedd me revint tel que je l'avais entendu lors de notre seule et unique rencontre, quand le général m'avait traîné avec lui pour aller le voir, espérant l'enrôler dans la reconquête de notre patrie. Hedd, le grand expert. Hedd, le chroniqueur international. Hedd, l'ami des dirigeants de ce monde. Hedd, le gros poisson dans les eaux écumeuses d'un think tank de Washington. Et même Hedd le chevalier ! Car son titre figurait dans sa biographie – *sir* Richard Hedd !

J'ouvris le livre à la dernière page, car j'aimais connaître la fin des thrillers avant de les commencer, et son livre relevait à l'évidence de ce genre fort décrié. L'intrigue captivante en était le grand conflit

entre le communisme et la démocratie, soit l'autre nom du capitalisme. Comme dans beaucoup de thrillers, il n'y avait pas de vrai suspense, puisque les gentils ne pouvaient jamais perdre, même si certains se faisaient tuer en chemin. Mes yeux tombèrent alors sur les derniers mots du livre, et cette phrase de conclusion percuta mon front avec la force d'un boomerang :

Alors que la vie a un prix pour l'Oriental,
pour l'Occidental elle *n'a pas de prix*.

C'étaient mes propres mots ! Je les avais prononcés devant Hedd, ainsi que devant une dizaine de témoins, du général au *congressman* en passant par une tribu de Blancs habillés de costumes trois pièces et de mensonges. Comment mes mots s'étaient-ils retrouvés là ? La faute, comme si souvent, en revenait au mauvais champagne, qui n'était même pas du champagne, puisqu'il venait de Californie. Ce jour-là, Hedd m'avait tendu une coupe de ce liquide américain frelaté et dit, J'espère que vous ne m'en voudrez pas, jeune homme, si je reprends votre remarquable formule dans mon prochain livre. Rien ne pourrait me rendre plus heureux, avais-je répondu. Bien sûr je mentais, car beaucoup de choses pouvaient me rendre plus heureux, mais j'étais soit énigmatiquement asiatique, soit simplement poli. Peu importe : j'avais accepté, partant du principe que si mes mots devaient être repris, ils me seraient attribués. Au lieu de quoi je les retrouvais ici comme s'ils avaient été inventés par sir Richard Hedd, sans que crédit m'en soit fait. J'étais paralysé par la colère, et ce fut ma seule excuse pour avoir recours une fois de plus au remède, lequel me permit, sinon de me sentir beaucoup mieux, en tout cas de ne rien sentir du tout.

Je me réveillai avec le soleil derrière les rideaux et, dans la bouche, le goût puissant d'une crise existentielle, relevé par une dose généreuse de panique. Dès que je posai le pied sur le tapis et voulus me lever, je me transformai en Asiatique désorienté, pris de vertige. Dans la cuisine, le café de civette était presque prêt et Françoise Hardy chantait le parfaitement inapproprié « Tous les garçons et les filles » à travers la stéréo de ma tante (Hardy est, je le reconnais, un jalon de la civilisation française). L'avocate était embellie par le peignoir d'honneur accordé à tous les amants de ma tante. Cette dernière, portant un turban et une robe de chambre en soie, ressemblait à une courtisane persane lorsqu'elle s'allongea sur le canapé et attendit que l'avocate ait fini de préparer un café aussi noir que le vide que je sentais en moi.

Du café de civette ? fit l'avocate en lisant ce qui était écrit sur le paquet.

Ma tante, qui réservait ce café aux « grandes occasions », dit, Il est parfait pour quelqu'un comme toi.

La belle avocate sans humour fronça le nez, et une image spontanée éclaira la salle jusqu'à présent obscure de mon esprit, une image qui les montrait toutes deux enlacées sur le lit en laiton de ma tante. Nous nous assîmes dans les fauteuils qui encadraient le canapé où était installée ma tante et, autour du café et des viennoiseries, discutâmes des derniers films qu'elles avaient vus, des possibilités d'une renaissance communiste et des difficultés des Soviétiques en Afghanistan. Ces deux femmes étaient manifestement amoureuses, ou du moins très éprises. D'un côté, j'étais ravi que BFD et le docteur maoïste n'aient pas su rivaliser avec la belle avocate sans humour. De l'autre, c'étaient

des hommes, or j'étais un homme, et s'il n'y avait aucune place pour les hommes dans ce nouvel amour étrange, quelle était ma place ? Mais aborder le sujet eût été inutile. Je parlai donc de Hedd.

« Analyse pénétrante de la part d'un auteur séminal », répéta ma tante en lisant la quatrième de couverture. Mon Dieu. *Séminal !*

Lorsque l'avocate éclata de rire, je me demandai ce qu'il y avait de si drôle. Ma tante dut voir mon étonnement, car elle ajouta, Je serais plus impressionnée si un auteur était qualifié de « vaginal ». Combien de fois est-ce qu'un auteur – presque toujours un homme – se décrit en train d'accoucher de son livre ? Si c'est le cas, « vaginal » serait plus approprié, non ?

Cela n'exclurait-il pas tous les auteurs qui… Enfin, tu comprends… qui n'ont pas de vagin ?

En revanche, tu n'as aucun mal à exclure tous les auteurs qui ne produisent pas de sperme, rétorqua l'avocate, comme si elle était au tribunal.

J'ai toujours pensé que « séminal » était simplement, disons… une métaphore. Ou est-ce une comparaison ? Je ne sais pas… Une comparaison séminale ?

C'est toujours mieux quand une figure de style roule pour toi, n'est-ce pas ? dit ma tante.

Embarrassé par cette conversation autour du « séminal » et du « vaginal », je changeai de sujet. Que pensez-vous de cette citation ? J'ouvris la dernière page et leur lus la fameuse phrase : « Alors que la vie a un prix pour l'Oriental, pour l'Occidental elle *n'a pas de prix.* »

Ma tante gémit et l'avocate ricana. Comment disent les Américains, déjà ? fit-elle. Ah oui. Ce type est une *face de merde.*

Nous rîmes, moi le premier, soulagé d'entendre une blague que je pouvais comprendre. Tel était le juge-

ment que je cherchais ! Sauf qu'elle jugeait mes propres mots. Je les avais dits sans ironie aucune, mais si une face de merde me citait, qu'est-ce que ça faisait de moi ?

Tous ces hommes et leurs grandes déclarations sur le monde, dit l'avocate. Comme si la seule politique qui compte était une histoire d'États, d'armées et de guerres. Sans même voir sa bibliographie, je te fiche mon billet qu'il ne cite que des hommes. À peut-être une exception près. Hannah Arendt.

Je consultai la bibliographie. En effet, Arendt y figurait, pour son *Essai sur la révolution*. Mais un bref coup d'œil sur le reste des entrées ne révélait aucun autre nom de femme. Alors qui devrait-il citer ? demandai-je. Je ne dis pas cela comme une provocation, mais ma tante le comprit ainsi.

D'abord vous excluez les femmes de la politique, des gouvernements et des universités, et ensuite vous demandez où elles sont et lesquelles on devrait citer ?

Eh bien, je…

Les Françaises n'ont pas eu le droit de vote avant 1945 ! *Après* ma naissance. On sort tout juste du Moyen Âge ! Vous les hommes, vous êtes absurdes. Vous lisez Marx, et Césaire, et Fanon, vous parlez à tout bout de champ du capitalisme, du colonialisme et du racisme. Mais qui est la dernière femme que vous ayez lue ? Quand est-ce que les mots « sexisme », « patriarcat » ou « phallus » sont sortis pour la dernière fois de votre bouche ? Oh, et puis pourquoi est-ce que je pose la question ? Ce n'est pas comme si ta confession était un exemple d'*écriture féminine**, si ? Mon Dieu, Hélène Cixous te réduirait en charpie. Elle se leva et s'approcha d'une des bibliothèques. Je restai coi, ce qui me permit de ne pas avouer n'avoir jamais

entendu parler de *l'écriture féminine** ni d'Hélène Cixous. Ma tante revint avec un livre et dit, Au moins tu as lu Simone de Beauvoir, oui ?

Bien sûr ! mentis-je, feignant l'indignation, et je citai la seule phrase que je savais être attribuée à Beauvoir : « On est faite femme, pas née ! »

« On ne naît pas femme, on le devient », corrigea froidement ma tante. Au moins, tu n'étais pas loin. Maintenant tu devrais passer à Julia Kristeva. Comme ça, tu pourras dire que tu as lu deux féministes françaises.

Je regardai le livre qu'elle me mit entre les mains, *Pouvoirs de l'horreur : essai sur l'abjection*. Je l'ouvris et parcourus la table des matières :

Approches de l'abjection
De quoi avoir peur
De la saleté à la souillure
Sémiotique de l'abomination biblique
Douleur/horreur
Ces Femelles qui nous gâchent l'infini
Au commencement et sans fin…
Pouvoirs de l'horreur

Fais-moi confiance, dit ma tante. C'est parfait pour toi.

14

Plus tard ce soir-là, après que l'avocate et ma tante se furent rendues à un dîner où elles poursuivraient leur conversation sans moi – deux femmes discutant ensemble sans la présence d'un homme, cela faisait-il un quelconque bruit ? –, BFD passa me prendre dans sa décapotable. Nous nous saluâmes avec circonspection, puis la voiture démarra à toute vitesse. Peut-être BFD roulait-il toujours très vite, ou ne voulait-il pas être seul longtemps avec moi, ou avait-il hâte d'arriver au Ciel. Ou peut-être tout cela à la fois.

Main gauche sur le volant, il se servit de la droite pour passer les vitesses, mettre une cigarette dans sa bouche et l'allumer avec l'allume-cigare. Il avait cette allure de vedette de cinéma à laquelle j'aspirais, le réalisateur dans son cas étant Fellini, vu son foulard ascot à motifs cachemire et sa décapotable italienne dont le toit, malheureusement, ne pouvait être ouvert en plein mois de janvier glacial. Son pseudo-vedettariat compensait presque le fait que toute personne portant un foulard ascot méritait la décapitation – ce n'était qu'une opinion personnelle, mais une opinion très arrêtée. Je ne manquais pas d'opinions, et BFD non plus.

Pour éviter de parler, nous fumâmes sans arrêt en écoutant une cassette des plus grands tubes de Johnny Hallyday, l'équivalent sonore du pastis Ricard, un goût que le reste du monde ne pouvait pas adopter. Nous échangeâmes quelques banalités, et le seul sujet substantiel fut abordé lorsque BFD dit, sur un ton détaché, qu'il n'avait pas vu ma tante depuis un moment. J'imagine qu'elle a trouvé un autre homme pour l'occuper ? demanda-t-il. En plus de notre cher ami, bien sûr. Il entendait par là le docteur maoïste.

Il n'y a pas d'autre homme dans sa vie, dis-je. Je ne mentionnai pas l'avocate. En parlant d'elle et de ses exploits incroyables, il m'aurait semblé trahir le mystère qui s'était produit derrière cette porte fermée, un secret auquel je n'avais pas accès, sauf dans mon imagination, qui – même l'avocate en conviendrait – ne pouvait pas être tenue pour responsable de ses actes.

Elle a peut-être besoin de se reposer, dit BFD en tournant dans la rue qui menait au Ciel. Les femmes sont des créatures sensibles.

J'imagine que vous en avez connu beaucoup, dis-je en jetant mon mégot par la vitre ouverte.

Il gara sa décapotable avec un sourire satisfait. Pas toi ?

Si, pensai-je. *Une quantité littéralement innombrable,* puisque j'avais depuis longtemps cessé de compter. Mais je ne le dis pas. Pour une fois – pour la première fois –, j'avais honte d'avoir connu autant de femmes, et l'approbation de BFD n'était pas ce que je recherchais. Car son approbation aurait signifié que j'étais comme lui – or je ne l'étais pas. Si ?

Je suis catholique, répondis-je en ouvrant ma portière, comme si cela expliquait tout, ce qui était habituellement le cas.

Le sourire de BFD passa de la satisfaction au léger mépris. Il était indifférent à la religion, comme tant de Français, ce qui était une des raisons pour lesquelles je les trouvais charmants. Les délices et les difficultés des femmes ne sont pas données à tout le monde, dit-il en me suivant jusqu'à l'entrée du Ciel. Elles sont un défi, pour ceux d'entre nous qui aiment ce genre de choses.

Je réprimai une envie de lui donner un coup de poing dans la gorge, soit, comme me l'avaient enseigné et Claude, et Bon, le moyen le plus rapide pour terrasser un homme, qui par réflexe pense que protéger sa virilité est la priorité. Au lieu de ça, je souris et appuyai sur la sonnette, fort, une fois, puis deux fois, en m'imaginant lui enfoncer l'œil dans son orbite. La domestique nous fit entrer après que j'eus indiqué le mot de passe, *J'aimerais aller au Ciel* – ce qu'avait dû dire le Christ agonisant sur la croix. Rien n'avait changé depuis mon départ, car le Ciel est éternel : la domestique était toujours obséquieuse, la télévision toujours branchée sur une émission intellectuelle, le videur eschatologue toujours assis avec un mince opuscule sur les genoux. La seule différence était qu'il n'avait plus seulement un pansement sur la joue gauche, mais un deuxième sur la tempe droite.

Même dans ce cadre plutôt incongru, BFD dégageait une forme d'aisance brillante et sophistiquée, avec son pantalon rose, sa chemise blanche ouverte au sternum, son chandail vert sur les épaules, manches nouées devant le torse, son mouchoir brodé à ses initiales, sa Rolex en or, ses espadrilles un peu usées, ses chevilles blanches sans chaussettes. Dans cette salle d'attente peuplée d'hommes ordinaires, son allure soignée n'avait d'égale que celle du gentleman qui

se leva à notre arrivée. Il portait les signes distinctifs d'une des minorités les plus menacées en France : un capitaliste, une espèce que l'on voyait rarement avec une telle splendeur dans les quartiers chauds de Paris où je passais mon temps. Ce spécimen-là étalait son plumage, constitué d'un costume à carreaux, d'une belle cravate à gros nœud windsor, de boutons de manchettes rutilants, de wingtips vernies et d'un exemplaire du *Figaro*. La plus grosse protubérance, sur cette silhouette racée, ne se trouvait pas à l'avant de son pantalon mais derrière, où un épais portefeuille protégeait ses fesses contre les coups de pied. Seuls ses talons montraient quelques traces d'usure, à force d'avoir servi à piétiner les espoirs et les rêves des classes laborieuses. Tandis que le capitaliste américain, avec ses costumes amples et son gros ventre, aimait se repaître du sang du peuple, le mince et aristocratique capitaliste français, lui, représentait la face séduisante et élégante du capitalisme. D'un côté, l'Américain laid, qui ne se souciait pas de ce qu'il mangeait tant qu'il en mangeait trop, notamment les tranches géantes de viande rouge encore sanguinolente. En face, le Français chic, qui préférait la cruauté raffinée du foie gras.

L'espace étant occupé, il fallait baisser les yeux pour découvrir les variétés chinoise et vietnamienne du capitalisme, incarnées par le Boss, qui combinait les deux en tant que Chinois du Viêtnam. Contrairement au capitalisme de cow-boy des Américains et au capitalisme sophistiqué des Français, le Boss pratiquait le capitalisme gangster. D'aucuns y voient une dégénérescence criminelle du capitalisme, mais en réalité le gangstérisme est l'origine cannibale reniée du capitalisme, le fameux « l'homme est un loup pour l'homme ».

Chéri ! s'écria Crème Brûlée, celle pour qui notre pauvre capitaliste en péril s'était levé. Par un rideau de perles, elle avait surgi du couloir, vêtue de son petit kimono. Son regard était fixé sur le capitaliste en péril, qui avait jeté son journal comme il devait certainement jeter les vies humaines. Si elle était belle et jeune, et lui banal et vieux, c'était que l'argent et la blanchitude, associés, permettaient de tout acheter. Mon cher ! roucoula-t-elle. Est-ce que la petite Crème Brûlée t'a manqué ?

Tu n'imagines même pas, dit-il. Tu es sublime, comme toujours.

J'espère que tu n'as pas attendu longtemps.

Pas du tout, sauf que ton garde du corps n'arrête pas de regarder cette émission atroce.

Le videur eschatologue haussa les épaules. Si vous écoutiez un peu, vous apprendriez peut-être des choses.

Ne fais pas attention à lui, ronronna Crème Brûlée. Il s'ennuie et il veut que tout le monde s'ennuie.

Elle sourit et avança un bras. Sa peau nue luminescente hypnotisa le capitaliste en péril, qui marcha lentement vers elle, main tendue, et à son doigt le symbole le plus insignifiant du monde, une alliance. Elle recula à travers le rideau de perles, l'attirant de l'autre côté, et au moment où je fis signe à BFD de prendre le siège du capitaliste en péril, la maquerelle expressionniste sortit à son tour par le rideau de perles. Elle arborait un sourire d'une sincérité si artificielle que je compris tout de suite qu'il ne m'était pas adressé.

Cher monsieur ! Elle prit la main de BFD. Nous vous attendions !

Chère madame, répondit-il avec une petite courbette. Je suis enchanté d'être ici !

La maquerelle expressionniste lui fit rapidement

franchir le rideau, tout en le couvrant de mots doux dont elle ne m'avait jamais gratifié. Elle escorta BFD jusqu'au salon VIP, car il y avait toujours un salon VIP pour les gens comme lui, ce qui signifiait au passage que le capitaliste en péril était un capitaliste de second rang puisqu'il n'avait pas eu droit à ce privilège. Resté seul dans la salle d'attente avec quelques autres imbéciles non VIP et le videur eschatologue, je lui demandai s'il s'était blessé à la tête. Pour toute réponse, il souleva un exemplaire du *Candide* de Voltaire, s'en couvrit la bouche et murmura, Ma tête va très bien.

Mais alors pourquoi cet autre pansement ? demandai-je, déconcerté. Et celui sur votre joue, aussi ?

Ma joue et ma tête vont peut-être bien, mais pas le reste.

Qu'est-ce qui ne va pas ?

Exactement la question que je veux que les gens se posent quand ils voient ces pansements. Et tout le monde les voit.

Ce n'est pas très discret, dis-je.

Les pansements sont censés être invisibles. Mais pas sur moi.

Les perles bruissèrent de nouveau et se séparèrent en deux pour laisser entrer Madeleine. Elle me vit, et son sourire professionnel resta figé sur sa figure, aussi énigmatique que celui de *La Joconde*. Elle me salua d'un hochement de tête, mais s'avança en roulant des fesses vers un des imbéciles assis sur le canapé, un type mal rasé et en survêtement, comme s'il se rendait à un événement sportif. Lorsqu'elle guida l'imbécile chanceux vers le couloir prometteur dissimulé par les perles, je sus ce qu'il me restait à faire.

Je peux voir Madeleine ? demandai-je au videur eschatologue.

Il haussa les épaules. N'importe qui peut voir Madeleine.

Dans l'heure qui suivit, pendant que je me demandais qui, de Madeleine ou de BFD, ressortirait en premier, je parlai avec le videur eschatologue de Césaire, de Fanon et de ma crainte de correspondre, dans cette tempête qu'était le monde, à ce que Césaire décrivait d'Ariel. Ma réticence à souscrire à la vision de la violence, chez Césaire et Fanon, comme inévitable dans la lutte contre la colonisation, cette réticence était-elle le signe d'une révision théorique de ma part, fondée sur ma propre expérience révolutionnaire ? Ou était-elle une simple excuse pour justifier ma réticence face à l'engagement tel qu'ils l'entendaient, à savoir un appel à la révolte violente ?

Eh bien, dit le videur eschatologue, vous n'êtes pas noir, vous n'êtes pas africain, vous n'êtes plus colonisé, et vous êtes un intellectuel. Est-ce que ça répond à votre question ?

Merci, marmonnai-je. Et vous ? Vous préférez rester assis et surveiller un bordel ?

Si les révolutionnaires peuvent s'instruire en prison, alors pourquoi pas dans un bordel ? Les prostituées ne pourraient pas être aussi radicales que les prisonniers ?

Donc vous attendez le bon moment…

Pour sortir de mon trou ? Oui. Ou disons-le autrement. Vous avez vécu ce que Gramsci appelle une guerre de mouvement. La violence, la révolution, ou au moins des affrontements de rue. Moi, je suis dans ce que Gramsci appelle une guerre de position. La guerre pour des idées, des alliances, des coalitions, de nouveaux mouvements. La lutte pour une nouvelle vision…

En s'écartant, le rideau de perles m'évita d'admettre que je n'avais jamais entendu parler de Gramsci. Madeleine s'avança, me pétrifia avec son sourire professionnel et dit – comme elle le disait à tous les imbéciles –, Tu es prêt à avoir un avant-goût du Ciel ? Quelques instants plus tard, mes fesses étaient de retour dans sa chambre, théâtre de tant d'humiliations, le lieu où je m'étais émasculé en me sabotant tout seul. Lorsque Madeleine s'approcha et laissa tomber son demi-kimono, je levai la main et dis, Attends.

Quoi ? fit-elle, comme si elle n'avait encore jamais entendu ce mot dans la bouche d'un homme. Mais étais-je un homme ? Ou simplement un imbécile à deux fesses, pareil à tous les autres qui réclamaient vingt ou trente minutes de son corps ? Deux fesses qui correspondaient à mes deux esprits.

Assieds-toi, dis-je. S'il te plaît.

Parmi la litanie de demandes et de requêtes saugrenues qu'on avait dû lui soumettre tout au long de sa carrière, celle-là était inoffensive. Madeleine, toujours souriante, haussa les épaules et s'assit au bord du lit, jambes croisées. Qu'est-ce que je peux faire pour toi ? demanda-t-elle.

Rien. C'est moi qui ai envie de faire quelque chose pour toi.

Je m'agenouillai devant elle.

Attends, dit-elle, mais je n'obéis pas. Je m'étais souvent agenouillé, au camp de rééducation. Je m'étais tout le temps agenouillé, à l'église. Mais à part cela je m'étais rarement agenouillé, sauf à prendre en compte les génuflexions symboliques devant ce saint des saints qu'était la culture laïque française. Cette fois, je m'agenouillai volontairement. Ce n'était pas un comportement normal chez moi, mais pourquoi

pas, bordel ? Pourquoi, bordel, n'avais-je pas vu ce qui était là depuis le début, jusqu'à ce que la belle avocate sans humour me le montre, si j'ose dire, derrière la porte fermée ? Je ne m'étais presque jamais laissé aller à ce comportement, puisque ce n'était pas ma tasse de thé ni ce qu'on attendait de moi, compte tenu des femmes généreuses par lesquelles j'étais attiré et qui, je le comprenais maintenant, me donnaient toujours plus que je ne leur donnais. Mais une fois que je m'attelais à la tâche, j'y mettais toute mon ardeur, et je m'appliquai à satisfaire Madeleine du mieux possible, encouragé par ses murmures et ses gémissements étonnés, apprenant en chemin, tiraillé entre la nécessité de me concentrer sur cette besogne disons-le répétitive et la marée salée de mes pensées qui me renvoyait dans le passé, par-dessus les champs noirs de cette république et les océans sombres qui la séparaient de mon chez-moi, jusqu'à cet autre moment où je m'étais mis à genoux – ma première communion. L'importance de ce rituel, à sept ans, correspondait en un sens à ce que je ressentais agenouillé devant Madeleine. La première communion nous intégrait à la communauté des croyants obstinés, ceux-là mêmes qui flanquaient notre ravissante procession dans sa marche lente vers le prêtre. L'homme de religion n'était autre que mon père, ce qu'à l'époque j'ignorais. Le corps du Christ, dit-il en brandissant devant chacun de nous une lune blanche de la taille d'une pièce de monnaie, qu'il posa ensuite sur nos langues tirées. Je frémis en pensant aux doigts du Père qui toucheraient ma langue, mais je ne sentis que l'hostie plate et sèche, et je me demandai quelle partie du Christ j'avais dans la bouche : un bout d'intestin ? Un échantillon d'œil ? Une vertèbre ? Pas le temps de m'y attarder, car l'enfant de chœur,

pieux et sermonneur, m'attendait avec le sang du Christ dans un calice. Même si je l'avais vu en essuyer le bord avec un tissu blanc, je tremblais à l'idée de toutes ces bouches qui avaient touché l'objet. Je posai mes lèvres gercées sur la coupe et noyai mon fragment du corps du Christ dans une goutte de son sang, faisant de moi un cannibale doublé d'un vampire. Ce sang du Christ, sirop sucré sur ma pauvre langue ignorante des sucreries, ne m'incita pas à une plus grande dévotion à Dieu mais au contraire, finalement, à la débauche. Si j'aime trop l'alcool, j'en tiens pour responsable Dieu, ou du moins ses laquais. Le vin de messe fut le premier remède que goûta ce jeune bâtard de sept ans.

La dernière fois que j'avais goûté au vin liturgique, c'était à l'occasion d'une messe en la cathédrale Notre-Dame de Saigon, une réplique en modèle réduit de Notre-Dame de Paris, parfaite pour nous qui étions les miniatures de nos maîtres français. En voyant la véritable Notre-Dame, comme avant moi mon professeur l'Éponge, j'avais compris à quel point notre version colonisée et tropicale n'était qu'une maison de poupée. À l'intérieur de ce jouet, donc, Man et moi, tous deux espions infiltrés dans l'armée du Sud, nous étions agenouillés, en avril 1975. Il était mon supérieur et me donna ce jour-là ma mission : fuir avec les restes de l'armée du Sud en Amérique, et de là espionner leurs tentatives pour reprendre leur pays à notre victorieuse révolution communiste. Tandis que nous étions à genoux et complotions en murmurant, les vieilles femmes qui assistaient à la messe tous les jours prononçaient leurs prières. J'avais toujours été effaré par leur manière de compter le rosaire en psalmodiant, les yeux rivés sur le Christ en croix au-dessus de l'autel. Je préférais, de loin, être agenouillé devant Madeleine et

dessiner avec ma langue l'alphabet vietnamien, guère différent du français. Mon père me l'avait enseigné, et j'étais maintenant en train de l'épeler sur Madeleine, répétant chaque lettre maintes fois, cependant qu'elle criait dans sa langue maternelle et que j'ajoutais signes de ponctuation et accents pour faire bonne mesure, jusqu'à ce que – enfin ! – je maîtrise mon sujet.

BFD était tout sourire lorsqu'il remonta à bord de sa décapotable. Peut-être l'étais-je aussi. Accordez-moi ce petit triomphe, laissez-moi un instant être l'anémone de mer qui ondule doucement dans un courant de joie. Je n'avais pas ressenti une telle euphorie depuis ma toute première rencontre avec une femme, en première année à l'Occidental College, dans ce paradis qui a pour nom la Californie du Sud. C'était une étudiante en français qui aimait m'appeler son *petit métis**. J'aurais été ulcéré que toute personne autre qu'une magnifique blonde m'appelle ainsi. Une magnifique blonde pouvait m'appeler comme elle voulait. Même si elle se décolorait les cheveux ? Je lui avais pardonné ce petit camouflage, car moi-même, déguisé en étudiant étranger inoffensif, je n'étais pas celui que je semblais être, ce qui au fond est notre cas à tous.

Pardonne-moi si j'ai mis du temps, dit BFD, interrompant ma rêverie. Il tambourinait sur le volant en écoutant une autre chanson, après avoir changé de cassette et mis une compilation des plus grands succès yé-yé, style musical que je trouvais assez charmant. Comment ne pas aimer « Les sucettes », surtout chantées par France Gall ? Je fredonnais tandis que BFD chevauchait son étalon italien au milieu des nombreuses Peugeot, Renault et Citroën que peu de gens, hormis les Français, désiraient posséder. Je n'ai pas

vu le temps passer ! s'exclama BFD en tirant avec enthousiasme sur sa cigarette. Ce n'est pas difficile avec Pivoine du Matin et Lotus Sublime. Les jeunes femmes savent y faire pour qu'un homme se sente un homme !

Ah oui ? Étais-je passé à côté de quelque chose en ne consultant pas Pivoine du Matin et Lotus Sublime ? J'avais désespérément besoin de me sentir un homme ! Ou alors j'avais seulement envie de me sentir un homme. Ne pas *avoir besoin* d'être un homme avait quelque chose de… libérateur. C'était peut-être ce dont j'avais besoin : avoir besoin de moins de choses. Avoir besoin de moins. Ne vouloir… rien ?

Mais vous, vous savez y faire pour qu'une femme se sente une femme ? répondis-je.

Il klaxonna furieusement un insultant véhicule allemand qui lui avait fait une queue de poisson. Le monstre bavarois venait de lui rappeler sa faiblesse de Français autant que celle de sa décapotable italienne qui, comme son pays d'origine, conjuguait beauté et manque de puissance. Demande à n'importe quelle femme qui a couché avec moi, grommela-t-il. Satisfaction garantie ! Bien sûr – il me regarda du coin de l'œil –, certaines personnes doutent de leur capacité à satisfaire les femmes. Ça n'a jamais été mon cas.

Je réprimai une envie d'énucléer BFD, ce qui, selon Claude et Bon, était la deuxième technique la plus rapide pour terrasser un homme. Mais nous roulions à toute vitesse dans la nuit et je ne voulais pas mourir en voiture comme Camus, qui au moins avait connu la célébrité avant sa disparition soudaine. Qu'avais-je accompli ? Rien. Et j'avais une mission à remplir auprès de BFD, une mission qui exigeait que je ne le contrarie pas, que je fasse jouer à plein un de mes

plus grands talents, la flatterie. Toutefois, je ne pus m'empêcher de lui poser la question la plus évidente : Vous ne croyez pas que le fait de payer ces jeunes femmes rende difficile de savoir si elles sont vraiment satisfaites ?

Je pars du principe qu'elles ont été satisfaites parce que je les ai payées, dit-il. Est-ce que le capitalisme les dégrade et me dégrade ? Évidemment ! C'est pour ça que je suis socialiste. Si nous avions le socialisme, ces jeunes femmes n'auraient pas *besoin* d'être des filles de mauvaise vie. Elles *voudraient* être des filles de mauvaise vie. Et elles n'auraient besoin ni de maquerelles ni de maquereaux : elles détiendraient une part des profits. Elles seraient des actionnaires du sexe plutôt que des prolétaires du sexe !

Quelque chose clochait dans sa logique satisfaite et triomphante du socialisme érotique. De même, quelque chose m'avait paru clocher quand j'avais payé Madeleine, y compris quand j'avais fait cette chose on ne peut moins vietnamienne – laisser un pourboire. J'entends par là un vrai pourboire, pas le pauvre dollar ou les cinq francs que la plupart des Vietnamiens estimaient suffisants quel que soit le service. Par vrai pourboire, j'entends dix pour cent, somme qui horrifierait la plupart des Vietnamiens, surtout les hommes, surtout dans ce cas précis. Ils rétorqueraient que c'était moi qui avais fait tout le boulot – boulot qu'aucun homme vietnamien ne ferait ou n'admettrait avoir fait – et que je n'avais rien reçu en retour. Or je n'avais rien voulu en retour.

Écoutez, dis-je pour changer de sujet, si cette petite visite au Ciel vous a plu, je connais un endroit encore plus céleste que le Ciel.

BFD sourit de toutes ses dents et me serra l'épaule,

en une marque spontanée d'affection, ou peut-être calculée. Si cet endroit encore plus céleste que le Ciel recèle d'autres beautés comme Pivoine du Matin et Lotus Sublime, alors j'en suis, dit-il. Ah, le corps d'une fille de vingt-cinq ans est une chose extraordinaire ! Et quand elles sont comme toi – c'est délicieux ! Vos femmes – oh, mon ami, vous avez tellement de chance. Elles sont incroyables. Si délicates, si intuitives, si glabres, si intemporelles, si *infatigables*. La femme asiatique connaît les hommes mieux que ne les connaît la femme occidentale. Mieux que nous-mêmes. Elle est parfaite !

Là-dessus, il porta ses doigts à ses lèvres et envoya un baiser en l'air à destination de cette femme asiatique que je n'avais jamais rencontrée, alors que j'avais rencontré des milliers de femmes asiatiques. Existait-il un club très fermé de femmes asiatiques uniquement réservées aux hommes blancs ?

Son seul défaut, poursuivit BFD, mais c'est aussi ce qui fait tout son attrait, est qu'elle est fondamentalement insaisissable.

Insaisissable ? dis-je.

Insondable. Comme toi.

Comme moi ?

Oui. BFD se tourna vers moi alors que la décapotable filait encore à toute vitesse dans les quartiers obscurs autour du centre de Paris. J'ai une grande intuition des gens. Après tout, je suis un homme politique. Mais avec toi – c'est impossible, je dois bien l'admettre. Ton visage est aussi imperturbable que… que celui de *La Joconde*.

Je ne sais pas si je suis insondable. Indéchiffrable, peut-être.

Quelle est la différence ?

Si je suis indéchiffrable – si tous les Asiatiques dont vous parlez sont indéchiffrables –, peut-être que c'est uniquement aux yeux de ceux qui ne savent pas lire.

Sémantique…

Et même si nous sommes insondables, qu'en est-il des Blancs ? Est-ce qu'on qualifie jamais les Blancs d'insondables ? Non, d'un Blanc qu'on a du mal à déchiffrer, vous diriez qu'il a un visage impassible, ce qui a une connotation positive, stratégique, évoquant une retenue prudente d'information. Alors que nous sommes simplement insondables parce que vous, les Blancs, pensez que nous avons toujours quelque chose à cacher…

Et voilà, c'est reparti avec tes « Blancs » ceci et tes « Blancs » cela. Il ricana et pointa l'index vers mon visage. Tu n'es qu'un communautariste.

Vous, vous m'accusez d'être un *communiste* ?

Communautariste, imbécile ! Communautariste ! Un misérabiliste ! Quelqu'un qui se vautre dans son malheur, qui ne peut pas transcender les pauvres petites circonstances de son identité ou son obsession pour la couleur de peau, qui ne peut pas penser hors de son petit groupe, de sa *communauté*, quelqu'un qui est *incapable* d'être simplement *humain*, et encore moins *universel* !

Avais-je bien entendu ? Un Blanc qui partageait la même culture que Victor Hugo – l'homme érigé au rang de saint par notre religion du Cao Dai, celui qui avait donné au monde *Les Misérables* (que je n'avais pas encore lu, je l'avoue, car il y avait mille pages) – m'accusait, *moi*, d'être un misérabiliste ? Comme si reconnaître le malheur était néfaste ? Le malheur est une chose terrible, ne nous y vautrons jamais ! Sauf, bien sûr, quand il s'agissait de reconnaître le malheur

de la classe ouvrière ou des Français, auquel cas s'y vautrer ne s'appelait plus du misérabilisme, apparemment, mais de *l'universalisme.*

Vous ! criai-je, pendant que lui aussi criait, ni lui ni moi ne regardant plus la route. Vous – vous qui êtes tellement furieux que je vous qualifie de Blancs, vous et vos congénères blancs – c'est vous qui nous qualifiez, moi et les miens, d'Asiatiques !

Je te qualifie d'Asiatique parce que toi-même tu te qualifies d'Asiatique !

Je ne me suis jamais qualifié d'Asiatique ! Vous êtes furieux parce que je vous ai fait vous voir tel que vous êtes. Vous aimez vous considérer comme un homme, et pas comme un homme blanc, à moins que vous vous qualifiiez de Blanc, avec une certaine forme d'ironie lucide. Mais que moi je *vous* appelle homme blanc, ça c'est inacceptable ! C'est du racisme pur et simple, même si vous-même et tous les Blancs dites tout le temps de quelqu'un qu'il est « une femme asiatique » ou un « homme de couleur », comme si un homme de couleur n'était pas autant un homme que vous. Pourtant, si moi je remarque votre blanchitude – c'est impardonnable ! J'imagine que la seule chose plus grossière serait de remarquer votre *pénis*.

Espèce de crétin de bâtard vulgaire ! Tu m'accuses encore de racisme alors que j'ai simplement dit combien j'aimais les femmes asiatiques ? Il faut être quand même…

L'amour raciste reste raciste ! Quant au fait que je ne sois pas universel… Pourquoi ? Parce que je suis jaune ? Parce que je ne suis qu'à moitié blanc ? Parce que je suis un réfugié ? Parce que je viens d'une de vos anciennes colonies ? Parce que je n'ai pas le bon accent ? Parce que mon allure ne passe pas bien ? Parce que

ma nourriture sent mauvais ? Si Jésus-Christ, lui le fils de réfugiés, le pauvre né dans une étable, le colonisé, le cul-terreux de la campagne, méprisé par les chefs de sa communauté et par les maîtres de ses chefs, le modeste charpentier – si ce Jésus-Christ est devenu universel – alors moi aussi je le peux, enculé !

La décapotable pila devant l'immeuble de ma tante. C'était donc tout à l'honneur de BFD de m'avoir amené à destination au lieu de m'éjecter en pleine rue. J'ouvris la portière, bondis sur le trottoir et, loué soit le dieu auquel je ne croyais pas, je ne marchai pas dans une crotte, car j'aurais sans doute assassiné BFD en tant que représentant d'une race, ou d'une nation, ou d'un peuple, ou d'une culture, qui accordait plus de liberté, d'amour et de compréhension à ses chiens qu'à ses Jaunes. Mais n'ayant pas marché dans une crotte de chien, je me sentais libre, alors même que j'avais perdu mon sang-froid et grillé ma couverture, celle de l'Asiatique inoffensif, du gentil Vietnamien, du sujet colonisé reconnaissant. Je claquai la portière, et ce n'est qu'en regardant BFD que je compris à quel point je l'avais offensé, car il était, enfin, sans voix. Au lieu de déverser des mots par sa bouche, il se faisait des yeux bridés avec les deux index. Il garda cette grimace quelques instants, puis me lança un sourire méprisant et redémarra en trombe dans un nuage de fumée de diesel, me laissant sidéré sur le trottoir. Mon cœur battait à se rompre, à cause de la bassesse de notre échange, et pour me calmer je dus m'éloigner de l'immeuble de ma tante. Quel paradoxe ! Ce même peuple qui faisait profession de ne jamais voir la race la voyait en réalité très souvent !

Caché dans l'ombre, je pris plusieurs longues inspirations et fermai les yeux. BFD n'allait pas me gâcher

ma soirée. Je n'allais pas le laisser détruire tout ce qu'il y avait eu de bon entre Madeleine et moi, dont je me souviendrais jusqu'à mon dernier souffle. *Ça* n'arrive pas souvent, avait-elle dit après coup, blottie contre moi. Et elle ne parlait pas du pourboire. *Ça*, m'avait-elle susurré dans le cou, c'était un vrai cadeau. Couché là avec elle, dans cette position sexuelle on ne peut moins naturelle et on ne peut plus choquante – le câlin –, je ne me rappelais plus quand j'avais fait un cadeau à quelqu'un pour la dernière fois.

15

Je retournai au restaurant du Boss, à Paris, le lendemain après-midi. Je ressentais un mélange de culpabilité et de honte, une concoction que je connaissais bien en tant que catholique récalcitrant, car j'avais été obligé de l'avaler chaque jour de mon enfance. Les gens qui ne voyaient pas la race tout en la voyant n'avaient-ils pas raison, finalement ? Peut-être, par exemple, que j'avais sous-estimé le pire restaurant asiatique de Paris. Il pouvait être tellement plus que le pire restaurant *asiatique* – il pouvait fort bien être le pire restaurant de Paris tout court. Pourquoi nous insulter nous-mêmes en nous dénigrant ? Si Michelin publiait un guide des pires restaurants, le nôtre mériterait ses trois étoiles ! Une fierté perverse me regonfla à bloc, mais je me dégonflai rapidement lorsque Grincheux, passant la serpillière sur le sol au moment où j'entrai, m'indiqua sans un mot l'escalier qui descendait vers les toilettes.

Merde ? demandai-je.

*Merde**, confirma-t-il.

Merde !* Le mot le plus utile de la langue française, facile à prononcer, et d'une belle éloquence pour décrire un tas de situations, du littéralement fécal

au désagréablement existentiel. Avec un soupir, je me dirigeai vers les toilettes. Mais Le Cao Boi passa une tête par la porte de la cuisine et me dit, Viens voir, Camus. Le Ronin et Bon étaient dans la cuisine, eux aussi, ainsi que deux des nains. Occupés à préparer la viande d'un animal mort de type inconnu qui pourrait finir par passer pour une entrée, ils donnaient de grands coups de couteau, pendant que des ponts de cendre tremblotaient au bout de leurs cigarettes. Voir Bon me fit repenser à ce que je désirais et redoutais tout à la fois, l'arrivée de *Fantasia* dans deux semaines, l'occasion pour moi de revoir ma chère Lana, si j'avais de la chance, et Man, si je n'avais pas de chance – et lui non plus. Malgré l'imminence de notre rendez-vous fatidique, je ne voyais toujours pas comment le sauver et je fus bien content d'accepter le renfort d'une cigarette offerte par Le Cao Boi. Bon me l'alluma, et le Ronin dit, On a retrouvé tes chaussures.

Mes chaussures ?

Tu te souviens qu'on t'avait suivi grâce à tes chaussures ? Ce mouchard n'est pas un petit bidule à deux francs, mais le dernier cri de la technologie de surveillance américaine. J'ai reçu un coup de fil du vieux briscard de l'Indochine qui me l'a prêté. J'ai dû lui avouer que j'avais complètement oublié de le récupérer. Et je me suis rappelé l'autre soir que, quand on t'a retrouvé, tu n'avais pas de chaussures. Et je me suis rappelé que je n'avais pas vu tes chaussures traîner dans la cave. Alors je me suis demandé si…

S'il n'était pas parti avec mes chaussures.

Le Ronin me fit un grand sourire et me montra, posé à côté de lui sur le comptoir, le boîtier métallique dont l'écran cathodique vert montrait une grille et un point clignotant qui se déplaçait lentement. Ça fait deux

jours que je le surveille, dit-il. Il est revenu au même endroit deux soirs de suite et il y est resté toute la nuit. Je pense qu'il va y retourner ce soir.

On va bien se marrer, dit Le Cao Boi en rigolant. Il nous servit, à chacun, un verre d'une liqueur chinoise exécrable qui ressemblait à de l'eau et n'avait pas d'autre goût que la brûlure qu'elle laissait dans l'œsophage. Je toussai, les larmes aux yeux, mais Bon demeura impassible. Mon manque de virilité amusa le Ronin, qui s'esclaffa en se servant un deuxième verre et ronronna de plaisir après l'avoir vidé.

Exact, dit-il avec un claquement de lèvres. On va vraiment se marrer !

Nous ne partîmes pas tout de suite à la recherche de Mona Lisa. Je dus d'abord descendre au sous-sol et déboucher la gorge étranglée des malheureux W.-C. Étant donné qu'il y avait très peu de clients dans le restaurant, et qu'ils ne finissaient jamais leur plat, il était peu probable que le coupable fût l'un d'entre eux. Par ailleurs, chacun des employés jurait régulièrement qu'il n'était pas responsable du désastre et incriminait les autres.

Ça te rend nostalgique, pas vrai ? me dit Le Cao Boi, après que je fus remonté des toilettes, tremblant et retenant mes larmes. Nostalgique de la façon dont on faisait ça au pays, assis au-dessus d'un ruisseau ou d'un étang, les yeux dans les étoiles, à écouter les cigales. Les bienfaits du grand air ! Jamais de toilettes bouchées, jamais de salle de bains qui pue. Simplement, il ne fallait pas être en aval. Tiens, reprends-en un, tu te sentiras mieux.

Il me servit un deuxième verre de l'abominable liqueur chinoise, dont la brûlure, il est vrai, m'aida

à oublier ce que je venais de voir et de sentir. Découvrir l'intérieur des êtres humains n'est jamais, au grand jamais, une expérience agréable.

Nous partîmes au petit matin, à bord du fourgon que le restaurant utilisait pour ses approvisionnements, mais repeint pour l'occasion avec le nom d'électriciens fictifs, LES FRÈRES CHIEN. Le Cao Boi, hilare, conduisait mal, sans doute à dessein, parce qu'il n'y avait de sièges qu'à l'avant et que Bon et moi étions coincés dans la soute caverneuse, sale et sans vitres, ballottés sans arrêt sur le plancher. Personne ne se demandera pourquoi un fourgon d'électricien est garé dans la rue, dit le Ronin sur le siège passager, où il s'était installé avec le mouchard sur les genoux, ainsi qu'une carte indiquant les coordonnées du lieu où créchait Mona Lisa. Nous roulâmes une demi-heure, du centre vers la banlieue, fumant tous pendant que Le Cao Boi s'occupait de l'autoradio et diffusait un pot-pourri de chansons pop et rock dont se détacha « Seasons in the Sun ». Tous les quatre – et au moins deux de mes fantômes –, nous chantâmes avec des larmes dans les yeux combien il était triste de mourir quand le printemps est si beau et que les filles sont si jolies. Il y avait dans cette chanson la combinaison de pop enjouée, de mélancolie déprimée et de philosophie accessible qui exprimait à la perfection notre sensibilité vietnamienne. J'y inclus la sensibilité vietnamienne honorifique du Ronin, qui, comme tous les hommes blancs lorgnant le statut de Vietnamien d'honneur, y accédait facilement, car nous étions tous intrigués, amusés et honorés que des non-Vietnamiens veuillent s'identifier à nous, ce qui était bien sûr une énième preuve du statut dérisoire de notre pays et de notre colonisation mentale collective. Français et Américains, Chinois et Japonais

partaient du principe, comme tous les impérialistes, que l'humanité entière voulait être française, ou américaine, ou chinoise, ou japonaise.

Nous chantâmes les joies et difficultés de la jeunesse qui serait une saison hors du temps. Nous chantâmes jusqu'à ce que Le Cao Boi se gare devant l'immeuble où vivait Mona Lisa. Maintenant on attend, dit-il.

Le Ronin tapota l'écran de son mouchard et dit, Il bouge. Il est à quelques kilomètres d'ici. Il me regarda. Tu vas devoir l'identifier.

Nous passâmes les deux heures suivantes, un à l'avant et les trois autres derrière, à fumer, à jouer aux cartes et à miser de l'argent, activité qui, après la guerre mais devant l'amour romantique, aura ravagé plus de vies vietnamiennes que n'importe quel autre fléau. Mais nous étions des truands ! Ravager des vies, y compris les nôtres, était le but déclaré et le risque existentiel de notre profession. Les seules choses que nous ne fîmes pas pour tuer le temps furent boire de l'alcool et fumer du haschich, car, comme le proclamait le Ronin, nous étions en service. J'avais perdu tout mon argent et j'étais assis dans un coin du fourgon, furieux, en train de regarder Le Cao Boi et Bon jouer avec mes sous, lorsque le Ronin dit soudain, Il se rapproche. Bon et moi mîmes de longues perruques brunes et des bonnets en laine. Bon chaussa des lunettes fumées et moi, mes lunettes aviateur de contrefaçon. Puis nous ôtâmes nos blousons, nos pantalons et les remplaçâmes par d'autres, sortis d'un sac-poubelle rempli de déguisements que le Ronin avait dégotés Dieu sait où. Le Cao Boi démarra. Je m'accroupis entre son siège et celui du Ronin, lequel ne détachait pas les yeux de l'écran du mouchard et disait, Gauche, droite, droite, tout droit, et ainsi de suite, pour

nous permettre d'intercepter Mona Lisa. Ce dernier se déplaçait lentement, sans doute à pied, après avoir quitté la gare du RER. Par le pare-brise, je découvris un quartier poussiéreux et sinistre d'immeubles ternes qui, comme leurs habitants, n'avaient jamais vraiment eu droit à une vie décente. Si le centre de Paris, celui des cartes postales, était un festin de traditions architecturales à vous faire tourner la tête, cette colonie peu ragoûtante de la *banlieue** était un modèle de malbouffe. Nous tournâmes à un coin de rue et vîmes Mona Lisa à seulement quelques mètres. Il portait *mes* chaussures Bruno Magli. Il marchait vers nous en poussant un Caddie. C'était d'ailleurs un des aspects les plus charmants de la vie parisienne, puisque les habitants s'en allaient chercher à pied leur pitance quotidienne, ce qui leur permettait de garder une certaine ligne, tout l'inverse de l'Américain moyen à gros postérieur, qui prenait sa voiture dès qu'il y avait plus d'un pâté d'immeubles à parcourir.

C'est lui, dis-je, caché derrière le siège du Ronin comme si je n'étais pas déguisé. Avec le manteau gris. Le Cao Boi freina brutalement. Je rebondis contre le siège du Ronin et atterris sur le flanc. Bon pestait. Lui aussi avait été projeté en l'air, mais il avait eu la bonne idée de se retenir à la poignée de la portière. Une fois son équilibre retrouvé, il ouvrit d'un coup la portière coulissante, me découvrant, et bondit sur le trottoir. Je me redressai et croisai le regard interdit de Mona Lisa, qui pourtant, en truand professionnel, aurait dû comprendre. Bon se colla à lui, en un geste apparemment fraternel, ou amical, ce qui lui permit d'enfoncer le canon de son P38 dans les côtes de Mona Lisa sans que personne le remarque. À cet instant, Mona Lisa se figea. Il se demandait s'il avait intérêt à fuir,

à rester immobile ou à obéir à ce que Bon lui disait – *Allez ! Dans le camion* !* Je sautai à mon tour, passai un bras autour de Mona Lisa, plaquai mon revolver, qui avait été le sien, contre son autre flanc, puis le poussai vers le fourgon. Il se mit à crier, mais le Ronin, qui s'était glissé à l'arrière, l'attrapa par le revers de son manteau et l'entraîna à l'intérieur. Prenez son Caddie, dit-il, et pendant que Bon remontait à bord du véhicule, je me retournai pour exécuter son ordre. Ce faisant, je vis sortir par une porte, non loin de là, un homme en imperméable beige, vieux et courbé comme une virgule. Il me hurla dessus. Mon premier réflexe, en le voyant, fut de penser, *Un Arabe*. Qu'avait-il vu ? Qui avait-il vu ? Certainement pas un Asiatique ou un Jaune, car j'étais déguisé. Non, il avait vu mon identité universelle, la lumière ardente de mon moi indiscutable qui brillait à travers l'abat-jour de ma peau, incarnée par le dernier mot qu'il prononça : *Arrête, espèce de bâtard !*

Après une demi-heure de route, nous arrivâmes dans un autre univers grisâtre d'entrepôts, qui n'était pas le ventre, ni même le bas-ventre de Paris, ni son aisselle ni son nombril, mais plutôt sa raie des fesses, l'endroit qu'on ne voyait pratiquement jamais et auquel on ne pensait presque jamais. Cette anfractuosité humide et rance était peut-être le même quartier sans âme que celui dans lequel Mona Lisa m'avait retenu prisonnier. Ne l'ayant pas vu en plein jour, je ne pouvais en être certain.

Oubliez que vous savez où on est, dit Le Cao Boi en se garant à l'intérieur d'un entrepôt gris sans nom ni personnalité, et dont l'extérieur était assorti à la pâleur automnale du ciel.

Prenez-le, ordonna le Ronin en montrant Mona Lisa, qui avait les bras ligotés dans le dos et un sac sur la tête.

Bon et moi retirâmes nos déguisements, les rangeâmes dans le sac-poubelle et enfilâmes nos vrais vêtements. Puis nous fîmes tous quatre avancer Mona Lisa dans les profondeurs de l'entrepôt, le long de hautes palettes remplies de caisses où il était écrit CAFÉ, jusqu'à rejoindre deux des nains. Ils étaient en train de sortir d'un bureau, portant salopettes, masques et lunettes de chantier.

Qu'est-ce qu'ils vont faire ? demandai-je.

Repeindre le fourgon, répondit Le Cao Boi. Les Frères Chien, c'est du passé. Cette fois-ci, il sera tout jaune.

Au fond du bureau, une porte donnait sur une réserve, et au fond de cette réserve, une autre porte ouvrait sur une pièce vide, vaste, sans fenêtre, d'une fraîcheur idéale pour le vin et la torture. Poussé par Le Cao Boi, Mona Lisa s'affala sur le sol en ciment qu'éclairait une unique lampe au plafond, décor minimaliste parfait pour une pièce d'avant-garde à la Samuel Beckett, lui-même déjà assez sadique quand il s'agissait de torturer ses spectateurs. J'avais vu *Oh les beaux jours* et *En attendant Godot*, mis en scène par le département théâtre de l'Occidental College, et j'avais été absolument subjugué. Que se passait-il ? Il ne se passait rien ! Mais s'il ne se passait rien, comment se faisait-il que je n'arrivais pas à oublier ces pièces, après toutes ces années ?

Le Ronin se tourna vers moi, me fit un clin d'œil et murmura, On va l'attendrir pour toi. Puis il dit, tout fort, Enlevez-lui la cagoule.

Pourquoi y avait-il toujours une cagoule, même s'il

ne s'agissait souvent que d'un sac ? Combien de fois avais-je vu des prisonniers la tête recouverte, titubant à l'aveugle ou, comme ce jour-là, tremblant par terre ? Après que Mona Lisa eut été forcé de se déshabiller, le Ronin et Le Cao Boi se relayèrent pour lui asséner des coups de poing et de pied, des coups de chaîne et de batte de base-ball, et de temps en temps un mauvais poème récité par Le Cao Boi, quand il s'interrompait pour consommer une bière et des en-cas. Pendant ce temps, Bon et moi nous adossions au mur opposé, nous accroupissions, nous asseyions par terre, fumions des cigarettes, regardions.

Tu sais ce que je regretterai ? me dit Bon.

Quoi ?

De ne pas pouvoir faire la même chose à l'homme sans visage.

Moi qui avais toujours un plan en tête, cette fois j'étais à court d'idées. Je mis mes chaussures Bruno Magli et essayai, une fois de plus, de trouver un stratagème pour sauver Man sans dévoiler mon secret à Bon. Mais voir et entendre Mona Lisa me déconcentrait. Il gémissait, couinait, s'affalait, se roulait, suppliait, criait et sanglotait, tandis que le Ronin et Le Cao Boi juraient, huaient, riaient, plaisantaient, gloussaient et faisaient des Polaroïd. Lorsque Mona Lisa perdit enfin conscience et que je pus m'entendre réfléchir, Le Cao Boi épongea la sueur sur son front et le sang sur ses doigts, puis me dit, Très bien, à ton tour.

De faire quoi ? dis-je, même si je connaissais la réponse.

Espèce de bâtard de fou, dit-il avec un rire et une tape sur le bras. Tu pourrais être un peu plus enthousiaste. Tu as la chance de l'avoir pour toi tout seul pendant un petit moment. C'est un joli cadeau

du Boss, non ? Il a pensé que tu voudrais savourer ta vengeance.

J'essayai d'être un peu plus enthousiaste, mais je n'avais pas le goût de la vengeance et je n'étais pas non plus passionné par la torture, plus connue sous le nom d'interrogatoire, moins connue sous le nom de rigolade. Allez, on va rigoler un bon coup ! Voilà ce que disait Claude dès qu'un nouveau prisonnier nous était amené. Et comme j'étais très bon dans mon travail, à la fois comme interrogateur et comme espion, je faisais semblant de m'amuser, même si je jouais à l'époque un jeu dangereux : tenter d'arracher le plus de secrets possible tout en infligeant le minimum de souffrances au prisonnier. Je croyais y être parvenu, jusqu'au jour où je m'étais retrouvé en face de l'agente communiste, aussi nue que l'était à présent Mona Lisa. La salle d'interrogatoire dans laquelle elle avait tellement rigolé, soumise aux mains et aux autres extrémités des trois policiers haletants, et qu'ils appelaient la « salle de cinéma », était aussi fortement et mal éclairée que cette pièce. Pouvait-on espérer qu'un jour les interrogateurs comprendraient l'importance de l'éclairage d'ambiance ?

Le Boss a dit que tu étais un professionnel, ajouta Le Cao Boi. Comme si on ne l'était pas.

Tu n'es pas le même genre de professionnel que lui, répondit Bon. Il a été dans la police secrète. Expert en interrogatoires pour la Branche spéciale ! Le ton de sa voix montrait qu'il était fier de notre amitié, de ma compétence, de notre mission consistant à éliminer la menace communiste, et qui se retrouvait curieusement impliquée dans cet autre projet criminel. Toutefois, si Bon était fier de moi, c'était peut-être uniquement parce que je ne lui avais jamais parlé de l'interrogatoire

de l'agente communiste et jamais dit, bien sûr, que j'étais moi-même, ou avais été, la seule chose impardonnable à ses yeux : un communiste. Mais cessait-on jamais d'être communiste, comme on ne cessait jamais d'être catholique ?

Je suis un professionnel, dis-je. Comme un médecin.

Si tu es médecin, quelle est ta spécialité ? demanda Le Cao Boi.

La proctologie, répondis-je, ce qui fit légèrement grimacer Le Cao Boi, le Ronin et Bon, preuve s'il en fallait qu'en tant qu'interrogateur je savais toujours où placer mes doigts, en l'occurrence un pouce rhétorique entre leurs fesses. Ce qui veut dire que j'aime travailler dans l'intimité, ajoutai-je.

Prends ton temps. Le Ronin étudia un de ses ongles, cassé. On n'est pas pressés. Mais il vaudrait mieux que tu te sois vengé avant l'arrivée du Boss.

Quand est-ce qu'il vient ?

Le Cao Boi haussa les épaules. Quand il voudra.

Qu'est-ce que vous voulez de lui ? demanda Bon en désignant Mona Lisa du menton.

N'importe quoi. Tout. Il a tué un des nôtres.

Ce qui signifiait, comme chacun le savait, que Mona Lisa devait mourir.

Je me retrouvai seul avec Mona Lisa, sauf lorsque, une heure plus tard, un des nains se présenta avec les instruments d'interrogatoire que j'avais réclamés : une cartouche de cigarettes, une bouteille de whisky, deux bouteilles d'eau (une gazeuse et l'autre non), enfin le Caddie. Ce nain était surnommé Mastoc, car il était le plus grand des sept, ce qui n'était pas un exploit. Tu sais jusqu'où j'ai dû aller pour te trouver

une bouteille de whisky ? demanda-t-il. Et puis de toute façon qu'est-ce qu'un professionnel fout avec une bouteille de whisky ?

Tu n'y connais rien au travail des professionnels, dis-je en le congédiant d'un simple geste.

Assuré de ne plus être dérangé, sinon par mes fantômes, je me livrai à deux de mes passe-temps favoris, la boisson (n° 3) et la lecture (n° 2). Après avoir vu le videur eschatologue avec son exemplaire de *Candide*, j'avais acheté le livre en format de poche. Je l'avais lu au lycée, et sa comédie humaine m'avait beaucoup plu à l'époque – et encore plus aujourd'hui. Mon éponge de professeur avait donc réussi à verser sur mon front quelques gouttes de sagesse tiède, car ce qu'il avait un jour déclaré à notre classe était vrai, à savoir que les livres n'avaient plus le même sens quand on les relisait plus tard, transformé par la vie. Prenez ce passage mordant, par exemple, qui me faisait à la fois peur et rire :

> « Je voudrais savoir lequel est le pire, ou d'être violée cent fois par des pirates nègres, d'avoir une fesse coupée, de passer par les baguettes chez les Bulgares, d'être fouetté et pendu dans un autodafé, d'être disséqué, de ramer en galère, d'éprouver enfin toutes les misères par lesquelles nous avons tous passé, ou bien de rester ici à ne rien faire ? »
>
> « C'est une grande question », dit Candide.

Grande question en effet ! Mais encore plus grand que la question de Voltaire – mais pas aussi grand, sans doute, que les infatigables pirates nègres de son imagination – était le problème que j'avais parfois à affronter dans ma haine des Français. C'étaient des bâtards

de colonisateurs, mais ils nous avaient donné des mots tels que ceux-là, même si ces mots n'étaient peut-être pas destinés à un bâtard colonisé comme moi, seulement mi-français, mi-vietnamien, simple problème mathématique qui se résumait à inhumain, trop inhumain.

Mona Lisa gémit. Il était enfin redevenu conscient, quoique groggy. Couché au sol, il secouait la tête et bavait un peu, comme un patient se réveillant sur sa table après avoir été anesthésié. Je le hissai dans un coin et le redressai. Il se mit en boule. Derrière ses paupières entrouvertes, je vis remuer le blanc de ses yeux.

Que dirais-tu d'un verre ? Cette question, quand elle m'était adressée, me rendait toujours un peu plus gai. Je m'assis à côté de lui sur le sol froid et lui servis un verre de whisky. Que dirais-tu de deux verres ?

Je ne bois pas, marmonna-t-il.

Les hommes qui ne buvaient pas me choquaient toujours un peu. Mais je m'efforçai de ne pas le juger, même s'il passait à côté d'une des plus grandes inventions de l'humanité. À la place, je lui proposai de l'eau ; cette fois, il accepta. Je lui tins la main pendant qu'il soulevait le verre, et lorsque je lui offris une cigarette, il ne la refusa pas. L'eau et la cigarette le revigorèrent, et ses paupières s'ouvrirent un peu plus.

Tu es content, maintenant ? bredouilla-t-il. Tu m'as eu.

Ça fait longtemps que je n'ai pas été content. Tu sais, je suis un homme aux deux esprits…

Ta gueule.

… Et je sais ce que tu ressens en ce moment même. C'est mon seul et unique talent…

Ta gueule.

… Et je me suis retrouvé à ta place, littéralement, au cas où tu l'aurais oublié. Mais ce que tu m'as fait,

tu n'es pas le premier à me l'avoir fait. Et j'ai fait plein de choses à plein de gens, donc je sais ce que c'est d'être celui qui se marre.

Ta gueule.

En ce moment même, vous êtes deux. L'un est assis là, qui me dit de fermer ma gueule. L'autre est quelque part au plafond, en train de regarder notre petit jeu. Il faut bien casser l'œuf pour séparer le blanc du jaune, et tu viens de te faire casser. Je suis en train de parler au jaune d'œuf. Le blanc en toi est là-haut, un ectoplasme transparent, une substance aussi gluante que le sperme…

Ta gueule.

Tu ne me comprends peut-être pas, mais tu me comprends aussi. N'est-ce pas ?

Pourquoi tu n'en finis pas une bonne fois pour toutes ? marmonna-t-il.

Derrière lui, mon quintette de fantômes fredonna, *Finis-en*, mais je ne les écoutai pas, ni eux ni Mona Lisa. Je dis, Je ne vais pas te faire ce que tu m'as fait. En parlant, je regardais Mona Lisa de la même manière, j'en suis sûr, que la *Mona Lisa* du Louvre regardait le monde, avec beaucoup de sympathie pour les millions de gens qui s'agglutinaient devant elle. Si je regardais quelqu'un assez longtemps, si je l'écoutais assez longtemps, je pouvais superposer son visage sur l'un des miens et voir le monde à travers ses yeux. Mon objectif, quand j'étais espion, était de recueillir des renseignements que mes supérieurs utiliseraient pour saper le combat de mon sujet. Quand je faisais l'interrogateur, à cuisiner des prisonniers qui savaient que j'étais secrètement de leur côté, mon objectif changeait. Si je parvenais à faire parler mon sujet, peut-être pourrais-je le sauver des tortionnaires. Si j'obtenais

de mon sujet qu'il cesse de résister, je pourrais le sauver de lui-même.

Tu vas rester comme ça, assis là à me regarder ? marmonna-t-il. Dis quelque chose.

Sans un mot, je lui offris de l'eau et des cigarettes, deux des éléments essentiels de la vie. Nous bûmes un peu d'eau et fumâmes beaucoup, soit la bonne proportion, avant qu'il dise, Tu te crois très malin, c'est ça ? Comme une sorte de Tintin ? Une âme charitable ? Eh bien, je m'en branle de Tintin. Ce n'était qu'un colonisateur comme les autres.

Venait-il d'insulter Tintin, le petit reporter, le détective amateur, le héros intrépide ? L'admirateur que j'étais depuis le lycée en fut indigné. Mais je ravalai mon indignation et abordai la question plus grave : Je ne suis pas un colonisateur ! Je suis un colonisé, exactement comme toi.

Tu étais pour les Français ou contre eux ?

Le Boss croyant que j'étais pour les Français, je répondis, comme toujours pris dans mes propres pièges, Pour les Français.

Il rit encore. Évidemment. Ton père était français.

Je hais mon père, dis-je, et cela me fit du bien de prononcer cette simple phrase pleine de vérité.

Mona Lisa me regarda comme un élève étudie un manuel d'algèbre, avec beaucoup de réticence et un certain dégoût. On ne devrait jamais haïr son père, finit-il par répondre. Même si c'est un trou-du-cul. On vient tous du ventre de notre mère et du trou du cul de notre père.

Il avait commencé à parler, soit ce que tout véritable interrogateur qui n'est pas un simple tortionnaire attend de son sujet. Tu as faim ? dis-je.

Sa faim étant plus forte que sa fierté, il acquiesça.

En fouillant dans son Caddie, je découvris certains éléments de son existence : une bouteille d'Orangina, un pot de Nutella, des serviettes en papier, des carottes râpées, une boîte d'œufs, enfin un sachet de croissants industriels, ce qui pour ce pays me sembla triste, ou criminel, ou les deux. Il y avait aussi de vieilles bananes ramollies ; j'en épluchai une et la lui donnai. Mais ses mains, écrasées par le Ronin et Le Cao Boi, ne pouvant pas la tenir, je le fis pour lui. Il mangea lentement. Une bouchée, deux bouchées, puis la troisième. Lorsque la banane fut à moitié avalée, un souvenir à moitié digéré remonta des tréfonds de ma mémoire, un souvenir que je n'avais pas remâché depuis des années, des décennies peut-être : ma mère me nourrissant d'une banane au petit déjeuner pendant que je lisais, assis sur un tabouret. J'avais un livre sur les cuisses ; la banane était suspendue à côté de ma joue, tenue par la main de ma mère. Elle qui ne savait lire que très lentement et à voix haute – pas une fois elle ne douta que je doive apprendre à lire, et lire tout le temps. Tu es né pour lire, me disait-elle souvent. Alors je lisais, je lisais, je lisais, et jusqu'à ce jour je n'avais pas voulu entendre ce que ma mère m'avait dit la seule fois où je lui avais demandé d'où venaient ces livres – de la bibliothèque personnelle de mon père.

Après en avoir fini avec la pulpe crémeuse blanche, Mona Lisa recula la tête, me laissant avec la peau de léopard de la banane, jaune et constellée de taches noires. Je jetai la peau glissante dans un coin – je demanderais plus tard à Mastoc de nettoyer. On cultive la banane en Algérie ? demandai-je. Il fallait faire parler le sujet, le mettre à l'aise, la conversation étant la meilleure, la plus durable forme de séduction.

Mona Lisa grogna et dit, Je n'en sais rien. Je suis allé en Algérie seulement deux ou trois fois, quand j'étais jeune. Mes parents pensaient que je devais connaître le pays.

Puisque tu es né là-bas, dis-je.

Je ne suis pas né là-bas ! Je suis né ici. Je suis français… officiellement.

Et officieusement ?

En Algérie, on dit que je suis français. Mais ici, parfois les gens disent que je suis algérien, parfois que je suis un Arabe. Quand j'ai vraiment de la chance, je suis un sale Arabe.

Salut, espèce de sale Arabe. Moi je suis le Bâtard Fou.

Il eut un sourire bienveillant. En fait, tu es le Chinois.

Ah oui ? Tu es… Je m'interrompis. J'avais honte de n'avoir jamais connu le moindre Algérien, le moindre Arabe, le moindre musulman, le moindre Nord-Africain, avant d'aller à Paris. Je suis désolé, dis-je avec une sincérité absolue. Mais je ne connais aucune insulte raciste pour toi.

Aucune ? C'est bien la première fois. D'accord… Essaie *bougnoule**.

Quoi ?

Allez. *Bougnoule* !* Ne sois pas timide.

Bougnoule !*

Parfait.

La lueur de la réussite illumina mes entrailles, une chaleur aussi réconfortante que celle procurée par un whisky, une vodka, un brandy ou un cognac de la meilleure qualité. Mon français s'améliorait !

Maintenant, dis *sale bougnoule**, mais avec plus de force. Mets-y un peu de crachat.

Sale bougnoule !*

Encore mieux ! On croirait entendre un Français. Ou une Française. Ou même un enfant français. Mais ne me traite jamais d'*Arabe de service**. Sinon, je te tue.

Mona Lisa trembla de rire, et les sables froids de mon cœur furent balayés par une vague de tendresse à son égard. Prends un peu de ça, dis-je en sortant de ma poche une dose du remède. Comment diable s'était-elle retrouvée là ? N'avais-je pas tout évacué dans les toilettes ? Comment le remède faisait-il pour sans cesse réapparaître, comme par magie, dans mes poches ? Une petite balle de mousquet en poudre, emballée dans du plastique. Tu te sentiras mieux, dis-je. Ou alors tu ne sentiras rien, ce qui dans ta situation revient au même.

Il observa un instant la poudre blanche, hésitant, puis finit par accepter. Le remède était aussi polyvalent qu'un acteur de genre. Il pouvait être frotté contre la peau ou les gencives, injecté dans les veines, reniflé par le nez. J'en déposai quatre traits blancs sur un carton de biscuits sorti du Caddie. Ensuite, j'enroulai un billet de dix francs et le brandis devant Mona Lisa pour qu'il puisse inhaler le premier trait. Puis le deuxième. Waouh, dit-il. Et le troisième. Après le quatrième, je le félicitai, On dirait que tu as fait ça toute ta vie.

Quoi ? Il leva les yeux en reniflant. Tu en voulais ?

Pour un type qui ne boit pas, tu l'as engloutie d'un coup.

Comment disent les Américains, déjà ? Ah, oui. C'est de la bonne merde. Je ne sens presque rien.

Ma réserve de remède épuisée, je me rabattis sur une cigarette de haschich, que Mona Lisa partagea avec moi. Comment un gentil garçon comme toi s'est retrouvé à faire ça ? dis-je à travers la fumée recrachée par nos poumons. La question le fit de nouveau rire.

Demande à mon frère, répondit-il. Celui dont tu as piqué la place.

Il n'avait pas laissé de message pour indiquer qu'il était propriétaire de son réseau.

C'est vrai. Saïd est fou, comme toi. Ou peut-être fou à sa manière.

Où est-il, alors ? Dans un asile ?

En Afghanistan. En Afghanistan ! Je n'en avais jamais entendu parler avant qu'il décide d'y aller. Il s'est mis dans la tête qu'il voulait combattre les Russes. Quel rapport avec nous ? Qu'est-ce qu'on s'en fout du communisme ! Tu sais ce qu'il m'a dit ? Ce n'est pas pour le communisme. C'est pour l'islam. Les Russes tuent nos frères. Nos frères ? j'ai demandé. Les musulmans, il a répondu. Voilà pourquoi il est fou. Il n'en avait rien à foutre de l'islam quand on était jeunes. Et même il y a trois ans. Il était comme toi et moi, il volait, il vendait de la drogue. Il se marrait ! La moindre des choses, ça aurait été qu'il me file son réseau, mais tu sais ce qu'il m'a dit ? Je ne veux pas t'encourager.

Qu'est-ce que tu t'es dit à ce moment-là ? demandai-je.

J'ai eu envie de lui mettre un coup de poing en pleine face.

Je pouvais compatir avec Saïd, moi à qui beaucoup de gens voulaient mettre un coup de poing en pleine face, ou dans mes deux faces. Ah, cette satanée émotion, une fois de plus ! Saïd le fou. Mais comment désigner autrement quelqu'un d'assez malheureux pour croire en Dieu ? Ou était-ce Allah ? Ou Mahomet ? J'en savais autant sur l'islam que sur les Arabes. Néanmoins l'islam était une religion au même titre que le catholicisme, et toutes les religions étaient bâties sur des sables mouvants. Elles avaient besoin de gens

qui avaient besoin de croire en quelque chose. J'avais fait partie de ces gens-là, jusqu'à ce qu'on me force à ne croire en rien, ce qui, à bien y réfléchir, est aussi l'essence de la religion.

Tu devrais peut-être lui pardonner, dis-je.

Lui pardonner ?

De même que je te pardonne, dis-je d'un ton sacerdotal.

Tu me pardonnes ? Il tressaillit. Quoi ?

Moi qui n'étais pas facilement choqué, je le fus. Mais de m'avoir torturé, dis-je en bredouillant. De m'avoir forcé à jouer à la roulette russe ! Tu as oublié ?

Il éclata de rire. Si le rire était le meilleur médicament, alors je devais être un assez bon proctologue. Tu aurais dû voir ta tête, dit-il. Trop drôle ! Puis il s'arrêta de rire et ajouta, Je n'ai pas besoin de ton pardon.

Tu n'as pas besoin de demander mon pardon pour que je te pardonne, dis-je.

Je n'en veux pas, de ton pardon ! s'écria-t-il. Allez vous faire foutre, toi et ton pardon !

Tu n'as pas à vouloir mon pardon. Je te l'accorde, c'est tout.

Mona Lisa sembla interloqué, tout comme mes fantômes, qui se tenaient derrière lui. Ils s'attendaient à une vengeance médiévale, en réalité pas si médiévale que ça, compte tenu de la fréquence à laquelle nos si civilisés colonisateurs nous avaient infligé châtiments et tortures pendant des siècles, jusqu'à, je ne sais pas, quelques années de ça, de même que nous éventrions nos ennemis en bonne conscience, tout en nous frappant le torse avec une fierté patriotique. Mais si j'avais surpris Mona Lisa et mes fantômes, je m'étais surpris moi-même, ce qui est toujours la pire ou la meilleure des surprises. Même si mes intentions de départ

n'étaient pas claires, je n'avais pas envisagé de lui pardonner. J'avais simplement voulu le voir, d'homme à homme, face à face, couilles contre couilles, avant de me décider. Si je te pardonne, ajoutai-je d'une voix qui volait sur les vents de ma vanité, c'est parce que ce que tu m'as fait, je l'ai fait à d'autres. Je ne suis pas meilleur que toi. Je suis peut-être même bien pire.

Je ne suis pas désolé, répondit Mona Lisa. En fait, même, je le referais, gros bâtard.

Et je te pardonnerais encore, dis-je.

Il fut un temps, c'est-à-dire l'essentiel de ma vie, où j'aurais menacé d'énucléer et de détruire les rotules de quiconque me traitait de bâtard. Tel Dieu, qu'on ne devait pas appeler par Son nom, on ne devait pas m'appeler « bâtard ». Chaque fois qu'on me traitait de bâtard, je devenais tout rouge, mon cœur s'emballait, mes poings se fermaient, ma gorge se serrait, et les ganglions lymphatiques de la colère envahissaient mon sang. Mais cette fois je ne fus pas heurté. Que s'était-il passé ? Je pouvais me voir à travers ses yeux. Habitant son cœur autant que son cerveau, étant le sympathisant par excellence, je savais qu'il avait prononcé mon véritable nom, le numéro de série de mon être gravé dans toutes les structures de mes cellules par la main qui m'avait fait. Et pourtant lui aussi était un bâtard, au moins au sens moral du terme. Assis à quelques centimètres de lui, je reconnaissais notre humanité commune, ou, peut-être plus vraisemblablement, notre inhumanité commune. Et quelle était la différence ? Dire que nous étions tous humains, c'était faire dans les sentiments ; mais dire que nous étions tous inhumains, c'était la vérité. À quelle époque nous autres, humains, n'avons-nous jamais été des bâtards ?

Tu es un drôle de bâtard, marmonna-t-il.

Il faut bien, si je veux pardonner l'impardonnable.

Mona Lisa sembla perplexe. C'est impossible.

Une révolution, c'est toujours rendre possible l'impossible, dis-je. Et je suis un révolutionnaire qui a trouvé sa révolution.

Tu es un crétin doublé d'un fou.

C'était peut-être aussi la vérité.

QUATRIÈME PARTIE

*Vous**

16

Tu sais ce que tu sais.
Tu sais ce que tu ne sais *pas*.
Mais que ne sais-tu *pas* ne *pas* savoir ?
Et que sais-tu *déjà* que tu *refuses* de savoir ?

Tels étaient les principes et les questions que Claude, le maître, m'avait inculqués, à moi son apprenti serviable, pendant des mois et des années, quand je travaillais pour la police secrète de la Branche spéciale, cet enfant adoptif de la CIA élevé selon les méthodes policières américaines les plus en pointe, transmises à mon pays, avec beaucoup de conditions, par les improbables technocrates à cheveux ras de l'obscure Michigan State University. Nous ne savions pas, à l'époque, que la Michigan State University était la deuxième meilleure université d'un État moyen. Les seules universités américaines dont nous aurions pu entendre parler étant Harvard, et peut-être Yale ou Stanford, nous mettions le fait de ne pas avoir entendu parler de la Michigan State University sur le compte de notre ignorance. Avant d'aller aux États-Unis en tant qu'étudiant étranger, je ne savais du Michigan qu'une seule chose : c'était un endroit où aimait passer ses

étés le jeune Ernest Hemingway, qui, d'après Claude, serait certainement allé au Viêtnam pendant la guerre afin d'y éprouver sa virilité et ses talents d'écrivain s'il ne s'était pas déjà soumis à l'épreuve finale au moyen d'un fusil.

Il faut être un homme, un vrai, pour mourir comme ça, me dit Claude lorsqu'il m'offrit un exemplaire d'*Hommes sans femmes* le jour de mes vingt-cinq ans, mon tout premier cadeau d'anniversaire, sauf à considérer ma naissance, qui fut et serait toujours le plus beau de tous les cadeaux d'anniversaire, offert par la seule personne qui pût me l'offrir, ma mère. Ton tout premier cadeau d'anniversaire ? fit Claude, surpris. Je lui dis que je n'avais même jamais eu droit à une fête d'anniversaire, du moins pas dans mon souvenir, puisque mon peuple – le vietnamien, pas le français – ne fêtait pas les anniversaires, hormis le premier et le quatre-vingtième. Avoir un an était important, compte tenu du taux élevé de mortalité infantile, et atteindre les quatre-vingts était aussi un fait marquant, compte tenu des nombreuses et diverses occasions de mourir sur une terre aussi pauvre, rurale, chaotique et injuste (mais tout de même magnifique) que la mienne.

Vivre et laisser vivre, dit Claude en me donnant le cadeau emballé dans du papier journal. C'est mon livre préféré de Hemingway, précisa-t-il tandis que je m'asseyais chez lui, dans son appartement un peu trop chaud d'Eden, résidence de choix des agents de la CIA en poste à Saigon. Hemingway a été désigné plus grand écrivain du plus grand pays du plus grand siècle de l'histoire humaine, dit Claude. Donc le plus grand de tous les écrivains.

Il me servit deux doigts de Jack Daniel's et j'étais

bien content que ses doigts soient nettement plus gros que les miens.

Des hommes plus médiocres se seraient servis d'un canon court, reprit-il. Il leva son verre avec la même déférence que montrait mon père en levant son calice devant ses ouailles. Mais le vieil Ernest a choisi un fusil de chasse. *Bam !*

Dieu fasse que nous soyons tous aussi courageux à la fin, dit un peu plus tard Claude à tous ses étudiants, parmi lesquels j'étais le seul à avoir entendu parler de Hemingway, uniquement pour avoir lu *Le soleil se lève aussi* à l'Occidental College, pendant le cours du Pr Hammer sur le jazz et la Lost Generation. Je me demande, poursuivit Claude devant notre classe ahurie, si le vieil Ernest se connaissait. Se connaissait vraiment, je veux dire. Parce que votre travail, en tant qu'interrogateurs, consiste à vous connaître, afin de pouvoir convaincre vos sujets de se connaître eux-mêmes. Je vous parle des vrais interrogateurs, les enfants. Pas des tortionnaires. *Vous n'êtes pas des tortionnaires.* N'importe qui peut faire dans la torture, bien qu'il s'agisse aussi d'une forme d'art, comme la pornographie peut être une forme d'art.

L'usage que Claude faisait de la critique littéraire pour illustrer les méthodes d'interrogatoire déroutait parfois les autres étudiants, mais il était issu d'une rare lignée de robustes Américains qui étaient autant des patriotes que des patriciens. Comme moi, il avait été pensionnaire, dans son cas à la Phillips Exeter Academy, un établissement d'élite de la Nouvelle-Angleterre. Là-bas, il avait lu les classiques, fait de l'aviron, et s'était préparé à devenir un combattant de choc de l'exceptionnalisme américain, terme délicat par lequel les Américains désignent « l'impérialisme

américain », cette expression qu'il ne faut jamais prononcer devant eux, car ils croient sincèrement, à l'instar de tous les impérialistes, qu'ils ont conquis le monde pour son propre bien, comme si l'impérialisme était une forme de pénicilline (pour les indigènes), dont le pouvoir, le profit et le plaisir ne seraient que des effets collatéraux imprévus (pour les médecins). Comme moi, Claude croyait aux vertus de l'art et de la littérature et ne trouvait en rien contradictoire qu'une personne cultivée puisse être aussi un guerrier. À la manière des Grecs, disait-il. Le corps et ce qu'on en fait est un art, aussi.

Au cours des deux semaines suivantes, je pratiquai donc l'art appris auprès de Claude sur le corps – et l'esprit – de Mona Lisa, dans l'entrepôt. Bon, le Ronin et Le Cao Boi firent de même. Il devint peu à peu évident que, aux yeux du Ronin et de Le Cao Boi, cet interrogatoire relevait de l'art pour l'art. Bon, lui, y voyait un exercice, une chose qui peut être agréable ou non, mais qui doit être faite avec efficacité et relativement vite. Or le Ronin et Le Cao Boi n'étaient pas efficaces. Tous les jours, ou un jour sur deux, ils débarquaient tranquillement pour s'amuser, pas pressés d'atteindre leur but, c'est-à-dire savoir où se cachaient les camarades de Mona Lisa afin que le Boss puisse liquider la concurrence. Quant au Boss, il ne passa qu'une fois, pour une visite d'inspection. Il examina le corps recroquevillé, nu et ecchymosé de Mona Lisa, parut satisfait, mais ne fut pas impressionné par les renseignements que j'avais arrachés et notés dans un carnet, par exemple la ville d'origine des parents de Mona Lisa (Sour el-Ghozlane), son niveau d'études (médiocre), son passe-temps favori (les maquettes d'avion), son plat préféré (les kebabs), le destin d'un de ses oncles

(poussé dans la Seine par les gendarmes avec quelques dizaines d'autres Algériens, les flics restant les flics, quelle que soit leur nationalité), ses opinions politiques (quelque part entre l'apathie et l'anarchisme) ou les raisons pour lesquelles il avait embrassé la carrière de truand. Comme moi, il avait un problème avec son père. Mais je ne déteste pas mon père, me dit-il. S'il nous frappait, mes frères et moi, c'est seulement parce qu'il avait d'abord été frappé par les Français. Ou peut-être pas seulement ça. Peut-être que c'est vraiment un connard et que les Français n'ont fait qu'aggraver les choses. Comment savoir ? Un autre de mes oncles s'est battu contre les Français en Algérie. Les paras l'ont arrêté et mon père – encore adolescent – a dû aller récupérer ce qu'il en restait pour l'enterrer. Ça te fout en l'air, ce genre de choses. Et ensuite tu fous en l'air tes enfants, et tes enfants foutront en l'air leurs enfants, et ainsi de suite.

Si tu as tellement conscience d'être foutu, dis-je, tu pourrais essayer d'arrêter.

Essayer ? Mais j'ai essayé. Je n'étais pas si mauvais, à l'école. Je savais nouer une cravate et aller à un entretien d'embauche. Je parle couramment le français. Je suis né ici. Mais j'entendais les voix qui changeaient à l'autre bout du fil, et je voyais leurs têtes quand ils prononçaient mon nom, si j'avais la chance de les rencontrer. Moussa. Ce n'est pas un prénom français, ils me disaient, comme s'ils faisaient l'entretien uniquement pour me balancer ça. Je n'avais qu'à changer de nom. Je reconnais que j'ai essayé d'en prendre d'autres. Gaspard. Maxime. Charles. Mais ça n'allait pas. Ça faisait bizarre. Alors je me suis dit, *Je suis allé dans vos écoles, qui sont mes écoles. J'ai appris votre langue, qui est ma langue. Je ne me sens pas*

du tout arabe, sauf quand on me traite d'Arabe. Et ça ne suffit pas ? Et maintenant je devrais changer le nom que mes parents m'ont donné ? Et je savais que ça ne s'arrêterait pas là. Qu'ils n'arrêteraient jamais. Qu'ils ne seraient pas heureux tant que je n'aurais pas épousé une femme qui leur ressemblait, que je ne leur aurais pas donné des enfants qui ressemblaient plus à eux qu'à moi, et qu'il ne fallait pas que je me fasse d'autres amis qu'eux. Ils voulaient mon âme. Je n'allais pas la leur donner. Soit j'étais cent pour cent français, soit j'étais un sale Arabe. Alors j'ai décidé que je serais cent pour cent truand.

Je consignai ce dialogue dans mon carnet, que le Boss feuilleta avant de me le jeter sur le torse. Pourquoi est-ce que je te paie pour cette merde ? Son émission de télé et ses chanteurs préférés ? Son idéal féminin ? Ce qu'il veut faire de sa vie ? Tu écris sa biographie ou quoi ? *Qu'est-ce qu'on en a à foutre ?*

Le regard noir, il se tut. Je baissai sagement les yeux pendant que nous laissions passer ensemble le silence qu'imposait sa question rhétorique.

Je veux que ce soit fait avant samedi prochain, finit-il par ajouter. Ce soir-là, il y aura *Fantasia*, et une fête très spéciale sera organisée la veille pour BFD et plein d'autres VIP. Il a aimé sa petite visite au Ciel. Beaucoup aimé. Il y est déjà retourné deux fois. S'il a aimé le Ciel…

Il va adorer ce qu'on lui a concocté, dit le Ronin avec un grand éclat de rire.

Qu'est-ce que vous lui avez concocté ? demandai-je.

Tu verras. Tu fais partie du spectacle. On a besoin de tout le monde. Sois là-bas à 18 heures. Le spectacle commence à 21 heures, dit le Boss. Il me donna une adresse, située sur la luxueuse avenue Hoche, non loin

de là où vivait un de mes clients, un avocat loquace spécialisé dans les fusions et acquisitions. Quant à ce type, si tu n'arrives pas à terminer le boulot, je m'en chargerai moi-même, dit le Boss en donnant un coup de pied dans les côtes de Mona Lisa. Ce dernier poussa un cri théâtral, conscient que s'il ne donnait pas le change il recevrait un autre coup de pied, et plus fort. Sur ce, le Boss s'en alla avec Bon, qui me dit, en guise d'au revoir, Quand est-ce que tu viens dîner avec Loan ? Je lui répondis que l'interrogatoire de Mona Lisa me prenait tout mon temps. En vérité, la perspective de voir Bon avec une autre femme me mettait mal à l'aise.

Tu es peut-être aussi jaloux ? demandèrent mes fantômes avec un ricanement collectif.

La ferme, dis-je.

Je n'ai rien dit, balbutia Mona Lisa au sol.

J'étais de nouveau seul avec lui. À l'extérieur, dans l'entrepôt, deux nains protégeaient le café qui, contrairement au haschich, ne murmurait pas. Il n'avait aucun besoin de parler. Les véritables puissants laissent les autres parler à leur place.

Qu'est-ce qu'a voulu dire ton patron ? demanda Mona Lisa, toujours à terre.

Il te reste une semaine, répondis-je. Cela signifiait également qu'il me restait une semaine avant que Bon se retrouve face à Man, si bien sûr Man assistait à *Fantasia*, ce qu'il ferait, car *Fantasia* était une bouffée d'oxygène pour notre peuple. Et chacun avait besoin d'oxygène, quel que fût son âge, sa profession, sa religion. Le temps d'une soirée, nous mettrions de côté nos différences, notre pro- ou notre anticommunisme, réunis par notre amour profond de la chanson, de la danse et de la comédie bas de plafond, d'autant

plus savoureuse que le plafond était bas. Certes, j'avais hâte de revoir Lana. Mais je voulais aussi reporter indéfiniment l'instant où je verrais le pistolet dans la main de Bon braqué sur l'homme sans visage qui hantait ses rêves. En attendant, je ne savais pas comment m'extirper de cette situation avec Mona Lisa, qui avait résisté à toutes mes demandes, à toutes mes cajoleries. Je n'avais peut-être pas épuisé toutes les ruses, celles que Claude m'avait enseignées comme celles de ma propre invention. Ou peut-être que j'en avais marre de savoir et que je ne voulais pas faire craquer Mona Lisa, car je ne voulais pas savoir ce qu'il savait. Ou peut-être savais-je déjà la chose la plus importante que savait Mona Lisa, cet homme qui plus d'une fois m'avait dit, tantôt résigné, tantôt provocant, Je préférerais mourir.

Je sus que j'avais trop longtemps vécu à Paris et que j'étais devenu trop assimilé lorsque, à 18 heures pile le vendredi soir, je me présentai à l'adresse de l'avenue Hoche. La ponctualité n'est pas le fort de mon peuple, lequel aime s'amuser et a une notion du temps plus souple que celle des Français. Pour un Vietnamien, selon son humeur, l'édifice élégant que j'avais face à moi pouvait se trouver à une heure ou à trois heures de l'appartement de Mona Lisa. Le hall en marbre, avec ses doubles portes ornées de laiton, ses miroirs aux murs et son lustre en cristal, laissait penser que n'importe quel habitant de cet immeuble valait sans doute plus que l'immeuble de Mona Lisa et tous ses habitants réunis. En me voyant dans l'immense miroir, je me rappelai que j'avais maintenant trente-sept ans, d'après la méthode de calcul occidentale. Selon l'usage vietnamien, j'avais trente-huit ans, en prenant en compte

les neuf mois de location de la matrice maternelle. Et pourquoi ne pas les prendre en compte ? J'avais été logé et nourri dans le meilleur caisson d'isolation sensorielle au monde, le pire étant cet aquarium qui privait les prisonniers de toute lumière, de tout bruit, de toute sensation, les réduisant à des masses de gelée tremblotantes, que Man avait fabriqué exprès pour moi au camp de rééducation, après avoir lu le manuel d'interrogatoire de la CIA. Dans le miroir, je parus vaguement jaune, habillé en ce que j'étais vraiment, c'est-à-dire serveur dans un restaurant pas cher, avec un pantalon noir terne et une chemise blanche qui ne l'était plus tout à fait. Ce que j'avais de plus séduisant se résumait à mes chaussures Bruno Magli et à mes cheveux, plaqués en arrière comme dans les années 1930 et 1940, quand tous les hommes avaient les cheveux gominés et courts, non pas longs et ébouriffés, comme le voulait la vulgaire mode contemporaine. Mais hormis mes cheveux, qui restaient noirs, le reste était fatigué et vieux. Le propulseur d'appoint de ma jeunesse avait depuis longtemps été abandonné pendant le voyage vers l'orbite de l'âge mûr. J'avais probablement vécu la moitié de ma vie, ce qui n'était pas si mal, étant donné les litres de whisky que j'avais aimés, les innombrables cigarettes que j'avais adorées, et les dizaines de femmes que j'espérais avoir diverties.

Un ascenseur me fit monter au troisième étage de cet immeuble qui en comptait cinq et ne semblait pas si impressionnant avant que je comprenne, plus tard, que l'appartement comportait trois niveaux. Lorsque les portes de l'ascenseur s'ouvrirent, je me retrouvai sur un palier hexagonal, recouvert d'une épaisse moquette rouge vif dans laquelle mes semelles s'enfoncèrent. Les rampes étaient en bois sombre verni, que

je soupçonnais d'avoir été arraché, sans anesthésie, à une colonie dénudée. Contrairement à l'état charmant de presque tous les autres immeubles parisiens que j'avais visités, ici rien ne grinçait, rien ne sentait le moisi. Je poignardai la sonnette ; une clochette retentit de l'autre côté. Le videur eschatologue m'ouvrit. Il portait uniquement un pagne blanc, un collier en fer autour du cou et trois pansements : les plus anciens sur sa joue et sur sa tempe, un nouveau en diagonale sur son sein gauche, comme trois pistes d'atterrissage blanches sur sa peau noire.

Qu'est-ce que vous faites ici ?

Pas de questions, marmonna-t-il.

Pourquoi vous êtes habillé comme ça, nom de Dieu ?

Pas de questions, marmonna-t-il encore.

Non seulement il était presque nu, mais il brillait comme une voiture neuve, et son corps huilé étincelait à la lumière. Derrière le vestibule, j'entendis un murmure de voix, des entrechoquements d'assiettes, des tintements de verres.

Votre costume se trouve dans l'appartement des domestiques, tout en haut, me dit le videur eschatologue. Lorsque je voulus pénétrer dans le vestibule, il fit non de la tête et pointa le doigt. Derrière vous. Prenez l'escalier de service.

Derrière moi, les grandes marches s'enroulaient autour de la cage d'ascenseur vitrée. De l'autre côté de celle-ci, une porte donnait sur une autre volée de marches, plus étroites, plus sombres. Je regardai l'escalier, puis le videur eschatologue. Donc on se retrouve dans une guerre de mouvement ou dans une guerre de position ? lui demandai-je.

Il fit la moue et me ferma la porte au nez. Je montai donc aux quatrième et cinquième étages. Une dernière

volée de marches me mena tout en haut, jusqu'aux chambres de bonne, gardées par un des sept nains – celui qu'on appelait Pouilleux, pour une raison que je n'avais jamais voulu connaître. Il portait un turban, un gilet de brocart rouge sur son torse nu et des chaussons violets brodés à bouts recourbés. Aucune question, chuchota-t-il en ouvrant la porte et en me faisant signe d'entrer. Et putain, tu as intérêt à oublier ce que tu viens de voir.

Ces chambres étaient peut-être de bonne, mais contrairement à l'appartement que j'avais partagé avec Bon, la peinture ne s'y écaillait pas, le parquet n'y était pas terni et les fenêtres n'y étaient pas brisées. Dans la première, je découvris un portant de costumes, ainsi que le Ronin debout face à un miroir, en train de nouer une cravate noire. Il désigna du menton les costumes. Ce soir, c'est toi qui es chargé de distribuer la marchandise, dit-il. Tu vas mettre une vraie tenue vietnamienne.

Le Ronin portait une tenue coloniale décontractée : veste de lin blanc, chemise de lin blanc, richelieus marron. Ma tenue vietnamienne consistait en un *ao dai* marron et un pantalon de soie noire, le tout surmonté d'un feutre noir, soit l'accoutrement d'un truand de Cholon dans les années 1920, un genre voyou qui ne me déplaisait pas.

Ça va être un sacré spectacle, mon bonhomme, me dit le Ronin avec un petit clin d'œil. Il se dirigea vers les chambres suivantes. Allez.

Dans les chambres je comptai treize filles, toutes nues à quatre-vingt-dix pour cent et blasées à cent pour cent, en train de se pomponner sous la supervision de la maquerelle expressionniste, elle-même vêtue d'un tailleur-pantalon brillant et ajusté, fait d'une

espèce de tissu argenté pour combinaison spatiale. Trois Noires, trois autres à coup sûr arabes ou nord-africaines, trois enfin dont la blancheur était si blanche qu'elles semblaient littéralement blanches : une blonde, une brune et une rousse. Les quatre dernières, je les connaissais déjà – Pivoine du Matin, Lotus Sublime, Crème Brûlée et Madeleine. Toutes levèrent les yeux lorsque le Ronin et moi entrâmes, puis reprirent leur métamorphose, passant de filles naturellement belles à engins incendiaires féminins. Les bavardages et le vrombissement des sèche-cheveux emplissaient l'air. Crème Brûlée ourla la lèvre en me voyant, mais Madeleine m'adressa un clin d'œil. Je ne fus aucunement surpris de constater que mon cœur battait plus fort et que ma respiration s'accélérait devant toutes ces chairs parfaites, luisantes et pour la plupart glabres, ces seins nus et fermes, le seul hommage à la pudeur étant représenté par des dessous en dentelle aussi négligeables et aguicheurs que des publicités télévisées. Ce qui me surprit fut la nausée que je sentis agiter mon ventre, un dégoût diarrhéique qui vint gâcher tout le plaisir.

Je sais, murmura le Ronin, comme s'il pouvait lire dans au moins un de mes esprits. *Je sais*.

Lorsque les premiers invités arrivèrent, j'étais déjà en tenue. Aux côtés du videur eschatologue, je les saluai dans le vestibule, au premier niveau du triplex. Des palmiers en pot s'alignaient dans la pièce, un tapis oriental était posé au sol, résigné à être foulé par des chaussures – ce qui n'arriverait jamais en Orient. Au mur était accrochée une peinture chinoise, un paysage de montagnes et de brumes, avec un minuscule être humain remontant un sentier montagnard, écrasé par le décor majestueux qui l'entourait et par le poème

en caractères chinois que je ne pouvais pas déchiffrer, puisque les Chinois n'avaient pas colonisé mon peuple assez efficacement. Pour compléter l'atmosphère, des bâtons d'encens brûlaient dans toutes les pièces et quatre musiciens de jazz jouaient au fond du salon, un batteur, un contrebassiste, un saxophone alto, un pianiste, tous vêtus de costumes brillants et stylés, deux d'entre eux portant un petit chapeau *porkpie*, détenteurs de passeports américains et héritiers du jazz le plus branché, le plus authentique : Chicago, La Nouvelle-Orléans, Harlem, Washington, D. C. J'avais bavardé avec eux avant l'arrivée des invités. Je les avais bluffés par mon anglais américain et ma connaissance des expressions et de la culture américaines, dont le jazz, grande passion de mon mentor le Pr Hammer, qui avait une prédilection pour le style West Coast et le be-bop. Je pus donc étaler ma culture – Charlie Parker, Thelonious Monk, Dizzy Gillespie, Ella Fitzgerald, Billie Holiday et d'autres. Les membres du quartet avaient acquiescé en entendant ces noms mythiques. C'étaient des réfugiés, comme moi, qui avaient fui le ventre flasque du racisme grossier de l'Amérique blanche pour le cœur du racisme parisien complaisant et satisfait de soi. Quand j'avais essayé de leur parler en français, le leader avait secoué la tête et murmuré, Non, vieux, on ne peut pas parler français. Enfin, on *peut* parler français, mais on ne le parle pas *ici*. Ou alors, il faut mal le parler, comme des *Américains*, tu piges ? Si on parle en bon français, ils vont penser qu'on est des *Africains*. Ils nous traitent royalement quand ils croient qu'on est *américains*. Mais quand ils nous prennent pour des *Africains*…

Ils nous traitent comme de la *merde*, dirent les trois autres.

Pendant que le quartet interprétait un morceau de Dexter Gordon, les premiers invités arrivèrent, tous de bonne humeur – et pourquoi pas ? Un authentique groupe noir américain jouait du jazz, la plus grande contribution de l'Amérique à la culture mondiale, si par culture on entend une chose digne des plus grands, et non les autres contributions culturelles notables de l'Amérique ayant transformé le monde au XXe siècle : le rock'n'roll, les fast-foods, l'avion et la bombe atomique. À part cela, qu'est-ce qui rendait ces invités heureux ? Pourquoi pas un Africain renfrogné, menaçant et presque nu qui ouvrait la porte, capturé et transporté depuis le cœur des ténèbres, et un dealer indochinois qui prenait leurs manteaux ? Notre duo afro-asiatique de domestiques offrait la proportion parfaite de danger et d'excitation, menotté par la servilité et animé par le mystère. Pas étonnant que Bon ait décliné la proposition, comme me le confia le Ronin. Sans même parler du spectacle des filles presque nues, qui aurait heurté son catholicisme dévot. Je devais le voir le lendemain, pour la représentation de *Fantasia*, où je comptais accepter, enfin, l'invitation à dîner chez Loan. J'aiderais Bon à aller de l'avant, à comprendre qu'il pouvait pleurer la mort de sa femme et de son fils tout en trouvant un nouvel amour. Mais ce soir-là j'avais envie de régresser. Respectant les instructions du Ronin, je m'inclinai et je parlai un français légèrement écorché, assez bon pour être compris et assez mauvais pour être méprisé, tandis que je léchais symboliquement le cul des invités, geste aussi important pour quelqu'un comme moi que le baiser sur les deux joues cher aux Français. Les invités ne relevaient ma présence que pour me lester de très beaux manteaux, comme il convenait à des

hommes apparemment fort riches et fort blancs, jusqu'à leurs cheveux. Leur part sombre consistait au mieux à avoir les cheveux bruns, et encore, ces spécimens d'âge moyen se comptaient sur les doigts de la main. L'un, peu imaginatif, arborait un smoking et un nœud papillon noirs, présageant des rapports sexuels guère plus excitants que ce que pouvait proposer un missionnaire. Un autre portait une tenue nostalgique, un costume en lin blanc comme celui du Ronin, mais complété par un élégant casque colonial. Potentiellement plus excitant, ou terrifiant, était l'homme affublé d'un monocle et d'une veste d'intérieur en velours violet, et dont l'odeur de cigare masquait toute potentielle odeur corporelle. Il y avait ensuite le chasseur de gros gibier en tenue safari, équipé d'un fusil de chasse à lunette et d'un invisible cal à l'âme. Deux invités portaient des uniformes militaires beaucoup trop serrés pour leurs corps de plus en plus vieux et gros : l'un avait des étoiles de général et l'autre le treillis et le képi blanc de la Légion étrangère. Deux autres personnages ne laissaient pas de m'inquiéter par leur interprétation des tuniques et des turbans d'origine moyen-orientale ou nord-africaine. L'un des deux s'était même noirci la figure avec ce qui ressemblait à du cirage, faisant encore plus ressortir le blanc de ses yeux et le rouge de ses lèvres. Je suis Aladin, disait-il fièrement à qui voulait l'entendre, et à qui ne voulait pas l'entendre, notamment moi. Cet Aladin enturbanné affichait un grand sourire quand il se présentait. Il agitait ses mains noircies, faisait gigoter ses doigts noircis, et ses ongles blancs comme ses dents blanches brillaient d'autant plus contre la noirceur de sa peau, laquelle, pour l'Arabe qu'il était censé être – Aladin était-il arabe ? Soudain je ne savais plus trop, mais en tout

cas il était un genre d'Oriental –, aurait peut-être dû être qualifiée de marron, bien que notre Aladin eût utilisé du cirage noir et non marron, mais comme on était dans le monde de la fantaisie, quelle importance que ce fripon mystique ait été noir ou marron, et ce qu'étaient vraiment le noir ou le marron quand on parlait des variétés de couleurs de peau face aux réalités du cirage ? L'autre qui me stupéfia vraiment était l'excentrique en tenue de prêtre, la soutane noire jusqu'aux chevilles, le col romain blanc, la tête ornée d'une petite calotte, les épaules sous une chape. Le crucifix qu'il avait autour du cou oscillait légèrement et faillit m'hypnotiser, tout comme ses yeux gris infinis. Je marmonnai une phrase inintelligible – était-ce « mon Père » ? – et, lorsque le prêtre grava le signe de la croix dans le vide au-dessus de ma tête, je me dis qu'il n'était pas déguisé en prêtre, mais qu'il en était bel et bien un. Dix messieurs en tout, le dixième étant BFD, qui me décocha un sourire narquois et feignit de laisser malencontreusement tomber son manteau. Il était habillé en connard, c'est-à-dire qu'il portait la queue-de-pie, le pantalon gris et le haut-de-forme d'un gentleman anglais ou d'un aristocrate européen du XIXe siècle dont les manières raffinées et les tenues exquises étaient parfaites pour diriger des empires génocidaires pillant les pays non blancs, asservir et/ou massacrer leurs habitants, et sanctifier le résultat sous le nom de « civilisation ». Si la parole d'un bâtard n'est pas assez convaincante, peut-être que celle de Sartre, évoquant Fanon, le sera : « Un homme, chez nous, ça veut dire un complice puisque nous avons tous profité de l'exploitation coloniale. » Ou, pour le dire à ma façon : blanchir les profits sanglants de la colonisation

était la seule forme de lessive que les hommes blancs faisaient eux-mêmes.

Lorsque je me relevai de ma position de lèche-cul consistant à ramasser son manteau, BFD se pencha vers moi et dit – juste assez fort pour que le videur eschatologue et moi entendions – Va te faire foutre.

Merci, dis-je. C'était peut-être la seule chose capable de le faire taire – telle n'était pas mon intention, même si ce fut un agréable effet collatéral de le voir sourciller, grogner et partir sans même un, De rien. Peut-être pensait-il que je faisais dans le sarcasme, mais j'étais vraiment, vraiment sincère. Je lui savais gré de son honnêteté à dire tout haut ce que les colonisateurs pensent tout bas des colonisés, du moins quand ils se retrouvent face à eux. Derrière toute la grandiloquence et la rhétorique de *la mission civilisatrice**, la réalité était que, au pire, ils nous détestaient et, au mieux, ils nous jugeaient inférieurs, ce qui nous laissait comme seul espoir d'égalité celui de nous transformer en imitations d'eux. J'imitai donc la démarche de BFD et le suivis jusqu'au salon où les messieurs se mêlaient les uns aux autres, servis par trois des nains, qui allaient et venaient avec des plateaux de boissons viriles et de hors-d'œuvre raffinés, aux airs de natures mortes miniatures. Ils portaient la même tenue orientale grotesque que Pouilleux, mais je remarquai que chacun d'eux avait aussi un poignard recourbé calé sous l'écharpe jaune qui ceignait sa taille. Je soupçonnai que ce n'était pas uniquement pour faire joli. Mastoc, Furax et Putois étaient du genre à ne s'armer que de vrais couteaux.

Notre peuple jovial avait une prédilection pour les surnoms colorés et justes, y compris celui de Bâtard, ou, mieux, de Bâtard Fou, dont j'étais affublé. Mais

qui était le plus fou ? Moi, ou le propriétaire inconnu de ce fabuleux appartement, personnage aux goûts pour le moins singuliers qui avait accroché au-dessus de sa cheminée le tableau d'une dame japonaise d'une époque plus classique, nue et se faisant violer par… une pieuvre ? La femme fermait les yeux et basculait la tête en arrière, cependant que la pieuvre la fouillait avec ses tentacules. Mais était-ce un mâle ou une femelle ? Les yeux globuleux de cette pieuvre de sexe indéterminé nous regardaient d'entre les jambes de la femme, et sa tête se trouvait dans une position que je ne me rappelais que trop bien.

Hokusai, murmura le Ronin, faisant une pause dans sa tournée mondaine.

J'avais déjà fumé pas mal de haschich. Les couleurs du tableau, ainsi que les montées et descentes du jazz, restaient fixées sur mon corps et sur mon esprit, désormais aussi collantes que les ventouses des tentacules.

Ils sont vraiment tarés, ces Japonais, non ? dit le Ronin. C'est pour ça que je les adore !

Il passa son chemin, pensant que je tremblais à cause de ce tableau pervers. Or je tremblais parce que ma deuxième zone la plus érogène, ma mémoire, avait été échauffée par le souvenir de mon aventure d'un soir avec le plus improbable des partenaires, ce calamar vidé, sans défense et anonyme que ma mère avait gardé pour le dîner.

Je faisais mon travail, c'est-à-dire transporter un plateau en teck avec la marchandise : les cigarettes de tabac, les cigarettes de haschich et le remède, dont la masse blanche informe, aussi nécessaire que le sucre, tenait dans un bol doré. À chaque invité qui souhaitait y goûter, je proposais une minuscule cuiller en porcelaine, et aucun ne déclinait. Les nains allaient et

venaient, le champagne coulait à flots, le quartet était déchaîné, et les rafales de mots français partaient trop vite pour que je puisse tout comprendre. Finalement, le Ronin s'approcha de la cheminée, se planta sous le tableau d'Hokusai et réclama l'attention des invités. Le quartet s'arrêta de jouer, les nains se replièrent dans les alcôves, et tout le monde se tourna vers le Ronin.

Messieurs, soyez les bienvenus ! lança-t-il. Merci d'honorer de votre présence cette fête des plus charmantes. Vous êtes des aventuriers, messieurs, comme moi, Français né en terre indochinoise, de même que certains d'entre vous sont nés ailleurs – en Algérie, au Maroc, en Nouvelle-Calédonie. Si nous sommes réunis ici ce soir, c'est en raison de notre amour de l'étranger et de notre penchant pour l'exotique. Messieurs, ce penchant sera stimulé et satisfait au cours de cette nuit digne des *Mille et Une Nuits* ! Permettez-moi maintenant de vous présenter certaines des plus belles filles de Paris, venues des quatre coins de la planète !

D'un geste de la main, le Ronin fit signe au quartet de reprendre. Dans un coin du salon, il y avait un escalier en colimaçon par lequel, une à une, les filles descendirent. Elles étaient habillées, maintenant – certaines d'entre elles –, et les hommes rassemblés chuchotèrent, entrecoupant leurs commentaires élogieux de gloussements, de rires et de plaisanteries qui, pour l'essentiel, m'échappaient. À chaque seconde qui passait, les sables de l'effroi s'accumulaient dans mon ventre, tombant de mon cerveau comme en un sablier. Pour la deuxième fois de ma vie – la première avait été devant les horreurs infligées à l'agente communiste –, je ne voulus pas regarder. Ni Pivoine du Matin portant une jupe à fleurs autour de la taille mais rien au-dessus, sinon un lis posé sur l'oreille, inspirée par

le Tahiti de Gauguin, à en croire le Ronin (même si Pivoine du Matin était une Chinoise de Singapour). Ni la Blanche qui semblait avoir moins de vingt ans, vêtue d'un ras-du-cou en dentelle et d'une robe blanche déchirée, les mains ligotées par une corde, et décrite par le Ronin comme une esclave blanche sauvée des Barbaresques. Ni la Noire totalement nue à l'exception de ses bracelets et d'un collier de perles et de coquillages blancs. Ni cette autre fille dont je ne pouvais pas distinguer le visage car un voile noir ne laissait voir que ses yeux marron, marque de pudeur qui jurait avec sa robe courte noire et ses bas résille. Les jazzmen jouaient fort, mais plus bruyant encore était le brouhaha des hommes qui se poussaient du coude et faisaient des commentaires lubriques. Néanmoins, rien n'était plus tonitruant que le tam-tam de mon cœur dans mes oreilles, si sonore qu'il transperçait l'épaisse couverture de culpabilité et de honte et étouffait en moi le moindre désir.

Messieurs, dit le Ronin, les voici qui rejoignent notre jardin des délices, dans la grande tradition du légendaire Chabanais, que certains de vos pères ou grands-pères ont peut-être connu. Voici parmi les plus belles filles venues des bordels, des lupanars et des marchés aux esclaves de tout l'Orient et de toute l'Afrique ! D'Algérie, du Maroc, de la Tunisie et du Sénégal au Sud, jusqu'à l'Égypte et à l'Indochine à l'Est ! Avec quelques incursions dans la périlleuse Palestine et les paradis alléchants de Tahiti ! Oui, il s'agit d'un voyage fantastique, messieurs, mais le fantastique est préférable à la réalité, qui a la syphilis. [*Les messieurs éclatèrent de rire.*] Jetez un coup d'œil, messieurs. Choisissez autant de beautés que vous saurez en satisfaire, à la manière des pachas turcs. Des filles qui

mourront pour vous, des filles qui rêvent d'être sauvées par vous – à moins que vous ne vous tuiez d'abord d'amour pour elles ! Vous retournerez aux origines du monde – non pas le Congo ou le Nil, mais ici, et ici, et ici, entre les cuisses voluptueuses de Princesse Tam-Tam, dans le Triangle d'Or de la Dragonne, dans le hammam de ce harem interdit. Ici vous êtes le sultan, le tyran, le colon, l'homme blanc explorant le continent noir, fouet à la main. Il y a des femmes mystérieuses à conquérir, de cette ardente vietcong dans son pyjama noir, tout juste sortie de sa jungle, à cette combattante palestinienne qui vient de détourner un avion. Vous ne voyez que son visage, mais quel visage ! Une vraie femme fatale ! Ou alors que dites-vous de cette musulmane farouche qui porte le meilleur accessoire sexuel jamais inventé – un voile ! Qui sait ce qui se cache derrière ? Gardez-le ou ôtez-le, comme vous voudrez, mais sachez que vous serez en sécurité même si vous choisissez… Madame Butterfly. Laissez-vous embarquer sur son tapis volant et ne craignez pas que dans neuf mois elle revienne vous voir avec une mauvaise surprise. Profitez des amours interdites entre l'homme blanc et la femme orientale sans redouter l'apparition d'un fruit défendu, comme lui !

Le Ronin pointa le doigt vers moi. Tous les hommes se retournèrent pour me regarder. Je vis le blanc de leurs yeux. J'étais entre le videur eschatologue et un palmier en pot ; je tenais mon plateau avec le sucre dans le bol doré. À cause du poids du sable qui s'accumulait dans mon ventre, j'étais incapable de bouger.

Si vous avez aimé l'opium, messieurs, vous adorerez le remède que notre rejeton bâtard de l'Orient et de l'Occident vous a réservé. Garçon ! Le Ronin claqua des doigts. *Garçon ! GARÇON !*

Malgré la confusion de mon esprit, ou de mes esprits, je compris qu'il s'adressait à MOI.

Qu'est-ce que tu fais à rester planté là, garçon ? Distribue le remède à ces messieurs !

Tandis que je faisais le tour de ces prétendus gentlemen qui me souriaient doucereusement en prenant leur part de sucre dans le bol doré, le Ronin dit, Maintenant, messieurs, commençons ! Prêts à faire votre premier choix ? [*Les messieurs acclamèrent.*] Amenons devant vous cette charmante poupée – viens ici, ma chérie, sur le piédestal –, la Dragonne en personne, ravissant petit ange annamite vêtu du traditionnel *ao dai* si cher au souvenir de tant d'entre nous. Mais sans le pantalon, cette fois. Les filles annamites n'ont rien à voir avec nos femmes, messieurs, et je ne vous cache pas que c'est une bonne chose. [*Les messieurs rirent à gorge déployée.*] Nos femmes ressemblent de plus en plus à des hommes. [*Les messieurs poussèrent des grognements approbateurs.*] Par bonheur, ces tentatrices n'ont jamais entendu parler du « féminisme », et si c'est le cas elles n'en ont rien à faire. Donc nous avons ici cette séductrice venue du delta du Mékong qui, en plus de vous tenter par son corps, vous fera courir un grand danger – celui de tomber amoureux d'elle ! Messieurs, quel chanceux goûtera le premier ce délicieux et tropical fruit du dragon ? Sera-t-elle votre ange annamite ou votre Dragonne ?

Les hommes se mirent à exprimer leurs choix, et je les méprisai pour leur ignorance. Madeleine n'était même pas annamite, ni vietnamienne. Oh, Madeleine ! Elle sourit et, sur ordre du Ronin, tourna lentement sur sa chaussure à talon haut, puis exécuta une rotation complète sur la desserte, afin que l'ensemble des hommes puissent l'observer sous toutes ses cou-

tures, dans son *ao dai* rouge au dragon doré en travers de la poitrine. Quelqu'un gémit, et c'était moi.

Est-ce que vous voyez ce que je vois, messieurs ? s'écria le Ronin. La beauté ! La beauté !

Lorsque la beauté eut terminé sa rotation, je vis encore son sourire et ses yeux, qui ne bougeaient pas d'un millimètre. Les hommes criaient et huaient comme des députés britanniques en pleine séance litigieuse, exprimant leurs choix jusqu'à ce que je finisse par être gêné d'appartenir à la même espèce qu'eux, ou du moins au même sexe. Pour finir, le vainqueur bondit – c'était le légionnaire chenu dans son uniforme tropical, un short au lieu d'un pantalon. Il offrit sa main à Madeleine et elle descendit, les yeux baissés. Lorsqu'elle les releva, elle vit que je la regardais. Elle me fit un petit signe, je m'approchai, et elle murmura, Je vais prendre un peu de ton truc. Devant mon hésitation, elle me foudroya du regard et lâcha, Qu'est-ce que tu attends ? Donne-le-moi ! C'est la seule chose qui va me permettre de tenir jusqu'au bout de la soirée.

Je lui donnai donc un peu de remède, mais y en aurait-il jamais assez pour nous guérir, elle comme moi ? Sartre disait, « l'Européen n'a pu se faire homme qu'en fabriquant des esclaves et des monstres ». Dans ce cas, ces filles, qu'étaient-elles ? Et moi, qu'étais-je ? Peut-être n'étais-je pas qu'un bâtard à la conscience pure, furieux d'être enrôlé par les Européens de manière aussi déshumanisante. Peut-être étais-je aussi un méprisable bâtard qui trouvait un certain réconfort dans ces rôles, puisqu'ils me donnaient l'occasion de nier que j'étais devenu moi aussi un homme de la façon la plus fiable qui soit, en peuplant mon imaginaire de mes propres esclaves et de mes propres monstres.

Une fois les enchères terminées et les lumières tamisées, je me promenai parmi les couples et les trios installés, éclairés à la bougie, sur les canapés, divans, oreillers, chaises et lits répartis entre le salon, la bibliothèque, la salle de billard, les chambres, enfin la terrasse avec sa vue sur les lumières de la ville et la silhouette noire de la tour Eiffel en érection. Toute la soirée, qui dura jusqu'aux aurores, les hommes et les filles consommèrent une quantité de remède qui aurait suffi à tuer un éléphant d'Afrique adulte, ou en tout cas à l'assommer. Je fis de mon mieux pour participer, reniflant une ligne blanche ici et là quand personne ne me regardait, ce qui arrivait souvent, les hommes étant occupés à jouer les pervers tandis que les filles se faisaient obligeamment pervertir. La seule fois où l'un des hommes m'adressa la parole fut lorsque le cheikh s'interrompit assez longtemps pour prendre quelques rails du remède, puis m'adressa un sourire féroce et me donna une tape sur le bras. Incroyable, mon garçon ! dit-il. J'essayai de ne pas être perturbé par le collier d'oreilles humaines qu'il avait autour du cou, et qui, à bien y regarder, n'étaient que des pêches séchées. Absolument incroyable ! On peut vivre et mourir tranquillement avec ça ! Bunga bunga !

Les heures passèrent lentement, car il n'y a rien de plus ennuyeux que de regarder d'autres gens s'amuser, si tant est qu'on puisse dire que les filles s'amusaient. Moi qui me considérais comme un homme expérimenté, ayant été témoin d'une large gamme de comportements sexuels humains, je n'avais jamais vu une chose pareille. D'un autre côté, je n'étais qu'un provincial colonisé, pas prêt pour un tel niveau de civilisation, devant lequel le marquis de Sade n'aurait même pas rougi. Finalement, un peu avant l'aube,

je me retrouvai dans la grande chambre du deuxième étage, où le chasseur de gros gibier, en tenue safari, était assis sur un fauteuil. Tandis que le tubercule pâle de son érection dépassait de sa braguette ouverte, avec son fusil il visait la brune et la rousse couchées sur l'immense lit et les regardait par la lunette.

Voilà, les filles ! cria-t-il, le front en sueur. Voilà, ça c'est *torride* !

La chambre était en effet à température inguinale. J'étais tellement fatigué et en surchauffe que j'avais le tournis. Je dus m'asseoir dans un coin. Était-ce le remède qui me donnait des vertiges ? Ou le remède m'en guérirait-il ? Pour en avoir le cœur net, je sniffai encore une ligne blanche, puis une autre. Mais avant que je découvre si le remède était la cause ou la solution, le chasseur de gros gibier me repéra. Debout, garçon ! Debout ! Il pivota et braqua son arme sur moi. Le collimateur de sa lunette était fixé entre mes deux yeux. Je voulus me redresser. Mais je ne pouvais pas plus me lever que je ne pouvais la lever, donc au diable… qu'est-ce qu'on en avait à foutre… c'est toujours la même merde… je laisse tomber… Je sniffai une autre dose, fermai les yeux et attendis, en sanglotant, que le chasseur de gros gibier appuie sur la détente.

17

Après que le soleil se fut enfin levé, ses rayons révélèrent que les hémisphères est et ouest de mon cerveau divisé restaient scellés dans ma tête. Le chasseur de gros gibier n'avait pas chargé son fusil, ce qui ne l'avait pas empêché de s'esclaffer en appuyant plusieurs fois sur la détente. Quelle rigolade ! Le Boss rit beaucoup lorsqu'il me montra la scène dans son poste d'observation, situé dans la chambre de bonne fermée à clé où il s'était confortablement installé toute la nuit. La pièce était remplie d'écrans et de lecteurs vidéo, reliés par des tresses de câbles qui disparaissaient derrière les murs, vers des caméras dissimulées un peu partout dans le fabuleux appartement.

Où est-ce que vous avez trouvé tout ça ? demandai-je.

Par mon ami, le vieux briscard de l'Indochine, répondit le Ronin. Un vrai pote depuis 54, quand je lui ai refilé la route de l'opium entre le Laos et Saigon.

Pendant que je me tenais dans l'encadrement de la porte, le Ronin s'était affalé sur le seul autre siège libre, hormis les deux occupés par le Boss et sa secrétaire pulpeuse, qui avait l'air, comme toujours, lasse, et bien sûr torride. Comme le soleil, elle dérangeait tout le monde sauf elle-même avec sa chaleur torride.

Où est le café ? demanda le Boss sans détacher les yeux de ses écrans.

La secrétaire pulpeuse décroisa les jambes au ralenti. La beauté et la jeunesse sont éphémères – c'est la richesse intérieure qui compte –, c'est le caractère qui est important et définit une personne… Mais ces jambes lisses et luisantes, et tout ce à quoi elles menaient, firent exploser mes platitudes et remonter dans le thermomètre de mon corps la petite bulle de ce qu'il me restait de testostérone, jusqu'à ce qu'elle atteigne le bulbe de ma tête et que mes yeux sortent de leurs orbites. Le Ronin et moi la regardâmes s'éloigner. Il dit en soupirant, Même après la nuit qu'on vient de passer, je veux bien remettre le couvert. Sans vouloir vous offenser, Boss.

Le Boss répondit par un grognement, puis continua de faire défiler en accéléré les images vidéo. Regardez un peu ça, dit-il enfin, appuyant sur la touche « lecture ».

Les images en noir et blanc montraient le prêtre en soutane noire assis sur un fauteuil avec une des esclaves blanches. Excellent ! commenta le Ronin. À force d'avoir régulièrement rempli de remède son réservoir, il planait assez haut pour pouvoir sauter en parachute. Elle se confesse ! J'adore ce type. Vous n'adorez pas ce type ? Dites-moi que vous l'adorez.

Qu'est-ce que vous allez faire de ces cassettes ? demandai-je. Question à moitié rhétorique, car la réponse était évidente. Mais je voulais connaître les détails.

Après avoir ricané face à mon apparente obtusité, le Boss répondit, L'argent que ces types ont donné pour se retrouver là va nous rapporter un joli petit bénéfice. Mais ce qu'ils vont payer – à la fin – pour empêcher que ces images fuitent, c'est ça qui va nous faire toucher le gros lot.

Ah, le capitalisme ! s'écria le Ronin au moment où la secrétaire pulpeuse revenait avec la cafetière. Le Ronin la déshabilla du regard pendant que le café coulait très lentement. Le meilleur café du monde ! dit-il. Voilà un domaine où nous autres Vietnamiens avons battu les Français.

Il était remarquable de constater à quel point le Ronin avait plus de facilité à devenir vietnamien que moi à devenir français. Mais je ne le dis pas. De toute façon, personne n'avait envie de m'entendre, car tout le monde était captivé par le prêtre.

Il est répugnant, observa la secrétaire pulpeuse. Pourquoi est-ce que vous avez invité un prêtre ? Il n'a pas d'argent.

Ce n'est pas parce qu'il est prêtre qu'il n'a pas d'argent, dis-je.

La secrétaire pulpeuse me regarda comme les jeunes voient les vieux, comme les riches considèrent les pauvres, comme les femmes incroyablement attirantes dédaignent les hommes qui ne sont plus compétitifs dans la chasse sexuelle. Elle me tua avec ce regard plein d'une pitié diluée par l'amusement et constellée de mépris. Même si la meilleure chose qu'il me restait à faire eût été de mourir, mes lèvres continuèrent de remuer.

Il pourrait venir d'une famille riche, mais c'est sans doute son réservoir de secrets qui nous sera le plus utile, dis-je, mes doigts bien entraînés trouvant immédiatement le pouls d'un stratagème. Vous imaginez tout ce qu'un prêtre entend dans son confessionnal, surtout s'il s'occupe des élites ?

Le Bâtard Fou a raison, répondit le Boss. Ce type entend les confessions des riches et des puissants. Et moi, j'ai envie de les entendre. Et comme je suis

sûr qu'il veut que personne ne voie ces images, il va me révéler ces confessions.

À l'écran, le prêtre commettait un acte on ne peut plus impie avec son rosaire. Je n'avais jamais récité de rosaire, et plus jamais je ne regarderais un chapelet de la même façon après avoir vu le prêtre en profaner diaboliquement les grains.

Je ne peux pas voir ça, dit la secrétaire pulpeuse en détournant les yeux.

Uniquement parce que tu es catholique, fit le Ronin avec un grand sourire.

Parce que je suis une femme.

Taisez-vous, dit le Boss. Il éjecta la cassette et la donna à la secrétaire pulpeuse, qui y accola l'étiquette PRÊTRE AVEC ESCLAVE BLANCHE. La cassette que le Boss introduisit ensuite dans le lecteur montrait BFD avec Madeleine.

Ce type n'arrête jamais, fit remarquer le Ronin.

Très impressionnant, confirma le Boss. Après l'avoir observé ce soir, j'ai un peu de respect pour lui.

Oui, mais son machin ressemble à… à… un *champignon*, dit la secrétaire pulpeuse.

Personne ne dit rien, car ce dont on ne peut parler, il faut le taire.

Qu'est-ce que c'est que ça ? demandai-je en plissant les yeux.

Du foie gras, répondit le Ronin.

Oh mon Dieu ! gémit la secrétaire pulpeuse. Je vais vomir. Quel pervers.

Le Boss gloussa. Est-ce qu'on ne l'est pas tous ? dit-il en touillant son café. J'ai l'impression qu'on a ce qu'il nous faut. Cette cassette-là, on va la laisser vieillir comme le bon vin. Elle vaudra bien plus cher si BFD est aussi doué pour la politique qu'il pense l'être.

Maire de Paris, un jour ? dit le Ronin. Ministre ?

Molotov ! répondit le Boss en levant son verre.

Molotov ? demanda le Ronin.

Ce n'est pas ce que les juifs disent pour se féliciter ?

Mazel tov, corrigea la secrétaire pulpeuse. Vous voulez dire mazel tov.

Le Boss haussa les épaules. Je préfère Molotov.

Je rangeai les cassettes vidéo dans une valise, que je transportai jusqu'au coffre de la voiture du Boss, garée dehors. Le Cao Boi était au volant. Il démarra. Je m'étais installé sur le siège passager, le Ronin et le Boss à l'arrière, et nous nous dirigeâmes vers l'entrepôt sous le soleil matinal, car, comme dit le Boss, Je veux régler cette connerie avant *Fantasia*, ce soir. Le Cao Boi mit une cassette que le Ronin lui tendait, et c'est ainsi que je découvris les chansons de Jacques Dutronc, bien meilleur que Johnny Hallyday, même si dans un premier temps certains de ses textes me laissèrent perplexe.

Sept cent millions de Chinois ? Que venaient faire les Chinois là-dedans ? Eh bien, *c'est la vie**, comme le chantait Dutronc à la fin de chaque couplet, après avoir recensé les Indonésiens, les Noirs et même les Vietnamiens. *C'est la vie**. Si français ! Si charmant ! Ne manquait qu'une chose : un couplet consacré aux bâtards, ce qui était d'autant plus étonnant que Dutronc, sauf erreur de ma part, chantait les Soviétiques, les Martiens, les imparfaits et les crève-la-faim. Il devait pourtant y avoir des dizaines de millions de bâtards dans le monde, diaspora suffisamment vaste pour former une nation hétéroclite en elle-même. Mais avais-je vraiment besoin d'une nation ? J'étais une nation à moi tout seul, et je n'avais pas besoin d'autre nation que mon imagination.

Le problème est que, parfois, je ne fais pas assez marcher mon imagination. Ce qui fut démontré par la plus choquante des cassettes vidéo, bien qu'on n'y vît aucun acte charnel. Elle montrait simplement deux des filles, seules, ce qui en temps normal aurait dû me faire l'effet d'une bombe atomique. Sauf que ces deux-là se contentaient de… discuter ? J'avais monté le volume pour entendre ce que disaient la brune et la rousse, le premier dialogue sur ces cassettes où il n'était question ni de fornication, ni de copulation, ni de rapport sexuel.

COMBATTANTE PALESTINIENNE
Ce crétin déguisé en cheikh – la sienne
avait la forme d'un doigt cassé.

COMBATTANTE VIETCONG
Oh là là. Il m'a obligée à manger une
des oreilles qu'il avait autour du cou.

COMBATTANTE PALESTINIENNE
Quel gros dégueulasse !

COMBATTANTE VIETCONG
Et le général ? Je n'ai pas pu trouver
la sienne sous son ventre.

COMBATTANTE PALESTINIENNE
Oui, eh bien moi je l'ai trouvée, chérie.
On aurait dit un hamburger cru.

Lorsque les deux combattantes éclatèrent de rire, le Boss dit, Répugnant. La secrétaire pulpeuse eut un sourire suffisant, mais avant qu'elle puisse répondre quoi que ce soit, le Boss ajouta, Tais-toi.

COMBATTANTE VIETCONG
Reprends un peu du remède. Ça aide.

COMBATTANTE PALESTINIENNE
Tellement – bon. Hmm, tellement bon.

COMBATTANTE VIETCONG

Et au moins c'est gratuit.

COMBATTANTE PALESTINIENNE

Alors redonne-m'en !

COMBATTANTE VIETCONG

Tu n'as qu'à compter les billets dans ta
tête. Moi, c'est comme ça que je fais.

Sur ces entrefaites, Aladin entrait dans le cadre. La Palestinienne et la vietcong se tournaient vers lui avec des sourires étincelants. Leurs yeux descendaient directement de son visage noirci jusqu'à sa virilité exposée, qui était naturellement, absolument et totalement blanche.

Oh mon Dieu ! murmura la secrétaire pulpeuse. Elle est en forme d'œuf.

Quelque part entre l'avenue Hoche et l'entrepôt, je m'endormis. Une fois la voiture garée, le Ronin me réveilla par une – petite – gifle. C'est toi le plus jeune parmi nous, et tu ne tiens même pas debout, dit-il en s'approchant pour scruter mes yeux. Tout ça parce que tu as passé une nuit blanche ? Tu n'as fait que te balader avec le remède et le haschich ! Moi, j'ai passé la nuit à sauter des filles et ce n'est pas une sinécure, cher ami mou du genou. Lorsque je lui fis remarquer que je n'avais été invité que pour incarner le dealer de Cholon, le Ronin haussa les épaules. C'est parce que tu n'avais pas encore mérité ta chance, mon vieux. Ça se mérite, ces choses-là ! Elles ne nous sont pas données !

Allons-y, dit le Boss. Il était debout à côté de ma vitre et tenait un baise-en-ville qu'il avait sorti du coffre. Sans un mot, il se dirigea vers l'entrepôt, dont la porte n'était pas fermée à clé.

Et merde, dit Le Cao Boi.

Avançant entre les palettes de café, nous rejoignîmes le fond de l'entrepôt glacé et plein d'écho. Dans le bureau, Grincheux et Nabot étaient assis devant la télévision, en train de jouer à un jeu vidéo, autre merveille inventée pendant mon séjour en rééducation. Le jeu émettait une série de *ping* et de *pong*, à mesure qu'une balle rebondissait entre deux blocs protégeant des cages opposées.

Le Boss soupira et dit, Mais qu'est-ce que vous foutez, bande de crétins ?

Grincheux et Nabot se levèrent d'un bond. Le premier dit, Désolé, Boss, mais de toute façon le type s'est endormi.

Le Boss indiqua la porte au fond du bureau et Grincheux ouvrit. Fais-nous un café, lui lança le Boss avant que nous traversions la réserve, aux côtés de Nabot, en direction de la cellule qui se trouvait derrière.

Gisant nu dans un coin, Mona Lisa était roulé en boule et nous tournait le dos. Nabot s'en approcha, mais le Boss lui fit signe de s'arrêter, puis défit la fermeture Éclair de son sac de voyage. Il en sortit une combinaison bleue de garagiste, ôta sa veste, son pantalon, et les donna à Nabot afin qu'il les plie. Il enfila la combinaison, remonta la fermeture et se baissa de nouveau vers le sac. Lorsqu'il se releva, je vis ce qu'il tenait dans la main – son marteau adoré.

Maintenant, ça va être du sérieux, dit Le Cao Boi tout content.

Va me chercher une chaise, ordonna le Boss à Nabot. Et réveille-le.

Nabot ne parvenant pas à réveiller Mona Lisa par ses cris ou ses petits mouvements du pied, il eut recours à un seau d'eau et de glace. Pendant ce temps le Boss observait, son marteau sur les cuisses, et le Ronin sifflait l'« Hymne à la joie » de Beethoven. L'eau glacée

réveilla en sursaut Mona Lisa, qui se redressa en crachant au moment même où Grincheux arrivait avec une table pliante et un plateau identique à celui qu'avait porté la secrétaire pulpeuse, sauf qu'il soutenait quatre verres et quatre filtres. Il installa la table pliante près du Boss, posa le plateau dessus et, comme Nabot, s'installa à côté de Mona Lisa, lequel était recroquevillé contre le mur, tête baissée, genoux repliés sur le torse, bras autour des genoux. Le Boss donna un coup de marteau sur le plateau. Les verres tremblèrent. Tu as jusqu'à ce que le café ait fini de couler, dit-il. Ensuite tu nous diras où trouver tes amis. Sinon, tu meurs. C'est simple. Compris ?

Mona Lisa ne faisait que frissonner.

Le Boss jeta un coup d'œil aux nains. Grincheux tenta d'envoyer un coup de pied dans les côtes de Mona Lisa, mais ne fit que heurter son coude, car Mona Lisa avait déplacé son bras pour se protéger. Tu as compris ? insista le Boss.

Mona Lisa gémit en se tenant le coude et hocha la tête.

Le Boss jeta encore un coup d'œil aux nains, et Nabot, de l'autre côté de Mona Lisa, fit adroitement atterrir sa botte sur ses côtes, démontrant son talent dans cet exercice élémentaire que maîtrisent aussi bien les truands que les P.-D.G. : frapper un homme à terre. Le Boss ne t'a pas entendu ! hurla Nabot.

Mona Lisa grimaçait, pantelait. Il finit par lâcher, Oui, j'ai compris.

Nous en étions arrivés à ce que Claude appelait « l'étape de l'ultimatum ». Les gens bêtes, expliquait Claude à ses élèves, ceux qui regardent la télévision en croyant que c'est la vraie vie, pensent que si vous soumettez le sujet au test de l'ultimatum, il fera tout

ce que vous voudrez, ou vous dira ce que vous voulez savoir, au motif qu'il ne veut pas mourir. Mais d'après mon expérience du monde réel, et pour avoir soumis des tas de vietcongs à ce test, laissez-moi vous dire que beaucoup de ces connards choisiront de mourir et qu'avant ça, s'ils vous révèlent quoi que ce soit, ce seront sans doute des craques. Donc la seule véritable raison pour pratiquer le test de l'ultimatum, c'est si vous avez envie de tuer ou de faire très mal. Capiche ?

Comme parmi nous, étudiants vietnamiens, aucun ne connaissait l'italien ou n'avait vu les films de gangsters américains dans lesquels les voyous disaient « Capiche ? » – sans compter que nos bouches vietnamiennes n'arrivaient pas à prononcer ce mot –, nous ne pouvions pas répondre que nous avions compris. C'est seulement après mes années passées dans la Branche spéciale que j'ai pu dire, sur la foi de mon expérience empirique, que je comprenais. En observant à présent la scène qui se déroulait devant moi, je pouvais également affirmer que le Boss ne comprenait pas et s'en moquait. De toute façon, il tuerait Mona Lisa, et la seule question qui se posait était de savoir si celui-ci l'avait pressenti. Il n'y avait plus aucun bruit. Le café coulait à la vitesse d'une goutte par seconde. Le Ronin, ne pouvant supporter ce silence après trente secondes, ordonna à Grincheux d'aller chercher une radio. Le nain revint avec une de ces énormes chaînes stéréo que je voyais régulièrement sortir du magasin d'import-export du Boss, direction mon pays natal, vouées à se retrouver sur le marché noir. Avant que Grincheux puisse l'allumer, mes fantômes se mirent à fredonner, puis à chanter derrière moi :

Vingt-deux millions de bâtards
Et moi, et moi, et moi

Ce chiffre de vingt-deux millions n'était qu'une estimation de leur part. Combien y avait-il de bâtards dans le monde ? Pour ce qui était de la France, si la race n'existait pas, les bâtards ne pouvaient pas exister, non ? J'étais déconcerté par l'énigme de mon existence, par ma citoyenneté ambiguë au sein d'une diaspora d'inconnus. Mais étions-nous, moi et les millions de bâtards comme moi, des inconnus connus ? Ou des inconnus inconnus ?

Ah, je préfère ça ! s'écria le Ronin en tripotant le bouton de la radio. Ça, je peux danser dessus.

Il se lança alors dans un cha-cha-cha, la danse préférée des Vietnamiens. Moi aussi, je pouvais danser le cha-cha-cha sur à peu près n'importe quoi, en tout cas tout ce qui allait plus vite qu'un rosaire et moins vite que le twist. Mais mes pieds n'étaient pas d'humeur à bouger. Le Boss non plus ne dansait pas. Ni Mona Lisa, ni les nains, ni aucun de mes fantômes, qui s'étaient approchés dans mon dos pour me flanquer de part et d'autre et envahir mon espace personnel. Fascinés, nous regardâmes le Ronin sourire béatement en exécutant son cha-cha-cha avec une partenaire invisible, jusqu'à ce que le Boss dise, Arrête. Le café avait fini de s'écouler. Le Boss se leva, marteau en main. Mona Lisa se colla dos au mur.

Le Ronin cessa de danser et, avec un sourire narquois, dit à Mona Lisa, Toi et tes amis algériens, vous avez trouvé la bonne idée. Mais nous, les Corses, on fait ça depuis longtemps, avant même ta naissance. L'opium rapporte plus que le caoutchouc. Ça, je peux te le garantir. Quelle époque formidable on a connue en Indochine ! J'aimerais bien qu'on retrouve ça un jour, l'époque où l'État français avait le bon sens

d'encourager l'opium. Mon Dieu, on n'aurait jamais pu financer l'État sans vendre de l'opium aux indigènes ! Voilà un modèle économique efficace. Intégration verticale et monopole horizontal : ça signifiait qu'on avait le contrôle total du marché. Imagine un peu comme la France s'en sortirait mieux aujourd'hui si l'État était encore dans l'opium. Notre cher président socialiste aurait tout l'argent qu'il lui faut pour ses beaux programmes sociaux. On verra combien de temps ça durera sans l'argent nécessaire. Mais est-ce que quelqu'un est prêt à m'écouter ? Ils devraient, pourtant ! Je suis un patriote ! La morphine était blanche. Mais ce remède est tellement blanc qu'on dirait de la neige. Tu as apprécié le remède ?

Mona Lisa acquiesça.

Donc tu vois de quoi je veux parler, mon ami.

Prêt ? demanda le Boss en me regardant moi plutôt que le Ronin.

Toujours prêt, dis-je, alors que je n'avais aucune idée de ce qu'il ferait.

Il me donna le marteau, bien que le mot « donner » soit un euphémisme, car il ne s'agissait pas d'un cadeau que je pouvais refuser. Le manche en était en bois lisse, sans la moindre écharde, aussi long que mon avant-bras ; sa tête en fer était légèrement éraflée et égratignée, comme la mienne. Son poids était équilibré, contrairement à moi. Il prolongeait mon corps, mon bras, ma main, et pour finir mon esprit, du moins l'un d'eux. Je me rappelai ce que le Pr Hammer m'avait dit un jour à propos de son nom, et de l'épigramme attribuée à Bertolt Brecht mais en fait formulée par le poète Vladimir Maïakovski, voire par Léon Trotski, du moins à en croire le Pr Hammer : « L'art n'est pas un miroir tendu au monde, mais un marteau avec lequel

le façonner. » Oh ! J'avais presque eu un orgasme en l'entendant pour la première fois ! Les slogans étaient mon excitant, et mes convictions politiques ma zone la plus érogène. Mon nom est mon destin, avait ensuite dit le Pr Hammer, levant son verre de sherry vers moi. J'étais assis ce jour-là dans son bureau pour ma séance hebdomadaire de travaux dirigés accompagnés au sherry, versé d'une bouteille qu'il conservait dans le tiroir de son bureau et sortait uniquement pour ses étudiants préférés, toujours des hommes. En serrant le marteau du Boss me revint en mémoire le goût beaucoup trop sucré du sherry. Le professeur aurait-il pu imaginer qu'un jour je tiendrais un marteau dans ma main et qu'il ne s'agirait pas d'une métaphore ou d'une comparaison, mais bien d'un véritable objet avec lequel frapper une véritable tête, défoncer un véritable crâne, fracasser un véritable cerveau ? Je le tenais avec un sentiment d'effroi, bien que l'effroi ne concernât pas le marteau. Il n'était qu'un outil. J'étais l'arme et je m'effrayais moi-même. Tout le monde me regardait : le Boss, le Ronin, Grincheux et Nabot, Sonny, l'adjudant glouton, Beatles, Moche et Très Moche, et surtout Mona Lisa.

Ton interrogatoire n'a pas marché, dit le Boss. Les mots, ça suffit. Ils n'ont servi à rien. Maintenant, il est temps d'agir. Mais je veux que ça dure. C'est très important. Regarde attentivement les détails. Moi, par exemple, j'aime bien commencer par les orteils. Comment veux-tu faire ?

TU – c'est-à-dire MOI – étais de nouveau mis à l'épreuve par la plus difficile de toutes les questions, censée avoir été posée par Lénine, même si en réalité c'était par le romancier Nikolaï Tchernychevski : QUE FAIRE ?

a/ Briser les rotules de Mona Lisa
b/ Casser les côtes de Mona Lisa
c/ Détruire le nez de Mona Lisa
d/ Pulvériser les mains de Mona Lisa

Maïakovski, Tchernychevski, Lénine… C'était quoi, leur problème, à ces Russes ? Était-ce la Sibérie ? La steppe ? La vodka pas chère et abondante, visuellement synonyme d'eau ? Ou était-ce le fait que les Russes étaient essentiellement des Orientaux, comme l'affirmait sir Richard Hedd ? La somme de toutes ces choses les prédisposait-elle aux comportements brutaux, aux espérances irréalistes et aux romans très épais ? Et, au moins de réputation, à la roulette mortelle ? Le Boss touilla son café jusqu'à obtenir un joli mélange de glace et de caramel puis, après avoir repris son siège, le sirota avec un petit sourire.

Bon, dit-il en croisant les chevilles et en se détendant. Qu'est-ce que tu attends ?

Les fantômes sourirent, claquèrent des doigts et chantèrent :

Trente-trois millions de bâtards
Et moi, et moi, et moi

TU – c'est-à-dire MOI – as dévisagé Mona Lisa et, malgré sa grimace de douleur et de malheur, tu as compris, au regard de défi qu'il t'a lancé, qu'il aurait encore préféré mourir. Un moment, tu as songé à implorer l'aide de Dieu, mais Dieu n'aurait rien dit. Non, la seule personne qui t'avait toujours guidé sans faiblir, c'était ta mère, qui t'avait toujours accepté et qui t'aurait accepté même si elle avait appris que tu étais un communiste, ou un espion, ou qui sait ce que

tu étais maintenant. *Tu n'es la moitié de rien, mais le double de tout !*

Le marteau était lourd, encore plus que le foie gras gonflé de ta conscience coupable, gavée de tous les crimes que tu avais commis. QUE FAIRE ? Grincheux et Nabot te regardaient d'un air sceptique et caressaient leurs couperets qu'ils tenaient calés sous le bras. Le Ronin se remit à danser en entendant à la radio la chanson suivante. Le Boss t'observait comme si tu étais un très mauvais film, et lui le réalisateur. Tu barbotais dans les eaux de ton affolement croissant, sans entrevoir la moindre issue à cette pièce et à cette situation. Puisque tu ne pouvais obtenir qu'une seule chose, du temps, tu as dit, Est-ce que tu as une dernière volonté ?

Une dernière volonté ? fit Le Cao Boi.

Eh bien, ce n'est pas une mauvaise idée, dit le Ronin. Ça dépend de ce qu'il demande.

Le Boss but son café. Dépêche-toi.

Mona Lisa se dépêcha. Donnez-moi encore un peu de remède.

S'il vous plaît, dit le Boss.

S'il vous plaît donnez-moi un peu de remède.

Une dernière volonté parfaite ! s'écria le Ronin. Parce que tu vas souffrir.

Tu vas *vraiment* souffrir, confirma Le Cao Boi.

Tu sais ce que je fais, parfois ? dit Nabot. De la poche intérieure de son blouson en cuir marron, il sortit un Walkman Sony avec ses écouteurs. Mets ça et monte le volume. Ça aide. Entendre un type hurler pendant des heures et des heures, ça peut perturber.

Au fait, dit Grincheux. Lui aussi fouilla dans la poche intérieure de son blouson en cuir noir, mais pour en extraire des lunettes de chantier et un masque chirurgical. Pour les éclaboussures de sang.

Ah oui, beurk, je me souviens qu'une fois j'ai même reçu un bout de cervelle…

Vos gueules, dit le Boss. Donne-lui le remède.

Tu as proposé le remède à Mona Lisa. Une grande quantité. Presque tout ce qu'il te restait dans les poches, car curieusement tu avais sur toi encore plusieurs sachets. Tu étais le magicien qui n'arrêtait pas de jeter en l'air une substance mais la retrouvait toujours dans ses poches, comme si le remède était un lapin blanc doué de pouvoirs magiques. Pendant que Mona Lisa l'inhalait, le Ronin et Le Cao Boi gloussaient, Grincheux et Nabot s'esclaffaient, le Boss buvait son café, et toi-même tu profitais de l'occasion pour sniffer une ligne blanche que tu avais gardée pour toi.. QUE FAIRE ?

Vous savez à quoi ça me fait penser ? demanda le Ronin. Au bonze qui s'était immolé par le feu, à Saigon.

On ne va pas l'immoler, répondit le Boss.

C'est une idée, non ? Est-ce que ça ne donnerait pas une bonne leçon à ces Algériens ? Mais ce n'est pas de ça que je veux parler. Dans le monde entier, les gens ont pleuré pour ce bonze si noble, si courageux. Il est mort en beauté, si j'ose dire, même si pour ça il a dû s'asperger d'essence importée. Les médias de gauche ont fait leur boulot, ils ont parlé de lui à toutes les sauces, ils l'ont transformé en légende. Tu as vu les images, mon ami, oui ? La torche humaine !

Mona Lisa acquiesça, les yeux mi-clos.

Tout le monde a vu les images, reprit le Ronin. Quel effet ! Surtout à la télévision. Mais évidemment, les médias de gauche n'ont pas exactement raconté *la vérité*. Tu sais comment ça s'est passé, en vrai ? Les cocos l'avaient *drogué*, ce pauvre bonze. S'il était

tellement calme pendant qu'il brûlait, c'est parce qu'il était devenu un *zombie*.

C'est faux ! s'exclama Mona Lisa, qui ouvrait maintenant de grands yeux. C'était un héros !

Il a été le jouet d'un complot communiste.

C'est bon, dit le Boss en regardant sa montre. Il la portait avec le cadran sur la face intérieure du poignet, comme la Mort devait sans doute le faire aussi. Finissons-en.

Tu n'es pas obligé de précipiter les choses, dit le Ronin.

Mais le remède n'a pas encore fait son effet, dis-tu.

J'ai comme l'impression que tu n'as pas envie de le faire, répondit le Boss.

Les nains s'arrêtèrent de glousser. Tes fantômes murmurèrent, traînèrent les pieds, chantèrent :

Quarante millions de bâtards
Et moi, et moi, et moi

Et soudain tu as eu la réponse à la question QUE FAIRE ? Elle te regardait droit dans les yeux depuis le début, toujours présente alors que tu refusais de la comprendre, peut-être depuis le tout début de ton existence, en tout cas depuis que Claude t'avait expliqué l'étape de l'ultimatum, qui, tu t'en es rendu compte, était ce que le Boss te faisait subir. Comme beaucoup de bonnes réponses, avec le recul celle-là était d'une évidence absolue, au même titre que la roue, ou le chiffre zéro, qui durent inciter les gens à se taper le front en criant, Mais comment n'y avais-je pas pensé plus tôt ? Dans ton cas, tu avais négligé la réponse, tu l'avais écartée ou ignorée parce qu'elle était trop effrayante, trop directe, trop simple dans ce

qu'elle exigeait de toi. Désormais, elle était si assourdissante qu'on aurait cru que Dieu en personne avait enfin rompu Son silence et parlé, du haut des cimes des montagnes et des nuages :

DIEU
Que faire ?

ENCORE DIEU
Rien !

Tu t'es mis à rire. Tu la tenais enfin ! Tu avais attendu si longtemps que Dieu parle, et quand Il l'a fait, Il a dit, Rien ! Ô mon Dieu, Dieu, Tu es vraiment un type marrant ! L'homme aux deux esprits, le vrai ! Le plus grand comique de stand-up de tous les temps ! Le monde entier était un club de comédie, et toi tu étais l'imbécile au premier rang qu'on choisissait tout le temps pour se faire vanner par Dieu. Rien ! Tu as tremblé, non pas de fureur mais de bruit, un gros rire surgi du même trou où était ensevelie ton âme. Rien ! Ha ! Tout le monde te regardait, à présent. Était-ce parce que tu étais électrifié, que tous les poils de ton corps étaient debout, au garde-à-vous, y compris les filigranes dans tes narines ? Ô mon Dieu, Dieu, je T'en supplie, arrête ! Ça suffit ! C'est trop drôle ! C'est à mourir de rire ! Et même après t'être donné des gifles sur les deux joues, qui te brûlaient, tu t'es entendu continuer de rire hystériquement, même s'il se pouvait aussi que tu sois simplement en train de rire historiquement.

Cette blague, après tout, était éternelle.

18

Quelle différence y avait-il entre histoire et hystérie, de toute façon ? Si tu avais été une femme, tu aurais pu recourir à une hystérectomie pour régler l'histrionisme de ton hystérie. Mais comme tu étais un homme, du moins à ce qu'on racontait, la seule solution aurait été une historectomie. Le Boss, lui, avait une solution beaucoup plus simple. Il t'a collé une gifle en plein visage, bien fort, à la manière dont les Français aiment frapper leurs femmes, et dont les Vietnamiens aiment également taper leurs femmes. Ressaisis-toi, a-t-il dit. Même s'il l'entendait au sens métaphorique, tu as cessé de rire et tu t'es accroché, la main gauche sur le biceps droit, ta main droite tenant toujours le marteau.

Finissons-en, a-t-il ajouté.

Tu as regardé Mona Lisa et tu as revu le visage de l'agente communiste sur la table d'examen, dans le cinéma, entourée par les trois policiers. Son visage t'avait imploré et tu n'avais rien fait au moment où tu aurais dû faire quelque chose. Désormais c'était la situation inverse, et l'heure était venue, en effet, d'en finir.

Tu as tendu le marteau au Boss et dit, Non.

Non ? s'est exclamé ton chœur de fantômes. Mais tu t'es arrêté devant rien !

Le Cao Boi a sifflé. Oh putain, a-t-il lâché. Tu te retrouves dans une belle merde.

Comment ça, non ? a demandé le Boss.

Rien à faire, as-tu dit, paraphrasant ou interprétant Dieu. Je refuse.

Tu ne peux pas dire non, a rétorqué le Boss. On n'est pas dans un country-club. Tu ne peux pas résilier ton adhésion et t'en aller comme ça.

Tu en sais trop, a dit le Ronin avec un ton de regret.

Pourtant, tu n'en savais pas assez. Tu ne savais pas si Marilyn Monroe s'était vraiment suicidée. Tu ne savais pas si John F. Kennedy n'avait été abattu que par un seul tireur. Tu ne savais pas si l'Oncle Hô avait eu une femme secrète, comme le voulait la rumeur. Tu ne savais pas pourquoi Johnny Hallyday était si apprécié des Français, même si tu avais la conviction que les historiens finiraient par voir que Brigitte Bardot chantant « Je t'aime… moi non plus » était le sommet de la civilisation française. Tu ne savais pas où se trouvait ta mère, mais en ne faisant rien tu le saurais bien assez vite.

Tu comprends ce que je dis ? a insisté le Boss.

Je comprends ce que vous dites, as-tu répondu, la bouche complètement sèche, la langue tapissée par la bile de la peur. Mais vous comprenez où je veux en venir ? J'ai choisi de faire… rien.

Et tu n'as pas pu t'en empêcher, alors même que tu aurais dû : tu as éclaté de rire, une fois de plus, devant ce gag exécuté par un dieu inexistant. Dieu n'avait jamais demandé qu'on fasse quelque chose, puisqu'Il avait toujours et seulement dit : rien – quelle erreur ! Mais le plus dément, c'était de penser que tant de millions de personnes massacrées auraient pu être sauvées si tous ceux qui les avaient tuées avaient

simplement fait… rien. Si assez de gens s'étaient dressés, ou couchés, selon les circonstances, et avaient simplement dit non, même au prix de leur vie, par un geste d'héroïsme ordinaire à la portée de tout un chacun…

Vous ne comprenez pas ? as-tu crié au Boss, que son manque d'humour empêcherait toujours de comprendre la plaisanterie. Le défaut d'humour n'était-il pas le plus grand de tous les défauts ? Si seulement chaque être humain avait le sens de l'absurde, le monde ne serait pas un lieu aussi absurde ! Au Boss, tu as dit, Vous ne voyez pas à quel point il est plus difficile de ne rien faire plutôt que quelque chose ? Mais si tout le monde se contentait de ne rien faire, il n'arriverait rien !

Donne-moi ça, espèce de bâtard de fou, a répondu le Boss en t'arrachant des mains son marteau. Il l'a lentement agité devant toi et tu as failli loucher à force de suivre son mouvement de cobra. D'abord je vais te montrer, moi, comment on fait quelque chose. Et ensuite je vais te faire quelque chose.

Le Boss a appuyé la tête métallique du marteau sur ton front.

Pas de doute, a dit Beatles. Ce marteau est assez dur pour te broyer le crâne.

Dommage, a ajouté Moche. Ça va être vilain.

Très vilain, a confirmé Très Moche. C'est pour ça qu'on va savourer !

Bon ne va pas être content, a dit le Ronin.

On n'aura qu'à lui expliquer que l'Arabe s'est échappé et qu'il a tué son copain.

Tu ne pouvais pas donner tort au Boss. À sa place, tu aurais écrit exactement le même scénario. La seule péripétie positive que tu pouvais voir dans cette histoire, c'est que le Boss allait devoir te tuer rapidement, un coup à la tête, deux au maximum, puisque Mona

Lisa, selon toute vraisemblance, n'aurait pas l'occasion de broyer tous les os de ton corps. Pendant que le Boss tapotait son marteau sur sa main et s'avançait vers Mona Lisa, tu as frotté l'endroit où il avait posé le marteau sur ton front, y laissant sans doute une marque rouge qui, le moment venu, lui servirait de repère. Le tambour japonais de ton cœur résonnait, annonçant les coups que ta tête recevrait dès que le Boss aurait achevé Mona Lisa, lequel tremblait de peur et de froid mais regardait son destin droit dans les yeux. Cet homme forçait l'admiration. Il n'avait pas menti en affirmant qu'il était cent pour cent truand.

Je me suis trompé sur ton compte, a dit Sonny d'une voix émue.

Pas si vite ! a protesté l'adjudant glouton. Il n'est pas encore mort.

Le tout, bien sûr, était de savoir quand faire quelque chose et quand ne rien faire. Ou plutôt, pour le dire avec plus de précision : puisque ce que l'on *devrait* faire était dans bien des cas assez clair, le tout était de *vraiment* faire quelque chose ou ne rien faire. Ne rien faire te coûterait la vie. Mais que valait vraiment ta vie ?

Le Boss s'est arrêté devant Mona Lisa. Des dernières paroles ?

Laissez-moi réfléchir, a répondu Mona Lisa. Ah oui. Allez vous faire foutre.

Le Boss a ricané. Puis il a brandi le marteau au-dessus de sa tête, et tu as détourné la tienne, contrairement à Le Cao Boi, au Ronin, à Grincheux et Nabot, qui n'attendaient que ça, ce qui explique que tu aies été le seul à voir la porte se faire défoncer avec un *bang !* et un homme en cagoule noire débouler, tout de noir vêtu, tenant un AK-47 à la vue duquel tu as plongé à terre, mû par un réflexe pleutre qui était une

seconde nature chez toi – *bang ! bang ! bang !* – et dans cette position honteuse, la joue contre le sol, tu as vu un deuxième homme portant une cagoule noire, lui aussi tout en noir, suivre le premier, avec un AK-47 identique dans les mains – *bang ! bang ! bang !* –, et tu as plaqué tes mains sur tes oreilles pour les protéger du staccato des tirs de fusil automatique que tu connaissais si bien depuis la guerre, le si reconnaissable marteau-piqueur de l'AK-47, bruyant partout, mais assourdissant entre les quatre murs d'une salle d'interrogatoire devenue chambre d'écho où se réverbéraient les cris de stupéfaction et les hurlements d'agonie :

Bordel
        de merde !
                        Nom de
                                        Dieu !
                                                    Putain
                                                                de saloperie !
                                                                                        Merde
                                                                                                    alors !

Il s'agissait là, malheureusement, des dernières et confuses paroles de Grincheux et de Nabot, dont les couperets se sont révélés inutiles face au déchaînement de balles de 7,62 mm tirées à une vitesse maximale de six cents par minute, soit dix par seconde, comme tu l'avais appris lors de ta formation avec Claude. *Bang ! Bang ! Bang !* Le premier tireur tirait des coups brefs et précis, le deuxième de longues rafales erratiques, moyennant quoi il a dû s'arrêter au milieu du carnage et remettre un magasin de trente balles, tandis que le premier avait encore assez de munitions pour s'approcher

du Ronin, avachi sur le dos, la main agrippée au pistolet sous l'élastique de son pantalon, et vidé de son sang par des blessures à l'abdomen, et lui loger une balle en plein front, geste exécuté froidement, alors que son camarade essayait encore d'introduire le nouveau magasin avec ses mains tremblantes, ce qu'il a fini par faire au moment où le tireur froid et calme se retournait et rejoignait en quelques pas Mona Lisa et le Boss, tous deux assis contre le mur, le premier en état de choc, à en croire son expression, et le second l'air – pour la première et dernière fois devant toi – terrifié, tourmenté à l'idée que quelqu'un comme lui ait pu être criblé de balles, et du sang noir coulait à travers sa combinaison, cependant que l'autre tireur, l'amateur, envoyait une longue rafale dans le dos de Le Cao Boi, qui a vainement rampé vers le coin après avoir été touché aux jambes et à la hanche, et qui est mort aux pieds écartés du Boss, lequel avait lâché son marteau à côté de lui et tenait ses boyaux dans ses mains pour les empêcher de tomber, criant avec une telle douleur que tu as failli pleurer, et ses hurlements ont brusquement cessé au moment où le tireur calme et froid lui a tiré une balle dans la bouche, projetant ses souvenirs contre le mur.

Puis le silence a régné dans la chambre d'écho, à l'exception des halètements de Mona Lisa et du sang dans ta propre tête, dont tu entendais les vagues car tu avais l'oreille plaquée sur le sol en ciment. Quand les tireurs se sont détournés du carnage pour s'intéresser à toi, tu as fermé les yeux et fait le mort. Leurs pieds bottés se sont rapprochés sur le ciment, et l'un d'eux a dit, Non, laisse-moi faire. Soudain, tu as senti quelque chose de dur et de chaud sur ta tempe. Tu as tressailli et ouvert les yeux.

Ha ! s'est exclamé le tireur amateur, le canon de son arme braqué sur ton visage. Je savais que tu étais encore vivant. Il a retiré sa cagoule : c'était Rolling Stones. Salut, le Bâtard Fou. Tu te souviens de moi ?

Comment aurais-tu pu l'oublier ?

Le tireur calme et froid a à son tour retiré sa cagoule, et tu as aussitôt vu la ressemblance, la rime visuelle avec Mona Lisa, dans les pommettes en forme de coude, le regard mystérieux, les sourcils noirs aussi épais que des cocons, les lèvres d'idole pour adolescentes.

Saïd, as-tu dit.

Les cocons ont remué. Donc tu as entendu parler de moi, a-t-il dit. Moi aussi j'ai entendu parler de toi.

Il s'est agenouillé pour te regarder de plus près, et même s'il était là pour te tuer, tu n'as pas pu t'empêcher de penser, *Quel enfoiré de beau gosse*.

Tu as pris ma place, tu as pris ce qui n'était pas à toi, a poursuivi Saïd. Son doigt tapotait ton front exactement à l'endroit où le Boss avait placé son marteau. Maintenant tu vas payer.

Rolling Stones a levé l'AK-47 à hauteur de son épaule, et tu es passé des yeux calmes de Saïd au canon de l'arme braquée entre les tiens. Mao disait que le pouvoir politique naissait du canon d'une arme, mais tu n'imaginais rien qui puisse naître de ce canon-là. Tout ce que tu voyais, c'était le pouvoir de l'horreur dans ce trou noir dont le centre de gravité était une balle de 7,62 mm sans autre nom dessus que le tien, et tu t'es souvenu de fermer ta gueule et de ne pas provoquer Rolling Stones ou Saïd, qui ne semblaient pas, contrairement au Boss, obsédés par l'idée de prolonger l'agonie de leurs victimes. Tant de gens avaient essayé de te tirer une balle dans la tête, et tu voulais simplement que ça aille vite. Tu t'étais déjà tué une fois.

Cette balle serait le point d'exclamation après la dernière phrase de ta vie, un dénouement soit vraiment malheureux, soit extrêmement désirable, selon le point de vue, et comme tu étais un homme aux deux esprits, tu étais à la fois horrifié et prêt à fêter ça.

Une dernière volonté ? a demandé Rolling Stones. Tu as eu l'impression d'avoir déjà vécu cette scène.

Je pourrais avoir un peu de remède, s'il te plaît, Ahmed ?

Rolling Stones s'est agacé d'entendre dans ta bouche son vrai prénom, comme un rappel de votre (in)humanité partagée et touchante. Il a répondu, Je vais simplement te tuer. Tu as regardé fixement son doigt, celui sur la détente, qui venait de commencer à bouger, quand Saïd a dit, Tu lui as posé une question et il t'a donné une réponse. Maintenant sois un homme de parole.

Oh, bordel ! Rolling Stones a baissé son arme. Très bien, connard. Où est-ce que je peux le trouver, ce remède ?

Tu as tenté ta chance et dit, Dans les poches des nains, ce qui s'est révélé juste. Quand Rolling Stones est revenu avec de petits sachets du remède, une partie de toi s'est dit que mourir aurait du bon, tandis que l'autre partie de toi, qui s'accrochait désespérément à la vie, disait à Saïd, Tu as peut-être envie de savoir où trouver un peu plus du remède ?

Saïd était agenouillé à côté de son frère et l'aidait à remettre son pantalon. Il t'a regardé et a répondu, Tu crois que tu vas sauver ta peau comme ça ?

Tu t'es rapidement anesthésié en inhalant d'abord une dose de remède, puis une autre. Si sa magie consistait à procurer à celui qui le consommait une sensation décuplée d'euphorie et de mégalomanie, ajoutée à l'engourdissement de diverses parties du corps et

de l'esprit, ainsi qu'à l'accroissement paradoxal de la sensibilité érogène, en revanche il ne prétendait pas augmenter l'intelligence. Aussi, parce que tu te sentais un peu mieux mais pas plus malin, la question mystérieuse de Saïd ne laissait-elle pas de t'intriguer. Mona Lisa s'est chargé de résoudre le problème à ta place.

Ne le tuez pas, a-t-il dit.

Quoi ? s'est écrié Rolling Stones.

Quoi ? as-tu pensé, même si tu étais assez intelligent pour ne pas le dire.

Je me faisais une joie de tuer ce *niakoué* ! a dit Rolling Stones, et tu as enfin, enfin compris ce qu'il disait. Tu as éclaté de rire, une fois de plus, et Rolling Stones a ajouté, Quoi, espèce de fou de bâtard ?

Nhà quê ! Tu essaies de dire *nhà quê* !

C'est ce que j'ai dit.

Ça veut dire « paysan ». « Bouseux. » « Imbécile. » C'est sans doute de bonne guerre que vous, les Français, ayez repris une insulte qu'on lançait aux campagnards et l'ayez retournée contre nous.

Je m'en fous de savoir comment tu le prononces dans ta langue, a ricané Rolling Stones. *Niakoué ! Niakoué ! Niakoué !*

Il m'a sauvé la vie, est intervenu Mona Lisa.

Il ne t'a pas sauvé la vie, a dit Saïd. C'est *nous* qui t'avons sauvé la vie.

C'est vrai, ils allaient me tuer. Mais ce Bâtard Fou a refusé de me tuer, et ils comptaient le tuer après moi. Mona Lisa a fini de boutonner sa chemise et s'est levé lentement, aidé par Saïd. Il m'a épargné, et je vous demande de l'épargner.

Putain, non ! s'est exclamé Rolling Stones en braquant de nouveau son AK-47 sur moi. Arrête, a dit Saïd, et Rolling Stones, entre deux jurons, a baissé

son arme. Saïd m'a regardé avec ses yeux calmes et froids. Son cerveau était en train d'absorber ce que son frère venait de lui raconter. Puis il a ajouté, La parole de mon frère me suffit.

Saïd ! a crié Rolling Stones.

Ahmed, arrête de réfléchir comme la petite frappe que tu es. Saïd se tenait à présent au-dessus de toi, et de là où tu étais, au sol, il semblait gigantesque. Tue quand il le faut et montre de la clémence quand il le faut, mais fais toujours ce que tu dis, afin que personne ne mette en doute ce que tu es et ce que tu défends.

Bien sûr, génial, magnifique, a répondu Rolling Stones. Je commencerai une fois que je l'aurai tué.

Ahmed, montre un peu d'application.

Mais je m'applique ! Je m'applique à tuer ce bâtard !

Tu dois apprendre à croire en quelque chose de plus grand que toi et que tes petites magouilles, a dit Saïd en te toisant. Ce n'est pas parce que c'est un voleur, un dealer et un délinquant comme toi – comme moi à l'époque – que tu dois te comporter de la même manière que lui. Ce n'est pas un homme, Ahmed, et toi non plus. Et tu sais pourquoi ?

Je ne suis pas un homme ? s'est écrié Ahmed. Va te faire foutre, Saïd !

Il faut que tu saches qu'Ahmed descend d'une longue lignée de marins, même si certains les appelaient des pirates, t'a expliqué Saïd. Il a encore en lui le sang des pirates d'Annaba, mais dilué. Pas difficile à comprendre, vu que ses parents ont fui la guerre d'indépendance pour venir ici. Les miens aussi. Mais le FLN avait raison. On ne devrait pas s'entre-tuer par le crime, la drogue et la violence. On devrait être des *djounoud*, se libérer par la violence.

Je n'ai pas envie d'entendre encore un de tes sermons, a dit Rolling Stones.

Tu ne serais pas obligé d'entendre mes sermons si tu avais lu ce que je t'ai demandé de lire, a répondu Saïd. Tu saurais que d'après Fanon « la violence désintoxique ».

Elle « débarrasse le colonisé de son complexe d'infériorité, de ses attitudes contemplatives ou désespérées », as-tu répondu. Saïd t'a regardé droit dans les yeux, en un moment de reconnaissance mutuelle, et vous avez tous deux ajouté, La violence « le rend intrépide, le réhabilite à ses propres yeux ».

Tu vois pourquoi j'aime bien ce type ? a lancé Mona Lisa à Saïd.

Lire Fanon, ça reste de la lecture, a répondu Saïd. C'est mieux que rien. Mais l'important, c'est d'*agir*. Et il faut la bonne violence, celle qui fait de toi un homme, pas celle qui fait de toi un voleur. Ahmed, tu sais pourquoi vous n'êtes pas des hommes, toi et ce voleur qui m'a volé ?

Rolling Stones a soupiré. Parce qu'on n'y met pas d'application ?

Exactement.

Le regard qu'a posé Saïd sur toi était une variante de celui de la secrétaire pulpeuse, un mélange tranchant de pitié, de mépris et de compréhension. Tu as voulu protester et dire que si tu n'étais pas vraiment un homme (plus vraiment), tu t'étais profondément, profondément appliqué à la tâche, et voilà où ça t'avait mené. Mais tu t'es tu pour pouvoir vivre et discuter une journée de plus, ce qui était la bonne réaction.

Tu peux partir, a dit Saïd. Maintenant.

Fils de pute, a marmonné Rolling Stones.

Tu t'es remis debout avant que Saïd change d'avis ou

que Rolling Stones t'abatte par inadvertance. Les questions ne manquaient pas – comment Saïd avait-il eu des nouvelles de son frère et rejoint Paris aussi vite ? Et comment avait-il retrouvé la trace de Mona Lisa ? Mais t'attarder en présence de Saïd et de Rolling Stones, c'était risquer ta vie pour satisfaire ta curiosité, et ces questions-là n'étaient pas de celles pour lesquelles on mourait. Au contraire, tu t'es incliné et tu as joint les mains, en une forme vaguement orientale de soumission, peut-être plus indienne que vietnamienne, mais qui s'en souciait ? Vous étiez tous des Orientaux dans cette pièce.

Merci à vous deux pour votre générosité, as-tu dit avant de prononcer encore quelques abjectes formules de gratitude obséquieuse, car tu étais passé maître de l'abjection. Enfin tu as ajouté, En guise de remerciement, permettez-moi de vous suggérer de regarder d'un peu plus près toutes ces caisses de café dans l'entrepôt. Saïd a haussé un épais sourcil. Puis tu as dit, Vous avez déjà fait beaucoup pour moi. Mais est-ce que je peux vous demander une dernière petite chose ? Peut-être deux ?

Comme l'avait un jour remarqué ton ancien patron le général, Ceux qui te rendent des services auront tendance à t'en rendre encore plus au moment opportun. Voilà pourquoi il s'insinuait inlassablement dans les bonnes grâces de ses supérieurs en leur demandant des faveurs, tout en refusant presque toujours d'en accorder à ses subalternes. Saïd, grand prince, t'avait déjà fait la courtoisie de ne pas te tuer. À présent, imbu de sa noblesse d'âme, il pouvait te faire encore une fleur. Justement, au lieu de te tuer ou de te faire tuer, il a soupiré et dit, Qu'est-ce que tu veux ?

Ce que tu voulais, c'étaient les lunettes aviateur authentiques de Le Cao Boi, qu'il portait au moment de sa mort puisqu'il les portait tout le temps, et dont il n'avait plus besoin. Elles étaient, as-tu expliqué, un souvenir de Le Cao Boi, ton meilleur ami, du moins tel que tu l'as présenté à Saïd, ce que tu pensais qu'un homme d'honneur comme lui comprendrait. Les lunettes aviateur t'allaient parfaitement et ont rempli leur mission en t'aidant à rouler pour la première fois dans les rues ensoleillées de Paris. Faire cela en étant anesthésié par le remède, c'était un peu comme piloter une boule de flipper dans le flipper, en tout cas c'est que tu as pensé, ou te rappelais avoir pensé, au moment d'introduire la clé dans la serrure de l'appartement du Boss. Cette clé, c'était ce que tu voulais vraiment, même si à Saïd tu avais dit avoir besoin de la voiture du Boss pour rentrer chez toi. Tu misais sur le fait que Saïd disposait de son propre moyen de transport, sans doute pas aussi chic que le monstre bavarois du Boss. Rolling Stones en avait d'ailleurs bien conscience quand il a protesté contre cette ultime faveur, mais tu avais déjà passé un marché tacite avec Saïd au sujet du trésor dont il était désormais le propriétaire. En quittant l'entrepôt, tu as longé les tas de caisses remplies du remède blanc comme neige déguisé en café de fabrication intestinale, et tu espérais en avoir fini avec ce métier, mais tu as soupçonné le contraire en passant, près de la sortie, devant le corps ligoté de Mastoc, les yeux ouverts, la bouche bâillonnée et la gorge tranchée, indice de la manière dont Saïd et Rolling Stones avaient réussi à localiser l'entrepôt. Pendant l'orgie, Mastoc était en effet parti pour s'occuper tout seul de Délices d'Asie, et Saïd et Rolling Stones avaient dû le trouver là-bas.

L'appartement du Boss était propre et silencieux. Si tu n'avais pas été pressé, tu aurais pris ton temps, te serais servi trois doigts du cognac ou du whisky hors de prix du Boss, aurais posé les pieds sur le canapé et admiré la lointaine tour Eiffel, en réalité énorme, mais haute de cinq centimètres vue d'ici. Sauf qu'il était midi passé et que tu devais être dans quelques heures à L'Opium pour la fête précédant *Fantasia*. Tu t'es donc mis en quête de l'endroit où le Boss cachait ses valeurs. Tu as cherché à l'intérieur des placards de la cuisine, sous les coussins du canapé, dans le dressing, derrière la télévision et le matériel hi-fi, et tu t'apprêtais à rejoindre sa chambre quand une douce voix féminine a dit,

MAIS QU'EST-CE QUE TU FAIS, BORDEL ?

Autre question hautement philosophique que tu t'étais posée quelquefois, mais pas à cet instant précis. Tu as commencé à te retourner, et la voix que tu as reconnue comme étant celle de la secrétaire pulpeuse a dit, Lève les mains et pas de geste brusque, sinon je tire. Le temps d'achever ta lente pirouette, tu étais prêt à affronter le pistolet, genre Luger, qui paraissait très gros dans sa petite main ferme. Elle portait une chemise de nuit transparente et ses longs cheveux noir de jais ébouriffés avaient besoin d'un coup de peigne, ce qui ne la rendait que plus pulpeuse.

Le Boss va te tuer, a-t-elle dit.

Malgré les lunettes noires, tu as compris que tu avais intérêt à te servir de tous les muscles de ton corps pour garder les yeux fixés sur les siens, ce qui t'empêchait de ravaler la peur et le désir qui envahissaient ta bouche. Tu as réussi à répondre, Le Boss est mort.

La secrétaire pulpeuse t'a regardé pendant cinq

secondes – tu as compté – avant de dire, Tu n'aurais jamais eu les couilles de tuer le Boss.

Vrai. Tu lui as expliqué, aussi calmement que possible, ce qui s'était passé. Son regard s'est voilé – non pas de peine, non pas de soulagement, mais d'autre chose – d'incertitude ? Elle n'a exprimé ni choc ni surprise. Elle a simplement dit, Qu'est-ce qui me prouve que tu ne mens pas ?

Tu crois que j'aurais pu obtenir cette clé si le Boss était en vie ?

Retire ces lunettes, a-t-elle dit, son pistolet toujours braqué sur toi.

Tu ne comptais plus le nombre de fois où un pistolet avait été braqué sur toi. Tu n'étais pas très sûr, non plus, du nombre de fois où on avait appuyé sur la détente, ni de combien de tes vies avaient été pulvérisées pour que tu en arrives à ce point où le contact de l'air sur ta peau te procurait un frisson proche du plaisir, toujours voisin de la douleur.

Alors qu'est-ce que tu fais ici ? a-t-elle demandé.

La boule de flipper que tu chevauchais t'a propulsé jusqu'à un plan auquel tu n'avais pas pensé, ignorant que la secrétaire pulpeuse serait là, chose que tu aurais pourtant dû savoir si tu avais un peu réfléchi. Je suis sûr que le Boss cache de l'argent ici, as-tu répondu en regardant la pendule au-dessus de la télévision, qui avait la forme de ton pays. Le général avait possédé le même objet nostalgique dans son restaurant de Los Angeles, dont le secret de Polichinelle était que, pour les réfugiés, le temps avançait seulement par cercles. Mais la pendule du Boss révélait un autre secret de Polichinelle, à savoir que parfois, pour les réfugiés, le temps s'arrêtait complètement.

J'imagine qu'il garde l'argent dans un coffre, as-tu

dit. Et je connais le code. Mais je ne sais pas où est le coffre. Je me dis que tu es peut-être au courant.

En réalité, tu ne savais pas s'il y avait un coffre et tu ne connaissais pas le code, mais ta première intuition s'est confirmée, car elle a dit, Comment est-ce que tu connais le code ?

Montre-moi d'abord le coffre.

Je prends la moitié du contenu.

Baisse d'abord ton arme.

Je sais que tu me prends pour une idiote, mais je n'en suis pas une.

Je ne te prends pas…

Je le vois bien à ta façon de me regarder.

Sa façon de te regarder montrait que pour elle c'était toi, l'idiot, et tout en admettant que tu n'avais jamais pensé à l'intelligence de la secrétaire pulpeuse, tu as continué de contracter tous les muscles de ton corps pour ne pas lâcher ses yeux, malgré les tentations qui apparaissaient dans ta vision périphérique. Tu as raison, as-tu dit, ravalant ce mélange de culpabilité et de honte pour lequel tu avais une prédilection depuis fort longtemps. Elles allaient tellement bien ensemble, comme le gin et le tonic, comme la civilisation et la colonisation, comme la résistance et la collaboration, comme Hitler et Goebbels, comme Nixon et Kissinger, comme le Viêtnam et l'Algérie, comme la France et les États-Unis, qu'il aurait dû exister un cocktail, ou au moins un roman russe mineur, ou peut-être une danse à la mode chez les adolescents appelée la Culpabilité et la Honte. Je suis désolé. Vraiment désolé.

Non, tu n'es pas désolé. Tu es comme tous les hommes vietnamiens. Ou à moitié vietnamiens. Peu importe. Tous les mêmes. Vous croyez qu'avec nous c'est du tout cuit. Vous croyez qu'on va faire

la cuisine, la vaisselle et la lessive pour vous, qu'on va rire à vos blagues idiotes, se pâmer devant les poèmes ou les chansons d'amour que vous adorez écrire jusqu'au jour où vous nous épousez, après quoi vous ne nous écrivez plus jamais le moindre poème ou la moindre chanson d'amour, puisque vous les adressez à vos maîtresses. Vous croyez qu'on sera toujours là pour vous aimer, vous donner des enfants, les élever seules, faire les courses, écouter vos jérémiades, masser vos ego, tenir les comptes, travailler pour gagner plus, supporter vos parents, servir vos mères, ignorer vos maîtresses, recoudre vos habits, trouver vos clés, être d'accord avec toutes vos âneries, marcher à au moins cinq pas derrière vous, s'occuper de vous quand vous serez vieux, et enfin – enfin – *enfin* – mourir après vous, pour que vous soyez sûrs que quelqu'un pleurera à votre enterrement, organisera une grande veillée, entretiendra votre mausolée et se rendra sur votre tombe, se souviendra de vous tous les jours, et puis, quand on mourra et qu'on vous rejoindra, que tout ce bordel recommencera *jusqu'à la fin des temps*.

Même si sa voix tremblait de rage, le canon du Luger ne bougeait pas d'un millimètre. En tant qu'homme vietnamien, ou à moitié vietnamien, tu savais, au plus profond de toi, jusque dans tes couilles, en un rare moment d'honnêteté occasionné par le fait que ces mêmes couilles ne tournaient pas comme elles auraient dû le faire, qu'elle avait raison. En tant que représentant de la masculinité vietnamienne, tu méritais sa fureur, pour tout ce que tu avais fait aux femmes vietnamiennes, chaque jour de leur vie. Tu as raison, as-tu dit. Et je suis désolé. Vraiment désolé.

Tu crois que le Boss allait m'épouser un jour ? a répondu la secrétaire pulpeuse.

Oui, absolument, oui. Il était amoureux de toi…

Ne me mens pas. Je me fous qu'il m'ait aimée. Nous marier, ça aurait simplement voulu dire qu'il assumait sa part du marché. Et ça ne serait jamais arrivé. Le moins que je mérite, c'est son argent. Tu n'es pas d'accord ?

Tu as vigoureusement acquiescé et émis de nouveaux sons approbateurs. La secrétaire pulpeuse t'a emmené dans la chambre du Boss, où elle était en train de dormir quand tu l'as réveillée en entrant, et a indiqué une bibliothèque à côté de la penderie. Alors que le Boss ne lisait pas le français, ces étagères étaient remplies de livres français. En jetant un rapide coup d'œil, tu as été content de voir que les Français ne lisaient pas que de la philosophie et de la grande littérature, les ouvrages de haute volée qu'on pouvait exhiber aux côtés des meilleurs alcools. Ces livres-là, ces auteurs-là méritaient d'être accompagnés de bière et de vin du patron. C'étaient des textes français ou des traductions en français d'auteurs qui écrivaient ces best-sellers nuls qu'on trouve dans les aéroports et les supermarchés, une bouillie si immangeable qu'elle n'atteignait même pas le cerveau du lecteur. Pas besoin de donner des noms. Pourquoi prendre cette peine alors que le Boss n'avait même pas lu ces auteurs, lui qui ne lisait que ses factures et ses relevés de comptes ?

Pousse cette étagère, a dit la secrétaire pulpeuse en agitant son pistolet.

Les armes ayant, comme les êtres humains, une fâcheuse tendance à exploser sans prévenir, tu as dit, de ta voix la plus courtoise, Tu pourrais peut-être éloigner ton doigt de la détente ?

Elle a pointé le pistolet vers toi, sans détacher son doigt de la détente, et tu as poussé l'étagère, qui s'est mise à rouler sur d'invisibles roues dissimulées

sous le socle. Une fois l'étagère déplacée sur le côté, le coffre est apparu, une boîte en fer grise, de la taille d'un petit réfrigérateur, nichée dans le mur à côté de la penderie. Allez, gros malin, a dit la secrétaire pulpeuse. Montre-moi ce que tu as dans le crâne.

Ton crâne ne contenait qu'une idée, et tu as fait ton deuxième pari.

Tu as remarqué les pendules dans le bureau du Boss et ici ? as-tu demandé.

Elles n'ont jamais marché. Il était trop paresseux pour remplacer les piles.

Non, pas trop paresseux, as-tu rétorqué avec une assurance désinvolte qui se révélerait bientôt être soit du génie, soit de l'inconscience. Ce sont des indices. Des aide-mémoire. Au cas où il aurait oublié le code. Tu as dit cela sans vantardise, car si tu te vantais, elle – à en juger par son air – te tirerait dessus. Peut-être pas pour te tuer, mais certainement pour te mutiler jusqu'à la fin de tes jours. Sept cinquante-neuf, as-tu dit en faisant craquer tes doigts. Ou sept cinq neuf.

Prouve-le.

La serrure du coffre était une goupille qu'il fallait faire tourner dans le sens des aiguilles d'une montre, puis inversement. Tu t'es agenouillé pour avoir l'œil à hauteur du mécanisme et te mettre à l'ouvrage, en essayant de ne pas suer pendant que tu actionnais la goupille. Sept crans à droite une fois, cinquante à gauche deux fois, neuf à droite une fois. La poignée du coffre n'a pas bougé. Tes aisselles se sont mises à transpirer quand tu as tenté sept crans à gauche, cinquante à droite et neuf à gauche. La poignée ne bougeait toujours pas. Maintenant c'était ta tête qui transpirait, et tu sentais la présence de la secrétaire pulpeuse assise sur un fauteuil à ta gauche, les jambes croisées, la main au pis-

tolet sur un genou, le doigt toujours sur la détente, et le corps toujours enveloppé d'une chemise de nuit transparente qui aurait obligé le pape lui-même à regarder. Diable, Dieu Lui-même devait être en train d'admirer à cet instant une de Ses plus belles créations, tandis que tu essayais toutes les combinaisons de sept, de cinq, de cinquante et de neuf qui te passaient par la tête. À un moment, tu as perdu le fil et tu t'es contenté d'actionner la goupille dans tous les sens, sans t'arrêter, en une autre variante de la roulette russe.

Au fait, Einstein, a dit la secrétaire pulpeuse. Pourquoi tu n'essaierais pas dix-neuf, cinquante et neuf ?

Quelqu'un a appuyé sur la touche arrêt de l'univers ; tout s'est pétrifié quelques instants. Dans ta tête, l'aiguille des heures de la pendule a décrit un tour complet, de 7 heures du matin à 19 heures. Soudain, tout est reparti, et tu as tourné la goupille : dix-neuf crans à droite une fois, cinquante à gauche deux fois, neuf à droite une fois. La poignée du coffre a émis un déclic et s'est laissé faire sans difficulté quand tu as tiré dessus. La porte s'est ouverte avec un souffle.

Le Ciel était silencieux quand tu y es arrivé deux heures plus tard. Tout le monde est épuisé, Monsieur, a dit la domestique obséquieuse, et tu t'es demandé comment elle avait pu échapper à un rôle dans l'orgie. Tu lui as glissé un billet de cent francs pour qu'elle te laisse entrer, et tu as trouvé le videur eschatologue en train de dormir sur le canapé du salon. Un exemplaire ouvert du *Voyage au bout de la nuit* montait et descendait sur son torse nu, et la télévision diffusait comme toujours un débat intellectuel. Un trait clair était posé à la diagonale sur son biceps, un nouveau sparadrap que tu n'avais pas vu la veille au soir. En haut,

Madeleine dormait. Tu as ouvert sa porte sans frapper. Elle était sous les draps d'un lit de 160, les cheveux en halo autour de sa tête, la figure débarrassée de son maquillage ou de toute autre trace de l'incroyable orgie de la veille, à l'exception des bleus sur son cou, infligés par les mains de BFD. Tu as songé à la réveiller, mais c'eût été égoïste. Au lieu de ça, tu as déposé à côté d'elle le sac Monoprix que tu avais trouvé dans le placard de la cuisine du Boss. Il contenait la moitié de la somme que la secrétaire pulpeuse t'avait laissé prendre dans le coffre du Boss, ce qui ne signifiait pas le quart de l'argent du coffre. Vous aviez tous deux regardé les briques de francs, chacune entourée d'une bande de papier où figurait la valeur totale, écrite à l'encre bleue. Il y avait aussi des sachets transparents remplis de pièces d'or et de taels, tous enveloppés dans du plastique, chacun indiquant le nom de l'émetteur. La quantité d'or et de taels avait aussi été notée sur chaque sachet à l'aide d'un gros feutre noir indélébile. Comme sur les briques de billets, c'était l'écriture du Boss.

Je crois qu'on est riches, avais-tu dit. Tu espérais que la secrétaire pulpeuse ne te roulerait pas et ne te ferait pas sauter la cervelle avec une balle dans la tempe. Tu étais mort depuis si longtemps que désormais tu voulais vivre. Il y en aura encore plein, même quand on aura fait moitié-moitié.

J'ai dit moitié-moitié ? avait fait la secrétaire pulpeuse en se couvrant la bouche avec sa main libre, l'air mutin. Oh, mais que je suis bête. Je voulais dire soixante-dix-trente.

Soixante-dix-trente ? Tu avais gardé ton sang-froid et répondu, Sans moi, ce coffre ne serait même pas ouvert. Disons plutôt cinquante-cinq-quarante-cinq.

La secrétaire pulpeuse avait armé son pistolet. Disons soixante-quinze-vingt-cinq, et tu repars d'ici avec les couilles à leur place.

Voilà comment tu t'es retrouvé à donner à Madeleine la moitié du quart des économies du Boss. L'or n'en faisait pas partie, comme l'avait bien précisé la secrétaire pulpeuse avant de te demander de compter l'argent, ce qui a mis du temps, vu la quantité, et ce même si tu as rappelé que le Boss avait obligeamment empaqueté et chiffré toutes les liasses. Je veux juste m'assurer qu'on ne se trompe pas, a calmement répondu la secrétaire pulpeuse, te défiant de la regarder croiser et décroiser les jambes pendant que tu étais agenouillé à côté du coffre, occupé à compter l'argent. Certes, tu étais nostalgique de Saïd et de son respect de la parole donnée, mais tu étais bien content de savoir que le quart d'une énorme somme d'argent représentait tout de même un beau pactole. Une fois que tu as eu fini de compter, tu as dit, Je peux aller aux toilettes ?

La secrétaire pulpeuse a levé les yeux au ciel et t'a accompagné jusqu'aux toilettes du couloir. Comme la plupart des appartements français que tu avais vus, y compris les grands, celui du Boss ne possédait qu'un seul W.-C., ce qui correspondait bien aux standards vietnamiens, mais était primitif même par rapport à ceux de la classe moyenne américaine. Les Américains, assez intelligemment, tenaient à avoir un plan B en cas d'embouteillage. Ils étaient angoissés à l'idée de voir la merde, mais pas de devenir gros ; chez les Français, c'était l'inverse. Quant à nous, Vietnamiens, nous ne pouvions pas devenir gros même si nous le voulions, étant donné la pauvreté de notre pays, qui ne nous laissait d'autre choix que de nous satisfaire d'avoir ne serait-ce qu'un W.-C., vu l'état de notre tout-à-l'égout.

Mais quelle était l'excuse des Français ? Ils devaient simplement avoir un rapport différent aux excréments, ce que prouvait bien assez leur indulgence à l'égard des déjections canines. La merde est le secret de toute société, et la manière dont celle-ci traite sa merde en dit long au visiteur étranger, ce à quoi une sceptique telle que la secrétaire pulpeuse aurait objecté en disant, Quelles réflexions de merde. Mais ce qu'elle a réellement dit quand tu as essayé de refermer la porte derrière toi, ç'a été : Laisse-la ouverte.

Mais…

Laisse-la ouverte. Tu ne me montreras rien que je n'aie déjà vu.

Oui, mais, tu sais, j'ai besoin de, euh…

Oh, pour l'amour du ciel. Elle a eu l'air dégoûtée, à juste titre. Je n'ai pas à voir ça. Garde la porte entrouverte et n'essaie pas de la verrouiller, sinon je tire une balle à travers.

Tu n'avais aucune envie de mourir sur le trône comme Elvis, et tu n'avais de toute façon pas l'intention de t'échapper par ces toilettes sans fenêtre. Garder la porte presque entièrement fermée te suffisait, car ton intention était de retirer la clé de l'appartement du porte-clés auquel était également accrochée celle de la voiture du Boss. Cependant, comme la porte était légèrement ouverte, permettant à la secrétaire pulpeuse d'écouter en douce ton petit drame personnel sordide, tu as défait ta braguette, abaissé la lunette, t'es assis et as fait semblant de procéder à l'opération, tout en tripotant le trousseau de clés du Boss. Malheureusement, ou heureusement, selon le point de vue, ton opération simulée a déclenché un vrai mouvement, ou peut-être est-ce une émotion qui t'a remué, te cueillant par surprise comme le faisaient parfois tes émotions,

avec une force tellement soudaine, tellement tangible – Oh mon *Dieu* ! s'est écriée la secrétaire pulpeuse derrière la porte –, et tu t'es incidemment rappelé la troisième loi du mouvement de Newton, à savoir que chaque action engendre une réaction égale et opposée, si bien qu'au moment même où, à l'arrière, un orifice faisait entendre sa présence, un autre laissait s'échapper un gémissement de douleur mêlée de soulagement et de surprise, car tu ignorais que tu avais cette chose en toi, ce rouleau glissant de tes entrailles, apparemment sans fin, sédiment infâme accumulé depuis des années, dont l'épaisseur, la densité et la nocivité indiquaient que cette créature morte des boyaux était la substance opiniâtre que ton corps jugeait impossible à digérer entièrement – Tu pourrais *arrêter* ? s'est exclamée la secrétaire pulpeuse –, la matière sombre de ta part intérieure la plus sombre, l'abomination biblique cachée dans les replis, les interstices et les tournants des longues tripes sinueuses que tant de gens détestent – Non mais franchement, *bordel*, a dit la secrétaire pulpeuse –, jusqu'à ce qu'enfin tu sembles avoir réussi à retirer le bouchon, mais tandis que ça se recroquevillait mystérieusement sous toi, aussi unique qu'un flocon de neige pollué par l'industrie, aussi individuel que ton moi moralement souillé, deux manifestations de notre intériorité n'étant jamais tout à fait identiques, le vide laissé soudain par le départ rapide de ton résident intestinal t'a fait presque aussi mal que son évacuation, et tu as gémi tout en tirant la chasse sur ta calamité intestinale, tout ça pour entendre les toilettes gargouiller au lieu d'engloutir, et quand tu as vu comment ce pauvre W.-C. français torturé s'était étouffé avec ton déchet, tu as vite rabattu la lunette, horrifié et humilié, tu as lavé tes mains de toute trace

de saleté, tu as accroché un sourire penaud à ton visage et tu es ressorti en brandissant la clé de l'appartement, que la secrétaire dégoûtée mais toujours pulpeuse t'a demandé de poser sur la table près de la porte, afin de ne pas devoir la toucher elle-même.

T'arrêtant dans l'encadrement, tu as dit, Tu crois que je pourrais prendre une paire de chaussures du Boss ? Tu étais en chaussettes, et tu lui as raconté que, au moment où tu t'apprêtais à quitter l'entrepôt, Mona Lisa t'avait dit, J'aime toujours autant tes chaussures, et que tu avais donc été obligé de lui donner la paire de Bruno Magli qui valait un mois de loyer. La secrétaire pulpeuse a répondu, Prends-les et va-t'en, et toi, continuant héroïquement de ne pas regarder à travers sa chemise de nuit transparente, tu lui as décoché ton plus beau sourire de mauvais garçon, avant de dire, Tu sais, on fait une bonne équipe, toi et moi, à quoi elle a répondu, Rappelle-toi ce que je t'ai dit à propos de tes couilles.

Voilà comment tu avais récupéré la clé de la voiture du Boss, que tu avais séparée de celle de son appartement pendant que tu étais dans le W.-C., anticipant que la secrétaire pulpeuse te la réclamerait. Tu as regardé une dernière fois le visage de Madeleine et tu as vu ses yeux remuer derrière ses paupières. Tu t'es demandé si elle faisait un rêve ou un cauchemar. Avant de refermer la porte derrière toi, tu as imprimé son visage endormi sur la cire molle de ta mémoire, en espérant qu'il recouvrirait celui, bien alerte, de l'agente communiste. Quoi qu'il fût advenu d'elle, où qu'elle fût, tu savais qu'elle pouvait encore te voir.

19

Au-dessus de la porte ouverte, le nom de L'OPIUM éclatait dans cette police de caractères rouge vif qui ornait les emballages de plats chinois à emporter, qui s'appelaient peut-être chop suey, tching-tchong ou péril jaune de mes deux. Au moins, le Boss avait eu l'élégance de ne pas installer un gong géant à l'intérieur, prêt à être frappé par un serveur à fausses dents de lapin chaque fois qu'un client entrait. Au lieu de ça, tu as entendu les quatre jazzmen qui avaient joué à l'orgie et qui désormais swinguaient ici, après avoir eu le temps, contrairement à toi, de se reposer chez eux. Tout comme Pouilleux, qui avait troqué sa tenue de gardien de harem contre un ensemble plus contemporain, mélange de bohème parisienne et de chic nazi : col roulé noir simple, pantalon noir, veste en cuir noire et bottes noires. Son allure correspondait parfaitement à l'atmosphère qui régnait à L'OPIUM, car ce que représentait L'OPIUM n'était pas l'Orient ancien, ni même l'Orient un peu désuet du XIXe siècle et du début du XXe, quand les monopolistes français et anglais, c'est-à-dire les tout premiers trafiquants de drogue internationaux et grands barons de la pharmacie, avaient forcé les indigènes à acheter leur opium

sous la menace d'une arme. Oh que non ! Nous avions ici affaire à l'Orient nouveau, moderne, où l'opium était branché et pittoresque, chic et mignon, addictif et facile. L'opium était la panoplie complète et l'amant parfait. Pas étonnant que certaines personnes, comme toi, aient préféré le remède.

Où est le Boss ? a demandé Pouilleux. Il maniait le cordon de velours et créait un suspense artificiel en faisant patienter une longue file de clients. Les femmes attiraient l'œil, tout en jambes, et les hommes attiraient le nez, plus aspergés d'eau de Cologne que les femmes de parfum. Quant à toi, après avoir quitté le Ciel, tu étais retourné chez ta tante et t'étais changé pour enfiler ta seule tenue correcte, un costume d'occasion ajusté gris foncé, datant du début des années 1960, avec veste à trois boutons, qui jurait avec les chemises pastel et les silhouettes exagérées des hommes et des femmes, aux épaulettes rembourrées tellement larges que des aigles auraient pu s'y poser. Ce costume était un cadeau du docteur maoïste, devenu entre-temps trop gros, qui l'avait porté à l'époque où il était étudiant et dansait le rock en écoutant Johnny Hallyday. Ta tante n'étant pas chez elle, tu en avais profité pour te réveiller au moyen d'une bonne douche, laquelle avait également évacué de ton corps la sueur, la fumée et l'odeur de mort. Tu avais ensuite fini le café de civette et laissé la valise qui contenait l'argent du Boss et les vidéos de l'orgie – celles-ci valant beaucoup plus que celui-là – sous le canapé où tu dormais. Malgré le café, tu t'étais senti étourdi quand tu t'étais garé suffisamment loin de L'OPIUM pour qu'aucun des nains ne te voie arriver au volant de la voiture du Boss.

Où est le Boss ? a insisté Pouilleux.

Qu'est-ce que j'en sais, moi ? La dernière fois que

je l'ai vu, il venait de tuer l'Algérien. Après, je suis rentré chez moi.

La manœuvre te ferait gagner un peu de temps. C'était tout ce que tu demandais, avoir assez de temps pour survivre à la soirée, voir Lana et embrasser le bas de sa robe, puis te retrouver face à face avec l'homme sans visage, accomplir tant bien que mal un tour de magie et le sauver de la vengeance de Bon. Tu es entré dans L'OPIUM et l'odeur t'a léché. Les langoureux ventilateurs au plafond brassaient les traînées phéromonales d'eau de Cologne et de parfum, la fumée des cigarettes, des narguilés et des pipes à eau de ton pays, et l'encens qui brûlait dans un encensoir promené par une femme toute menue, le visage dissimulé sous un voile arraché aux pages des *Mille et Une Nuits*. En parcourant du regard cette foule sensuelle, tu n'as pas vu Lana, mais en revanche tu as vu des femmes qui, envoûtées par L'OPIUM, drapaient leurs visages féminins dans les voiles noirs soyeux qu'offrait la porteuse d'encens.

Le mélange des odeurs, et ton étourdissement, et ta fatigue te tournaient la tête ; le seul moyen d'en guérir, moyen presque universel, était de boire un verre. Tu as dépassé les bananiers et les oiseaux de paradis, les sièges en rotin et les lanternes rouges, les écrans en papier de riz et les calligraphies encadrées, et tu as attendu ton tour au bar, au milieu de jeunes créatures rigolardes exigeant d'être servies dans des bouddhas de céramique ornés de minuscules ombrelles en papier qui auraient fait de l'ombre à des criquets ou au petit lombric flétri de ta moralité. Quand ç'a été enfin ton tour, tu as dit, ou croassé, J'aimerais la Culpabilité et la Honte, s'il vous plaît.

La quoi ?

La Culpabilité et la Honte ! as-tu crié, plus fort que tu ne l'aurais voulu.

Pendant quelques instants, les gens autour de toi t'ont regardé puis, voyant qu'il n'y avait rien à voir, ont recommencé à s'enivrer et à essayer de choper sans paraître essayer.

Le barman a ajusté son turban et répondu sèchement, Je ne sais pas ce que c'est, puisque son professionnalisme avait été mis en cause par son ignorance.

C'est facile, as-tu expliqué. Une part de tequila, une part de vodka, pas de glace, pas de garniture, rien du tout. Ça doit ressembler à de l'eau bénite et avoir le goût de l'enfer.

Ça m'a l'air immonde, a dit le barman.

Et, buvant pour la première fois la Culpabilité et la Honte, tu as reconnu que c'était immonde, mais comment imaginer qu'une telle association puisse avoir un autre goût ? Quelques doses de ce breuvage, et le lendemain tu ne te souviendrais plus de rien, ta tête serait une noix de coco au sommet découpé, afin que quelqu'un puisse y planter une paille et boire le contenu de ton esprit en faisant des bulles. Avec ton double Culpabilité et Honte à la main – tu prenais toujours tout en double, toi l'homme aux deux esprits –, tu t'es promené dans L'OPIUM à la recherche de Lana, mais tu ne voyais que des serveuses vêtues d'aguicheurs *qipao* s'arrêtant à mi-cuisse et des murs couverts de photos en noir et blanc du XIXe siècle : une aristocrate aux ongles longs comme des lames de couteau, des femmes torse nu en tenue indigène, une vieille dame fumant un cigare aussi grand qu'un épi de maïs. Ce sont des Africaines ou des Asiatiques ? a demandé à côté de toi une jeune créature rigolarde à une autre jeune créature rigolarde. Chais pas, a répondu l'autre

en posant le menton sur la tête de son bouddha en céramique. Mais elles sont géniales.

Tu as repéré une fresque qui tapissait un mur entier. Elle était fascinante : une peinture en noir et blanc ultraréaliste de tes compatriotes à moitié nus, genou à terre dans ce qui ressemblait à une plantation de caoutchouc, maigres et sales, vêtus de pantalons miteux et de serre-têtes pour ne pas avoir de la sueur dans les yeux. Dos au peintre, ou au spectateur, ils regardaient la femme qui marchait parmi eux, son incroyable silhouette moulée par une robe vermillon. Contrairement au reste de la fresque, elle était tout en couleurs et semblait être la plus belle femme de France, plus connue sous le nom de Catherine Deneuve. Pourquoi avait-elle été transportée dans une plantation de caoutchouc ? Seul le peintre le savait. L'unique détail non ultraréaliste de la fresque était que Catherine Deneuve n'avait pas de taches de sueur sous les bras ou sur sa robe, qui lui collait au sternum, car même la plus belle femme de France, et donc du monde, devait bien transpirer. Qu'elle était envoûtante, Catherine Deneuve, d'ailleurs la France en personne. Elle t'a hypnotisé jusqu'à ce que quelqu'un te tape sur l'épaule. C'était Bon. À ses côtés se tenait une femme très mince, vêtue d'une tenue minimaliste qui était à la robe ce que le bikini est au maillot de bain. Sa silhouette fine t'a encore plus frappé que celle de Catherine Deneuve, un véritable coup de surin qui se plantait entre tes côtes pour venir frôler tes poumons et ton cœur. Un voile de soie noire couvrait tout ce qui se trouvait sous ses yeux brun caramel. Une main aux longs doigts délicats et aux ongles manucurés, aussi raffinés que les mensonges d'une femme adultère, s'est levée pour retirer le voile. Tu t'es avancé en prononçant son nom, prêt à couvrir ses joues

de *bisous**. Et de sa main élégante, elle t'a giflé si fort que tu as vu des marteaux et des faucilles. Tes oreilles bourdonnaient si fort que tu entendais à peine tes sempiternels fantômes rire comme des bossus.

Espèce de bâtard, a dit Lana en insistant sur « bâtard ». Ça fait longtemps que j'attendais ce moment.

La dernière fois que tu avais vu Lana, dans son appartement de Los Angeles, quelques heures seulement avant de tuer Sonny, vous aviez marché ensemble sur le fil dialectique à haut voltage entre Hegel et Marx, l'Esprit et l'Être, l'Idéal et le Matériel, l'Esprit et le Corps, Faire l'Amour et Copuler. Elle était pareille à un de ces livres rouges interdits que Man et toi partagiez clandestinement au sein de votre groupe d'étude, à commencer par le *Manifeste du parti communiste* et le *Petit livre rouge* de Mao. Ils enflammaient l'esprit, stimulaient le corps, brûlaient les mains qui les ouvraient, détenteurs d'un savoir secret qui, paradoxalement, pouvait être partagé avec tout le monde. Tu sais que tu en as envie, m'avait dit Lana. Je sais que tu en as envie. Alors tu l'avais dévorée. Debout face aux portes à miroirs de l'armoire de sa chambre, à la fois acteurs et spectateurs, vous aviez contemplé vos reflets et vos regards respectifs dans la glace : tout était à l'envers et néanmoins sensé. De vous voir tous deux dans cette scène vitrée, à la fois vous et pas vous, vous avait rendus aussi durs qu'un miroir. Quand votre miroir s'était brisé, vous aviez perdu non seulement la vue, mais le toucher. Toutes vos extrémités s'étaient engourdies, y compris vos orteils et vos doigts. Vous vous étiez effondrés, toujours collés l'un à l'autre, les restes de ton moi brisé à l'intérieur d'elle, et, les yeux fermés, elle avait retrouvé le langage.

Espèce de bâtard, avait-elle murmuré, en insistant sur « bâtard ». Je savais que tu serais doué.

Lana avait-elle oublié cette nuit-là ? Ou s'en souvenait-elle trop bien ? Difficile de lui poser la question, parce que non seulement Bon était présent, mais aussi Loan, qui gardait une table à l'étage de L'OPIUM.

Tu as les joues tellement rouges, a dit Loan en te voyant. Tu es aussi excité que moi de voir Lana !

Tu as bredouillé une phrase indistincte qui te donnait uniquement l'air d'être en extase devant une star, même si la star en question, Lana, n'était pas une superstar que tout le monde aurait reconnue, comme Cher, Olivia Newton-John ou Karen Carpenter, mais une étoile lointaine, dans une galaxie qu'on ne pouvait voir qu'à l'aide d'un télescope ethnique. Tous les Vietnamiens connaissaient Lana, alors que toute personne non vietnamienne ignorait parfaitement qui elle était, ce qui n'empêchait pas les gens présents à L'OPIUM – hommes et femmes – de la regarder, simplement parce qu'il émanait d'elle toute la chaleur et la lumière d'une étoile.

Tu avais chaud rien qu'en étant assis à côté d'elle, et cela, ainsi que ta fatigue, ton étourdissement et le souvenir du Boss, du Ronin et de Le Cao Boi, leurs visages peints pour toujours sur les murs de la caverne de ton esprit, à quoi s'ajoutait l'argent du Boss mal acquis, cela t'a incité à appeler une des serveuses maigrichonnes, dans son *qidao* écarlate et sexy, pour lui commander une bouteille du meilleur champagne. On a beaucoup de choses à fêter, as-tu dit avant de te pencher vers la serveuse et de lui glisser, Je travaille pour le Boss, je devrais avoir droit au rabais du personnel. Elle a souri d'un sourire figé, rajusté les baguettes dans ses cheveux et répondu qu'elle verrait ce qu'elle pourrait faire.

Qu'est-ce qu'on fête ? a demandé Loan. En plus d'être ici avec Lana ?

Tu as allumé la cigarette de Lana, qu'elle tenait en l'air depuis une minute, n'attendant que ça, et tu as dit, Oui, on fête l'arrivée de Lana, enfin, à Paris. On fête aussi votre rencontre, les deux tourtereaux.

Bon a rougi sans rien dire, préférant tirer sur sa cravate pendant que Loan lui serrait l'autre main.

Félicitations, a dit Lana, penchée en avant pour projeter sa lumière sur eux. Tu le mérites, Bon.

Tu voyais bien qu'elle se rappelait la dernière fois qu'elle s'était trouvée dans un lieu mal éclairé avec Bon, quand lui et toi l'aviez vue dans *Fantasia*, à Los Angeles. Ce soir-là, il avait avoué la perte des grands amours de sa vie et avait pleuré, chose qu'il n'avait jamais faite en présence d'un adulte, hormis sa femme et moi.

Loan, a poursuivi Lana, tu es une femme magnifique et je suis très heureuse pour vous deux.

Bon a dit, Euh…

Tu es heureux, Bon ? a demandé Loan.

Bon est devenu encore plus rouge. Est-ce que je suis… Est-ce que je suis… Son émotion le gênait et le faisait bégayer comme jamais ne l'avaient fait bégayer la mort et le meurtre. Est-ce que je suis… Euh…

Tu lui as donné un petit coup de pied sous la table et, quand il t'a regardé, tu lui as adressé un hochement de tête imperceptible. Il a dit, Oui… Oui… Heureux… Et, comment dire… Euh… Il faut bien tourner la page…

Oui, tu dois tourner la page, a répondu Loan en lui prenant la main. Mais ça ne veut pas dire que tu dois oublier Linh et Duc. Tu ne devras jamais oublier Linh et Duc. Ils feront toujours partie de toi, et donc de moi, mon cher Bon !

Cette grenade assourdissante de franchise émotionnelle lancée sur Bon l'a laissé en état de choc. Quant à toi – pauvre Bâtard Fou, idiot et moche –, tu t'es soudain et inexplicablement mis à pleurer comme une Madeleine, ce qui a plongé tout ce petit monde dans l'embarras. Mais c'était quoi ton problème, bordel ? Ton corps tremblait, et tes larmes coulaient, et tu sanglotais, Mon Dieu, je suis désolé, je ne sais pas… Quoi… Argh…

Tu t'es levé pour foncer jusqu'aux toilettes, mais Bon s'est penché par-dessus la table, t'a attrapé par le revers de ta veste et a marmonné, Assieds-toi, triste bâtard. On est tous amis, ici.

Lana a posé une main sur ton bras. Ne t'inquiète pas, a-t-elle dit. Lâche-toi.

Tu n'aurais pas pu t'arrêter, de toute façon. D'où jaillissaient ces larmes et ces sanglots, sinon de quelque double fond de ton âme ? Sous ce double fond, dans une obscurité insondable, plus profonde que les abîmes de l'enfer, il y avait non pas du feu mais de l'eau, le grand puits de tes sentiments, surtout ceux pour ta mère, la seule femme que tu aies vraiment aimée, une femme pour laquelle tu aurais été prêt à mourir, sauf que personne ne t'en avait donné l'occasion. Il n'y avait aucune autre femme dont tu aurais pu dire la même chose, contrairement à Bon. En voyant la cicatrice sur la paume de sa main, celle qui symbolisait votre fraternité de sang, tu as su qu'il serait mort pour toi, mais aussi pour Loan, comme il se serait sacrifié pour Linh et Duc, s'il en avait eu l'occasion. Tu étais prêt à mourir pour Bon, et pour Man, encore aujourd'hui, après tout ce qu'il t'avait fait, car vous étiez toujours frères de sang. Ton amour pour ces hommes, amour qui risquait bien un jour de te tuer, te faisait aussi comprendre que tu méritais de vivre.

Je t'aime, Bon.

C'était une chose que tu n'avais ni voulu, ni pensé dire, et en voyant son regard sidéré tu as compris que tu avais dit l'indicible – mais quelle importance ? Tu avais prononcé tellement d'obscénités dans ta vie, et commis tant de péchés, que pas même la gêne de Bon ou le rire de tes fantômes ne t'ont fait regretter d'avoir dit tout fort ce qui aurait dû s'exprimer uniquement par des démonstrations muettes de camaraderie virile.

Ça va, a répondu Bon en te caressant la main. Tout va bien.

À cet instant précis, la serveuse est revenue avec le champagne et un seau de glace. La minute suivante s'est écoulée dans un silence pesant. Pendant qu'elle débouchait la bouteille et remplissait quatre flûtes, tu as pleuré, sangloté, respiré profondément, haleté, reniflé, soufflé, et finalement refermé la trappe qui dissimulait le double fond de ton âme. Euh… a fait la serveuse, peut-être prise de pitié pour toi, je voulais juste vous dire que vous avez en effet droit au rabais du personnel. Elle t'a tendu la serviette dont elle aurait dû entourer la bouteille et t'a laissé sécher tes larmes et te moucher dedans.

Allez, a dit Loan.

Désolé, as-tu dit, ou peut-être gémi. Vraiment désolé. Je suis vraiment, vraiment désolé.

Bon a pris sa flûte. Je crois qu'on ferait bien de trinquer.

Je sais à quoi trinquer, a dit Lana.

Tout le monde s'est tourné vers elle avec empressement. Elle a levé sa flûte, et vous l'avez tous imitée. À toi, t'a-t-elle lancé, ce qui t'a surpris et arraché un sourire plein d'espoir. Félicitations, espèce de bâtard. Tu es père.

Pour ta défense, tu ne t'es ni évanoui, ni rué vers la première issue. Tu as simplement regardé Lana bouche bée, tu as tourné la tête à gauche et à droite pour voir les expressions ébahies sur les visages pétrifiés de Bon et de Loan, puis tu t'es retourné vers une Lana impassible. *Tu es père* : c'était le titre du film d'horreur le plus horrible que tu puisses imaginer, à moins que ce ne fût une des suites, par exemple *Tu es père, épisode 2*, *3*, ou *4*, ou, si tu étais catholique, *Tu es père 5*, *6*, *7*, *8*, *9*, *10*, *11* ou *12*. Tu te connaissais, et tu n'avais aucune envie de prolonger le cycle de violences autrement connu sous le nom de vie. Ta plus grande contribution à la propagation de l'espèce humaine était de ne pas de te propager toi-même, même si ta mère avait ardemment souhaité être grand-mère. Imagine comme ce serait merveilleux si tu donnais un enfant au monde ! Elle te le disait à tout bout de champ, et tu souriais, tu caressais sa main et tu mentais. Bien sûr, oui, un jour, pas de problème ! Maintenant que l'Apocalypse était enfin arrivée, tout ce que tu as réussi à dire pour faire repartir l'espace et le temps a été : Mais j'avais mis un préservatif !

Lana a bu une gorgée de champagne et répondu, Peut-être qu'il n'était pas de bonne qualité.

Si le caoutchouc de ce préservatif provenait d'une plantation française, alors les Français t'avaient, une fois de plus, baisé. Tu as ouvert la bouche, et Lana t'a coupé, Je t'interdis de me demander s'il y a un autre candidat possible. Tu es le seul connard en lice.

Tu as refermé la bouche et t'es tourné vers Bon pour obtenir de l'aide. Mais il a avalé son champagne d'un trait et dit, Ce n'est pas la fin du monde. Il y en a parmi nous qui veulent des enfants.

Et donc, a fait Loan avec un grand sourire. Fille ou garçon ?

Fille.

Un garçon t'aurait pétrifié. Il aurait à coup sûr grandi et fini par te tuer, ce que tu méritais, certes. Mais une fille, ce n'était guère mieux, c'était peut-être même pire, car tu allais devoir faire des choses telles que lui tresser les cheveux, éviter de parler de ses règles et envisager qu'un jour elle rencontre quelqu'un exactement comme toi et épouse ce méprisable bâtard. Tu as pris une grande inspiration pour te calmer. Que faisaient les gens normaux dans ce genre de situation ?

Quel… Quel âge a-t-elle ?

Trois ans.

Elle est là ?

Elle est à Los Angeles avec mes parents.

Comment s'appelle-t-elle ?

Ada.

Ada. Un prénom légèrement original que les Occidentaux pouvaient prononcer, et un prénom totalement étranger que les Vietnamiens pouvaient néanmoins prononcer. *A-d-a*. Un prénom digne du morse. *A* long, *D* dur, *A* bref. Trois lettres. Un palindrome. Pareil de gauche à droite, ou d'est en ouest. Ada, le petit-enfant que ta mère avait toujours désiré et que tu lui avais enfin donné, trop tard.

Tu as une photo ?

Ada était une petite fille dont les cheveux noir de jais encadraient le visage et s'arrêtaient à hauteur du menton. Tu détestais les enfants, non par préjugé mais par réaction logique après avoir passé ton enfance au milieu de ces petits trolls, qui n'étaient rien d'autre que de monstrueux adultes en puissance. En revanche, cette fillette – tout, dans son visage, était rond, ses

yeux, ses joues, le bout de son nez. Ses yeux étaient noirs, ses lèvres roses, sa peau claire. Si elle avait été entièrement blanche, on aurait dit de sa peau qu'elle était simplement blanche. Mais comme elle descendait de toi, et que tu étais à moitié blanc, elle était seulement un quart blanche. Qu'importe, ce n'était pas son quart de blanchitude qui t'intéressait. Ce qui t'a le plus frappé chez elle, outre sa mignonnerie potelée que même toi percevais, c'était sa ressemblance.

Avec ta mère.

Ada, as-tu dit. Ada.

Oui, c'est comme ça qu'elle s'appelle, a répondu Lana.

Après que la bouteille de champagne a été terminée, que tu as vidé ton troisième calice de Honte et Culpabilité, que Bon a raconté à Lana une version résumée de ce qui vous avait amenés tous deux jusqu'à la Ville Lumière, que Lana t'a demandé pourquoi tu étais allé en France et non aux États-Unis, et que tu as dit que c'était parce que tu voulais voir le pays de ton père, et qu'elle t'a demandé pourquoi tu n'avais informé personne de ta présence ici et que tu as répondu, en toute honnêteté, que c'était parce que tu pensais que personne ne se souciait de savoir si tu étais vivant ou mort, ce qui l'a incitée à se mordiller la lèvre et à regarder ailleurs, Bon et toi êtes allés faire un tour aux toilettes. Devant les urinoirs, tu as informé Bon des morts récentes, ce qui ne l'a pas troublé le moins du monde. Ce n'étaient pas exactement les plus beaux spécimens de l'humanité, a-t-il dit, balayant leur destin d'un revers de main, avant de refermer sa braguette. N'empêche qu'il va falloir qu'on répare les dégâts.

En effet, as-tu répondu, même si tu n'avais aucune intention de réparer quoi que ce soit, puisque cela

reviendrait à faire encore plus de dégâts en poursuivant la guerre contre Mona Lisa et Saïd.

Mais d'abord on doit s'occuper de l'homme sans visage. Ce soir.

Tu t'es regardé dans le miroir. Voir ton reflet t'a quelque peu surpris. Une fois sur deux, en effet, tu t'attendais à n'y voir personne, à ce que ton corps soit aussi invisible que ton âme. Ce que tu as vu aussi, outre toi et Bon se lavant les mains, c'étaient tes fantômes tout sourire derrière toi, criblés de trous, encore dégoulinants de la matière perpétuelle de la vie. Mais tu n'as pas vu le Boss, ni Le Cao Boi, ni le Ronin, ni ton père, ni l'agente communiste.

Il va venir, a dit Bon en se séchant les mains. Je le sais.

Je n'ai pas de pistolet, as-tu dit, ton seul argument pour éviter de tuer Man.

Bon a haussé les épaules, posé un pied au bord du lavabo et remonté l'ourlet de son pantalon pour te montrer un petit pistolet attaché à sa cheville. Mon plan de secours, a-t-il dit en te le donnant. Tu devrais toujours avoir un plan de secours. Je ne t'ai donc rien appris ?

Tu as conduit le monstre bavarois du Boss jusqu'au théâtre. Bon et Loan étaient sur la banquette arrière, main dans la main, et Lana avait pris place à côté de toi. Le Boss avait une cassette de Lana, et sur la route vous avez écouté sa reprise de la chanson qui t'avait poussé, après l'avoir entendue la chanter dans le *Fantasia* de Los Angeles, à franchir le pas fatidique vers elle, et en fin de compte vers Ada. « Bang Bang (My Baby Shot Me Down). »

Est-ce qu'elle sait que je suis son… père ? as-tu demandé. Le simple fait de prononcer le mot t'a paru difficile.

Je n'ai même pas de photo de toi, a répondu Lana. Mais elle me pose des questions à ton sujet.

Ah bon ?

Elle veut juste savoir qui et où est son père, pourquoi tout le monde a un père et pas elle.

Et qu'est-ce que tu réponds ?

Mes parents m'ont interdit de lui dire ton nom.

Madame. Et le général, qui t'avait fourré la chaussette sale de ces paroles au fond de la bouche au moment où tu t'apprêtais à prendre l'avion pour la Thaïlande et l'invasion : *Comment avez-vous pu imaginer une seule seconde que nous laisserions notre fille fréquenter quelqu'un de votre genre ? Vous êtes un jeune homme intelligent. Mais au cas où vous ne l'auriez pas remarqué, vous êtes aussi un bâtard.*

Donc j'ai été effacé de sa vie ? as-tu demandé, sentant encore le goût immonde dans ta bouche.

Je raconte à Ada que son père est un soldat qui est parti à la reconquête de son pays, qui a tout donné pour libérer son peuple. Et peut-être qu'un jour il reviendra chez nous et qu'on l'accueillera en héros. Quand je lui dis ça, elle sourit et je la serre fort dans mes bras. Et je me sens triste pour toi. Non pas à cause de ce qui a pu t'arriver, mais parce que tu ne sauras jamais ce que c'est que de tenir ta petite fille, de la tenir quand elle était bébé, de dorloter son petit corps dodu, de la serrer et de la faire rire, de lui demander de t'embrasser dès que tu en as envie, de l'entendre dire, Papa, je t'aime, comme elle dit, Maman, je t'aime.

« Bang Bang (My Baby Shot Me Down). »

Tu es passé à côté de toutes ces choses-là et tu ne les retrouveras jamais. Mais ça ne veut pas dire que tu dois passer à côté de ce qu'elle est maintenant, de ce qu'elle sera l'année prochaine, et le reste de sa vie.

Tu veux que je…

Pas pour moi, bâtard. Pour elle. Elle mérite de connaître son père et de se faire son propre avis sur toi. Sinon, elle grandira en espérant le retour de son héros de papa. Ou alors elle pensera qu'il est en France et n'a jamais pris la peine de faire savoir qu'il était vivant et qu'il l'a abandonnée. Ne lui inflige pas ça.

Bon a toussé. Je crois qu'on a dépassé le théâtre. Au croisement d'avant.

Après avoir garé la voiture, tu as accompagné Bon jusqu'au théâtre, derrière Lana et Loan, laquelle avait des tas de questions à poser à propos de *Fantasia* et de ses stars. Bon et toi fumiez une cigarette dans un silence fraternel, chacun se préparant à rencontrer l'homme sans visage. Tu ne pensais à rien d'autre, absence que tu imputais à une consommation excessive du remède ou au fait de ne pas en avoir un seul gramme à portée de main. Fouillant dans tes poches, tu t'es rendu compte qu'il n'y avait pas de remède qui t'attendait secrètement. Tu t'es mis à trembler à cause de tout ça, le champagne, la Culpabilité et la Honte, la peur de l'avenir, la terreur d'être soudain père, le meurtre du Boss, et l'absence de remède. Devant l'entrée des artistes, tu as dit au revoir à Lana, qui t'a répondu, Passe me voir après le spectacle. On a encore des choses à se dire. Je pars demain pour Berlin.

En Allemagne ?

Les Vietnamiens de là-bas nous adorent.

Elle est si gentille, a commenté Loan, émerveillée, pendant que vous rejoigniez l'entrée principale. Tu as tellement de chance. Je n'arrive pas à croire que tu… Qu'elle… Non pas que tu ne sois pas… Enfin, tu vois ce que je veux dire.

Tu voyais en effet très bien ce que voulait dire Loan

et tu ne l'as pas mal pris, puisque tu étais si révoltant que tu te révoltais toi-même. Les seules personnes plus repoussantes que toi ce soir-là étaient Furax et Putois, qui rôdaient dans le hall du théâtre.

Où est le Boss ? a demandé Furax.

Et Le Cao Boi ? a ajouté Putois.

Qu'est-ce que j'en sais, moi ? as-tu fait. La dernière fois que je l'ai vu, il venait de tuer l'Algérien. Après, je suis rentré chez moi.

Regarde, a dit Furax. Il y a la secrétaire du Boss.

La secrétaire pulpeuse était arrivée pour assister à la soirée VIP dans le hall. Heureusement, elle ne portait plus sa chemise de nuit transparente, mais une élégante robe du soir bleu nuit et un animal mort autour des épaules. À bien y regarder, la pauvre bête n'était qu'une fourrure.

Eh, a dit Putois. Où est le Boss ?

Comment veux-tu que je le sache ? a répondu la secrétaire pulpeuse. Puis elle t'a regardé, a fait la moue et a lâché, Tu es *répugnant*, espèce de sale *bâtard* !

La vache ! s'est exclamé Furax, te poussant du coude pendant que la secrétaire pulpeuse s'en allait. Elle doit avoir ses règles.

Ou alors tu lui as fait quelque chose que le Boss ne va pas apprécier, a ajouté Putois.

Furax et Putois t'ont regardé de la manière dont les bouchers inspectent les canards rôtis suspendus à des crochets par l'anus. Aussi, avant que la situation dégénère, as-tu raconté ton faux pas fécal dans les toilettes du Boss, ce qui fit hurler de rire Furax et Putois jusqu'aux larmes. *Sale* bâtard, disaient-ils en s'esclaffant. Sale *bâtard* !

Qu'est-ce qui s'est passé ? t'a demandé Loan quand tu l'as retrouvée aux côtés de Bon.

Elle t'a tendu une flûte de champagne et tu as répondu, Rien. Et si on trinquait ? À vous deux. Et parce que c'était Paris, et parce que c'était l'amour, tu as ajouté, *Levons nos verres à l'amour* !*

Le sourire de Loan s'est éteint au moment où Bon et toi faisiez tinter vos flûtes.

Il y a un problème ? a demandé Bon, flûte en l'air.

Oui, a fait Loan, toute pâle. Il vient de nous demander de lever nos verres à la mort.

L'amour ou la mort ?* Quelle était la différence ? Ce n'était que ta langue qui avait fourché, ou plutôt c'était ta langue incapable, comme tes lèvres, de former le mot comme il fallait. Au diable la langue de Molière ! Toujours à vous mettre dans la bouche des mots qui restaient coincés entre les molaires. D'un autre côté, toutes les langues font ça. Malheureusement, il n'y avait aucun moyen de tout annuler. Pas avec le plan de secours de Bon calé sous l'élastique de ton pantalon, pas avec Bon à côté de toi en train de balayer du regard le hall à la recherche de l'homme sans visage, au fur et à mesure qu'affluaient les spectateurs de *Fantasia*, de plus en plus excités. Loan était partie discuter avec des amis après le lapsus fatal que tu avais commis, et toi tu parlais de la pluie et du beau temps avec les jeunes bohèmes de l'Union, qui te saluaient chaleureusement avant de t'interroger sur la marchandise en chuchotant. Tu leur disais de t'appeler le lendemain, même si tu ignorais parfaitement où tu serais, sauf recouvert de terre et à six pieds plus près de ta mère, si les nains restants découvraient ce qui s'était passé, ou si Saïd changeait d'avis. D'ici là, tu avais seulement envie de profiter, un bref instant, du rare spectacle d'harmonie que donnait à voir le hall, où des Vietnamiens de toutes

sortes se côtoyaient en attendant joyeusement le début de *Fantasia* : les membres de l'Union, progressistes, de gauche ou carrément communistes, qui étaient en France depuis deux ou trois générations et avaient tendance à appartenir à la classe moyenne, ou moyenne supérieure, voire au-dessus ; ceux de l'Association, conservateurs, de droite ou carrément fascistes, qui étaient des réfugiés récents et avaient tendance à être très pauvres, assez pauvres, ou de la classe ouvrière ; et tous ceux entre les deux, les marginaux, ou ceux qui ne s'intéressaient pas à la politique, qui voulaient simplement passer un bon moment, identiques en cela à tout le reste des habitants de la planète.

C'est l'ambassadeur, a dit Bon.

L'ambassadeur avait la forme d'une quille de bowling et paraissait relativement bien nourri pour le représentant d'un pays affamé dont la population vivait de rations, du moins à en croire *Le Monde* et *Le Figaro*. Il était accompagné d'une femme en *ao dai* et de deux enfants adolescents, un garçon et une fille, celui-là dans un costume trop grand, celle-ci portant l'*ao dai* comme sa mère. Des membres de l'Union sont accourus pour les saluer, mais aussi faire rempart entre eux et les membres de l'Association, qui murmuraient en leur décochant des regards noirs. Lui aussi je le buterai, a dit Bon, et tu l'as encouragé à mi-voix. Qui étais-tu pour faire obstacle aux rêves et aux ambitions d'un homme ?

Le spectacle allait commencer. Pourtant, toujours aucune trace de l'homme sans visage. Tu as suivi Bon dans la salle pour retrouver Loan.

Tout va bien ? a-t-elle demandé à Bon, t'ignorant.

Tout va pour le mieux, a répondu Bon. On regardait les gens.

Les programmes bruissaient sur les cuisses des spectateurs pendant qu'ils chuchotaient, bavardaient, riaient. Le rideau était encore fermé, mais les attentes étaient fortes, car cela faisait des mois que tes compatriotes guettaient l'arrivée de *Fantasia*. Le seul à être déçu était Bon, alors que tu étais soulagé, et pour la même raison : l'homme sans visage n'était pas là. Vous auriez mieux fait d'attendre un peu.

Vous veniez à peine de vous asseoir quand quelqu'un derrière toi a dit, Regarde un peu ce type. Ce que tu as fait. L'homme descendait l'allée à ta droite. Il portait un costume bleu foncé ordinaire, soit la tenue standard du fonctionnaire sous-payé d'un pays pauvre. Ses cheveux épars laissaient voir, au-dessous, un parchemin de cuir chevelu abîmé, en partie recouvert d'un bandeau noir à l'arrière de la tête. Bon a pris une petite inspiration au moment où l'homme s'est arrêté devant la rangée où était assis l'ambassadeur. Quand il s'est tourné vers la gauche pour rejoindre sa place dans la rangée, toute la salle a vu ce que la personne derrière toi avait entraperçu : pas de visage mais un masque, maintenu par le bandeau noir. Un masque avec des sourcils, des joues, et un nez large, mais certainement pas plat. Un masque avec des lèvres, ainsi que des trous pour les yeux, qui pouvaient être très légèrement inclinés, ou penchés, mais certainement pas bridés. Un masque avec un visage qui aurait pu être asiatique dans ses traits insondables, mais qui aurait pu être aussi simplement humain dans son immobilité indéchiffrable. Un masque qui était absolument, totalement, profondément et indiscutablement blanc.

20

Les lumières se sont tamisées, le public a applaudi, et le rideau s'est ouvert. Le projecteur éclairait la seule femme présente sur la scène, Lana, dont la combinaison en cuir rouge moulante révélait un corps que rien ne laissait soupçonner d'avoir été envahi et occupé par un enfant. Le micro dans sa main était un manche à balai grâce auquel elle emmenait le public, transporté par sa voix. Tu as immédiatement reconnu la chanson – « Rien que pour vos yeux », tirée du film de James Bond du même nom, qui avait été montré un soir à tout le camp de réfugiés de Pulau Galang. Pour ces gens qui venaient tout juste d'échapper miraculeusement à la mort, un film de James Bond représentait l'échappatoire parfaite. Mais pour vous autres, les immigrés, les réfugiés et les exilés de Paris, ou pour vos enfants nés français, la chanson revêtait un sens tout particulier : *Fantasia* n'était rien que pour vos yeux. Vous n'étiez pas que de simples objets que l'on regardait, vous étiez les sujets qui regardaient, et votre regard collectif était concentré sur Lana, dont le corps incarnait tout ce qui était vietnamien, à mesure qu'elle traduisait les paroles, il est vrai banales, dans votre langue commune. Banales ou non, elles énonçaient

une vérité à propos de l'amour, à la fois l'étincelle initiale entre amants et la flamme vacillante, mouvante, de l'amour que vos compatriotes éprouvaient les uns pour les autres, compliqué et difficile comme tout amour véritable. Dans cette flamme, vous voyiez non seulement votre beauté mais votre laideur, et Lana vous voyait, tous, et même toi sur ton siège médiocre, et quand elle a crié, Bonsoir, Paris !, vous avez tous rugi de bonheur, et quand elle s'est exclamée, Bonjour, mes chers compatriotes !, vous avez acclamé, sifflé, applaudi et tapé des pieds, succombant au plus grand fantasme de *Fantasia*, celui qui voulait que vous ne vous soyez jamais livré de guerre entre vous, alors que vous la meniez encore aujourd'hui, les guerres les plus féroces étant les guerres civiles. Pendant quelques instants vous avez oublié la réalité, à savoir que les gens qui détestaient le plus les Vietnamiens étaient d'autres Vietnamiens. Une tragédie, certes, mais qu'il fallait mettre de côté, puisque cette soirée était celle de *Fantasia*, comme l'a rappelé le chanteur suivant en déboulant sur la scène.

C'est Elvis ! a couiné Loan, frappant dans ses mains.

La coupe de cheveux ressemblait à la banane d'Elvis Presley, mais il ne s'agissait pas de *cet* Elvis. Ce personnage à pantalon en cuir noir et veste de smoking en velours violet, avec sa pochette à motifs cachemire et ses lunettes fumées bleu lavande, c'était *votre* Elvis, tenant son nom du King, coup de génie qui vous a tous fait vous demander pourquoi vous n'y aviez pas pensé avant. Et pourquoi ne pas prendre le nom du King ? Vous n'avez jamais laissé aucune réussite se faire sans la copier immédiatement, qu'il s'agisse de chansons, de livres, de restaurants, de tyrans ou de systèmes exploiteurs et meurtriers de domination,

de vol et de corruption, autrement connus sous le nom de colonialisme, qui rendait un son plus joli quand on l'appelait *mission civilisatrice**. Tout rendait un son plus joli en français, y compris le viol, le meurtre et le pillage ! Vol ou hommage, cet Elvis-là avait une sacrée voix, égale à celle de Lana, son seul défaut étant d'être un homme, et pas très beau – mais à cela il n'est rien à faire. Tu te cales au fond de ton siège et leur version sexy de son classique « Love You » te roule dessus pendant qu'ils dansent le cha-cha-cha sur toute la scène. Que ces paroles sont pleines de sagesse – *Je t'aime parce que je hais la tristesse, je t'aime parce que j'en ai marre des gens, je t'aime parce que je n'en peux plus de la vie. Je t'aime. Je t'aime. Je t'aime.* Tu voudrais que le monde ressemble toujours à un concert de musique. Les grands rassemblements religieux ou politiques étaient un coup de dés : on ne savait jamais si les gens en repartiraient décidés à aider des inconnus ou à les assassiner. En revanche, à quand remontait la dernière fois où des fans de musique avaient massacré d'autres gens à la fin d'un concert ?

Fantasia ne fait que s'améliorer en cours de route. Les lumières révèlent peu à peu les musiciens au fond de la scène. Une douzaine de danseurs et danseuses extrêmement affûtés accompagnent un défilé de chanteurs, des deux sexes, qui incarnent les deux sentiments les plus communs et les plus délectables de ta culture populaire, nommément l'amour et la tristesse, avec leurs variantes subtiles que sont le chagrin, l'absence, la mélancolie, le regret et le désir. Le spectacle t'émeut tant que tu as oublié la présence de l'homme sans visage au moment où Bon te prend par le bras et te glisse à l'oreille, Il s'en va. Sa silhouette se découpe contre les lumières de la scène ; il se faufile dans sa

rangée. C'est le moment ou jamais, murmure Bon tandis que l'homme sans visage remonte l'allée, et tu maudis le timing de Man. Comme tous les autres spectateurs, tu es fasciné par l'artiste qui vient d'apparaître sur scène, l'envoûtante, l'intrigante Alexa, une blonde Québécoise qui chante dans un vietnamien parfait. Tu as envie de rester et de comprendre comment une Blanche a pu réussir ce tour de magie, mais Bon est en train de chuchoter quelque chose à Loan, puis te pousse jusqu'à ce que tu te lèves et que vous marchiez sur les pieds des autres spectateurs de votre rangée.

Sorti de la salle, tu entrevois le dos de l'homme sans visage quand il tourne à un coin du hall et passe devant un Furax médusé, la cigarette au bec.

Il va aux toilettes, dit Bon, qui marche à tes côtés, la main sous la veste, tâtant son pistolet.

En le suivant, tu sens le plan de secours de Bon dans le bas de ton dos, et la joie et le bonheur de tes quelques minutes passées devant *Fantasia* partent en fumée et ne laissent qu'un sinistre bout de charbon dans tes tripes.

Qu'est-ce que c'était que ce type ? demande Furax. Qu'est-ce que vous faites ?

On te le dira plus tard, répond Bon.

Vous tournez tous deux au coin, le temps de voir la porte des toilettes pour hommes se refermer. Sans un regard, Bon te demande si tu es prêt. Sa question est rhétorique. Il part du principe que tu es prêt et se fiche bien de savoir si tu ne l'es pas, car il est désormais un missile guidé par infrarouge. Vous atteignez la porte en quelques secondes, et entre-temps Bon a dégainé son pistolet, actionné la culasse. Il se sert de sa main gauche pour pousser la porte et, avec la droite, brandit le pistolet. Il agit si promptement que, quand il s'immobilise soudain, tu lui rentres dedans et le fais tomber

de côté. Tu découvres ainsi l'homme sans visage, dos au mur, faisant face à la porte, mains le long du corps, son masque toujours sur la figure.

Vous en avez mis du temps, dit-il. Je vous attendais.

Délices d'Asie est fermé, mais dans la rue de Belleville personne ne s'en rend compte, alors même qu'on est samedi, en début de soirée. Car il n'y a aucun client fidèle pour être déçu. C'est là que tu as amené en voiture Bon et l'homme sans visage, tous deux assis à l'arrière, Bon braquant son arme sur l'homme sans visage. Il n'a offert aucune résistance dans les toilettes pour hommes, ni quand vous êtes sortis du théâtre, devant un Furax encore occupé à fumer et encore ébahi, qui a répété, Qui c'est, ce type ? Vous avez roulé sans aucun accompagnement musical, pour mieux entendre ce que dirait l'homme sans visage, ces phrases qui te vaudraient peut-être une balle dans la nuque. Mais il n'a révélé ni son nom, ni sa véritable identité. De même, Bon n'a pas posé de questions, car il pensait savoir qui était l'homme sans visage : le commissaire, l'officier politique du camp de rééducation, chargé de vous administrer votre laxatif idéologique pour vous purger de tous les restes de colonisation dans votre côlon, puis de vous transformer en communistes à l'image de Marx, de Lénine et de Hô Chi Minh (mais pas de Mao, car votre triomphant régime révolutionnaire, après avoir chassé les Français et les Américains sans grand soutien des Chinois, était désormais libre de détester une fois de plus les Chinois). Même auprès des gardiens du camp et du commandant, le commissaire n'était connu que sous ce nom-là. C'est donc ainsi que Bon l'appelait, Commissaire, en crachant le mot,

ce qui semblait ne pas déranger le moins du monde l'homme sans visage.

Pourquoi ce masque, Commissaire ? Tels ont été les premiers mots de Bon une fois monté dans le monstre du Boss, que vous aviez tous trois rejoint en silence. Tu observais la scène dans ton rétroviseur central. Bon fixait le masque de l'homme sans visage, l'homme sans visage orientait son regard de manière à voir aussi bien Bon à ses côtés que toi au volant. L'homme sans visage a ri, ou émis un son proche du rire, car tous les bruits qu'il faisait étaient légèrement étouffés par son masque et déformés par sa gorge entaillée. Tu te souvenais, depuis les séances d'interrogatoire avec le commissaire du camp, qu'il n'avait plus la voix de Man, ce qui – en plus de son visage effacé – signifiait que Bon ne le reconnaissait pas.

Vous ne me préférez pas avec un masque ?

Masque ou pas masque, je ne t'aime pas. Qu'est-ce que tu fais là ?

Paris est ma récompense pour avoir été un héros national, a répondu l'homme sans visage de sa voix rauque. C'est drôle… Après avoir chassé nos colonisateurs, on adore aller passer nos vacances chez eux. Je m'occupe des visas dans un bureau tout au fond, donc personne n'est obligé de me voir. Très indolore et très facile, à part l'ennui. Mais la vraie raison de ma présence ici, ce sont les excellents chirurgiens esthétiques. Ici comme dans d'autres domaines, les Français ont voulu se rendre utiles après la guerre.

Pourquoi ça ?

La culpabilité ? C'est plus facile pour les Français de se sentir coupables aujourd'hui, parce qu'ils peuvent montrer du doigt les Américains et les accuser d'avoir fait mille fois pire. Et puis vous ne pouvez pas savoir

à quel point les Français aiment entendre nos diplomates célébrer dans un français parfait la victoire sur les Américains ! L'homme sans visage a ri, et c'était un bruit atroce. Quand ils nous entendent parler couramment le français, ils pensent que les petits garçons que nous sommes sont enfin devenus des hommes.

Et les chirurgiens esthétiques ?

Ils ont proposé de me soigner gratis. L'homme sans visage a encore ri, alors qu'il n'y avait rien de drôle. Les Français nous ont réduits en esclavage, mais évidemment tous les Français ne sont pas responsables. La même classe colonisatrice qui nous a exploités exploite aussi les Français. Au moins, ces chirurgiens sont des humains comme nous.

Des humains ? Tu n'es pas humain, toi. Tu es un monstre. Laisse-nous voir ton visage, alors, du moins ce qu'il en reste. Tout le temps que je suis resté au camp, je n'ai jamais pu te voir de près.

Oh, non, pas tout de suite. L'homme sans visage a ri. Il semblait passer un très bon moment. La lumière n'est pas bonne. Or un monstre a besoin d'une lumière excellente.

La lumière n'est pas bonne non plus devant Délices d'Asie, et cela peut expliquer ce que Bon ne remarque pas quand il s'approche de la devanture avec une clé. Vous entrez, et la scène est maintenant prête. Les acteurs sont en place, l'intrigue progresse dans le labyrinthe jusqu'à son inévitable dénouement, le texte est déjà écrit. Et qui en est l'auteur, sinon toi ? Néanmoins, en tant que scénariste, tu ne maîtrises pas tout, car tu n'es pas le producteur de ce qui est clairement une comédie noire, bien que qualifier de noire une comédie soit un peu, plus ou moins, peut-être, qui sait, vaguement raciste, même si, devant une telle idée,

un Français, voire un Américain, et très certainement un Vietnamien te traiteraient, indignés, de raciste, pour avoir vu quelque chose de racial dans l'emploi innocent du mot « noir ». Simple coïncidence ! Rien à voir avec le marché noir, ou le *blackface*, ou la façon dont les Français, en un tour de phrase vraiment merveilleux, appellent *nègres** les écrivains fantômes, avec un cran qui t'a estomaqué la première fois que tu l'as entendu. Mais pourquoi s'offenser d'un emploi malicieux des mots, quand il était avéré que les nègres-écrivains n'étaient que des esclaves, sans les coups de fouet, les viols, les lynchages, la servitude à vie et le *free labor* ? N'empêche – soyons fous –, si les mots ne sont que des mots, alors appelons ça une comédie blanche, vous voulez bien ? Ce n'est qu'une blague, détendez-vous, une mauvaise blague certes, mais pas plus que l'Impie Trinité du colonialisme, de l'esclavage et du génocide, sans parler du Duo Dynamique du capitalisme et du communisme, tous deux inventés par les Blancs, tous deux contagieux, au même titre que la variole et la syphilis. Les Blancs se sont remis de ces mauvaises blagues, non ? En tout cas, jeu de mots à part, il s'agit là vraiment d'une comédie blanche, car les vrais producteurs sont blancs, ces colonisateurs et ces capitalistes qui ont financé, il y a longtemps, cette production épique dans laquelle votre numéro n'apparaît même pas sur la scène principale. Oh, non, comble d'insulte, tu es off-off-off-off-off Broadway, au deuxième plan du deuxième plan du deuxième plan, en train de violer le fantôme épouvanté de Molière, dans un théâtre intime de l'absurde si branché, si avant-gardiste, si en avance sur les masses qu'il n'y a même pas de spectateurs ! Sauf vous trois qui êtes en train de vous regarder, la DISTRIBUTION :

FRÈRE DE SANG 1 (Man, alias le commissaire, alias l'homme sans visage)
FRÈRE DE SANG 2 (toi, alias le capitaine, alias Vo Danh)
FRÈRE DE SANG 3 (Bon, qui n'a pas d'autre nom)

Comme c'était le bon vieux temps ! Vos débuts dans une œuvre de théâtre-performance, où tout le restaurant est une scène. Tout est improvisé, tout est imprévisible, sauf la plus prévisible de toutes les choses, la fin qui doit survenir, le masque qui doit être retiré, le pistolet qui doit être actionné. Mais avant que cette comédie blanche puisse parvenir à son dernier acte, nous avons

L'ACTE
PÉNULTIÈME
(ça veut dire l'avant-dernier)

La porte s'ouvre avec fracas. Entrent PUTOIS *et* FURAX, *couperet à la main.*

PUTOIS Qu'est-ce qui se passe, bordel ?
FURAX Vous avez un comportement bizarre, les connards.
PUTOIS (*pointant le doigt vers l'homme sans visage*) C'est qui, lui, bordel ?
FRÈRE DE SANG 2 Voilà une grande question philosophique.
PUTOIS Ferme ta gueule, gros bâtard de fou.
FURAX Où est le Boss ? Où est Le Cao Boi ? Pourquoi le restaurant est fermé ?
FRÈRE DE SANG 3 Pourquoi vous êtes là ? Vous êtes censés être au théâtre.
PUTOIS Ce n'est pas toi qui poses les questions. Tu n'as même pas fait le sale boulot à l'orgie.

FURAX Tu te crois trop important pour ça ? Va te faire foutre.

PUTOIS Alors c'est qui, lui, putain ? Et pourquoi il a un masque ?

FRÈRE DE SANG 3 Enlève ton masque.

FRÈRE DE SANG 1 Avec plaisir, mon frère. Ça fait longtemps que j'attends de le retirer.

FRÈRE DE SANG 3 Je ne suis pas ton frère.

FRÈRE DE SANG 1 retire son masque.

PUTOIS Beurk. Je veux dire… merde, quoi, ce…

FURAX Mais qu'est-ce que tu t'es pris sur la gueule ?

FRÈRE DE SANG 1 (*glousse*) Vous auriez dû voir ce que c'était avant les opérations.

PUTOIS Il faut que tu changes de chirurgien.

FRÈRE DE SANG 1 J'ai déjà subi une demi-douzaine d'opérations. Mais quand on part de zéro, quand tout votre visage a été brûlé par le napalm, la reconstruction prend du temps. Dieu a créé ce monde en sept jours, mais même le plus doué, le plus chevronné, le mieux payé des êtres humains exige un peu plus de temps pour créer quelque chose d'aussi simple qu'un visage. Je n'ai fait que la moitié du chemin.

FURAX Réponds à la question : tu es qui, toi, bordel ?

FRÈRE DE SANG 1 Voilà une grande question philosophique. N'oubliez pas que la naissance d'un être séparé qui doit provenir du néant, le commencement absolu, est un événement historiquement absurde.

PUTOIS TU ES QUI, TOI, BORDEL ?

FRÈRE DE SANG 1 Tu ne me reconnais pas ?

FURAX Pourquoi on te reconnaîtrait ?

FRÈRE DE SANG 1 Je posais la question à Bon. Mais vous aussi, vous devriez me reconnaître.

PUTOIS On ne te connaît même pas, espèce de monstre.

FRÈRE DE SANG 1 Tu t'es regardé dans un miroir, récemment ?

FURAX Va te faire foutre…

FRÈRE DE SANG 1 Vraiment regardé ?

PUTOIS J'en ai plus rien à foutre si tu réponds à ma question.

FURAX Attends un peu que le Boss voie ta gueule.

PUTOIS Où est le Boss, gros bâtard de fou ?

FRÈRE DE SANG 3 tire une balle dans la tempe de PUTOIS.

FURAX Qu'est-ce que…

FRÈRE DE SANG 3 tire une balle entre les yeux de FURAX.

FRÈRE DE SANG 2 Oh merde !

PUTOIS et FURAX gisent au sol.

FRÈRE DE SANG 3 Ce n'étaient pas les plus beaux spécimens de l'humanité.

PUTOIS et FURAX semblent morts.

FRÈRE DE SANG 1 Ce qui ne vous tue pas vous rend plus fort.

PUTOIS et FURAX sont définitivement morts.

FRÈRE DE SANG 2 Pourquoi…

FRÈRE DE SANG 3 Pourquoi ? Ces tarés vous auraient découpés vivants et en rigolant. Soit je les tuais maintenant, soit je les tuais plus tard, mais plus tard ça aurait été beaucoup plus vilain à voir.

PUTOIS et FURAX sont toujours morts.

FRÈRE DE SANG 2 Tout le monde s'en fout.

FRÈRE DE SANG 1 Sans doute. Tu n'as pas peur que quelqu'un prévienne la police ?

FRÈRE DE SANG 3 Les murs sont épais. La devanture est baissée. Deux coups de feu seulement. Je prends le risque.

FRÈRE DE SANG 1 Tu es toujours aussi appliqué.

FRÈRE DE SANG 3 Toujours ? Comment le sais-tu ?

FRÈRE DE SANG 1 Oh, Bon. Tu ne m'as pas encore reconnu ?

FRÈRE DE SANG 3 Tu es le commissaire.

FRÈRE DE SANG 1 Je suis plus que le commissaire. Et moins.

FRÈRE DE SANG 3 Je m'en fous. Tu es ici pour mourir et je suis ici pour te tuer.

FRÈRE DE SANG 2 Rien n'arrive par hasard.

FRÈRE DE SANG 3 Putain, tu peux la fermer ? Où est ton arme ?

FRÈRE DE SANG 2 Je n'en ai rien à foutre.

FRÈRE DE SANG 3 Eh bien moi, j'en ai quelque chose à foutre, pauvre bâtard. Tu n'as peut-être pas envie de tuer cet enfoiré, même si je ne comprends pas pourquoi, vu ce qu'il t'a fait, mais moi je vais le tuer et je vais savourer chaque seconde.

FRÈRE DE SANG 1 Bon.

FRÈRE DE SANG 3 Tu ne vas pas en réchapper.

FRÈRE DE SANG 1 Je ne veux pas en réchapper. Tout ce que je demande, c'est que tu me reconnaisses d'abord. Tu ne comprends pas ? Je voulais que vous me retrouviez. Pourquoi est-ce que je suis venu à Paris, à ton avis ? Les Russes aussi ont d'excellents chirurgiens.

FRÈRE DE SANG 3 Ça ne m'étonne pas.

FRÈRE DE SANG 1 Je suis allé à Moscou. Tu savais que le corps de Lénine est exposé ? C'est incroyable, ce que les taxidermistes ont fait. Comme une

sorte de chirurgie esthétique. Et ces experts sont allés faire la même chose avec Hô Chi Minh. On dirait qu'il dort. Les gens viennent de très loin pour le voir dans son mausolée. Le corps de Hô Chi Minh est devenu la plus belle œuvre d'art de notre pays.

Quelque chose s'écoule de PUTOIS *et de* FURAX.

FRÈRE DE SANG 3 Comment ça, tu voulais qu'on te retrouve ?

FRÈRE DE SANG 1 Je savais que notre frère ici présent ne retournerait pas aux États-Unis, pas après y avoir tué un homme et t'avoir aidé à en tuer un autre. La France était la prochaine étape prévisible. On est nombreux, ici. Et, bien sûr, la France est le pays de son père. Où d'autre serait-il allé ? Et s'il venait ici, où d'autre qu'à Paris ? Après, il a simplement fallu que je signale ma présence. Un homme qui a un masque à la place du visage peut difficilement se promener dans la rue sans se faire remarquer.

FRÈRE DE SANG 3 Mais pourquoi nous retrouver ?

FRÈRE DE SANG 1 On a des affaires à régler. Et pas seulement celles auxquelles vous pensez.

Les liquides sombres qui s'écoulent de PUTOIS *et de* FURAX *se répandent lentement sur le sol.*

FRÈRE DE SANG 2 Tu te prends pour qui, bordel ?

FRÈRE DE SANG 3 À qui tu parles, espèce de fou de bâtard ?

FRÈRE DE SANG 2 À moi-même. Mais aussi à notre frère ici présent.

FRÈRE DE SANG 3 Ce n'est pas notre frère !

FRÈRE DE SANG 1 Je lui dis ou tu lui dis ?

FRÈRE DE SANG 3 Me dire quoi ?

FRÈRE DE SANG 2 Je suis désolé, Bon. Je suis vraiment désolé. Tellement désolé.

FRÈRE DE SANG 3 Désolé de quoi ?

FRÈRE DE SANG 1 Moi aussi.

FRÈRE DE SANG 3 Désolé de quoi ?

FRÈRE DE SANG 2 Je croyais bien faire.

FRÈRE DE SANG 3 Qu'est-ce que vous essayez de me dire ?

FRÈRE DE SANG 1 Tu es sûr que tu ne me reconnais pas ?

FRÈRE DE SANG 3 Arrêtez vos petits jeux.

PUTOIS et FURAX regardent fixement le plafond, méditant sur le sens de la vie, ou de la mort, ou Dieu sait quoi.

FRÈRE DE SANG 1 Est-ce que tu reconnais ceci ?

Il lève la main gauche. Une longue cicatrice court en travers de sa paume.

FRÈRE DE SANG 3 (*hésitant*) Eh bien ?

FRÈRE DE SANG 1 C'est la même cicatrice que sur ta main.

FRÈRE DE SANG 3 (*à FRÈRE DE SANG 2*) Tu lui as parlé de notre serment ?

FRÈRE DE SANG 2 Il était déjà au courant.

FRÈRE DE SANG 3 Comment ça ?

FRÈRE DE SANG 1 Parce que je suis ton frère, Bon. Je suis Man.

FRÈRE DE SANG 3 N'importe qui peut se faire une entaille. Tu as entendu l'histoire de notre serment par le Bâtard Fou ici présent. Il t'aurait raconté n'importe quoi pendant que tu le torturais.

FRÈRE DE SANG 2 Je n'ai pas eu besoin de le lui raconter. Il est au courant, parce que c'est Man.

FRÈRE DE SANG 3 Qu'est-ce qu'il t'a fait ? Qu'est-ce que tu lui as raconté ? Dis-moi la vérité.

FRÈRE DE SANG 1 Oui, dis-lui la vérité.

FRÈRE DE SANG 2 Toi d'abord.

FRÈRE DE SANG 1 Il ne me croira pas. Peut-être qu'il te croira si c'est toi qui lui dis.

Les lumières se tamisent, à l'exception des projecteurs braqués sur vous trois. PUTOIS *et* FURAX *se lèvent et s'éloignent dans l'ombre pour rejoindre le chœur des fantômes, qui se frottent les mains et se poussent du coude, enthousiastes.*

LE DERNIER ACTE

Bon et Man te regardent et t'écoutent. Tu ne sais pas quoi dire, dis-tu, sauf que quand les gens ne savent pas quoi dire, ils savent souvent quoi dire mais n'ont tout simplement pas envie de le dire. La première chose que tu fais, cependant, est de retirer le pistolet de secours de Bon plaqué contre ton dos et de le lui tendre. Pourquoi tu me donnes ça ? demande-t-il tout en l'acceptant, premier indice qui montre qu'il a compris que quelque chose n'allait pas du tout.

Sache que je ne m'en servirai pas contre toi, dis-tu. Ni contre Man.

Ce n'est pas Man. Pourquoi est-ce que tu… Arrête. Il t'a retourné le cerveau, dans le camp, non ?

Tout a débuté bien avant le camp, Bon. Je suis désolé. Je suis vraiment désolé. Je ne sais pas par où commencer. Sinon que tu dois le croire. L'homme sans visage est le commissaire. Et le commissaire est notre frère de sang, Man. Il n'est pas mort en défendant Saigon. Il a été victime d'un bombardement au napalm qui lui a brûlé le visage, mais il a survécu.

Le regard de Bon passe de toi à Man, et inversement. Je ne… Je…

Écoute-moi. Man et moi… On… On est… On était… On a été…

Quoi ? fait Bon, et pour la première fois le canon de son pistolet se déplace de Man jusqu'à toi.

Communistes. J'étais déjà communiste quand je suis parti faire mes études en Amérique, quand j'ai intégré la Branche spéciale et travaillé au service du général. Mais je ne suis plus communiste. Peut-être que Man l'est encore.

Je ne comprends pas, répond Bon, dont l'arme repart vers Man.

Il faut que tu comprennes, dit Man. On est tes frères de sang.

Non, vous ne l'êtes pas. Pas si tout ça est vrai…

Et pourquoi ce ne serait pas vrai ? demande Man. C'est nous qui te le disons.

Espèce d'enfoiré de salaud ! crie Bon. Qu'est-ce qu'il t'a fait dans ce camp ?

Beaucoup de choses, réponds-tu. Mais on avait déjà commencé bien avant. Même au lycée, quand on a prêté serment. On était des frères de sang, mais on était déjà différents. Assez vite, Man a commencé à me parler des choses terribles que les Français nous faisaient…

Je les connais, les choses terribles que les Français nous faisaient, interrompt Bon.

Mais tu croyais que les Américains étaient là pour nous sauver. Tu étais déjà prêt à te battre à leurs côtés, contre les communistes. Man, lui, m'a dit la vérité – les Américains n'étaient pas là pour nous aider. Ils étaient là pour qu'on les aide à combattre les communistes, alors que les communistes essayaient vraiment de nous libérer…

Donc il avait déjà commencé à te laver le cerveau…

Non, pas à me laver le cerveau…

Donc maintenant tu l'admets, dit Man. Tu me reconnais, finalement, non ?

Je ne reconnais rien du tout ! s'écrie Bon. Même si tu étais Man… Même si tu as pu l'être… Maintenant tu es dingue. Tu l'as peut-être toujours été, et je ne m'en suis jamais rendu compte. Peut-être que ta folie a déteint sur ce pauvre bâtard, qui est vraiment un fou furieux de bâtard s'il a cru à ton…

Je ne suis pas là pour parler politique, Bon, dis-tu. J'essaie simplement de…

Tu es un putain de communiste ! Et un menteur !

Oui, c'est vrai…

Tu es un connard de traître !

Ça, ce n'est pas vrai. On n'est pas plus des traîtres que toi. Les communistes t'accusent d'être un traître, mais tu es un patriote. Comme nous. Tu as fait ce que tu estimais juste pour le pays, et on a fait ce qu'on estimait juste…

Dans ce cas vous êtes des crétins.

Ça, c'est possible.

Oh mon Dieu ! dit Bon, et tu t'aperçois qu'il est en train de pleurer. Oh mon Dieu !

Bon…

Rien n'est donc sacré pour toi ?

D'abord tu penses qu'il s'agit d'une question rhétorique, car la réponse va de soi : bien sûr qu'il y a certaines choses sacrées pour toi. Tes convictions. Tes amitiés. Ta mère. Ou, réponse contraire et provocante, non, rien n'est sacré ! Tout peut être transgressé ! Enfin il y a la troisième réponse, que tu n'as comprise que le jour où le Boss a exigé quelque chose et que tu as refusé, et donc…

Non, dis-tu. Rien n'est sacré.

Quel bâtard, fait Bon, et non seulement il pleure,

mais il sanglote, ce que tu ne l'as pas vu faire depuis la mort de sa femme et de son enfant. Un vrai bâtard. Tu le sais ? Et pas parce que ta mère était vietnamienne et ton père français. Tu t'en es servi comme d'une béquille toute ta vie. Non. Tu es un bâtard parce que tu es un traître.

Je ne suis pas d'accord, Bon. Tu as fait ce que tu estimais juste…

Je ne te parle pas de politique, crétin de bâtard ! Je te parle de la façon dont toi et lui – Man – si c'est encore Man – m'avez trahi. Et pas seulement moi. Vous nous avez trahis. Tout ce qu'on défendait… Notre amitié… Notre loyauté… Notre serment…

J'ai été fidèle à mon serment, Bon ! Je t'ai suivi en Thaïlande et au Laos. Je t'ai suivi au camp de rééducation. J'ai tout fait pour que tu restes en vie. J'étais prêt à mourir pour toi et je le suis toujours. Je suis ton frère de sang.

Non ! crie Bon. Vous n'êtes pas mes frères ! Ni toi ni lui !

Il lève la main gauche. La cicatrice forme un trait rouge livide au milieu de sa paume. Un serment adolescent que vous avez tous prêté. Un engagement de jeunesse pour une vie de loyauté et d'amitié. L'idéalisme marqué au fer rouge dans la chair. Un lien qui ne serait jamais, disais-tu, rompu.

Si je pouvais, dit Bon, je me couperais la main.

Pas besoin, Bon, intervient Man. La solution est beaucoup plus simple.

La solution ?

Pourquoi est-ce que tu hésites, Bon ? Pourquoi ne pas faire ce que tu as toujours fait ?

Qu'est-ce que j'ai toujours fait ?

Tuer les communistes.

Le canon du pistolet de Bon oscille entre vous deux. Bon respire avec peine, il a l'air troublé. Il entrevoit peu à peu la vérité, ainsi que le seul dénouement de l'intrigue que vous avez concoctée ensemble, que vous avez commencé à échafauder, toutes ces années en arrière, dans votre cellule clandestine du lycée, à l'époque où la révolution était romantique, où la mort était irréelle, et où la contradiction n'était que l'espace entre d'une part le train de la liberté, de l'égalité et de la fraternité qui s'en allait, et d'autre part le quai de la colonie sur lequel vous vous retrouviez seuls au monde. Mais l'âge révèle toujours nos contradictions, comme l'a souligné Bon. La tienne, c'est que tu es un bâtard à cause de la manière dont les gens perçoivent ton visage, mais aussi à cause de ce que tu as fait. C'est vertigineux, si vertigineux que tu n'en vois pas le fond, et il est temps d'affronter ce néant.

Fais-le, Bon, dis-tu.

Fais-le ? demande Bon d'une voix étranglée.

Il est temps de faire ce qui doit être fait.

Vous redevenez tous trois des adolescents, le sang frais sur vos paumes, vos paumes qui piquent à cause de la lame. Un orchestre de cigales stridule dans les arbres et la lune est un croissant jaune, ou, comme tu l'as dit un jour quand tu étais petit, une banane. Un pour tous, tous pour un ! Jusqu'à ce que la mort nous sépare ! Puis, une fois le serment prononcé, chacun serre la main de l'autre, et vos sangs se mêlent. La douleur vive dans ta main est le signe que tu es vivant, et aimé, et que tu aimes ces deux garçons, qui seront tes amis pour la vie et tes frères de sang, la famille que tu t'es choisie. Tu sais que Bon repense aussi à cet instant, tout comme Man. Vous êtes tous trois enfin réunis, un triangle dans lequel Bon vise

Man, puis toi, passant de l'un à l'autre, les yeux écarquillés, la face et les doigts livides. Le compas de son arme finit par se poser sur toi, pile entre tes deux yeux. Ton chœur des fantômes est si excité qu'il chante, un groupe de doo-wop en train de roucouler, *Fais-le*.

N'aie pas de remords, Bon, dis-tu. *Fais-le*. Ce doit être fait. *Fais-le*.

Quand Bon appuie sur la détente, tu n'en reviens pas qu'il l'ait vraiment fait, et l'éclair qui t'éblouit est l'entrebâillement de la porte du Ciel qui s'ouvre et se referme pendant une fraction de seconde, la balle te transperçant la cervelle avant que la détonation atteigne tes oreilles, et curieusement tu entends encore une fois la voix de Dieu, qui rompt Son silence pour dire, Il n'y a rien à craindre.

21

Tu es bien content d'avoir les authentiques lunettes aviateur de Le Cao Boi, car la blancheur est aveuglante. Le Ciel est tout blanc, et dans toute sa blancheur, le Ciel, ou l'au-delà, ou l'éternité, ou le purgatoire, ou les limbes, ou le bardo, ou quel que soit le nom de l'endroit où tu te trouves, maintenant que tu es aussi mort que l'Empire français, ressemble étrangement au Paradis. Tout le monde est vêtu de blanc, sauf le psychanalyste maoïste, qui porte du tweed marron et du velours vert. En réalité, ce n'est pas Dieu que tu as entendu, mais simplement la voix de baryton du docteur maoïste, qui vient de poser ce dernier feuillet écrit par toi et a dit :

Bien, peut-être qu'on est prêts à commencer ?

Commencer ? *Commencer ?* Et si on *arrêtait*, plutôt ? Le problème, quand on a des trous dans la tête, c'est que tout fuit ! Le très chic et très bronzé médecin peut réparer beaucoup de choses, mais il ne peut pas trouver les bons bouchons pour ces fuites-là. C'est le travail du psychanalyste maoïste, avec son doctorat, qui est la compétence requise, du moins d'après ce que dit ta tante, et tu en conviens, puisque ton problème, en fin de compte, n'est pas

médical, ni physique, ni même métaphysique, mais *philosophique*. Et le docteur maoïste est expert en la matière, qui cite par exemple Sartre, pour qui « le trou est le symbole d'un mode d'être... un néant... l'image vide de moi-même ; je n'ai qu'à m'y couler pour me faire exister ». Et c'est ce que tu as fait, te couler dans toi-même en écrivant cette confession, aidé par le docteur maoïste, qui passe toutes les deux semaines pour te parler et commenter ce que tu as écrit au cours de ces nombreux jours, semaines, mois, années, décennies, siècles, passés au Paradis. Vous vous retrouvez dans ta chambre, que tu partages avec un gentil vieux monsieur chenu de la tête aux parties génitales. Un soir, pendant qu'il dormait, tu as jeté un coup d'œil à l'intérieur de ses narines et les touffes de coton y étaient également blanches. Après avoir fait carrière dans les colonies, il a une santé moyenne, comme toi, et des capacités étonnantes, comme toi aussi. Peu de temps après son arrivée, tandis que le très chic et très bronzé médecin lui faisait un check-up, le gentil vieux monsieur s'est mis à lui parler dans une langue étrangère, et le médecin lui a répondu.

De quelle langue s'agit-il ? as-tu demandé.

De l'arabe, a répondu le gentil vieux monsieur.

Où avez-vous appris l'arabe ?

En Algérie.

Tu as regardé les pieds du gentil vieux monsieur, mais ils n'étaient pas noirs. Ils étaient tout ce qu'il y a de blanc. Tu as regardé le médecin et dit, Vous êtes algérien ?

Je suis français, a-t-il sèchement répondu, mais mes parents viennent de Tunisie.

Ah, as-tu dit. Je vous trouvais simplement très bronzé.

Tu crois beaucoup au rien, dit le docteur maoïste en regardant ses notes.

Je crois qu'il n'y a aucun moyen d'éviter le vide.

Tu es passé de marxiste et communiste à nihiliste.

Non ! No ! Niet ! Nein ! Négatif ! cries-tu. Le gentil vieux monsieur rit sur son lit. Jamais ! Vous comprenez le *rien* ? J'en ai marre de vos philosophies, croyances, idées et systèmes occidentaux ! De votre catholicisme ! De votre colonialisme ! De votre capitalisme ! De votre marxisme ! De votre communisme ! De votre nihilisme, aussi ! Je ne suis pas nihiliste, car je crois en *quelque chose* : je crois que *rien n'est sacré* ! La vie est pleine de sens ! Et j'ai plein de principes !

Intéressant, fait le maoïste en rangeant son calepin jaune dans sa sacoche. Je suis déjà allé en CHINE, tu sais. Toute cette histoire de rien et de vide est assez ORIENTALE.

Va te faire foutre, chuchotes-tu, mais à voix haute tu dis, Vous avez lu Julia Kristeva ?

Bien sûr que j'ai lu Kristeva.

Tu prends *Pouvoirs de l'horreur : essai sur l'abjection*, dont tu jures qu'il aurait pu être écrit pour toi quand il évoque « l'altérité innommable ». Comment Kristeva a-t-elle si bien compris la mentalité de l'espion, cet homme aux deux visages qui, par nécessité, avant même d'avoir des trous dans la tête, est creux, rempli uniquement de ce qu'elle nomme « le vide » ? Comment Kristeva t'a-t-elle catalogué comme elle le fait ? A-t-elle raison de dire que « ce n'est qu'après sa mort, éventuellement, que l'écrivain de l'abjection échappera à son lot » ? Car abject,

tu l'es assurément, mais peut-être que tu es un auteur, au moins de ta confession, et elle te donne un clou d'espoir auquel te raccrocher, ou auquel être accroché : « L'écriture qui permet de s'en relever s'égale à une résurrection. » Tu lis tous ces passages au docteur maoïste, et comme il a tellement de mal à comprendre le rien, tu conclus par cette déclaration : « Je ne me trouve bien qu'en présence *du rien du tout, du vide.* »

Donc vous voyez, monsieur le Chinois ? Il n'y a pas que les Orientaux qui sont fascinés par le rien !

Oui, enfin, elle est originaire de Bulgarie, qui est pour ainsi dire l'Orient, répond le psychanalyste maoïste avec un sourire. En tout cas, on y est presque, mais on n'a pas encore fini. Ou plutôt, tu n'as pas encore fini.

Pas encore fini ? Regardez tout ce que j'ai écrit ! Qu'est-ce que vous voulez de plus de moi ?

Mis à part que tu retires ces lunettes noires ? Rien.

Très drôle, dis-tu, sans retirer tes lunettes noires.

Le psychanalyste maoïste dit au revoir, rendez-vous dans deux semaines, et s'en va. Il t'aide gratuitement, une sacrée faveur, car tout l'argent du Boss a servi à payer ton séjour prolongé au Paradis, où ta tante t'a fait interner, avec ton accord, belle preuve de ton dévouement, même si c'est un dévouement au rien. Tu séjournes dans une chambre du service Mémoire, un euphémisme, puisque certaines des personnes internées ici ne vont pas bien dans leur tête, du moins c'est ce qu'on t'a dit, alors que tu te sens plutôt bien dans ta tête, quoi qu'en pensent les autres. Ton problème, c'est que ta tête n'arrête pas de fuir. C'est entièrement la faute de Bon, mais tout ce sang a le mérite de fournir un stock d'encre inépuisable pour le second tome

de ta confession. Comme si le premier n'avait pas suffi ! Tu aurais été déjà bien content si ta lamentable existence avait donné assez de matière pour un seul tome. Mais tu as tellement de choses à confesser ! Et pour te rafraîchir la mémoire, ta tante t'a apporté le premier tome, qu'elle a gentiment traduit en français car il y a des choses valables dedans, dit-elle, mais aussi pour que le docteur maoïste puisse le lire. Chaque jour, tu lis donc à voix haute sa traduction au gentil vieux monsieur, qui acquiesce devant ta prononciation, si bonne que le personnel et les patients du Paradis disent régulièrement, L'Indochinois parle un excellent français ! Progrès notable, marmonnes-tu dans ta barbe, car au moins ils savent qu'il ne faut pas t'appeler LE CHINOIS ! Peu importe que tu sois LE CHINOIS ou L'INDOCHINOIS, le fait est que tu es mort, même si tu marches toujours, car après tout Bon t'a tiré une balle dans la tête ! Et maintenant que se passe-t-il ?

Tu vas nous rejoindre, répond ton chœur des fantômes. Tu feins de ne pas les entendre et tu en reviens au problème du calepin jaune posé devant toi. Le psychanalyste maoïste t'a apporté beaucoup de calepins jaunes, et ta tante tape à la machine tout ce que tu as écrit et réécrit, et la belle avocate sans humour ajoute de longs commentaires dans la marge. Ses commentaires, comme ceux de Staline, sont rédigés en bleu, alors que ton manuscrit original est écrit dans le sang. Ou peut-être n'est-ce que de l'encre. Encre ou sang ? Quelle différence ?

Oh, mais il y a une grande différence, dit ton chœur des fantômes. Tu peux nous croire.

De ton côté de la chambre, la seule décoration est une photo que tu as scotchée au mur, au-dessus de ton lit, découpée dans un article que ta tante et la belle avocate sans humour t'ont donné à l'occasion d'une de leurs visites. Elle a été prise lors d'une marche contre le racisme et pour l'égalité, dominée par ceux qui protestent contre le mauvais traitement des Arabes et des Africains, mais cette image en noir et blanc montre un groupe de jeunes gens d'origine vietnamienne, ce que tu sais car la banderole au-dessus de leurs têtes indique, VIETNAMIENS EN FRANCE. Au-dessous, il est écrit, L'IDENTITÉ DANS L'INTÉGRATION. Oh, que ces jeunes gens te donnent espoir ! Bien plus qu'un crucifix ou un drapeau communiste. Tu as reconnu parmi eux certains membres de l'Union, dont quelques-uns de tes clients. Comme l'a compris Hô Chi Minh il y a soixante ans, les opprimés doivent rester solidaires. Mais quid des Français d'origine vietnamienne, dont beaucoup ne s'estiment pas opprimés ? Une réponse est qu'il n'existe pas de meilleur moyen de manifester sa francité qu'en manifestant, surtout du côté des opprimés. L'autre réponse, liée à la précédente, est que les gens n'ont pas besoin d'être opprimés pour défiler contre l'oppression, par solidarité, et contre toutes les formes de racisme, y compris celui qui leur profite en tant que Français n'étant ni arabes, ni africains, ni noirs, ni musulmans, ni immigrés. Mais pour remarquable que soit cette démonstration de solidarité, ce qui te frappe le plus, ce sont les trois jeunes hommes qui portent des masques. Des masques blancs.

Des masques presque identiques à celui de Man, lequel a laissé son empreinte à Paris sur ces jeunes gens inspirés. Et *toi*, quelle empreinte as-tu laissée ? Dans l'espoir de parvenir à cette identité et à cette intégration réclamées par ces jeunes gens, tu as, avec les encouragements du docteur maoïste, de la belle avocate sans humour et de ta tante, laissé beaucoup d'empreintes en rédigeant cette confession. Cela suffit-il ? Cela peut-il jamais suffire ? Rassemble tout ça, dit ta tante. Exprime-le avec tes propres mots. Ensuite, tu pourras peut-être trouver un sens à ce qui s'est passé.

Ce qu'elle entend par là, c'est que tu pourras peut-être trouver un sens à toi-même, cadavre que les autres semblent considérer comme toujours en vie. Donc chaque matin, tu écris. L'après-midi, tu fais le tour du Paradis en poussant le gentil vieux monsieur dans son fauteuil roulant et tu lui racontes ce que tu as écrit pendant la journée. Oh là là, dit-il parfois. Ça alors !

Vous êtes offusqué ? lui as-tu demandé une fois, car tu sais les Français facilement offusqués.

Il t'a regardé avec ses yeux bleus génétiquement récessifs, a souri, puis a répondu, Ça oui !

Tu as souri à ton tour et dit, Eh bien, monsieur, à vous et à tout autre citoyen français qui pourrait être offusqué par mes descriptions amusantes, taquines et badines de la culture et de la civilisation françaises, je n'ai qu'une chose à dire : je vous emmerde. Que peut dire d'autre le colonisé après s'être fait autant emmerder par le colonisateur ? Sans doute que je devrais aussi vous remercier. Vous êtes content ?

Ça oui !

Très bien, dans ce cas :

Je vous emmerde ! Je vous remercie ! Je vous emmerde ! Je vous emmerde ! Je vous remercie ! Je vous emmerde ! Je vous remercie ! Je vous emmerde ! Je vous remercie ! Je vous emmerde ! Je vous remercie ! Je vous emmerde ! Je vous remercie ! Je vous emmerde ! Je vous remercie ! Je vous emmerde ! Je vous remercie ! Je vous emmerde ! Je vous remercie ! Je vous emmerde ! Je vous remercie ! Je vous emmerde ! Je vous remercie ! Je vous emmerde ! Je vous remercie ! Je vous

emmerde ! Je vous remercie ! Je vous emmerde ! Je vous remercie ! Non, vraiment, je vous emmerde.

Tu as fini par épuiser tes je vous emmerde. Ta voix est éraillée. Sans ça, tu aurais pu continuer indéfiniment, malgré le regard insistant du personnel et des patients pendant que tu déambulais avec le gentil vieux monsieur sur la propriété du Paradis, comme si c'était *toi* le fou. Les pauvres. Si terriblement médiocres ! Chacun n'a qu'un seul esprit, qu'un seul visage. TOI – et n'oublions pas toi-même – tu es un homme aux deux esprits, un homme aux deux visages, un homme avec deux trous dans la tête, un surhomme avec deux fois plus de je vous emmerde à distribuer que n'importe quel homme ordinaire ! Alors je t'emmerde, la France, pour m'avoir emmerdé, et je te remercie, la France, de m'avoir civilisé ! *C'est la vie* !* Toujours les mêmes conneries.

Avoir offusqué le gentil vieux monsieur ne t'inquiète pas vraiment. Il fait partie des rares – peut-être le seul – à ne pas avoir l'air dérangé par la présence perpétuelle de tes lunettes de soleil. Tu as été tellement charmé par ses gentils yeux bleus et par sa curiosité sincère à ton égard que tu lui as tout raconté de toi. Ce qui a tout déclenché, c'est quand il t'a demandé, D'où venez-vous ? En temps normal, cette question t'aurait exaspéré, mais les gentils vieux yeux du gentil vieux monsieur t'ont fait hésiter, réfléchir, puis tenter d'être sincère, comme si tu en avais vraiment quelque chose à foutre. Tu lui as dit d'où tu venais, et quand il a émis un murmure compréhensif, tu lui as parlé de ta pauvre, de ta magnifique mère, et quand il a de nouveau murmuré, tu as commencé à dérouler tout le fil de ton existence, exception faite des divers actes immoraux, obscènes et meurtriers dans lesquels tu as été impliqué. Tu as parlé une heure durant, aiguillonné par les murmures compréhensifs et les yeux chaleureux du gentil vieux monsieur, qui irradiaient l'empathie et la curiosité. Pour la première fois, tu t'es senti véritablement compris, véritablement écouté, qui plus est par un parfait inconnu ! Tu ne pouvais plus t'arrêter. Toute ta vie s'est déployée devant lui en une paraphrase, en un résumé, parfois elliptique, tant tu étais pressé et tant il y avait de choses à dire, bribes et morceaux de ton autobiographie sous forme de haïkus, d'épigraphes et de fragments, et pendant ce temps-là le gentil vieux monsieur murmurait, disant parfois, *Ah, bon* ?* Finalement, au bout d'une heure, tu as terminé et regardé le gentil vieux monsieur en guettant sa réponse. Il a eu un sourire béat, comme Jésus-Christ, ou le Bouddha, ou le Père Noël, ou Staline, ou Mao, ou Hô Chi Minh,

et a dit, avec douceur et chaleur, curiosité et empathie, compassion et bienveillance :

D'où est-ce que vous venez, déjà ?

Donc vous déambulez autour du Paradis, couple étrange et néanmoins parfait, toi qui ne peux cesser de te rappeler, lui qui ne peut cesser d'oublier. Tu peux dire au gentil vieux monsieur tout ce que tu veux, sachant qu'il écoutera avec une totale concentration et oubliera avec une absolue précision. Tu combles les trous de la première paraphrase de ta vie, inlassablement, y compris l'immoral, l'obscène et le meurtrier, tous tes faits et méfaits, dont ta fille, Ada. Elle est à la fois un de tes faits et un de tes méfaits, donc tu lui as donné un bon départ dans la vie, née de ta graine, ce qui la rend un quart française, trois quarts vietnamienne et cent pour cent bâtarde, puisqu'elle aussi est née hors mariage. Tu te demandes si tu la rencontreras un jour, et cette perspective t'emplit d'effroi, car tu serais le genre de père à propos duquel une fille ne peut qu'écrire les mémoires les plus cinglants. Et avec ces deux tomes de ta confession, tu lui as donné des tas de preuves.

Des preuves, dit l'avocate lors de sa visite suivante. Elle s'intéresse à toi, étant donné sa spécialité, représenter l'impardonnable. De tes trois lecteurs, elle est la plus exigeante. Ton éditrice de tante regarde le style et l'histoire, les personnages et les thèmes, tandis que le psychanalyste maoïste se concentre sur tes obsessions anales et érotiques. Certes, tu dis très souvent « merde » et « foutre », mais parce que ce sont les deux activités humaines les plus fondamentales !

Et ton complexe d'Œdipe ? a-t-il demandé une fois.

Mon complexe *d'Œdipe* ? Oh non ! Ce sont vos immortels qui vous ont enseigné ça à l'École normale

supérieure, espèce de normalien ? Normaliéné, oui ! Hin, hin, hin.

Il a toussé, froncé les sourcils, noté quelque chose sur son calepin jaune et répondu, Et ta vision de la tour Eiffel comme une… comment dis-tu, déjà… Une « gigantesque bite » ?

Premièrement c'est le Boss qui le disait, et deuxièmement *c'est* une gigantesque bite ! Ce n'est pas moi qui ai créé l'absurdité sur terre ! Je ne fais que la constater !

Des preuves, dit la belle avocate sans humour en feuilletant tes pages. Elle est assise sur un fauteuil, dans ta chambre, et toi tu es assis sur le fauteuil roulant du gentil vieux monsieur, qui vous observe tous deux depuis un trône d'oreillers sur son lit.

Elles sont nombreuses, dis-tu.

Mais il vous en manque encore une, cruciale.

Vous n'êtes pas censée me défendre ?

Pour défendre un client, il faut que je sache ce qu'il a fait.

Ou n'a pas fait.

Exactement. Dans votre cas, on sait ce que vous n'avez pas fait. On en sait moins sur ce que vous avez fait.

J'ai avoué plein de choses !

Pour être plus claire : les *conséquences* de ce que vous avez fait.

Tu promènes ton regard autour de la chambre pour te rassurer, mais depuis ton arrivée au Paradis tu n'as vu aucune trace du remède, ou de haschich, ou d'une quelconque forme du liquide le plus vital après l'eau, je veux dire l'eau bénite, je veux dire l'alcool. Le problème est que les anges du Paradis, ainsi que le très chic et très bronzé médecin, ont banni presque

toute forme de ce qu'ils appellent des « stupéfiants ». Moyennant quoi, tu n'as jamais été en meilleure santé, et tu détestes ça. Le seul vice qu'on t'autorise est la cigarette, car on est en France, tout de même, et de ce geste charitable tes poumons sont profondément, profondément reconnaissants. Tu écrases ta cigarette dans le cendrier qui dégueule et tu en allumes une autre, une gauloise.

Retournons sur les lieux, dit la belle avocate sans humour.

Je ne préfère pas.

Vous ne pouvez pas pardonner l'impardonnable sans l'affronter.

Pardonner ? Qui peut me pardonner ?

Il n'y a que vous-même.

Ha ! Voilà une chose véritablement absurde. Mais même si je pouvais me pardonner à moi-même, qui suis-je pour demander pardon ? Et surtout, maître, comment pardonne-t-on l'impardonnable ? Ce n'est pas qu'un tel pardon soit impossible, il est tout simplement *dément* !

Retournons sur les lieux.

Non…

Le restaurant. Délices d'Asie.

Personne n'a envie d'y retourner. La nourriture y est merdique. Immangeable ! Et venant de moi, ce n'est pas peu dire. Mes compatriotes peuvent manger à peu près n'importe quoi. Regardez, on a mangé de la merde chinoise pendant mille ans ! Et on en souffre encore d'indigestion !

La belle avocate sans humour recrache un nuage de fumée et ajuste sa pince à cravate. Vous n'êtes pas au courant que la vie est une tartine de merde ? Il faut la manger par petites bouchées.

Oh, brillant ! Positivement philosophique ! Et exactement la façon dont les Chinois mangent de la merde !

En fait c'est un dicton français, dit le gentil vieux monsieur.

Eh bien, voilà qui est logique, dis-tu.

Ma chère vieille mère me le répétait tout le temps.

Retournons sur les lieux, dit l'avocate.

Non…

Il n'y a rien à craindre.

C'est Dieu qui parle ! Pas moi !

Allez. Vous savez aussi bien que moi que Dieu n'existe pas. Bien. Vous êtes tous les trois dans le restaurant, debout devant la caisse. Putois et Furax sont morts. Man et vous avez avoué votre secret commun à Bon. Bon tient son pistolet, et aussi le vôtre. Vous dites à Bon : « Fais-le. » Qu'est-ce que vous entendiez par là, au juste ?

À votre avis ?

Je vous demande de préciser. Et dites-nous aussi ce que vous entendiez par, « Il est temps de faire ce qui doit être fait. »

Ça ne tombe pas sous le sens ?

Pas pour moi. Je n'étais pas là pour assister à la scène. Je n'étais même pas là pour voir le résultat. Et ce n'est pas tout à fait le genre de situation où je peux aller voir la police et dire que je vous représente, puisque personne ne sait que vous êtes impliqué. Ou plutôt si, les policiers le savent, mais ils ont le mauvais nom. Joseph N'Guyen, le dernier homme à avoir été vu avec une des victimes, Bon, ainsi que l'a rapporté sa malheureuse fiancée et ainsi que l'a confirmé Lana.

Laissez les Français s'emmerder l'existence avec mon nom, même s'il est faux. Ou à moitié faux.

N'Guyen ! N'Guyen ! Les flics français sont infoutus d'écrire correctement Nguyen, alors que c'est le nom des rois !

C'est peut-être pour ça que la presse préfère vous appeler simplement L'INDOCHINOIS.

Des conneries, des conneries, encore des conneries !

Dans ce cas, dites-nous ce qui s'est passé.

Oui, dites-nous ce qui s'est passé, intervient le gentil vieux monsieur.

Que vouliez-vous que Bon fasse ?

Tu revois le canon du pistolet de Bon braqué sur toi. Il n'y a aucune lumière au bout de ce court tunnel, rien qu'une balle avec ton nom dessus, car Bon connaît tous tes noms, depuis ton nom de naissance jusqu'à ton nom de baptême, Joseph. C'est celui que tu as indiqué à Loan, en l'affublant d'un nom de famille qui n'est pas le tien, Nguyen – Nguyen ! Nguyen ! Nguyen ! Le nom de millions de gens, espèces de bâtards de Français ! Écrivez-le correctement ! –, pour te faire passer pour Joseph Nguyen. Ta couverture aurait volé en éclats si Lana, une fois contactée par la police française, avait dit la vérité et révélé ton véritable nom. Mais ta couverture a tenu parce que Lana, Dieu sait pourquoi, t'a couvert. L'aurait-elle fait par… amour ? Tu frémis devant un tel blasphème – quelqu'un qui t'aime ! –, de même que tu frémis à l'idée de porter le prénom du plus célèbre cocu de toute l'histoire du christianisme. Ton nom de baptême te va bien, car Dieu, s'Il existe, t'a baisé bien des fois. Cet ultime rendez-vous avec tes frères de sang n'est qu'une preuve, s'il en fallait, de Son plaisir impie, alors que tu entends Bon demander, de sa voix étranglée, Fais-le ?

N'aie pas de remords, Bon, dis-tu. *Fais-le*. Ce doit être fait.

Oui, on sait, dit l'avocate. Vous l'avez écrit dans votre confession.

Tu rajustes tes lunettes de soleil et regardes, au-dessus d'elle, la photo du trio accrochée au mur. C'est drôle, non ?

Je ne vois pas ce qu'il y a de si drôle.

Évidemment. Entre nous, ce n'est pas drôle de voir qu'ils portent des masques blancs ?

J'y étais, à cette manifestation. Ce sont des masques *jaunes*.

Jaunes – tu éclates de rire. Des masques *jaunes* ! Comment savoir, sur une photo en noir et blanc, si quelque chose ou quelqu'un est jaune ? Ou plutôt, sur une photo en noir et blanc, le jaune ne peut apparaître que blanc. Je veux un de ces masques jaunes, dis-tu. Man ne m'a laissé que son masque blanc. Je vous propose un marché. Vous me donnez un masque et je retire mes lunettes de soleil.

L'avocate regarde le masque suspendu au-dessus de ton lit. Je peux me débrouiller pour avoir un masque jaune, dit-elle. Mais vous n'arrêtez pas d'esquiver ma question. Comme vous avez esquivé la balle.

Esquivé la balle ? Vous avez vu les trous dans ma tête ?

Vous n'avez pas de trous dans la tête.

Je peux les toucher avec mes doigts. Voyez ?

Qu'a fait Bon après que vous lui avez dit qu'il fallait faire quelque chose ?

Vous savez quel est mon plus grand talent ?

Celui de voir n'importe quel problème des deux côtés ?

Oui ! Vous êtes une lectrice attentive ! Même là-bas, chez Délices d'Asie, avec mon meilleur ami et frère de sang qui avait son arme braquée sur moi, je pou-

vais voir le problème des deux côtés, alors que toute personne normalement constituée ne l'aurait vu que du côté de la survie. Toute personne normalement constituée aurait imploré de vivre, supplié Bon de se rappeler notre enfance, notre fraternité de sang, notre serment, sacrifiant toute sa dignité et tout son orgueil, comme si la vie était la chose la plus importante au monde. Or la vie n'est pas la chose la plus importante au monde. Les principes, oui. Bon le savait très bien. Autant que moi. Nous sommes, lui et moi, des hommes aux principes inébranlables ! Aussi, quand je lui ai dit de le faire, je savais ce que je lui disais de faire. D'aller jusqu'au bout. Alors, pour vous répondre, j'ai dû faire ce que je fais de mieux, à savoir me mettre dans sa tête et voir de son point de vue, ce qui veut dire me voir à travers ses yeux, puisqu'il me regardait autant qu'il regardait Man. Man a tout vu, au cas où vous auriez besoin d'un témoin, même si je ne vois pas pourquoi, puisque je suis parfaitement capable de me dire à moi-même, *J'accuse* !* Accusé, récusé, je me tiens devant vous, ma belle avocate sans humour, comme je me tenais devant Bon, qui m'a vu exactement tel que j'étais. Et qu'est-ce que j'étais ? Pas sa *bête noire** ! Il n'y avait rien de noir en moi ! Non, j'étais sa *bête blanche**, un communiste, un traître ! Comme il me toisait avec horreur ! Mon apparence affligeante, mon vrai visage hideux, je n'étais plus son ami – j'étais un monstre !

L'heure avait sonné de sa plus grande épreuve, celle qui nous frappe tous, quand notre thèse et notre antithèse entrent en collision. Nos actes nous montrent alors pour ce que nous sommes vraiment. D'une part, le serment qu'il m'avait fait, à moi son frère de sang. D'autre part, son serment de tuer ses ennemis. Et moi,

devant lui, les deux réunis en un, frère de sang et ennemi mortel. Comment résoudrait-il cette contradiction entre l'amour et la haine, entre l'amitié et la trahison ? Je pensais que la réponse était simple. Je pensais qu'il n'y avait qu'une solution. Comme je me trompais ! Comme je ne comprenais pas Bon ! Comme je n'avais pas du tout vu le monde à travers ses yeux jusqu'alors ! Aujourd'hui, je sens le poids du pistolet dans sa main autant que le poids de sa décision. Je vais le tuer, s'est-il dit. Je dois le tuer, ce salaud, cet enculé, ce bâtard ! C'est un communiste ! Un traître ! J'en ai tué tellement, celui-là sera facile. Il est à moins de deux mètres de moi et je ne peux pas le rater, surtout avec sa grosse tête et son front haut que tant de nos professeurs désignaient comme le signe de son intelligence. Moi, j'ai toujours été l'idiot. Assez malin pour obtenir une bourse, certes, mais à Saigon j'ai appris que le petit villageois le plus malin restait un bouseux par rapport à un garçon de la ville. Je leur laissais les études et les jeux de mots. Je ne pouvais pas rivaliser avec eux dès qu'il s'agissait de livres. Là où je les battais, c'était dans les champs, avec mon corps. Je courais plus vite qu'eux, je les battais à la bagarre, je tirais mieux qu'eux. Laisse les beaux esprits comme lui battre les communistes à coups d'idées et de mots. Je me contenterai de tuer les communistes. Avant même que j'aille au lycée, j'avais déjà tué mon premier communiste. C'était le mouchard qui avait dénoncé mon père aux infiltrés communistes comme étant le chef du village. Les communistes l'avaient obligé à s'agenouiller sur la place centrale, devant ma mère, moi et tous mes frères et sœurs au premier rang. On pleurait, on criait, on disait, Ba, Ba, Ba, sans

arrêt, suppliant les communistes de ne pas lui faire de mal, et pendant ce temps Ba ne pleurait pas, ne criait pas, ne suppliait pas. Il savait qu'il allait mourir, et il nous a offert le plus beau cadeau dont il était capable. Il nous a montré qu'on devait tout affronter avec force et dignité, même notre propre fin. Il nous a montré que les principes importent plus que la vie. Ses derniers mots pour moi ont été, *Con oi !* Obéis à ta mère et occupe-toi d'elle, *con oi !* Ne lui rends pas la vie difficile, c'est ce qu'il a dit pendant qu'ils lui ligotaient les mains dans le dos et le condamnaient. Ils lui ont dit de confesser ses crimes et il a répondu, Les confesser à qui ? Vous n'êtes pas mon curé. Alors ils lui ont mis une pancarte autour du cou où il était écrit MARIONNETTE. Quand ils lui ont tiré une balle dans la tête, il est tombé, et les liens se sont coupés. J'ai crié tellement fort que j'entends encore mon cri, vingt-huit ans après :

BA OI !!!

BA OI !!!

BA OI !!!

Mais j'avais beau crier, j'avais beau le secouer ou l'embrasser, il ne se relevait pas. Ses yeux étaient ouverts, mais il ne voyait rien. Sa bouche était ouverte, mais il ne disait rien. J'avais son sang sur mon visage, sur ma chemise, sur mes mains. Sa cervelle se déversait de sa tête et je la sens encore aujourd'hui, molle et glissante entre mes mains. *Ba oi, Ba oi, Ba oi*… Je n'ai plus jamais crié comme ça jusqu'à la mort de Linh et de Duc.

Dieu ! Pourquoi m'as-Tu fait ça ?

Dieu ! Pourquoi as-Tu emporté ceux que j'aimais de toute mon âme ?

Dieu ! Pourquoi m'as-Tu rendu si difficile de croire en Toi ?

Dieu ! Pourquoi as-Tu fait de mon frère de sang le diable ?

Dieu ! Que veux-Tu que je fasse que je n'aie déjà fait pour Toi ?

J'essaie de comprendre, Dieu. Tu as éprouvé mon père, et il est mort. Il se tient désormais assis à Tes pieds, au Ciel, en train de me regarder, avec Linh et Duc à ses côtés. J'essaie de comprendre, Dieu, et peut-être que ce que je comprends, c'est qu'il est possible que je ne retrouve jamais mon père, ma femme et mon fils au Ciel. J'ai tué tant de communistes, et s'ils méritaient tous de mourir, et si mes prêtres m'ont absous, je comprends que Toi, peut-être, ne m'absolves pas, raison pour laquelle Tu veux me punir indéfiniment. Mais pourquoi me punir, Dieu, alors que je T'aime, que Tu m'as donné ce talent pour tuer tous ces communistes athées qui Te détestent ? Dieu, je les ai sacrifiés pour Toi !

Je me souviens très bien de ce premier communiste que j'ai tué. Dès la mort de mon père, j'avais prévu de tuer ce mouchard. Voilà pourquoi je gardais la corde qui avait servi à ligoter les mains de mon père. Je n'avais que dix ans. J'ai dû attendre, me préparer. J'ai couru jusqu'à devenir le plus rapide du village. J'ai travaillé aux champs jusqu'à devenir le plus fort de tous les garçons, et je me suis bagarré jusqu'à ce qu'aucun garçon ne puisse me battre. Toutefois je ne voulais pas être un simple soldat, car les simples soldats ne pouvaient pas tuer autant de communistes.

Alors j'ai travaillé dur à l'école pour quitter mon village et devenir un jour officier, et commander des hommes, et tuer beaucoup, beaucoup de communistes. La veille au soir de mon départ pour Saigon et le lycée, j'ai attendu en cachette le mouchard, que j'avais observé pendant quatre ans. Je connaissais son emploi du temps, l'itinéraire qu'il suivait entre sa maison et son appentis, et tard, alors qu'il passait devant moi, j'ai surgi des fourrés, passé autour de son cou la corde qui avait ligoté mon père et je l'ai traîné dans les buissons. Il n'a pas crié. Il a gargouillé et puis il est mort. J'ai tiré son corps jusqu'à la rivière, je l'ai attaché à un sac de pierres avec la corde et je l'ai jeté. Et je ne regrette rien.

Peux-Tu me pardonner cela, Dieu ?

Et me pardonner ce que je dois maintenant faire ?

Pourquoi suis-je en train d'hésiter ?

Le canon est braqué pile entre ses deux yeux. Je ne peux pas le rater. Je n'ai jamais rien raté à cette distance. Mais pourquoi ai-je plus peur que lui ? Il a l'air heureux, ce bâtard de fou, comme s'il n'attendait que ça. Je peux voir chaque détail de son visage, et je reconnais chaque détail, pas comme pour Man, dont je ne peux rien reconnaître du visage à moitié humain. Lui aussi, je vais le tuer, aussitôt que je…

Mais je peux voir chaque détail…

Et je peux voir sous les détails…

Je vois non seulement son visage, mais le visage qu'il avait autrefois, quand nous avions quatorze ans, des gamins. Et sur ce visage de jeune gamin je vois l'avenir, bien que je ne puisse pas voir son destin, ni le mien. Ce que je vois à la place, c'est l'espoir, l'idéalisme, l'amour, la fraternité, la sincérité, et la douleur quand il entaille sa paume et prononce le serment.

À nous. Je sens encore son sang collant et glissant sur ma paume endolorie, se mêlant à mon propre sang quand nous serrons nos mains et ne devenons qu'un. Ô Dieu ! Mon Dieu… Pardonne-moi.

C'était du temps que nous étions jeunes, et innocents, et purs.

ÉPILOGUE
Tu

La balle a éclaté la tête de Bon et projeté des morceaux dans tout le restaurant. Puis elle a ricoché contre un mur, a rebondi par terre et t'a percé la tempe, ou peut-être était-ce le sommet de ton crâne, faisant ce deuxième trou qui n'arrête pas de fuir. Tu as crié, et depuis une partie de toi n'a pas cessé de crier, alors même que tu es mort. Tu as couru vers Bon, qui s'était écroulé comme avait dû s'écrouler son père, sans rien faire pour arrêter la chute, et sa tête éclatée avait heurté le carrelage avec un craquement répugnant qui a résonné avec une cassure en toi. Oh mon Dieu ! as-tu crié, alors même que tu ne crois pas en Dieu.

Tu t'es agenouillé devant Bon, les mains au-dessus de lui, sans le toucher, sans vouloir lui faire mal, sans savoir comment l'aider. Ses yeux étaient ouverts, sa bouche était ouverte, et tu voyais à l'intérieur de sa tête. Tu ne pouvais rien faire. On ne peut rien faire, a dit Man, s'agenouillant à côté de toi, dans le sang qui s'écoulait de la tête de Bon.

Mais il doit bien y avoir quelque chose, as-tu dit, ou hurlé. Appelle une ambulance !

Bon est mort.

Quand tu as dit à Bon qu'il devait le faire, qu'il

savait ce qui devait être fait, ce n'était pas ça que tu voulais dire. Comment n'a-t-il pas pu comprendre ? N'était-il pas *évident* qu'il était censé te tuer, *toi*, pas lui ?

Bon est mort.

Comment peut-il être mort alors que tu as écrit tant de pages sur lui tout au long des deux tomes de ta confession ? Tu l'as lue et relue, et dedans Bon est vivant, encore vivant, toujours vivant ! Il doit vivre ! C'est comme ça que, jusqu'à présent, tu l'as tenu éloigné de l'ombre de la mort et dans la lumière.

Bon est mort.

Appelle une ambulance !

Qu'est-ce qu'on fera quand la police arrivera ? Comment est-ce qu'on expliquera ce bordel ?

Ce bordel ? Mais c'est Bon !

Bon est mort. Et on ne peut rien faire pour le ressusciter.

Mais ta confession, ce n'est vraiment rien ? Tu as écrit plus de sept cents pages. Qui aurait cru que ta vie justifiait autant de mots, toi, un moins que rien qui ne croit en rien ? D'un autre côté, la plupart des gens sont des moins que rien. La plupart de ces moins que rien croient peut-être en Dieu, n'empêche : ils ne sont pas si différents de toi. Eux non plus ne croient en rien, sauf qu'ils refusent de l'admettre. Rien n'est sacré, et le rien est partout, comme Dieu, dont le rien n'est qu'un autre nom. Rien ne peut ressusciter les morts, qui viennent du rien et retournent au rien. Non, rien ne peut être fait hormis ça, les mots que tu as écrits, ton seul remède, la chose à laquelle tu es le plus dévoué.

Maintenant tu as terminé. Tu as donné à la belle avocate sans humour ce qu'elle voulait, le dernier élément de preuve dans les arguments en ta faveur ou en

ta défaveur, selon le point de vue. Tu as également donné au psychanalyste maoïste, armé de son doctorat, ce qu'il voulait, non pas tant un argument à charge ou à décharge qu'une étude de cas à analyser. Même s'il ne s'agissait pas vraiment d'une confession, a-t-il dit lors de sa dernière visite.

Ah oui ? Qu'est-ce que c'est, alors ?

Une note de suicide, a-t-il répondu, très satisfait. La plus longue note de suicide de l'histoire.

Et tu as ri, ri, ri. Une note de suicide ! Tu ne savais pas qu'il avait un tel sens de l'humour ! Tu t'es engagé dans beaucoup de choses, et tu as commis beaucoup de choses, mais tu ne t'es encore jamais suicidé. Un mort peut-il se suicider ? Cela exigerait un vrai engagement, mais ne fais-tu pas partie des hommes les plus engagés qui aient jamais vécu ?

Adorno écrivait que l'on devrait se méfier des écrivains engagés, a dit le docteur maoïste. Leur engagement vise toujours le pouvoir.

Adorno ! Tu n'avais pas entendu ce nom depuis le séminaire du Pr Hammer, quand tu lisais *Dialectique de la raison*, écrit par lui et Horkheimer dans un des endroits les moins raisonnables de la planète, Los Angeles, où, comme eux, tu avais été exilé, eux de l'Allemagne nazie. Comme penseurs et écrivains, ils estimaient probablement que le pouvoir surgit du canon d'un stylo, peut-être même encore plus que du canon d'une arme. S'il est vrai que les colonisateurs, les capitalistes et les communistes massacrèrent des millions de gens avec leurs armes, n'étaient-ils pas finalement, au bout du compte, mus par des mots, par des idées qui coulaient dans l'encre des grands philosophes ou parfois simplement des plus diaboliques démagogues ? Tu as appuyé le canon de ton stylo contre ta tempe,

et tu ne comptais plus les stylos que tu avais usés dans l'écriture de ta confession, toutes ces cartouches vidées de ta couleur favorite, le noir, aussi indélébile que l'encre de seiche, aussi sombre que ton âme, et le gentil vieux monsieur, qui comme toujours regardait et écoutait, t'a dit, le plus gentiment du monde, Je crois que vous êtes cinglé.

Cinglé ? Moi ? Peut-être bien. Et tu as ri, ri, ri, et dit, Mais voyons le bon côté des choses, d'accord ? Si seuls les dingues peuvent pardonner l'impardonnable, alors je peux maintenant me pardonner.

Même avec ce pouvoir-là, tu ne peux pas te pardonner, car tu te préoccupes de savoir si Bon te pardonnera jamais. Tu attends que Bon intègre ton chœur des fantômes, pour pouvoir au moins le revoir, mais il ne paraît pas. Que signifie ce mystère ?

Quant à Man, ta tante te raconte qu'il a quitté l'ambassade et regagné la mère patrie. Tu n'as aucun renseignement concernant l'état de son visage. Pourquoi est-ce que tu ne pleures pas ? avais-tu demandé à Man, les yeux pleins de larmes. Où est-ce que ton corps emmagasinait son incroyable quantité de liquide ? Est-ce qu'il y avait un aquifère quelque part au-dessus de ton ventre, relié aux canaux lacrymaux par un siphon ? Ou est-ce que ton corps n'était qu'une éponge, absorbant le malheur, et le chagrin, et la mélancolie, et le regret au fil des ans, goutte salée après goutte salée, jusqu'à ce que les mains de la souffrance et de la peine étreignent ton corps et le serrent ?

Pourquoi est-ce que tu ne pleures pas ?

Man t'avait regardé avec des yeux rougis qui ne possédaient ni cils ni sourcils. Je ne peux plus pleurer. Mes canaux lacrymaux ont été brûlés. Il avait sorti un petit flacon et versé quelques gouttes d'un liquide

clair sur chaque œil. Il avait continué jusqu'à ce que ses yeux se mouillent et que des larmes de lubrifiant salin roulent sur ses joues. Voilà comment je pleure, maintenant.

Tu ne te rappelles plus combien de temps vous êtes restés tous deux assis près du corps de Bon, mais tu penses que plusieurs heures se sont écoulées avant que tu cesses de trembler et de frissonner à force d'avoir été presque essoré par les mains de la souffrance et de la peine. La poussière a été lavée de tes yeux, tu vois très bien, mais ton corps te semble affaibli, étant donné qu'il a été serré si fort et a perdu son liquide. Tu regardes Man retirer toute possibilité d'identification des corps de Putois, de Furax et de Bon, et tu te regardes serrer les mains de Bon, lui caresser les bras, les épaules, lui tapoter le torse et les joues, lui fermer les yeux et la bouche, t'allonger à ses côtés dans son sang, te rapprocher le plus possible de lui, et tu te vois faire toutes ces choses même quand tes yeux sont clos. Tu regardes Man te soulever et t'emmener hors de Délices d'Asie, et tu te regardes gémir à la porte, jetant un dernier coup d'œil vers Bon, jusqu'à ce que Man te dise qu'il est 3 heures du matin et qu'il est temps de partir. La rue est déserte. Il t'installe dans la voiture du Boss, te dépose chez ta tante, explique la situation en quelques mots. Tu te regardes montrer du doigt l'argent du Boss et demander – non, *exiger* – qu'ils t'emmènent au Paradis. Et maintenant tu y es, à l'abri dans ton asile, fidèle parmi les internés.

La question est : fidèle à quoi ? Tu as eu deux ans au Paradis pour y réfléchir, pour méditer sur ta vie et sur la tête éclatée de Bon, pour avouer les crimes que tu as commis, pour admettre que, après tout ce que

tu as vécu, tout ce que tu as fait, tu es toujours fidèle à la révolution, ce qui veut dire que tu es fou, mais pas plus que la première femme des cavernes idéaliste qui a rêvé de faire du feu à partir de rien, et dont le destin, après avoir découvert le feu, fut certainement d'être brûlée vive par les hommes des cavernes, plus cyniques, qui savaient que le feu était crucial, qu'il était le pouvoir lui-même, si bien que même aux premiers jours de la civilisation humaine la dialectique oscillait entre aspiration et exploitation, un mouvement qui ne s'arrêtera jamais, car tu es d'accord avec Mao pour dire que la dialectique est infinie, à une importante exception près, car contrairement à Mao, Staline, Winston Churchill, le roi Léopold et une flopée de présidents américains, de rois anglais, d'empereurs français, de papes catholiques, de despotes orientaux et d'innombrables pères, maris, fiancés, amants et play-boys, tu ne crois pas que cette dialectique exige le sacrifice de millions de personnes au nom du communisme, du capitalisme, du christianisme, du nationalisme, du fascisme, du racisme, voire du sexisme, dont tu t'es rendu coupable, coupable, abjectement coupable, et cette croyance en une dialectique infinie qui n'exige pas d'être imposée par un appareil répressif d'État, cet article de foi voulant que les roues de l'histoire n'aient pas besoin d'être huilées par le sang, ce scepticisme vis-à-vis de Fanon et de sa défense des vertus de la violence, défense justifiable eu égard à la brutalité des violences françaises en Algérie, et cependant aveugle face à la possibilité que la violence puisse nous faire nous sentir des hommes mais agir comme des démons, alors que la *non*-violence pourrait nous désintoxiquer et nous libérer de nos complexes d'infériorité, nous hisser hors du désespoir et de la peur, rétablir l'estime

de soi nécessaire à l'action, et au lieu de faire de nous des images en miroir de nos colonisateurs, briser ce miroir et nous délivrer du besoin de nous voir dans les yeux de nos oppresseurs, nous obligeant à occuper l'espace dérangeant du négatif, du rien, du vide, du néant, où nous devons nous recréer, chacun de nous unique, chacun de nous solidaire des autres dans leur unicité, conviction sincère mais peut-être idiote, qui fait de toi soit un visionnaire, soit un halluciné, en tout cas un homme qui tient que l'humanité sait déjà tout ce qu'elle a besoin de savoir pour se sauver sans recourir au meurtre, à commencer par ce qu'a dit un jour le très compatissant Federico García Lorca, assassiné par les fascistes espagnols, « Je serai toujours du côté de ceux qui n'ont rien et à qui on refuse jusqu'à la tranquillité de ce rien », principe d'empathie qui, *à condition d'être suivi d'actes*, que ceux-ci consistent à faire quelque chose ou à ne rien faire, en fonction de l'exigence dialectique de la situation, ne te mènera jamais dans la mauvaise direction, fût-elle la mort, puisque tant de gens sont fidèles au principe diamétralement opposé, être du côté de ceux qui ont déjà tout et veulent tout, et si tu étais sain d'esprit, tu serais toi aussi de leur côté, sauf que la révolution est toujours un acte de folie, car elle n'est pas une révolution si elle n'est pas vouée à l'impossible, et si c'est trop déprimant, trop décourageant, rappelons-nous qu'il y a encore quelques milliers d'années il était inimaginable de pouvoir faire le tour du monde en une seule journée, exploit fabuleux qui a rapproché le monde, de sorte qu'aujourd'hui aucun point du globe n'est hors de portée des touristes, des investisseurs, des missionnaires et des missiles balistiques intercontinentaux, moyennant quoi la dialectique infinie oscille toujours

entre l'impossible et le possible, entre le salut et l'annihilation, entre la non-violence et la violence, entre notre capacité à nous sauver et celle à nous détruire, le seul véritable mystère étant de savoir quelle part de nous – notre humanité ou notre inhumanité – triomphera dans la perpétuelle partie de roulette russe que l'espèce humaine joue avec elle-même, et toi-même, humain et inhumain, tu es assez dément pour croire que, si l'espèce humaine ne s'autodétruit pas – un SI qui devrait s'écrire en majuscules, tant il est gigantesque –, un jour les moins que rien du monde qui n'ont rien à perdre en auront enfin assez de ne pas avoir assez et comprendront qu'ils ont davantage en commun avec les moins que rien qui vivent à l'autre bout du monde, ou simplement derrière la frontière la plus proche, qu'avec les plus que rien de chez eux, qui n'en ont rien à faire d'eux, et quand ces moins que rien qui n'ont rien finiront par s'unir, se dresser, descendre dans la rue, faire entendre leur voix et leur puissance, la seule chose que les plus que rien qui ont quelque chose devront faire, ce sera rien, conscients que leur appareil idéologique d'État ne pourra pas arrêter tous ces gens, car malgré sa force leur appareil répressif d'État ne pourra pas tous les tuer. Ou alors si ?

Tu as mal à la tête à force de chercher la réponse à cette question, effort rendu encore plus ardu par les deux trous dans ta tête. Après la rééducation infligée par Man, tu pensais avoir touché le fond et n'avoir plus rien à perdre. Mais tu avais tout faux. Il te restait Bon à perdre. Et tes dernières illusions. Sans parler de ta vie. Maintenant, heureusement, tu t'es ressaisi, bien que, malheureusement, tu sois mort. Maintenant, peut-être, tu n'es plus enflé d'auto-apitoiement, car le moins que rien que tu es n'a plus personne sur

qui s'apitoyer ! Tu n'as rien à perdre, sauf que désormais, tu le sais, non seulement rien n'est plus important que l'indépendance et la liberté, mais rien n'est sacré. Quelle blague ! Cependant la seule révolution à laquelle tu peux te dévouer est celle qui te laisse rire, et rire, et rire, car une révolution meurt quand elle perd son sens de l'absurde. Elle est aussi là, la dialectique : prendre au sérieux la révolution mais pas les révolutionnaires, car quand ils se prennent trop au sérieux, ils dégainent leur pistolet à la première blague. Après, c'est fini, les révolutionnaires sont devenus l'État, l'État est devenu répressif, et les balles, autrefois tirées sur l'oppresseur au nom du peuple, seront tirées sur le peuple en son propre nom. Voilà pourquoi le peuple, s'il veut survivre et esquiver ces balles, ne doit pas avoir de nom.

Quant à toi, sans nom, sans État, et sans ego, la balle reste logée dans ta tête, coincée dans le joint qui scelle tes deux esprits, aussi opiniâtrement enfoncée qu'un bout de cartilage et de viande entre tes molaires. Tu agites la balle avec tes pensées, mais tu ne peux pas la déloger. Cette balle à ton nom est fichée là où personne ne peut la voir, ni voir ton nom, chose qui te rendrait fou, sauf qu'apparemment tu es déjà fou. Tu dois être bien dérangé pour écrire cette confession, ou peut-être es-tu simplement saisi du même élan qui poussait Rousseau à écrire la sienne, comprendre en quoi « je ne suis fait comme aucun de ceux que j'ai vus ; j'ose croire n'être fait comme aucun de ceux qui existent ». Tu t'es hanté toi-même en écrivant ces pages, mais tu as senti également l'ombre d'un autre les recouvrir toujours un peu plus, et ce sentiment d'une étrangeté te met mal à l'aise, comme si tu étais

épié, et pas seulement par toi-même. Là-dessus, un matin – enfin ! –, le fantôme frappe à la porte.

Quelqu'un frappe à la porte, dit le gentil vieux monsieur depuis son lit.

Tu ne peux pas te lever de ton lit ; le mal de tête dû à la balle dans ton cerveau est insurmontable. Tu ne te lèves pas, tu ne dis rien. Mais après un silence les coups recommencent.

Excusez-moi, dit le gentil vieux monsieur. Quelqu'un est en train de frapper à la porte.

Les coups continuent. Et continuent. Et continuent, jusqu'à ce qu'enfin tu mobilises le peu de concentration qu'il te reste, étant donné la balle dans ton cerveau, et dises, Entrez.

La porte s'ouvre. La lumière du matin se déverse dans ta chambre, dont les rideaux occultants ont été tirés. Tu plisses les yeux, et à travers la brume éblouissante tu *le* vois entrer, une ombre nimbée d'une aura brillante, éclairée à contre-jour par un halo. Tu te redresses sur ton lit, la main levée pour parer la lumière, cette main marquée au fer rouge de ton serment. Est-ce… Se pourrait-il que ? Tu tends, hésitant, ton autre main vers l'ombre qu'encadre la porte. C'est bien ça ! C'est *lui* ! *Il* est là, enfin !

Père ? dis-tu, la voix nouée. *Père !*

L'ombre entre dans ta chambre, tenant dans sa main un sac. Il jette celui-ci au pied de ton lit, dans un bruit sourd, et quand il en tire la fermeture Éclair, tu reconnais ton sac de voyage en cuir. Il glisse la main dans l'ouverture et en extrait une paire de chaussures – tes magnifiques oxfords Bruno Magli vernies ! L'ombre les jette par terre, plonge de nouveau sa main dans l'ouverture et sort, l'une après l'autre, les cassettes vidéo de l'orgie, que tu reconnais grâce à l'écriture de la

secrétaire pulpeuse sur les étiquettes. Puis il fouille encore, jusqu'au double fond, et tire les deux tomes de ta confession, entourés d'un élastique et blancs, te les envoie sur les genoux, plus de sept cents pages et à peu près deux cent cinquante mille mots, qui t'impressionnent par leur poids, leur solidité, leur existence miraculeuse, surgie de rien. Mais il n'en a pas fini. Ton sac de voyage doit être sans fond ! Il y plonge encore la main et sort la plus belle chose que tu aies vue depuis le début de ton séjour au Paradis marqué par les privations : une étincelante bouteille de whisky Jack Daniel's ! Viens voir Papa, ma chérie ! Finalement, avec son autre main, il te présente un revolver argenté tout aussi étincelant. L'espace d'un instant, tu es hypnotisé par la lumière qui se reflète sur le pistolet. Puis tu lèves les yeux. Ils se sont habitués au soleil éclatant du matin, et le visage de l'ombre t'apparaît dans toute sa clarté. Ce n'est pas ton père, finalement, mais le plus fantomatique de tous les fantômes, l'homme qui sait exactement ce que tu veux, le vieux briscard de l'Indochine.

Je ne t'avais pas dit de ne jamais coucher tes pensées sur du papier, espèce de crétin de bâtard ? dit Claude, d'une main t'offrant l'eau bénite et, de l'autre, braquant le pistolet sur ton cœur épuisé. Maintenant retire ce foutu masque de ton visage.

Et tu es tellement heureux que tu ne sais pas si tu dois rire ou pleurer.

REMERCIEMENTS

J'ai pris grand plaisir à revisiter beaucoup des penseurs qui m'ont influencé au fil des ans, ou auxquels j'avais envie de répondre. Voici les auteurs et les œuvres dont j'ai discuté, dont je me suis inspiré, ou dont j'ai cité les mots dans le texte : Theodor Adorno, « Engagement », in *Notes sur la littérature* ; Louis Althusser, « Idéologie et appareils idéologiques d'État », in *Positions (1964-1975)* ; Simone de Beauvoir, *Le Deuxième Sexe* ; Walter Benjamin, *Critique de la violence* ; Aimé Césaire, *Discours sur le colonialisme* et *Une tempête*, vu sur scène il y a longtemps à Berkeley, dans une production inoubliable ; Hélène Cixous, « Le rire de la Méduse », in *Le Rire de la Méduse et autres ironies* ; Jacques Derrida, « Le siècle et le pardon » et *Cosmopolites de tous les pays, encore un effort !* ; Frantz Fanon, *Les Damnés de la terre* et *Peau noire, masques blancs* ; Antonio Gramsci, *Cahiers de prison* ; Che Guevara, « Message à la tricontinentale » ; Hô Chi Minh, *Le Procès de la colonisation française et autres textes de jeunesse* ; Julia Kristeva, *Pouvoirs de l'horreur* ; Emmanuel Levinas, *Totalité et infini*, dont je place des extraits dans la bouche du Frère de sang 1 quand il dit : « La naissance d'un être

séparé qui doit provenir du néant, le commencement absolu, est un événement historiquement absurde » ; Jean-Jacques Roussseau, *Les Confessions* ; Jean-Paul Sartre, *L'existentialisme est un humanisme* et *L'Être et le Néant*, ainsi que sa préface aux *Damnés de la terre*, de Fanon ; enfin Voltaire, dont j'avais lu le *Candide*, enfant, et qui m'avait beaucoup amusé.

Parmi les textes qui m'ont aidé à imaginer Paris au début des années 1980, autour du monde des immigrés et des réfugiés vietnamiens et de leurs descendants français, je dois beaucoup à l'inestimable *Behind the Bamboo Hedge : The Impact of Homeland Politics in the Parisian Vietnamese Community*, de Gisele Bousquet, ainsi qu'aux illustrations publiées dans *Le Paris Asie : 150 ans de présence asiatique dans la capitale, 1854-2004*, édité par Pascal Blanchard et Éric Deroo. Utiles également pour comprendre et visualiser la relation qu'entretient la France avec ses populations colonisées, les textes et les images parus dans *Sexe, race & colonies : la domination des corps du XVe siècle à nos jours*, édité par Pascal Blanchard, Nicolas Bancel, Gilles Boetsch, Dominic Thomas et Christelle Taraud. Pour l'histoire de l'implication de la France et de la CIA dans la production et la vente de l'opium venu d'Asie du Sud-Est, je me suis reposé sur *The Politics of Heroin : CIA Complicity in the Global Drug Trade*, par Alfred McCoy.

Plusieurs personnes, à Paris ou en lien avec la France, ont consacré une partie de leur temps à discuter avec moi, dont Hoai Huong Aubert-Nguyen, Doan Bui, Myriam Dao, Anna Moï, Nguyen Nhat Cuong, Liem Binh Luong Nguyen, Abdellah Taïa et Quoc Dang Tran. Duc Ha Duong m'a aidé à obtenir la permission de l'Union générale des Vietnamiens de France pour mon utilisation de la photo des trois hommes masqués.

Je remercie aussi Chiori Miyagawa, Jordan Elgrably, Huê-Tâm Webb Jamme et Laila Lalami d'avoir lu le roman dans ses premières moutures et d'avoir répondu à mes questions concernant le texte, ainsi que la vie et les comportements français. Aux États-Unis, la visite d'un restaurant exotique à thématique asiatique en compagnie de la critique gastronomique Soleil Ho m'a aidé à imaginer le bar de L'Opium. Je salue également le travail de mes assistants de recherche doctorants, Rebekah Park et Jenny Hoang, ainsi que de mes étudiants, Yvette Chua, Ivy Hong, Nina Ibrahim, Sunjay Lee, Morgan Milender, Christine Nguyen, Tommy Nguyen et Jordan Trinh. Ils m'ont permis de dégager du temps et de me concentrer sur le roman, tandis que les corrections de Nancy Tan et les relectures supplémentaires de Kait Astrella et d'Alicia Burns m'ont aidé à peaufiner le manuscrit. Toutes les erreurs que j'ai pu commettre ici sont, bien sûr, de mon seul fait.

Mes agents Nat Sobel et Judith Weber ont été pour moi de fidèles conseillers, et toute l'équipe de Sobel Weber Associates, notamment Kristen Pini et Adia Wright, m'a facilité la vie. J'ai également la chance d'être un auteur publié par Grove Atlantic, où je me sens chez moi, grâce notamment à la direction de Morgan Entrekin, à l'excellente supervision éditoriale de Peter Blackstock, au soutien de Deb Seager, de John Mark Boling, de Judy Hottensen, d'Elisabeth Schmitz et d'Emily Burns.

Pour finir, et comme toujours, tout mon amour et mon dévouement à Lan Duong et à nos enfants, Ellison et Simone.

MIXTE
Papier issu de
sources responsables
FSC® C003309

L'éditeur de cet ouvrage s'engage dans une démarche
de certification FSC® qui contribue à la préservation
des forêts pour les générations futures.

Pour en savoir plus :
www.editis.com/engagement-rse/

10/18 – 92 avenue de France, 75013 PARIS

Imprimé en France par CPI

N° d'impression : 3049279
X08005/01